LA LETTRE ÉCARLATE

*La littérature américaine
dans la même collection*

AGEE, *La Veillée du matin.*
COOPER, *Le Dernier des Mohicans.*
FAULKNER, *Monnaie de singe.*
FITZGERALD, *Absolution. Le Premier mai. Retour à Babylone* (édition bilingue).
HAWTHORNE, *La Lettre écarlate. — La Maison aux sept pignons. — Le Manteau de Lady Éléonore et autres contes* (édition bilingue).
JAMES, *La Bête dans la jungle. Le Motif dans le tapis* (édition bilingue). *Daisy Miller* (édition bilingue). *— Les Deux Visages. — L'Espèce particulière et autres nouvelles. — Histoires de fantômes* (édition bilingue). — *Les Papiers d'Aspern* (édition bilingue). — *Le Tollé. — Le Tour d'écrou* (édition bilingue avec dossier).
A. LEOPOLD, *Almanach d'un comté des sables.*
MELVILLE, *Bartleby. Les Îles enchantées. Le Campanile. — Benito Cereno. La Véranda. Le Marchand de paratonnerres. — Mardi. — Moby Dick. — Omoo.*
POE, *Histoires extraordinaires. — Histoires grotesques et sérieuses. — Nouvelles Histoires extraordinaires.*
TWAIN, *Les Aventures de Huckleberry Finn. — Les Aventures de Tom Sawyer.*
WELTY, *L'Homme pétrifié.*
WHARTON, *Fièvre romaine. — La Récompense d'une mère. — Le Temps de l'innocence. — Vieux New York.*

NATHANIEL HAWTHORNE

LA LETTRE
ÉCARLATE

Traduction par Marie CANAVAGGIA

Préface, chronologie, bibliographie, notes
par
Serge SOUPEL

GF Flammarion

On trouvera en fin de volume une chronologie et des indications bibliographiques.

PRÉFACE

On publia *La Lettre écarlate* en mars 1850. Les 2 500 exemplaires se vendirent en moins de dix jours. C'était là un grand succès pour un écrivain de quarante-six ans qui n'avait pas encore produit de chef-d'œuvre. *La Lettre écarlate* fut donc le chef-d'œuvre de Nathaniel Hawthorne, et le premier grand roman de la tradition américaine. Ce roman attire les superlatifs. « Il est beau, admirable, extraordinaire », dit Henry James, qui voit aussi en lui le livre « le plus lugubre » de la littérature de langue anglaise [1]. Hawthorne lui-même, qui hésitait à se prononcer sur son grand ouvrage, avoua à James T. Fields, son éditeur, que le roman était « either very good or very bad » : la meilleure ou la pire des choses. L'indécision est bien significative chez l'auteur de ces pages si fortes, que Valery Larbaud juge être « de la quintessence de pessimisme [2] » — quintessence peut-être distillée dans l'âme d'un pessimiste.

Hawthorne, s'il n'est pas essentiellement pessimiste, n'est pas un être gai. Élevé dans la tradition puritaine de la Nouvelle-Angleterre, il est, selon Jean Normand, « imbu de l'esprit de ses ancêtres, il a conscience de la gravité que confère à toute destinée individuelle le senti-ment de la culpabilité ou de la prédestination [3] ».

1. Henry James, *Hawthorne*, éd. T. Turner (Londres, Macmillan; New York, St. Martin's Press, 1967), p. 107.
2. Valery Larbaud, trad. et int., *Nathaniel Hawthorne : idées et germes de nouvelles* (1928; Montpellier, Fata Morgana, 1979), p. 55 — dans une lettre à J. Paulhan.
3. Jean Normand, *Nathaniel Hawthorne : esquisse d'une analyse de la création artistique* (Paris, PUF, 1964), p. 94.

Hawthorne est grave, prédisposé ou « prédestiné » par les circonstances à le devenir et à le demeurer.

Enfant, son caractère se forme parmi des gens qui ne connaissent guère le bonheur, dans la maison où vivent ses sœurs et sa mère toute jeune veuve recluse, « une maison qui avait l'air d'un béguinage puritain [4] ». A l'âge de neuf ans, le garçon se blesse en jouant. Incapable de marcher, il passe des mois dans l'isolement jusqu'à sa guérison. Il prend le goût de la lecture, et s'accoutume à l'introspection. Dans sa première jeunesse, Hawthorne acquiert encore l'amour de la nature sauvage et laisse s'instiller en lui de fort tenaces habitudes, « cursed habits of solitude » — propension à la solitude, voire à la vie nocturne [5] — qu'il ne sera pas sans déplorer sa vie durant. Puis la passion des lettres mûrit en Hawthorne qui se détermine, une fois ses études terminées, à devenir écrivain et à vivre loin des emplois ordinaires. Ainsi, quoique ses amitiés l'appellent à trouver une place dans le monde — jusqu'au poste de consul américain à Liverpool — Hawthorne, quelque temps inspecteur des douanes, sera solitaire. Il le restera jusque dans son mariage tardif, et ne sera jamais vraiment un homme de son temps.

« Trop rationaliste pour comprendre les mystiques, il était trop conservateur pour aimer les réformateurs [6]. » Ni la lutte des antiesclavagistes, ni les migrations vers l'Ouest ne le préoccupent, ni même l'avenir de son pays : il s'afflige assez passivement devant les effets de la guerre de Sécession. Hawthorne n'est pas homme de son temps; il vient peut-être même « à contretemps [7] ».

Cet homme exemplaire, qui représente pour Henry James l'archétype du génie américain, ne s'occupe volontiers et véritablement que d'une Amérique : celle du passé. Consul chez les Britanniques, Hawthorne se perd en spéculations de généalogie, est davantage attiré par les étrangetés de l'histoire et de la petite histoire que retenu

____

4. André Maurois, en préface, in Nathaniel Hawthorne, *Valjoie* [c'est-à-dire *The Blithedale Romance*] (Paris, Gallimard, 1952), p. 7.
5. Voir Valery Larbaud, p. 18.
6. André Maurois, p. 8.
7. Jean Normand, p. 14.

par la routine des affaires. L'histoire de la Nouvelle-Angleterre l'intéresse, et celle de sa propre famille le fascine.

Son imagination est captive. Il a l'esprit tourné vers les premiers colons puritains, au nombre desquels se trouvaient William (1606-1681), ennemi des quakers, et son fils John Hawthorne (1641-1717), juge très sévère des sorcières de Salem. Le souvenir de ces ancêtres durs mais éminents donne à l'écrivain des sentiments mêlés de fierté et de culpabilité : c'est assez pour l'engager à des explorations littéraires de l'histoire : « Prisonnier du temps, Hawthorne s'en fait l'explorateur [8]. » Hawthorne, qui a perdu son père à l'âge de quatre ans, se retourne vers ses aïeux deux siècles avant son temps. L'attirance irrésistible qu'éprouve l'homme explique les propensions de l'artiste :

> « Il n'a plus leur *âme*, dit Émile Montégut, mais il a leur esprit, il a leur ferme méthode de stricte investigation et d'impitoyable analyse. Un descendant des puritains seul pouvait être capable de se livrer à ce perpétuel examen de conscience que nous trouvons dans les écrits de M. Hawthorne, à cette confession silencieuse et muette des erreurs de l'esprit; lui seul était capable d'entreprendre ces fouilles dans l'âme humaine pour y découvrir non des trésors mais des sujets d'épouvante, des reptiles engourdis, des témoignages de crimes oubliés [9]. »

En effet, fouiller dans l'histoire des gens qui fouillaient les consciences mène Hawthorne à s'emprisonner dans ce « perpétuel examen de conscience » qui constitue le meilleur et le plus caractéristique de son œuvre littéraire.

Le romancier solitaire a de forts penchants à l'introspection, suscités et entretenus par son entourage, par sa formation, par son hérédité et par sa religion. Il est remarquable que ces penchants entraînent assez constamment l'auteur à méditer sur les objets même qui

---

8. *Ibid.*, p. 149.
9. Émile Montégut *in La Revue des Deux Mondes*, 15 avril 1852.

les ont fait naître. Hawthorne qui « veut connaître à fond
l'autre, l'épuiser, [qui] se comporte comme un succube,
et son partenaire comme un incube [10] », s'applique aussi à
épuiser les sujets qui sont au cœur de ses livres, précisément parce qu'ils sont au cœur de sa vie, de son passé, de
sa sensibilité. Le romancier devient sa propre proie, proie
du « psychanalyste manqué [11] » qu'il serait peut-être, à
l'image de Roger Chillingworth dans *La Lettre écarlate*.
L'avidité étrange de Hawthorne est grande et extraordinaire. Les thèmes qu'il retient sont peu nombreux, et ne
l'en retiennent que davantage. Il faut à Hawthorne du
bizarre, voire du surnaturel : il se situe alors dans le
courant gothique qui a son origine à la fin du XVIIIe siècle
en Angleterre. Hawthorne conte, dans ses nouvelles surtout, des récits de malédictions, de captivités, et parle de
cent épreuves désagréables et curieuses. Il raconte avec
vigueur les luttes d'êtres voués à des destins singuliers,
souvent solitaires, presque toujours en marge de la société ordinaire.

   La Lettre écarlate ne se distingue pas, dans l'œuvre
de Nathaniel Hawthorne, par un usage moins appuyé
des procédés généraux. On trouve bien dans ce livre
les caractéristiques de l'écriture hawthornienne des nouvelles de sa jeunesse et des autres romans de l'âge mûr.
L'austérité qui est de mise partout, préside ici comme
ailleurs. *La Lettre écarlate* est l'histoire romancée (le
long prologue autobiographique explique assez sur
quels fondements) d'un adultère et de ses suites mauvaises.

   En plein XVIIe siècle puritain, Hester Prynne — que
son vieux mari, avant de venir l'y rejoindre, a envoyée
seule en Nouvelle-Angleterre, met au monde une petite
fille. Le père de l'enfant (Pearl) est Arthur Dimmesdale,
jeune ecclésiastique fort zélé et immensément respecté de
la très puritaine Boston. Le mari d'Hester arrive le jour
où elle est mise au pilori pour sa faute. Elle refuse de

---

10. Jean Normand, p. 182.
11. Voir Frederick Crews, *The Sins of the Fathers : Hawthorne's
Psychological Themes* (Londres, OUP, 1966), p. 141.

dévoiler l'identité de son amant. Celui-ci n'ose pas déclarer son délit ; et le mari trompé s'avise de dissimuler à tous qui il est. Il se donne le nom de Roger Chillingworth, engage Hester à ne pas divulguer sa présence à Boston, et se jure de découvrir le complice de la pécheresse. Le roman fait alors le récit des peines et des supplices de l'âme. Chillingsworth déduit sans tarder que Dimmesdale est le coupable, et s'attache en qualité de médecin à la personne du pasteur que le remords accable et affaiblit. Chillingworth tourmente finement son patient, autant que dure le livre. Hester, soutenue par la présence radieuse et espiègle de son enfant, condamnée à porter sur la poitrine la lettre A écarlate (pour « Adultère »), se rachète peu à peu. Sa conduite est pure et droite, sa vie laborieuse et dévouée. Lorsqu'elle se résout à faire cesser les tourments de Dimmesdale en lui disant enfin qui est son persécuteur, quand elle encourage son amant qu'elle a à peine revu pendant des années à quitter l'Amérique avec elle et leur fille, il est déjà trop tard. Chillingworth qui craint d'être frustré de sa victoire sur le pasteur qu'il croyait tout à fait à sa merci, précipite le dénouement. Dimmesdale, trop faible, s'éteint couvert d'opprobre ; le tortionnaire privé de sa proie se dessèche ; Hester s'éloigne. Et Hester revient plus tard, pour finir sa vie dans sa chaumière — alors que le lecteur devine Pearl promise à une belle existence dans un château d'Angleterre.

Hawthorne livre son histoire d'adultère chez les puritains sans montrer la naissance de l'amour interdit, ni même son développement. Il lui convient d'en présenter seulement les conséquences, parce qu'il sied de communiquer des leçons de morale. Or Hawthorne, en ne montrant pas la perpétration du forfait, affirme bien qu'il n'a pas pour dessein principal de prêcher beaucoup contre les pécheurs : les critiques de son temps lui en font suffisamment le reproche. Le romancier examine les conséquences de l'adultère pour saisir une occasion d'approfondir, tout à son goût, des mécanismes psychologiques. Le milieu et l'époque qu'il choisit pour son drame — « drame de l'amour, de l'expiation, de la mort, qui n'est

pas indigne de *Tristan et Iseult* [12] » — lui fournissent des
outils qui l'autorisent à travailler sur l'absolu. La Nouvelle-Angleterre de *La Lettre écarlate* est une terre d'intransigeance, d'intolérance absolues. Tout errement y
conduit sans appel jusqu'à la tragédie.

L'arrivée de Chillingworth, sournois et monstrueux
vieillard, sorte de Faust [13] que l'on aurait fait cocu, pro-
cure à la tragédie ses plus sombres finesses; mais ce
Chillingworth, assez digne successeur des personnages
ignobles et vengeurs du théâtre élisabéthain inspiré de
Sénèque, ne crée pas la tragédie. Celle-ci est en germe
dans le cœur de Dimmesdale, que ses faiblesses condam-
nent. Elle est dans la hauteur résignée de Hester, que
l'infamie exalte et grandit plus qu'elle ne l'abaisse.

Cette tragédie est tissée d'ironies. Le couple de pécheurs est conduit à expier un crime d'amour... il l'expie
par l'amour, Hester dans sa bienveillance universelle et
Dimmesdale dans son sacerdoce. Et s'il reste à tous deux
assez d'amour l'un pour l'autre à la fin de l'histoire (voir
le chapitre XVIII), c'est apparemment pour que la conclusion funeste gagne en amertume, dans la proportion où la
douceur de quelques pages peut faire espérer la paix des
âmes. Ce n'est véritablement et finalement qu'ici, dans
l'échec de l'ultime espoir des amants, que la fonction
dramatique de Roger Chillingworth se dessine tout à fait.
Les sévices terribles que le mari trompé inflige à Dimmesdale ne seraient rien, s'il ne l'empêchait de quitter la
Nouvelle-Angleterre. Au vrai, Chillingworth — c'est là
l'ironie la plus marquée — ne fait peut-être qu'arriver en
retard (sans ce retard, nulle trahison de la part de sa
femme), et il s'attribue ou se voit attribuer une importance qu'il ne peut pas avoir. Il reste sans pouvoir sur son
épouse coupable, dont la noblesse l'écrase. De surcroît
même, l'abjection du mari élève considérablement
l'épouse. Chillingworth est muni du seul privilège de

12. Cyrille Arnavon, *Histoire littéraire des États-Unis* (Paris, Hachette, 1953), p. 166.

13. Voir William Bysshe Stein, *Hawthorne's Faust : A Study of the
Devil Archetype* (Gainesville, University Presses of Florida, 1953),
p. 107.

savoir lire dans la conscience agitée (et sur la poitrine) du pasteur. Certes, Chillingworth s'acharne sur cet homme, et affecte de le maintenir en vie pour mieux le voir abaissé, mais les souffrances qui minent vraiment le pasteur criminel ne lui sont pas apportées par ce tortionnaire. Ce dernier peut faire souffrir Dimmesdale par ses insinuations et par ses diverses méchancetés ; mais seulement tant qu'il a l'assurance que l'ecclésiastique ignore qui le torture, et ignore si la « torture » subie est censée ou non en être une. Quoique Chillingworth ne soit pas superflu, il est passablement et ironiquement adventice. Parasite, choisissant la souffrance prolongée — la sienne propre et le spectacle de celle d'autrui — comme mode de vengeance, il est un des maris trompés les plus étonnants de toute la littérature. Rompant avec toutes les traditions du genre, il est seul (avec sa femme) à savoir qu'il est un mari trompé. On lui attribue encore l'originalité, non de cohabiter malgré tout avec son épouse infidèle, mais de vivre de son plein gré avec l'homme qui l'a rendue telle. Chillingworth, arrivé en retard, arrive seulement assez tôt pour greffer sa tragédie sur celle du couple qui l'a déshonoré.

Il semble que ce soit là que se situe le trait le plus subtil de la texture dramatique de *La Lettre écarlate*. On n'a pas assez loué ce livre pour le tour de force accompli par son auteur : il parvient à donner l'illusion de composer une seule et unique tragédie, quand il en écrit plusieurs qui sont parallèles. Les deux hommes qui cohabitent et se haïssent vivent chacun leur calvaire, et le vivent parce qu'ils cohabitent, aussi longtemps que la femme ayant causé leur infortune les y autorise (en ne révélant pas à Dimmesdale la vraie identité de son médecin). La femme, Hester, quant à elle, vit ailleurs son martyre, mais transcende toutes les ignominies qu'on fait peser sur elle en élevant fièrement Pearl, le fruit ignominieux de son adultère. D'un côté les deux hommes — chacun isolé par les mensonges qu'il fait à l'autre — de l'autre côté les femmes : chez ceux-là l'aîné diabolique s'emploie à épuiser son compagnon qu'il vide de son énergie vitale, chez celles-ci la cadette (soupçonnée d'être la fille du démon),

à mesure qu'elle grandit, soulage sa mère du poids de ses
malheurs. Il y a des échos. Pearl, puis Chillingworth
interrompent et empêchent l'intimité des amants Dimmesdale et Hester. Sans eux, point de tragédies. Mais
aussi, point de tragédie, dans ce monde puritain, sans le
diable — qui met en œuvre les tentations et qui parachève
les déchéances.

Le vrai moteur de toute *La Lettre écarlate* est le diable.
Dans ce chef-d'œuvre de la littérature américaine d'inspiration puritaine, comme dans le chef-d'œuvre de la
littérature puritaine anglaise, *Le Paradis perdu* (1667) de
John Milton, Satan préside. Satan est ici partout:
Hawthorne s'applique à le dire, à le redire et à le laisser
entendre de cent manières, sur tous les tons et à tout
propos. Le pasteur indigne, poussé par le diable au péché, s'enfonce dans la damnation à force de veulerie, de
mensonge, d'hypocrisie. La femme tentatrice, nouvelle
Ève, infidèle marquée à la poitrine de la lettre écarlate,
est tout d'un coup une demi-sorcière et déjà une créature
de l'enfer. Son époux, vieillard malfaisant devenu hideux, instruit du mystère des sciences, surgi au pire
moment à Boston en véritable « diabolus ex machina »,
insinuant et vil, est un agent des puissances infernales.
Chillingworth est un diable venu pour châtier des diableries en infligeant sa présence malveillante à ceux qui les
ont faites. Satan est dans le cœur des personnages principaux, il habite les forêts du pays qui est une contrée de
sorcellerie, la ville même qui abrite ses suppôts effrontés.
Il hante les esprits puritains, qui ne paraissent être puritains qu'en raison de la guerre qu'ils font sans relâche au
démon. Satan est partout, et tout est dans Satan: si *La
Lettre écarlate* se signale par une vigueur de dessein, par
une intensité dramatique et une belle unité de l'action,
c'est parce que chacune des tragédies personnelles qui y
sont vécues est un échantillon des tourments infernaux,
ou un apprentissage. L'épreuve de Hester est conçue
comme une propédeutique de l'enfer. Dimmesdale, le
théologien déchiré, qui périt de se savoir à l'avance
damné, se prépare aux souffrances éternelles par des
supplices qu'il se choisit. Et l'esprit le plus fin et le plus

curieux, Chillingworth, vient en naturaliste l'épier et étudier les processus de damnation, afin de mieux se damner avec lui. Pearl même est mise d'entrée de jeu dans des limbes inconfortables, d'où il lui est permis de voir se dérouler le drame qu'elle comprend davantage à mesure qu'elle grandit, et dont elle se pénètre suffisamment pour paraître y tenir — sur la fin — le rôle le plus trouble.

La mainmise de Satan sur l'action convient à Hawthorne, qui «accueillait les pratiques de l'occultisme, les apparitions de fantômes, la présence impalpable, troublante, de suggestions, d'impulsions, de soudains entraînements, montés d'une région mystérieuse [14]». Le goût du mystère et des mystères est un trait persistant chez le romancier. Le diable et l'enfer ont leur place ici, naturellement. Mais Hawthorne sait cultiver toutes les sortes de mystères, «présences impalpables» et «apparitions» inquiétantes.

L'auteur de La Lettre écarlate use et abuse des signes et des symboles. Il se fait fort de déceler en toutes occasions des correspondances étranges [15] dont les échos reviennent avec la plus frappante régularité. Hawthorne annonce presque le leitmotiv de Wagner, tant son procédé est mécanique — au point de «friser le trivial», comme dit Henry James [16].

Le premier des symboles est la lettre A sur la poitrine de l'héroïne, lettre talisman [17], dont rien ne saurait lui permettre de se défaire. Cette lettre magnifiquement brodée, belle et terrible, donne son titre au roman. Elle épouvante, surprend, émerveille, représente le péché, désigne la pécheresse, éblouit sa fille. Il lui advient même d'aller en quelque sorte se réfracter sur la voûte céleste (au chapitre XII, «en regardant le zénith le pasteur crut

14. Charles Cestre, en préface, in Nathaniel Hawthorne, Contes (Paris, Aubier, 1968), p. 21.
15. Voir Edward Hutchins Davidson, Hawthorne's Last Phase (New Haven, Yale University Press, 1949; Hamden, Archon Books, 1967), p. 144.
16. Henry James, p. 113.
17. Voir Lloyd Morris, The Rebellious Puritan : Portrait of Mr. Hawthorne (1927; Port Washington, Kennikat Press, 1969), p. 210, où il est question de «the talismanic potency of the symbol».

voir une lettre immense — la lettre A — se dessiner là-haut en rouge sombre »). Cette lettre écarlate fournit à un symbolisme parfois naïf des dimensions cosmiques, et autorise Hawthorne à renouer très sûrement avec la tradition gothique où les éléments se courroucent volontiers pour intimider les hommes — chez Horace Walpole en particulier [18].

Non sans justesse, William Bysshe Stein voit un renouvellement des pratiques gothiques chez Hawthorne, qui attribue une dynamique nouvelle aux symboles [19], ou plutôt qui tend à transformer en symboles utiles des mécanismes d'écriture naguère sans relief. Hawthorne affine, en les renouvelant, les procédés usés. Cela ne va pas sans danger.

Les œuvres de Hawthorne — *La Lettre écarlate* en particulier — nourries de résonances et d'allusions où des soupçons de « symbole » pèsent sur chaque objet et sur chaque situation, ont assez de richesse pour s'exposer à être mal comprises. Rien n'arrête le lecteur, ou le critique, qui veut apercevoir Minerve en Hester, « déesse de l'aiguille et du métier à tisser, intellectuelle voyageant avec audace dans les plus sombres régions de l'esprit [20] ». Rien ne fait obstacle à ce qu'un interprète avisé se persuade que la grande lettre A sur le sein d'Hester est mise pour « Adam », « in whose Fall we sinned All » (dans la chute de qui nous avons tous péché [21]). De même, alors que beaucoup voient Faust en la personne de Chillingworth, il arrive que Hester passe pour une « virtuelle Fausta puritaine [22] ». Et Dimmesdale peut à son tour librement représenter une incarnation de Jésus Christ, quand il a quelque temps fait songer au diable.

C'est aussi la diversité des lectures et des sens possi-

---

18. On pensera surtout au fameux *Castle of Otranto* (1764), dont la fin est un modèle du genre.
19. William Bysshe Stein, p. 35.
20. Hugo McPherson, *Hawthorne as Myth-Maker : A Study in Imagination* (Toronto, Toronto University Press, 1969), pp. 177-8.
21. Robert H. Fossum, *Hawthorne's Inviolable Circle : The Problem of Time* (Deland, Everett/Edwards, 1972), p. 111.
22. William Bysshe Stein, p. 113.

bles de *La Lettre écarlate* qui fait du livre un chef-d'œuvre, même si aux pires moments, au-delà de tous les
symbolismes, «l'allégorie [y] devient... un cache-mi-
sère [23]». On verra consécutivement dans ce livre une lutte
entre les forces du Bien et celles du Mal, entre l'ombre et
la lumière [24], des alternances du rouge (Hester au pilori)
puis du noir (Hester à la couture [25]). On pensera aux
contrastes forts : à la nature sauvage assiégeant la communauté puritaine excessivement bien réglée. Il est loisi-
ble encore d'évoquer les oppositions marquées entre la
forêt et la ville, entre le nouveau et l'ancien monde, entre
l'océan libérateur et la terre qui emprisonne. S'observent
aussi les conflits du passé avec le présent, voire avec le
futur, que figure entre autres choses la révolte de Hester,
jeune mère, prisonnière d'un vieillard. Hawthorne transforme peut-être trop volontiers des banalités en symboles
et en signes, mais il concentre ainsi avec adresse l'attention attisée de ses lecteurs sur des objets qu'il dépouille
de contingences, qu'il rend sobrement et simplement
beaux. *La Lettre écarlate*, où trois ou quatre grands
tableaux suffisent à tout dire, est un livre sobre et concis.
Entre 1820 et 1850, il s'est écrit une trentaine de romans
sur la vie des puritains de Nouvelle-Angleterre au
XVIIe siècle [26] : aucun n'a survécu hors *La Lettre
écarlate*. Cet ouvrage est le seul qui aille à l'essentiel, par
des voies qui lui sont propres. «Peu d'écrivains, dit
Dhaleine, ont eu, au même degré que Hawthorne, le don
de lire dans les cœurs, de pénétrer tous les déguisements,
et de mettre impitoyablement à nu toutes les tares d'une
conscience troublée [27].» Il est tentant d'ajouter que peu

    23. Jean Normand, p. 248.
    24. Voir Richard Harter Fogle, *Hawthorne's Imagery : The «Proper
Light and Shadow»* in the Major Romances (Norman, University of
Oklahoma Press, 1969).
    25. Jean Normand avance que *La Lettre écarlate* «est un grand
concerto en rouge et noir» (p. 247).
    26. Voir Michael Davitt Bell, *Hawthorne and the Historical Ro-
mance of New England* (Princeton, Princeton University Press, 1971),
p. ix.
    27. L. Dhaleine, *Nathaniel Hawthorne : sa vie et son œuvre* (Paris,
Hachette, 1905), p. 411.

d'écrivains ont su comme Hawthorne dans *La Lettre
écarlate* «pénétrer tous les déguisements» de l'écriture
romanesque, et en mettre à nu les «tares» pour les amen-
der.

Quoiqu'il retrouve et exploite des modes littéraires
éprouvées, Hawthorne chez qui certains veulent voir le
Coleridge de l'Amérique[28], est à en croire Hyatt H.
Waggoner «l'un des auteurs américains les plus *modernes* du XIXe siècle[29]». Le court roman de Hawthorne
brille dans un siècle qui est celui des romans longs et
souvent diffus: on compare Hawthorne à Dickens
— voire à Scott — pour la qualité de ses portraits et de
ses descriptions[30]. Hawthorne sait faire jeu égal avec les
meilleurs; et si on ne lui voyait pas de pair, dans son
pays, au moment de la publication de *La Lettre écarlate*
(à l'exception de Washington Irving), on ne manque pas
de souligner aujourd'hui les ressemblances de son œuvre
avec celle d'Edgar Allan Poe qui l'a suivi. C'est dans leur
goût du conte fantastique que se rejoignent les deux
écrivains, héritiers autant des auteurs gothiques anglais
que des Romantiques allemands: Ludwig Tieck, Ernst
Theodor Amadeus Hoffmann, Achim von Arnim. Le
public français, quant à lui, a tendance à préférer Poe à
Hawthorne — peut-être à cause des outrances du premier, et aussi de l'intérêt que lui vouait Baudelaire. Mais
on connaît ce qui rapproche Hawthorne et Balzac, dont
certains personnages se font curieusement écho[31]. A la
vérité, Hawthorne le solitaire, mais l'ami de Melville et
le compagnon des Transcendantalistes, est bien à sa place
dans son époque. Peut-être ne l'y distinguent particuliè-

---

28. C'est le cas d'Edgar Allan Poe. Voir son « Tale Writing: Nathaniel Hawthorne », *in Godey's Magazine* (novembre 1847).

29. Hyatt H. Waggoner, *Nathaniel Hawthorne* (Minneapolis, University of Minnesota Press, 1962), p. 15.

30. Voir Anne W. Abbott, *The North American Review* (juillet 1850) et George B. Loring, *The Massachusetts Quarterly Review*
(septembre 1850).

31. Voir F. Baldensperger, *Orientations étrangères chez Honoré de
Balzac* (Paris, 1927), les parallèles entre Priscilla de *The Blithedale
Romance* et La Fosseuse du *Médecin de campagne* par exemple, p. 185.

rement que ceux qui détiennent la patience ou la délicatesse de « pénétrer » ses finesses. Celles-ci résident fréquemment moins dans le contenu du livre, que dans la
forme.

Hawthorne a affiné son écriture en passant sa jeunesse
à faire des exercices de style. *La Lettre écarlate* est un fin
concentré de ce que son style peut avoir d'excellent —
c'est-à-dire de classique, et de travaillé. Dhaleine explique : « Il a réalisé le plus haut idéal que se sont toujours
proposé les écrivains vraiment grands, les purs classiques : exprimer les idées neuves, précieux privilège de
l'élite, les pensées les plus délicates et les plus raffinées,
dans la langue de tout le monde ; et dire des choses
infiniment rares à l'aide des vocables les moins rares [32]. »
Même si tous ces vocables ne sont pas immanquablement
« les moins rares » — Hawthorne affectionne les archaïs-
mes, dans *La Lettre écarlate* surtout — même si ce clas-
sicisme est quelquefois mis à mal par la « phrase-laby-
rinthe » dont parle Jean Normand [33], il est indéniable que
la mesure est une caractéristique de cette écriture bien
disciplinée qui sait adopter les formes et les formulations
qu'exigent les circonstances. Au reste, le simple fait de
s'astreindre à écrire une langue [c'est-à-dire la langue
anglaise du XVIIe siècle] dont il n'est pas le contempo-
rain, oblige Hawthorne à une vigilance stylistique de
premier ordre. Il est bon de trouver la mesure, la sobriété,
l'efficacité du verbe, dans un roman dense et relativement
bref, dont l'organisation est elle-même caractérisée par la
sobriété.

La traduction qui est offerte ici du roman, quoique
maintes fois incomplète — particulièrement dans le Prologue et ses listes de noms propres — ne trahit aucune-
ment ce que la langue de Hawthorne a d'essentiel et à
l'occasion de savoureux. Le lecteur du texte français
pourra donc espérer ressentir quelques-uns des effets littéraires qui ont suggéré à certains l'idée que *La Lettre*

32. L. Dhaleine, p. 409.
33. Jean Normand, p. 277.

écarlate est un poème en prose [34]. Il ne saurait faillir en tout cas d'éprouver la force poignante et captivante d'un livre « puritain », où le péché triomphe et s'expie dans la gloire et l'éclat.

Serge SOUPEL.

34. Voir Benjamin Lease, « 'The Whole Is a Prose Poem' : An Early Review of The Scarlet Letter », *American Literature*, 44 (1972), 128-30.

LA LETTRE ÉCARLATE

LES BUREAUX DE LA DOUANE

Pour servir de Prologue à La Lettre écarlate.

Il est assez curieux que, peu enclin comme je le suis à beaucoup parler de mon personnage à mes parents et amis dans l'intimité du coin de mon feu, je me laisse pour la deuxième fois entraîner à donner dans l'autobiographie en m'adressant au public. La première fois remonte à trois ou quatre ans, au temps où je gratifiai le lecteur, sans excuse aucune, d'une description de la vie que je menais en la tranquillité profonde d'un vieux presbytère [1]. Et comme, plus heureux que je ne le méritais, j'eus alors la chance de trouver pour m'écouter une ou deux personnes, voici qu'aujourd'hui je saisis derechef le lecteur par le bouton de sa veste pour lui parler des trois ans que j'ai passés dans les bureaux d'une douane. L'exemple donné par le fameux « P. P. clerc de cette paroisse [2] » ne fut jamais plus fidèlement suivi !

La vérité semble bien être que, lorsqu'il lance ses feuillets au vent, un auteur s'adresse, non à la grande majorité qui jettera ses livres au rebut ou ne les ouvrira jamais, mais à la petite minorité qui le comprend mieux que ses camarades d'école et ses compagnons de vie. Certains écrivains vont même très loin dans cette voie : ils se livrent à des révélations tellement confidentielles qu'on ne saurait décemment les adresser qu'à un esprit et à un cœur entre tous faits pour les comprendre. Ils agis-

---

1. « un vieux presbytère » : voir en particulier l'introduction de *Mosses from an Old Manse* (1846).
2. « P. P. clerc de cette paroisse » : allusion à une parodie de l'autobiographie de l'évêque Gilbert Burnet, *A History of His Own Times* (1723). Cette parodie a été attribuée à Alexander Pope (1688-1744).

sent comme si l'œuvre imprimée, lancée dans le vaste
monde, devait immanquablement y trouver un fragment
détaché du personnage de son auteur et permettre à celui-ci de compléter, grâce à cette prise de contact, le cycle
de sa vie. Il est à peine convenable cependant de tout
dire, même lorsque l'on s'exprime impersonnellement.
Mais du moment que les paroles se figent, à moins que
l'orateur ne se sente rapproché de ses auditeurs par quelque lien sincère, il est pardonnable d'imaginer lorsqu'on
prend la parole, qu'un ami bienveillant et compréhensif,
sinon des plus intimes, vous écoute parler. Alors, notre
réserve naturelle fondant au soleil de cette impression
chaleureuse, nous pouvons nous laisser aller à bavarder à
notre aise, à deviser des circonstances qui nous entourent,
voire de nous-mêmes, sans dévoiler notre secret. Il me
paraît qu'en restant dans ces limites, un écrivain peut se
permettre de donner dans l'autobiographie sans porter
atteinte à ce qui est dû aux lecteurs ni à ce qu'il se doit à
lui-même.

Et puis, on va voir que mon esquisse de la vie de
bureau a une propriété d'un genre reconnu en littérature :
elle explique comment une bonne partie des pages qu'on
va lire sont tombées en ma possession et offre des preuves
de l'authenticité d'un de mes récits. Ma véritable raison
pour entrer en rapport avec le public tient à mon désir de
me placer dans ma véritable position, qui n'est en somme
guère plus que celle d'un éditeur, vis-à-vis de la plus
longue des histoires qui suivent *. Du moment que je
visais surtout ce but, il m'a paru permis d'entrer dans
quelques détails en évoquant un mode de vie jusqu'ici
non décrit.

Dans ma ville natale de Salem, tout au bout de ce qui
fut, il y a un demi-siècle, un quai des plus animés mais
s'affaisse, aujourd'hui, sous le poids d'entrepôts crou-
lants et ne montre guère signe de vie commerciale à
moins qu'une barque n'y décharge des peaux, ou qu'un
schooner n'y lance à toute volée son fret de bois de

* Lorsqu'il écrivit cette introduction, l'auteur entendait publier en
même temps que *La Lettre écarlate* plusieurs autres contes et nouvelles.
Il a, ensuite, trouvé préférable de n'en rien faire. *(Note de l'auteur.)*

chauffage — à l'extrémité, dis-je, de ce quai délabré que
la marée souvent submerge, s'élève un spacieux édifice
de briques. Les fenêtres de la façade donnent sur le
spectacle peu mouvementé qu'offre l'arrière d'une rangée
de constructions bordées à leur base d'une herbe drue —
traces laissées tout au long du quai par le passage d'années languissantes. Au faîte de son toit, le drapeau de la
République flotte dans la brise tranquille ou pend dans le
calme plat durant trois heures et demie exactement chaque après-midi. Mais ses treize raies sont verticales, non
horizontales, ce qui indique qu'il ne s'agit pas là de
bureaux militaires mais de bureaux civils du Gouvernement de l'Oncle Sam. Sa façade s'orne d'un portique :
une demi-douzaine de colonnes de bois y soutiennent un
balcon sous lequel descend un large escalier de granit.
Au-dessus de la porte d'entrée plane un énorme spécimen
de l'aigle américaine, les ailes larges ouvertes, un écusson barrant sa poitrine et, si mes souvenirs sont exacts, un
bouquet d'éclairs et de flèches barbelées dans chaque
patte. Avec l'air féroce propre à son espèce, ce malheureux volatile semble menacer de l'œil et du bec la communauté inoffensive ; semble par-dessus tout aviser tout
citoyen soucieux de sa sécurité de ne se risquer point dans
les lieux placés sous son égide. En dépit de cette expression peu commode, bien des gens recherchent en ce
moment même un abri sous les ailes de l'aigle fédérale,
imaginant, je présume, que sa poitrine dispense les tié-
deurs d'un doux édredon. L'aigle en question, pourtant,
n'est jamais bien tendre et a tendance à culbuter, tôt ou
tard — plutôt tôt que tard — sa nichée au diable, d'un
preste revers de bec, d'une écorchure de serre, ou d'un
coup bien cuisant de flèche barbelée.

Le pavé autour de cet édifice — que nous pouvons
aussi bien désigner tout de suite comme le bâtiment de la
Douane — montre assez d'herbe en ses interstices pour
laisser voir qu'il n'a pas été foulé ces derniers temps par
grand va-et-vient. Durant certains mois de l'année, cependant, les affaires, certains matins, y marchent d'un
pas assez relevé. Ce doit être pour les habitants les plus
âgés de la ville, l'occasion de se rappeler la période qui

précéda la dernière guerre avec l'Angleterre[3]. Salem
avait vraiment droit au titre de port en ce temps-là. Elle
n'était pas, comme aujourd'hui, méprisée par ses propres
armateurs qui laissent ses quais s'émietter tandis que
leurs cargaisons vont grossir imperceptiblement le courant puissant du commerce en des villes comme New
York et Boston. Par semblables matins donc, lorsque
trois ou quatre vaisseaux se trouvent arriver à la fois —
généralement d'Afrique ou d'Amérique du Sud — ou
sont sur le point de lever l'ancre, un bruit de pas pressés
se fait fréquemment entendre sur les marches de l'escalier
de granit. Dans les bureaux de la Douane, vous pouvez
accueillir, avant sa femme elle-même, le capitaine qui
vient juste d'entrer au port, le teint cuit par l'air de mer et
les papiers du bord sous son bras dans une boîte de fer
blanc ternie. Vous pouvez aussi voir arriver son armateur, jovial ou renfrogné, selon qu'au cours de la traversée, à présent accomplie, ses projets se sont réalisés sous
forme de marchandises aisées à transformer en or, ou se
sont écroulés et l'ensevelissent sous un amas de déboires
dont nul ne se souciera de le dégager. Vient également à
la Douane — germe de l'armateur grisonnant et ridé par
les soucis — le jeune employé déluré qui goûte au commerce comme le louveteau au sang et risque des cargaisons sur les navires de son patron alors qu'il ferait mieux
de s'en tenir encore à lancer de petits bateaux dans les
rigoles. Anime aussi ce décor le marin désireux de reprendre la mer, et à la recherche d'un embaucheur, ou
celui qui débarque malade et vient solliciter un bulletin
d'hôpital. N'oublions pas non plus les capitaines des
petits schooners rouillés qui apportent du bois de chauffage de Grande-Bretagne : bande de loups de mer à l'air
peu commode qui, s'ils n'ont pas les allures entreprenantes des Yankees contribuent tout de même, pour leur
bonne part, à faire surnager notre commerce en baisse.

   Que tous ces gens se trouvent rassemblés, comme il
leur arrivait parfois avec, encore, pour prêter de la diversité à leur groupe, quelques individus d'un autre genre, et

3. « la dernière guerre avec l'Angleterre » : la guerre de 1812.

les bureaux de la Douane devenaient pour un temps le théâtre d'une scène animée. Mais au bout de l'escalier de granit, vous n'aperceviez, le plus souvent — dans l'entrée si c'était l'été, dans leurs bureaux respectifs si c'était l'hiver — qu'une rangée de vénérables personnages renversés dans des fauteuils à l'ancienne mode, en équilibre sur leurs pieds de derrière, et le dossier appuyé aux murs. La plupart du temps ces braves gens dormaient. Mais, parfois, on pouvait les entendre échanger des propos, en accents qui tenaient du langage parlé et du ronflement, et avec ce manque d'énergie qui caractérise les pensionnaires des hospices et tous les humains dont la subsistance dépend de la charité, ou d'un monopole, ou de n'importe quoi, excepté d'un effort indépendant et personnel. Ces vieux messieurs étaient les fonctionnaires de la Douane.

Au fond de l'entrée, à gauche, se trouve une pièce de quelque quinze pieds carrés, majestueusement haute de plafond, nantie de deux fenêtres en ogive ayant vue sur le quai en ruine dont nous avons parlé et d'une troisième donnant sur une ruelle. Toutes trois laissent apercevoir des épiceries et des magasins de fournitures pour la marine. Devant la porte de ces boutiques, on peut généralement voir bavarder et rire les groupes de vieux marins et autres rats de quai qui hantent le quartier. La pièce en question est tapissée de toiles d'araignées et toute sale sous ses vieilles peintures. Un sable gris couvre son plancher selon un usage partout ailleurs depuis longtemps tombé en désuétude. On conclut aisément de la malpropreté de l'ensemble que c'est là un sanctuaire où la femme et ses outils magiques que sont plumeaux et balais n'ont accès que fort rarement. En fait de meubles, il y a un poêle à volumineux tuyau, un vieux bureau de sapin avec un tabouret à trois pieds devant lui, deux ou trois chaises de bois toutes décrépites et branlantes et, pour ne point oublier la bibliothèque, quelques rayons où figurent une douzaine ou deux de tomes des *Annales du Congrès* et un abrégé ventru des lois sur les recettes. Un tuyau de fer blanc monte transpercer le plafond à titre de moyen de communication vocale avec les autres parties de l'édifice.

Allant et venant dans cette pièce, ou haut perché sur le

tabouret, un coude sur le bureau et les regards errant sur les colonnes du journal du matin, vous eussiez pu, il y a six mois, reconnaître, honoré lecteur, l'individu qui vous souhaitait jadis la bienvenue dans son gai petit cabinet de travail du vieux presbytère que le soleil éclairait si agréablement à travers les branches d'un saule. Mais, si vous alliez aujourd'hui le chercher en ces lieux, en vain demanderiez-vous le contrôleur démocrate. Le balai de la réforme l'a chassé de son poste et un successeur plus digne s'est vu revêtir de sa fonction et empoche son traitement.

Cette vieille ville de Salem, ma ville bien que je n'y aie que peu vécu, tant durant mon adolescence qu'en un âge plus mûr, exerce ou exerçait sur mes affections un empire dont je ne me suis jamais rendu compte pendant que j'y résidais. Il faut dire que telle qu'elle se présente — avec sa surface plate couverte surtout de maisons de bois dont très peu peuvent faire valoir des prétentions architecturales, ses irrégularités qui n'ont rien de pittoresque, mais ne font que mieux ressortir sa monotonie, ses rues paresseuses qui s'étirent péniblement entre la Colline du Gibet [4] à un bout et une vue sur l'Hospice à l'autre, ma ville natale n'est guère attachante. Si l'on ne considère que son aspect, tant vaudrait éprouver un penchant envers un échiquier en désordre qu'envers elle. Et pourtant, bien qu'invariablement plus heureux ailleurs, j'éprouve envers ma vieille Salem un sentiment que, faute d'un terme meilleur, je dois me contenter d'appeler de l'affection. Sans doute faut-il en rendre responsables les profondes racines que ma famille enfonça anciennement en ce sol. Il y a aujourd'hui presque deux siècles et quart que l'émigrant de Grande-Bretagne [5] qui, le premier, porta ici mon nom, faisait son apparition sur le sauvage lieu de campement entouré de forêts qui devait devenir ma ville. Ses descendants sont nés et sont morts en ce même endroit. Leur

4. « la Colline du Gibet » : la colline se trouve au nord-ouest de Salem. C'est vraisemblablement là que furent pendues les sorcières en 1692.
5. « l'émigrant de Grande-Bretagne » : c'est-à-dire William Hathorne [*sic*], arrivé en 1630.

substance terrestre s'y est tellement mêlée au sol que
celui-ci doit en bonne partie s'apparenter aujourd'hui à la
forme mortelle sous laquelle, tant que durera mon temps,
je vais et viens par ces rues. L'attachement dont je parle
ne serait donc en partie que simple sympathie sensuelle
entre poussière et poussière. Peu de mes compatriotes
peuvent savoir de quoi il s'agit et, des transplantations
fréquentes étant peut-être préférables pour la race, sans
doute n'ont-ils guère à le regretter.

Mais ce sentiment a aussi une valeur spirituelle. Le
personnage de ce premier ancêtre, revêtu par la tradition
familiale d'une sombre grandeur, a été, d'aussi loin qu'il
puisse me souvenir, présent dans mon imagination d'enfant. Il me hante encore et me donne comme un sentiment
d'intimité avec le passé, où je ne prétends guère que
Salem, en sa phase actuelle, entre pour quelque chose. Il
me semble que, plus que les autres, j'ai en cette ville droit
de cité à cause de cet aïeul grave et barbu, au noir
manteau, au chapeau à calotte en forme de pain de sucre,
qui vint, il y a si longtemps, aborder en ces parages avec
sa Bible et son épée, marcha d'un pas si majestueux dans
les rues toutes neuves et fit si grande figure dans la guerre
et dans la paix. Lui a, certes, un droit de cité plus fort que
le mien en ces lieux où mon nom n'est presque jamais
prononcé, où mon visage est à peine connu.

Ce fut un soldat, un législateur et un juge; un des chefs
de l'Église. Il avait tous les traits de caractère des puritains, les mauvais comme les bons. Il se montra persécuteur impitoyable, comme en témoignent les Quakers qui
content, au sujet de sa dureté envers une femme de leur
secte[6], une histoire dont le souvenir durera plus longtemps, il faut le craindre, que celui d'aucune de ses
meilleures actions qui furent cependant nombreuses. Son
fils[7] hérita de cet esprit de persécution. Il joua un tel rôle
dans le martyre des sorcières que leur sang l'a marqué

6. « sa dureté envers une femme de leur secte » : lire la nouvelle « The
Gentle Boy », dans *Twice-Told Tales* (1837).
7. « Son fils » : c'est-à-dire John Hathorne [*sic*] (1641-1717), tri-
saïeul du romancier, juge sans pitié ni remords, qui participa au procès
des sorcières de Salem (1692).

d'une tache assez profonde pour que, dans le cimetière de
Charter Street, ses vieux os en soient encore rougis, s'ils
ne sont pas complètement tombés en poussière ! Je ne sais
pas si ces miens ancêtres se repentirent et demandèrent
pardon au ciel de leur cruauté ou si, dans une autre
existence, ils gémissent sous les lourdes conséquences de
leurs erreurs. En tout cas, je prends, moi, l'écrivain
actuel, leur honte à ma charge et je prie pour que soient à
présent et à jamais retirées les malédictions qu'ils ont pu
s'attirer — toutes celles dont j'ai entendu parler et qui,
d'après les longues tribulations de ma famille, pourraient
bien avoir été agissantes.

Du reste, on ne saurait mettre en doute que ces deux
rigides puritains au front sourcilleux se seraient tenus
pour suffisamment punis de leurs fautes du fait d'avoir,
pour rejeton, un propre à rien comme moi. Aucun des
succès que j'ai obtenus — en admettant qu'en dehors de
son cercle domestique ma vie ait jamais été éclairée par le
succès — ne leur eût paru présenter la moindre valeur ou
même n'être pas déshonorant. « Que fait-il ? » murmure à
l'autre une des deux ombres grises de mes ancêtres. « Il
écrit des contes ? Quelle occupation dans la vie, quelle
façon de glorifier le Seigneur et d'être utile aux hommes
de son temps est-ce là ! Hé, quoi ! Ce garçon dégénéré
pourrait aussi bien être violoneux ! »

Tels sont les compliments que, de l'autre côté de
l'abîme du temps, m'envoient mes deux grands-pères !
Mais ils ont beau me mépriser tant et plus, des traits
accusés de leur nature n'en font pas moins partie de la
mienne.

Profondément implantée dans la ville naissante par ces
deux hommes énergiques, notre famille y a toujours vécu
et toujours honorablement. Elle n'a jamais eu, que je
sache, à rougir d'un seul membre indigne. Mais elle n'a
jamais non plus, après les deux premières générations,
accompli d'acte mémorable, ni même attiré l'attention du
public. Petit à petit, ses membres se sont presque effacés
à la vue — telles ces vieilles maisons peu à peu à demi
recouvertes par l'accumulation d'un sol nouveau. De père
en fils, ils ont depuis plus de cent ans pris la mer. Un

capitaine grisonnant s'est, chaque génération, retiré du
gaillard d'arrière, tandis qu'un garçon de quatorze ans
prenait sa place héréditaire au pied du grand mât, face à
l'écume salée et aux tempêtes qui avaient assailli son père
et son grand-père. Ce garçon passait, en temps voulu, du
poste d'équipage à la cabine, menait une vie aventureuse
et revenait de ses courses à travers le monde pour vieillir,
mourir et mêler enfin sa poussière à la terre natale. Ces
longs rapports entre une famille et son lieu de naissance et
de sépulture créent entre un être humain et une localité un
lien de parenté qui n'a rien à voir avec l'aspect du pays ni
avec les circonstances. Ce n'est pas de l'amour, mais de
l'instinct. Le nouvel habitant de Salem, celui qui vient de
l'étranger, ou dont en venait le père ou le grand-père, n'a
que peu de droits au titre de Salemite. Il n'a aucune idée
de la ténacité d'huître avec laquelle un vieux colon qui
approche de son tricentenaire s'incruste dans cet endroit
de toutes les forces de générations successives. Il n'importe absolument pas qu'à ses yeux la ville soit morne,
qu'il soit las des vieilles maisons de bois, de la boue et de
la poussière, du bas niveau de l'altitude et des sentiments,
du vent d'est glacial et d'une atmosphère sociale plus
glaciale encore — tout cela et tous les autres défauts qu'il
peut voir ou qu'il imagine ne changent rien à rien. Le
charme subsiste et agit aussi puissamment que si ce lieu
de naissance était un Paradis Terrestre. Il en a été ainsi en
mon cas. Tandis qu'un représentant de ma race descendait au tombeau, un autre n'était-il pas toujours venu le
relever, pour ainsi dire, de la garde qu'il montait à titre de
passant dans la Grand-Rue? J'ai senti que c'était en
quelque sorte mon destin d'habiter Salem afin qu'un type
physique et une tournure de caractère qui, toujours,
constituèrent un des traits familiers de la vieille ville,
continuent d'y figurer ma courte vie durant. Ce sentiment
est pourtant en lui-même la preuve que le lien en question
est devenu malsain et qu'il est temps de procéder à une
séparation. La nature humaine, pas plus qu'un plant de
pommes de terre, ne saurait prospérer si on la pique et
repique pendant trop de générations dans le même sol.
Mes enfants ont eu d'autres lieux de naissance et, dans la

mesure où je pourrai agir sur leurs destinées, ils iront
enfoncer des racines dans un sol nouveau.

Quand je quittai le vieux presbytère, ce fut surtout cet
étrange, cet indolent et morne attachement pour ma ville
natale qui me poussa à venir occuper un poste dans le
susdit édifice en briques de l'Oncle Sam alors que j'aurais
aussi bien, voire mieux fait d'aller ailleurs. Mon destin se
ressaisissait de moi. Ce n'était pas la première fois ni la
seconde que j'étais parti de Salem — pour toujours semblait-il — et que je revenais, tel un sou faux, ou comme si
Salem était pour moi le centre du monde.

C'est donc ainsi qu'un beau matin j'escaladai l'escalier
de granit, nomination en poche, pour apparaître au corps
des fonctionnaires qui allaient m'aider à porter mes lourdes responsabilités d'inspecteur des Douanes [8].

Je doute fort — ou plutôt non, je ne mets rien en doute
du tout — qu'un chef de service des États-Unis ait jamais
eu sous ses ordres un corps de vétérans d'âge aussi
patriarcal que celui auquel j'eus affaire. Depuis plus de
vingt ans, la position indépendante de leur chef avait tenu
à Salem les fonctionnaires de la Douane à l'abri des
vicissitudes politiques qui rendent généralement tout
poste si fragile. Officier — et officier des plus distingués
de la Nouvelle-Angleterre — ce chef, le général Miller [9],
se maintenait inébranlablement sur le piédestal de ses
valeureux services. Et, se sentant soutenu par le sage
libéralisme de ses chefs successifs, il avait, pour sa part,
maintenu en place ses subordonnés en plus d'une heure
où menaçaient des tremblements de terre administratifs.
Le général Miller était radicalement conservateur : sur sa
nature de brave homme, l'habitude n'avait pas une mince
influence. Il s'attachait avec force aux visages familiers
et ne se décidait qu'à grand-peine à opérer des changements, même au cas où ceux-ci auraient entraîné d'indis-
cutables améliorations. C'est ainsi qu'entrant en fonction
je ne trouvai guère en place que des hommes âgés —

8. « inspecteur des Douanes » : Nathaniel Hawthorne prit ses fonctions en 1846 et fut inspecteur des Douanes jusqu'en 1849.
9. « le général Miller » : il s'agit de James F. Miller (1776-1851), qui
se distingua dans la guerre de 1812.

vieux capitaines de la marine marchande pour la plupart
qui, après avoir été secoués par toutes les mers du monde
et avoir hardiment tenu tête aux tempêtes de la vie,
avaient finalement été poussés vers ce havre paisible. Là,
sans être guère inquiétés que par les transes que leur
valaient les élections présidentielles, ils avaient passé un
nouveau bail avec l'existence. Sans être moins sujets que
leurs semblables à la vieillesse et aux infirmités, ils pos-
sédaient très évidemment un charme pour tenir la mort à
distance. Deux ou trois d'entre eux, atteints de la goutte
ou de rhumatismes, n'auraient jamais eu l'idée de se faire
voir dans les bureaux durant une grande partie de l'année.
Mais au sortir d'un hiver de somnolence, ils se glissaient
dehors, sous le chaud soleil de mai ou de juin, pour
répondre à l'appel de ce qu'ils nommaient leur devoir.
Ensuite de quoi, à leurs heure et convenance, ils allaient
se remettre au lit.

Je dois m'avouer coupable d'avoir abrégé le souffle de
ces vénérables serviteurs de la République. Ils reçurent,
par suite de mes représentations, licence de se reposer de
leurs labeurs. Et peu après, comme si seul les avait
retenus à la vie — et je suis d'ailleurs convaincu que
c'était le cas — leur zèle au service de la communauté, ils
se retirèrent en un monde meilleur. Ce m'est une pieuse
consolation de me dire que, grâce à mon intervention, un
laps de temps suffisant leur fut accordé pour se repentir
des pratiques corrompues où tout douanier est supposé
tomber — les portes de la Douane n'ouvrant pas sur le
chemin du Paradis.

La plus grande partie de mes subordonnés étaient
whigs [10]. Il était heureux pour leur confrérie chenue que
le nouvel inspecteur ne se mêlât point de politique et,
encore que fidèlement attaché en principe à la démocratie, ne dût point son poste à des services rendus à un parti.
S'il en avait été autrement, si un politicien militant, nanti
de cette place influente, avait assumé la tâche facile de
tenir tête au directeur whig que ses infirmités empê-

10. « whigs » : contrairement aux « tories », les « whigs » américains
soutenaient la révolution contre les Anglais.

chaient de remplir personnellement ses fonctions, c'est à
peine si l'un des hommes de la vieille équipe eût conservé
souffle officiel. D'après les idées reçues en pareille matière, il eût été du devoir d'un bon démocrate de faire
passer toutes ces têtes blanches sous le couperet de la
guillotine. Il était clair que ces bons vieux redoutaient de
ma part quelque incivilité de ce genre. Cela me faisait de
la peine et, en même temps, m'amusait de constater les
terreurs que soulevait ma nomination, de voir une joue
ravinée par les intempéries d'un demi-siècle de tourmen-
tes devenir blême sous le regard d'un individu aussi
inoffensif que moi, de discerner, lorsque l'un d'entre eux
m'adressait la parole, un tremblement dans une voix qui
avait, dans les temps anciens, hurlé dans un porte-voix
assez vigoureusement pour imposer silence à Borée lui-
même. Ces braves gens savaient bien qu'ils auraient dû
faire place à des hommes plus jeunes, d'une nuance
politique plus orthodoxe, de toute façon enfin, mieux
qualifiés qu'eux pour servir notre oncle commun. Je le
savais aussi, mais ne pouvais trouver le cœur d'agir en
conséquence. Au grand dam de ma conscience professionnelle, ces bons vieux continuèrent donc, tant que
j'occupai mon emploi, de se traîner au long des quais et
de flâner sur l'escalier du bâtiment des Douanes. Ils
passaient aussi une bonne partie de leur temps à dormir
dans leurs coins habituels, sur leurs chaises appuyées en
équilibre contre le mur; s'éveillant deux ou trois fois dans
la journée pour s'assommer les uns les autres par la
millième répétition d'une histoire de marin ou d'une des
plaisanteries hors d'usage qui étaient devenues parmi eux
des mots de passe et de ralliement.

On découvrit, je suppose assez vite, que le nouvel
inspecteur n'était pas très redoutable. Alors d'un cœur
léger et rendus tout heureux par la conscience de remplir
un devoir utile — sinon envers le pays, du moins envers
eux-mêmes — ces braves vieux messieurs vaquèrent aux
diverses formalités de leur emploi. L'œil sagace derrière
leurs lunettes, ils scrutèrent les cargaisons. Grandes
étaient les histoires qu'ils faisaient pour des riens et
merveilleux parfois, le manque de flair qui permettait à

de gros morceaux de leur glisser entre les doigts. Toutes les fois qu'une mésaventure de ce genre arrivait, quand un wagon plein de marchandises de prix avait été débarqué en fraude, au grand jour et juste sous leur nez, rien ne pouvait surpasser le zèle qu'ils mettaient à fermer à double, triple tour et sceller à la cire toutes les ouvertures du vaisseau délinquant.

Au lieu d'une réprimande pour leur négligence précédente, le cas semblait réclamer un éloge pour les précautions qu'ils multipliaient, une fois le mal irréparablement accompli.

A moins que les gens ne soient par trop désagréables, j'ai la folle habitude de me sentir porté à l'affection envers eux. Le bon côté du caractère de mon voisin — si ce bon côté existe — est celui qui l'emporte généralement à mes yeux. Comme la plupart de ces vieux fonctionnaires avaient leurs bons côtés et comme ma position m'imposait envers eux une attitude protectrice favorable au développement de sentiments amicaux, je ne tardai pas à les prendre tous en affection.

Les après-midi d'été, quand l'ardente chaleur qui liquéfiait presque le reste des humains communiquait seulement à leurs organismes engourdis une ravigotante tiédeur, il était agréable de les entendre bavarder dans l'entrée sur leurs rangées de chaises en équilibre contre le mur. Les mots d'esprit des générations passées dégelaient sur leurs lèvres et en découlaient en même temps que des rires. La jovialité des hommes âgés a beaucoup de rapport avec la gaieté des enfants. L'esprit et le sens du comique n'ont pas grand-chose à y voir. Il s'agit, chez les uns comme chez les autres, d'une lumière qui joue en surface et donne un aspect joyeux tant à de verts rameaux qu'à de vermoulus troncs gris. Mais en un cas il s'agit vraiment des rayons du soleil, dans l'autre, il y a de la ressemblance avec la lueur phosphorescente du bois pourrissant.

Il serait tristement injuste, le lecteur doit s'en rendre compte, de représenter tous mes excellents vieux amis comme tombés en enfance. D'abord, tous mes collègues n'étaient pas vieux. Il y avait parmi eux des hommes dans la force de l'âge, énergiques, capables, tout à fait supérieurs au genre de vie apathique, à la situation dépendante que leur avait réservée leur mauvaise étoile. Et, par ailleurs, les boucles blanches de l'âge se trouvaient parfois être le chaume qui recouvrait une charpente intellectuelle en bon état. Mais, en ce qui concerne la majorité de mon corps de vétérans, je ne leur ferai nul tort si je les représente comme un tas de vieux radoteurs n'ayant rien conservé qui valût la peine des nombreuses expériences de leur longue vie. Ils semblaient avoir jeté aux quatre vents les grains d'or de la sagesse pratique, qu'ils auraient eu tant d'occasions d'engranger, et avoir bien soigneusement empli leurs mémoires de balle d'avoine. Ils parlaient avec bien plus d'intérêt et d'onction de leur petit déjeuner du matin ou de leur dîner de la veille que du naufrage qu'ils avaient fait quarante ou cinquante ans auparavant et que des merveilles du monde qu'ils avaient pu, en leur temps, voir de leurs yeux.

Leur aîné à tous, le patriarche, non seulement de cette petite équipe mais, j'ose le déclarer, de tout le respectable corps des fonctionnaires des Douanes aux États-Unis, était certain sous-inspecteur inamovible. Il pouvait vraiment être appelé un fils légitime de l'administration car son père, un colonel de la Révolution, qui avait été auparavant commissaire du port, avait créé un poste pour lui et l'y avait nommé en des temps si reculés que peu de gens en peuvent aujourd'hui garder le souvenir. Cet inspecteur était, lorsque je l'ai connu, un homme d'environ quatre-vingts ans et un des plus merveilleux spécimens de verdeur prolongée que l'on ait chance de rencontrer au long d'une vie. Avec son teint fleuri, sa personne compacte bien sanglée dans une tunique bleue à boutons brillants, son pas vif, son air dispos et de belle humeur, il donnait l'impression, non à vrai dire d'un homme jeune, mais d'une nouvelle invention de notre Mère Nature, d'un être que ni l'âge ni les infirmités ne devaient se mêler de toucher. Sa voix et son rire, qui ne cessaient de retentir dans tout le bâtiment, n'avaient rien de cassé ni de chevrotant, mais jaillissaient de ses poumons avec la sonorité du chant du coq ou du son du clairon. A le regarder simplement comme un animal (et il n'y avait pas

grand-chose d'autre à voir en lui), il satisfaisait par sa
santé intacte, sa faculté de jouir, en cet âge avancé, de
toutes ou presque toutes les délices qu'il avait jamais
recherchées. La vie que lui assurait son traitement — vie
sans souci que ne troublait qu'à peine et rarement l'appréhension d'être destitué — avait évidemment contribué
à lui rendre léger le passage du temps. Mais les raisons
véritables et profondes de sa vitalité prolongée, il fallait
les chercher dans la rare perfection d'une nature animale
où ne se mêlaient qu'une dose très modérée d'intelligence
et un appoint très négligeable d'éléments moraux et spi-
rituels. Ces derniers existaient seulement dans une mesure suffisante pour empêcher le vieux monsieur de marcher à quatre pattes. Il ne possédait ni vigueur de pensée,
ni profondeur de sentiments, ni gênante sensibilité. Rien,
en somme, que quelques instincts ordinaires qui, avec
l'aide de cette bonne humeur, inévitable conséquence de
son bien-être physique, lui tenaient fort convenablement
lieu de cœur. Il avait été l'époux de trois femmes, mortes
toutes trois depuis longtemps; père de quelque vingt
enfants qui, un peu à tous les âges, avaient fait eux aussi
retour à la poussière. On aurait pu supposer qu'il y avait
là matière à suffisamment de chagrin pour assombrir les
dispositions les plus joviales. Mais il n'en allait point
ainsi avec notre vieux sous-inspecteur! Un petit soupir
suffisait à l'alléger du poids de tant de tristes réminiscences. L'instant d'après, il était aussi disposé à s'amuser
qu'un petit garçon encore en robes: bien plus que le
commis aux écritures du receveur qui, à dix-neuf ans, se
montrait de beaucoup l'aîné des deux.

J'observais ce patriarcal personnage avec bien plus de
curiosité que n'importe quel autre des humains qui s'offraient alors à mon attention. C'était vraiment un phénomène rare: si parfait à un point de vue, si creux, si
décevant, si insaisissable qu'il en devenait inexistant à
tous les autres. Je concluais qu'il n'avait ni cœur, ni âme,
ni esprit. Rien, comme je l'ai déjà dit, que des instincts.

Et pourtant, le petit nombre d'éléments qui compo-
saient son personnage avait été si habilement assemblé
que cet homme ne donnait aucune impression pénible de

lacune. Il m'inspirait, tel quel, une satisfaction complète.
Sans doute était-il difficile de concevoir comment il
pourrait exister dans l'au-delà tant il semblait fait pour le
monde des sens. Mais, même si elle devait se terminer
avec son dernier soupir, son existence ici-bas ne lui avait
pas été donnée par un geste dépourvu de bonté. Sans
avoir plus de responsabilité que les bêtes des champs, le
vieux sous-inspecteur avait eu de plus larges possibilités
de jouissances qu'elles en même temps que l'immunité
bénie qui les préserve des sombres tristesses du vieil
âge.

Un point sur lequel il remportait de beaucoup l'avantage sur ses frères à quatre pattes était son don de se
souvenir des bons dîners qu'il avait mangés — et manger
de bons dîners avait, en grande partie, constitué le bonheur de sa vie. La gourmandise était chez lui un trait fort
agréable : l'entendre parler d'un rôti vous mettait en appétit aussi bien qu'un radis ou une huître. Comme il ne
possédait aucune qualité plus haute, ne lésait aucun attri-
but spirituel en vouant toutes ses énergies et ses talents
aux délices de son palais, cela m'était toujours un plaisir
de l'entendre deviser de poissons, volailles, viandes
de boucheries et des meilleures façons de les préparer
pour la table. Pour reculée que fût la date des festins
évoqués, ses souvenirs de bonne chère semblaient faire
monter le fumet de porcs ou de dindes sous vos narines.
Des succulences s'attardaient sur sa langue depuis
des soixante et soixante-dix ans et gardaient apparemment dans sa bouche une saveur aussi fraîche que la
côtelette qu'il avait le matin même dégustée à son petit
déjeuner.

Je l'ai vu se pourlécher de repas dont tous les convives,
excepté lui, servaient depuis longtemps de nourriture aux
vers. Il était merveilleux de voir les fantômes de ces
banquets s'élever sans cesse devant lui, non sous le coup
de la colère et pour lui demander des comptes, mais
comme pour lui manifester leur reconnaissance d'avoir
été si bien appréciés. Un tendre filet de bœuf, un jarret de
veau, une côte de porc, certaine dinde ou tel poulet entre
tous dignes de louanges au temps, peut-être, du premier

des deux Adams [11] avaient place en son souvenir. Alors
que tout ce qui avait pu se passer entre-temps dans la vie
du pays ou dans sa propre existence avait glissé sur lui
sans peser beaucoup plus qu'une brise passagère. Le plus
tragique événement de la vie du vieil homme était, pour
autant que j'aie pu en juger, la déception que lui avait
causée une oie qui vécut et mourut il y a quelque vingt ou
quarante ans. Une oie à la silhouette on ne peut plus
prometteuse mais qui se révéla, à table, si furieusement
coriace que le couteau à découper ne put entamer sa
carcasse et qu'il y fallut la hache et la scie.

Mais il est temps d'en finir avec cette esquisse. J'ai-
merais pourtant m'y attarder indéfiniment car, de tous les
êtres que j'ai connus, ce personnage était le mieux fait
pour être fonctionnaire des Douanes. La plupart des gens,
pour des raisons que je n'aurais pas la place d'indiquer
ici, pâtissaient moralement du mode de vie qu'implique
cet état. Notre vieux sous-inspecteur ne risquait rien de ce
genre. S'il lui avait fallu continuer de mener la vie de
bureau jusqu'à la fin des temps, il se serait maintenu dans
le même parfait état de santé et chaque jour mis à table de
tout aussi bon appétit.

Il y a un personnage dont l'absence laisserait ma galerie de portraits étrangement incomplète, mais les occasions relativement rares que j'ai eues de l'observer me
permettront seulement d'en esquisser les contours. Je
veux parler de notre directeur, de ce vaillant vieux général qui, après avoir rendu dans l'armée de brillants services, puis gouverné un sauvage territoire de l'ouest, était
venu ici, voici quelque vingt ans, passer le déclin d'une
vie honorable et mouvementée. Ce brave soldat avait déjà
atteint, sinon dépassé, soixante et dix ans. Il poursuivait
ici-bas sa marche en avant sous le poids d'infirmités que
même la musique martiale de ses souvenirs ne pouvait
pas beaucoup alléger. Son pas, jadis le premier dans les
charges, était paralysé aujourd'hui. C'était seulement
avec l'aide d'un serviteur, et en s'appuyant lourdement

11. « . . . premier des deux Adams » : c'est-à-dire John Adams
(1735-1826), second président des États-Unis (de 1797 à 1801) et père
du sixième président.

de la main à la rampe de fer, que notre chef pouvait
péniblement et lentement gravir l'escalier du bâtiment des
Douanes pour se traîner ensuite jusqu'à son fauteuil habituel, près du feu. Il y restait assis, regardant avec une
sérénité quelque peu embuée les gens qui allaient et
venaient, parmi le bruissement des papiers, les presta-
tions de serments, les discussions d'affaires, les conversations de bureau. Bruits et circonstances semblaient
n'impressionner que bien vaguement ses sens, ne pénétrer qu'à peine dans la sphère intérieure de sa contemplation. Si l'on appelait son attention, une expression d'intérêt courtois montait éclairer son visage, prouvant qu'il y
avait de la lumière en lui, que seules les parois extérieures
de sa lampe intellectuelle en obstruaient le passage. Plus
on pénétrait avant dans son esprit, plus on le trouvait
sain. Mais lorsqu'on ne faisait plus appel à lui pour qu'il
parlât ou prêtât l'oreille — deux opérations qui lui coû-
taient un effort évident — son visage revenait vite à son
expression première de tranquillité d'ailleurs nullement
morne — une expression qui n'était pas pénible à voir
car, si elle était vague, elle n'évoquait en rien l'imbécil-
lité de la décrépitude. La charpente de cette nature, à
l'origine forte et massive, ne tombait pas encore en ruine.

Observer et définir ce caractère dans des conditions si
désavantageuses n'en restait pas moins aussi difficile que
de reconstruire en imagination une vieille forteresse
comme celle de Ticonderoga [12] d'après une vue de ses
murs gris tout éboulés. Çà et là, des remparts peuvent
rester intacts mais, partout ailleurs, on ne trouve qu'une
masse informe écrasée sous son propre poids et qu'ont
envahie, au cours de longues années de paix et d'aban-
don, une verdure et des herbes étrangères.

Néanmoins, en regardant le vieux guerrier avec affection — car, pour insignifiantes que fussent entre nous les
communications, il m'inspirait, à moi comme à tous les
bipèdes ou quadrupèdes qui l'approchaient, un sentiment
qui peut très bien s'appeler ainsi — je pouvais discerner

12. « Ticonderoga » : forteresse située près du lac Champlain, prise
aux Français par les Anglais en 1759 ; puis enlevée aux Anglais par les
Américains en 1775.

les traits principaux de son personnage. Il portait la marque de nobles, d'héroïques qualités qui prouvaient que ce n'avait pas été pur hasard mais justice si cet homme s'était fait un nom. Je me rendais compte que son esprit n'avait jamais dû se distinguer par des activités troublantes. De tout temps il avait dû avoir besoin d'une impulsion pour se mettre en branle ; mais une fois en mouvement avec des obstacles à surmonter et un but digne de lui à atteindre, il n'avait pas été homme à s'avouer battu. L'ardeur qui, autrefois, l'animait, qui n'était pas encore tout à fait éteinte, n'avait jamais été de celles qui fulgurent et flambent haut. Elle avait répandu plutôt cette profonde lueur rouge du fer qu'on forge. Poids, solidité, fermeté — telle était l'expression de son repos même au temps dont je parle, sous les atteintes de la décrépitude précoce.

Il me semblait que, sous l'influence d'une surexcitation qui le pénétrerait assez profondément, qu'au bruit d'un coup de trompette assez fort pour éveiller toutes ses énergies qui n'étaient pas mortes mais seulement endormies, cet homme eût encore été capable de rejeter ses infirmités comme une robe de malade, de lâcher la canne du vieil âge et de se ressaisir de l'épée du combat. Et, en pareil moment, son attitude serait restée calme.

Un spectacle pareil n'était du reste bon à évoquer qu'en imagination. Il ne fallait ni compter ni souhaiter y assister. Aussi indiscutablement que dans les vieux remparts de Ticonderoga, déjà cités comme le meilleur des termes de comparaison, je voyais en lui les traces d'une endurance inébranlable qui, en sa jeunesse, était peut-être allée jusqu'à l'obstination ; d'une intégrité qui, ainsi que la plupart de ses autres qualités, se présentait comme une masse pas mal lourde, aussi peu malléable qu'une tonne de minerai de fer ; d'une bonté qui, pour aussi farouchement qu'il eût manié la baïonnette à Chippewa ou à Fort Erie[13], était tout aussi authentique que celle qui peut animer n'importe quel champion de la philanthropie mo-

13. « à Chippewa ou à Fort Erie » : allusion à des batailles livrées par les Américains aux Anglais, en 1814.

derne. Il avait tué des hommes de ses propres mains pour
autant que je sache — des hommes qui avaient dû tomber
comme l'herbe sous la faux devant les charges que son
esprit animait d'énergie triomphale. Pourtant, qu'on se
l'explique comme on voudra, il n'y avait jamais eu en son
cœur assez de cruauté pour dépouiller de ses vives couleurs l'aile d'un papillon. Je n'ai jamais connu d'homme
en la bonté de qui j'eusse fait appel avec plus de
confiance.

Plus d'un trait caractéristique du général — et de ceux
qui ne contribuent pas le moins à la ressemblance d'une
esquisse — devait avoir disparu ou s'être obscurci avant
notre rencontre. Les attributs simplement gracieux sont
d'habitude les plus éphémères. Et la nature n'orne pas les
ruines humaines de beautés nouvelles n'ayant leur terrain
que dans les crevasses de la caducité, si elle sème des
giroflées sur la forteresse démantelée de Ticonderoga.
Pourtant, même du point de vue de la beauté et de la
grâce, des détails étaient à noter chez le général. Un
rayon de malice humoristique perçait de temps en temps
le voile de l'indifférence et venait agréablement éclairer
son visage. Un trait d'élégance naturelle, que le caractère
masculin ne présente guère une fois l'enfance et la première jeunesse passées, se manifestait aussi chez lui par
son goût pour les fleurs.

Un vieux soldat peut sembler devoir n'attacher de prix
qu'aux lauriers sanglants qui couronnent son front mais
celui-ci paraissait aussi sensible qu'une jeune fille aux
charmes de la tribu des fleurs.

Le brave vieux général avait donc coutume de s'asseoir
au coin de la cheminée. Là, l'inspecteur, s'il s'abstenait
autant que possible de la tâche difficile d'entrer en
conversation avec lui, aimait le contempler d'un peu loin
dans son calme presque somnolent. Il paraissait éloigné
de nous bien qu'à quelques mètres de nos yeux, inaccessible bien qu'à portée de notre main qui aurait pu toucher
la sienne au passage. Peut-être menait-il une vie plus
réelle au cœur de ses pensées que dans le décor, si peu
fait pour lui, d'un bureau de receveur des Douanes? Les
évolutions d'une manœuvre, le tumulte d'une bataille, les

accents héroïques d'une vieille marche militaire entendue
il y avait quelque trente ans — peut-être ces visions et ces
bruits existaient-ils pour ses sens par le souvenir. Cependant les armateurs et les capitaines de vaisseau, les employés proprets et les rudes matelots entraient et sortaient; le remue-ménage de la vie commerciale et administrative continuait d'élever sa petite rumeur autour de
lui — et pas plus avec les hommes qu'avec leurs besognes, le général ne semblait entretenir le moindre rapport.
Il était aussi peu à sa place que l'aurait été parmi les
encriers, les paperasses, les règles d'acajou du bureau
du receveur une vieille épée, rouillée à présent, mais
ayant étincelé autrefois sur les champs de bataille et
laissant miroiter encore la lueur de l'acier au long de sa
lame.

Un détail m'était d'un grand secours pour recréer le
vaillant officier des frontières du Niagara — l'homme
profondément et simplement énergique. C'était le souvenir de ce mémorable « j'essaierai [14] » qu'il avait prononcé
à l'heure d'une entreprise héroïque et désespérée. Un
mot qui respire l'âme et l'esprit de cette audace de la
Nouvelle-Angleterre qui a clairement conscience de tous
les périls et les affronte tous. Si, dans notre pays, la
valeur était récompensée par des quartiers de noblesse, ce
mot, si facile à dire, semble-t-il, mais que lui seul a
prononcé en face d'une tâche glorieuse et dangereuse,
serait la meilleure et la mieux appropriée des devises pour
l'écu du général.

Un homme gagne beaucoup en santé intellectuelle et
morale à la fréquentation de gens qui diffèrent de lui, ne
se soucient guère de ses travaux et que lui-même ne peut
apprécier qu'en sortant de la sphère de ses capacités. J'ai
souvent eu dans ma vie cet avantage, mais jamais d'une
façon aussi complète que durant mon séjour prolongé
dans l'administration. C'est là qu'il m'a été, en particulier, permis d'observer quelqu'un qui m'a donné une idée
nouvelle du talent. C'était un homme foncièrement doué

---

14. « j'essaierai » : James F. Miller prononça ces mots lorsque le
général Scott lui ordonna de se lancer à l'assaut des forces britanniques,
pour prendre leur artillerie à Lundy's Lane.

pour les affaires. Il avait l'esprit clair et prompt, un œil
qui perçait à jour les pires enchevêtrements, une faculté
pour tout arranger qui faisait s'évanouir les difficultés
comme sous un coup de baguette magique. Entré dans
les Douanes au sortir de l'enfance, il avait là son
champ d'activité. Toutes les inextricables complications si épuisantes pour un intrus se présentaient à lui
avec le tranquille caractère d'un ensemble parfaitement cohérent. Il ne faisait en vérité qu'un avec les bureaux de la Douane. Il en était, en tout cas, le ressort
principal, celui qui maintenait en activité tous leurs
rouages.

Dans une administration qui les nomme en vue de leur
profit et de leur convenance et ne tient que bien rarement
compte de leurs aptitudes à remplir leur emploi, les fonctionnaires sont bien obligés de chercher en dehors d'eux-
mêmes l'habileté qui leur manque. Aussi notre homme
d'affaires attirait-il à lui, tout aussi naturellement que
l'aimant le fer, toutes les difficultés que rencontrait tout
le monde. Avec une condescendance pleine d'aisance,
une patience pleine de bonté pour notre stupidité — qui à
un esprit comme le sien devait paraître quasi criminelle
— il nous rendait d'une pichenette l'incompréhensible
aussi clair que le jour. Les marchands le mettaient aussi
haut que nous le mettions, nous, ses frères ignares. Son
intégrité était parfaite — une loi de la nature chez lui
plutôt qu'un principe. Un esprit aussi remarquablement
clair et précis ne pouvait, en effet, qu'être honnête en
affaires. Une tache sur sa conscience à propos d'un détail
touchant sa vocation tourmenterait un homme pareil un
peu de la même manière — encore que bien plus fortement — qu'une erreur de comptabilité ou une tache
d'encre sur la belle page nette d'un registre. Bref, j'ai
rencontré là pour une fois dans ma vie une personne
parfaitement adaptée à sa situation.

Tels étaient quelques-uns des personnages à qui je me
trouvais avoir affaire. J'estimais que cette situation, si
éloignée de mes anciennes habitudes, était une bonne
chance pour moi et je me mis en devoir d'en retirer tout le
bénéfice possible. Après avoir partagé les travaux des

rêveurs compagnons de Brook Farm [15] et tenté, avec eux,
de mettre l'impraticable en pratique ; après avoir été pénétré trois ans par l'influence subtile d'un esprit comme
celui d'Emerson [16] ; après avoir passé des jours et des
mois à me livrer, en pleine liberté et en pleine nature, à
des spéculations fantastiques près d'un feu de branches
mortes avec Ellery Channing [17] ; après avoir discuté sur
les vestiges des Indiens avec Thoreau dans son ermitage
de Walden [18] ; après m'être imprégné de poésie au foyer
de Longfellow [19], le temps était venu d'exercer d'autres
facultés de ma nature et de me nourrir d'aliments qui ne
m'avaient jusqu'alors guère mis en appétit.

La littérature, ses buts, les efforts qu'elle exige,
n'avaient plus que peu d'importance à mes yeux. Il y
avait en moi une faculté, un don, qui, s'il ne m'avait pas
tout à fait abandonné, s'était assoupi et demeurait inerte.

Il y aurait eu en tout ceci quelque chose d'inexprimablement lugubre, si je n'avais eu conscience de conserver
le pouvoir de rappeler à moi ce qui avait eu quelque
valeur dans le passé. Sans doute, une vie pareille n'aurait
pu être longtemps vécue sans dommage. Elle pouvait
faire de moi un être à jamais différent de celui que j'avais
été sans me transformer en rien qui en valût la peine.
Mais je la considérai toujours comme étant transitoire.
Un instinct prophétique ne cessa jamais de me souffler
tout bas à l'oreille que, sous peu, dès qu'il me serait
devenu essentiel, un changement s'opérerait en ma faveur.

15. « Brook Farm » : communauté fondée par George Ripley, près de
Boston (1841-1847). Hawthorne y passa quelques mois en 1841. Ce
séjour lui inspira *The Blithedale Romance* (roman publié en 1852).

16. « Emerson » : Ralph Waldo Emerson (1803-1882), le grand
théoricien des Transcendantalistes américains.

17. « Ellery Channing » : William Ellery Channing (1818-1901),
pasteur d'esprit libéral, partisan très convaincu des thèses anti-esclava-
gistes.

18. « Thoreau dans son ermitage de Walden » : Henry David Thoreau
(1817-1862), écrivain transcendantaliste, auteur du roman *Walden*
(1854) où il conte son existence solitaire dans les bois.

19. « Longfellow » : Henry Wadsworth Longfellow (1807-1882),
poète célèbre, camarade d'école puis ami intime de Nathaniel
Hawthorne.

En attendant, je restais inspecteur des Douanes et ne remplissais pas, pour autant que j'aie pu m'en rendre compte, mes fonctions plus mal qu'il ne convenait. Tout homme (fût-il dix fois plus doué sous le rapport de la pensée, de la fantaisie, de la sensibilité que notre inspecteur) peut n'importe quand devenir homme d'affaires s'il veut s'en donner la peine. Mes collègues, les armateurs, les officiers de la marine marchande, avec qui mes fonctions me mettaient en rapport, ne me voyaient que sous ce jour, ne me connaissaient probablement aucune autre réputation. Nul d'entre eux n'avait jamais lu, je présume, une page de ma composition. Les eussent-ils toutes lues qu'ils ne s'en fussent pas plus souciés que d'une guigne. Et il n'en serait pas allé le moins du monde différemment si les pages en question avaient été écrites par une plume comparable à celle de Burns ou de Chaucer [20], en leur temps, eux aussi, fonctionnaires des Douanes. Encore qu'elle soit souvent assez dure, c'est une bonne leçon, pour l'homme qui a rêvé de gloire littéraire, de s'éloigner du milieu où ses visées sont admises, de constater à quel point tout ce qu'il a pu tenter d'accomplir dans cette partie perd vite alors toute signification. Je ne pense pas avoir eu particulièrement besoin de cette leçon, pas plus à titre d'avertissement que de rebuffade, mais je l'ai, en tout cas, apprise de bout en bout. Et j'ai plaisir à me rappeler qu'en me parvenant, la vérité ne m'a jamais porté un coup, que je ne l'ai jamais, non plus, repoussée avec un soupir. Sous le rapport des échanges littéraires, le commissaire du port — un excellent homme — engageait, je dois dire, souvent une discussion avec moi sur Napoléon ou Shakespeare, ses sujets de conversation favoris. Le commis aux écritures du receveur — un jeune homme qui, murmurait-on, couvrait de temps en temps une feuille du papier à lettres de l'Oncle Sam de quelque chose qui (vu d'une distance de quelques mètres) ressemblait beaucoup à de la poésie — le commis du receveur me parlait de livres quelquefois comme d'une question

20. « Burns ou . . . Chaucer » : Geoffrey Chaucer fut fonctionnaire des Douanes de 1374 à 1386. Robert Burns eut un emploi semblable entre 1789 et 1791.

sur laquelle j'aurais peut-être pu avoir quelques lueurs. C'était là tout en fait de commerce littéraire et cela suffisait à mes besoins.

Détaché de l'ambition de le voir se répandre dans le monde sur des couvertures de livres, je souriais en pensant que mon nom avait acquis un autre genre de vogue. Le tampon de la Douane l'imprimait sur des sacs de poivre, des panières de rocouyers, des boîtes de cigares, des ballots de quantité d'autres marchandises pour attester que tous droits avaient été payés. Sur ce bizarre véhicule de gloire, la connaissance de mon existence allait, dans la mesure où un nom suffit à communiquer pareille connaissance, gagner des endroits où elle n'était jamais parvenue auparavant et où elle ne parviendra, j'espère, jamais plus.

Mais le passé n'était pas mort. A des intervalles, d'ailleurs éloignés les uns des autres, les pensées qui avaient paru si vitales, si actives et qui s'étaient si tranquillement laissé mettre de côté, reprenaient de la vigueur. Leur plus remarquable occasion de se ranimer fut celle qui, d'après les lois sur la propriété littéraire, devait me permettre d'offrir au public l'esquisse que me voici en train d'écrire.

Au second étage du bâtiment des Douanes, se trouve une vaste pièce dont les murs de briques n'ont jamais été revêtus de boiseries, ni les poutres de plâtre. Le bâtiment, originairement conçu à la mesure des anciennes entreprises commerciales du port et en vue d'une prospérité qui ne devait jamais se réaliser, comprenait beaucoup plus d'espace que ses occupants n'en avaient l'emploi. Cette vaste salle n'a donc jamais été terminée. En dépit des vieilles toiles d'araignées qui pendent en festons de ses poutres poussiéreuses, elle semble attendre toujours la venue du maçon et du charpentier. A l'une de ses extrémités, dans un enfoncement, des barils étaient empilés les uns sur les autres, pleins de documents officiels. Tout un fatras du même genre encombrait le plancher. Il était pénible de songer à tous les jours, les mois, les années de travail gaspillés sur ces paperasses moisies qui n'étaient plus à présent qu'un embarras sur terre et avaient été

reléguées en ce coin perdu où nul œil humain ne devait
plus les apercevoir.

Mais que de manuscrits couverts, eux, non de la morne
prose administrative, mais des pensées de cerveaux in-
ventifs, des effusions de cœurs vibrants sont également
tombés dans l'oubli ! Et sans avoir servi un but en leur
temps comme l'avait fait cet amoncellement de paperasses. Sans même avoir, chose triste entre toutes, valu à
leurs auteurs le bon gagne-pain qu'avaient assuré aux
employés de la Douane ces griffonnages sans valeur aucune ! Peut-être n'étaient-ils pas tout à fait sans valeur,
cependant en tant que documents d'histoire locale ? On
devait pouvoir y découvrir des statistiques concernant le
commerce d'autrefois à Salem, des allusions à ses marchands princiers ou au vieux Derby, au vieux Billy
Gray [21], au vieux Simon Forrester [22] et à plus d'un autre
magnat de l'époque dont la tête poudrée était, toutefois, à
peine dans la tombe que l'amas de ses richesses commençait à baisser. On devait pouvoir retrouver, dans ce fouil-
lis, trace des fondateurs de la plus grande partie des
familles composant aujourd'hui l'aristocratie de Salem ;
prendre ces ancêtres à leurs débuts modestes d'obscurs
trafiquants, à une date bien postérieure à la Révolution et
voir s'établir un rang qui, aux yeux de leurs enfants, fait
partie depuis longtemps de l'ordre des choses.

Sur l'époque antérieure à la Révolution, il y avait
pénurie de documents. Les plus anciennes archives de la
Douane ayant été, probablement, transportées à Halifax
quand tous les fonctionnaires du roi se joignirent à l'armée anglaise qui avait pris la fuite à Boston. Je l'ai
regretté bien souvent. En remontant jusqu'au temps du
protectorat [23], peut-être aurait-on trouvé dans ces papiers
des allusions à des personnages oubliés ou non, des

21. « Billy Gray » : William Gray (1750-1825), armateur et gouverneur du Massachusetts.
22. « Simon Forrester » : peut-être le marin célèbre (?-1817), époux
de la fille aînée du grand-père de l'auteur, Daniel Hathorne. Un autre
Simon Forrester (1776-1851) vécut à Salem : il avait une grande for-
tune.
23. « au temps du protectorat » : c'est-à-dire à l'époque où Oliver
Cromwell, Lord Protector, gouvernait l'Angleterre (1653-1658).

détails sur d'antiques coutumes que j'aurais recueillis avec autant de plaisir que les flèches indiennes que je ramassais dans le champ voisin du vieux presbytère.

Mais un pluvieux jour de flânerie, j'eus la chance de faire une découverte de quelque petit intérêt. Je me livrais à des fouilles parmi les déchets entassés dans l'enfoncement, dépliant çà et là un papier, lisant les noms de vaisseaux depuis longtemps sombrés au fond des mers ou en train de pourrir dans un port, ou des noms de marchands qui ne sont plus jamais prononcés à la Bourse et qu'il n'est pas très commode de déchiffrer sur des pierres tombales moussues.

Je jetais sur ces papiers des coups d'œil sans entrain, ressentant seulement cet intérêt, mitigé de tristesse et de lassitude, que nous accordons comme à contrecœur aux restes d'activités mortes. Je faisais tous les efforts en mon pouvoir pour stimuler ma fantaisie que l'inaction avait rendue paresseuse, pour faire surgir de ces ossements une image pittoresque de la vieille ville, des temps où les Indes étaient un pays neuf et Salem seule à en connaître la route — quand je mis, par hasard, la main sur un petit paquet soigneusement enveloppé dans un morceau de vieux parchemin jaune. Cette enveloppe donnait au paquet l'air de renfermer des archives très anciennes, datant d'une époque où les commis aux écritures grossoyaient sur des feuillets plus résistants que ceux qui sont en usage aujourd'hui. Il présentait, ce petit paquet, un je ne sais quoi qui stimula en moi un instinct de curiosité et me fit dénouer le ruban d'un rouge fané qui l'attachait, avec le sentiment qu'un trésor allait m'apparaître.

L'ayant déplié, je vis que ce rigide morceau de parchemin était une nomination signée par le Gouverneur Shirley [24] et qui élevait un certain Jonathan Pue à la dignité d'inspecteur des Douanes de Sa Majesté dans le port de Salem, province du Massachusetts. Il me souvint alors d'avoir lu quelque part (probablement dans les *Annales* de Felt) une note concernant le décès de M. l'Ins-

---

24. « le Gouverneur Shirley » : William Shirley (1694-1771), gouverneur du Massachusetts (1741-1749 et 1753-1756).

pecteur Pue, survenu il y avait quelque quatre-vingts
ans [25]. Je me rappelai aussi avoir lu dans un journal de
date récente le compte rendu de la trouvaille qu'on avait
faite des restes de ce personnage dans le petit cimetière
attenant à l'église Saint Peter comme on réparait cet
édifice. Rien, si j'ai bonne mémoire, ne subsistait de mon
vénérable prédécesseur à part un squelette incomplet,
quelques lambeaux de vêtements et une perruque majestueusement bouclée qui, à la différence de la tête qu'elle
avait autrefois ornée, demeurait en très satisfaisant état de
conservation. Mais en examinant les papiers auxquels la
nomination sur parchemin servait d'enveloppe, j'y trouvai plus de traces du cerveau de M. l'Inspecteur Pue et de
ce qui se passa dans sa tête que la perruque bouclée
n'avait conservé de vestiges du vénérable crâne qu'elle
avait abrité.

Bref, il ne s'agissait pas de documents officiels, mais
de papiers privés ou, tout au moins, écrits par M. l'Inspecteur Pue en tant que personne privée et, semblait-il, de
sa propre main. S'ils se trouvaient dans le tas mis au rebut
par l'Administration, je ne me l'expliquais que par le fait
que M. l'Inspecteur Pue était mort de mort subite. Ces
papiers, qu'il conservait sans doute dans son bureau officiel, n'avaient jamais dû parvenir à la connaissance de ses
héritiers. On avait certainement cru qu'ils concernaient
les fonds du Trésor. Lors du transfert des archives à
Halifax, ce paquet, qui ne présentait aucun intérêt général, avait été laissé en arrière et n'avait, depuis, jamais été
ouvert.

M. l'Inspecteur Pue n'étant pas grandement accablé,
j'imagine, en ces temps reculés, par les travaux de sa
charge, semble avoir consacré une partie de ses abondants loisirs à des recherches sur l'histoire locale. C'était
là pour lui façon d'entretenir une activité menue qui eût
été autrement rongée par la rouille. Une partie des infor-
mations qu'il consigna par écrit m'a servi pour l'étude
intitulée *Main Street*. Le reste me servira peut-être plus

25. « Il me souvint alors . . . quelque quatre-vingts ans » : voir Jo-
seph B. Felt, *Annals of Salem from Its First Settlement* (Salem, 1827).

tard. Il pourrait même être la base d'une histoire en règle de Salem si ma vénération pour ma ville natale me pousse jamais à entreprendre une aussi pieuse tâche. Je tiens, en tout cas, ma trouvaille à la disposition de toute personne plus compétente que moi et qui se sentirait portée à retirer de mes mains cette tâche ingrate.

Mais, ce qui attira le plus mon attention dans ce paquet mystérieux fut un certain morceau de belle étoffe rouge qui avait dû être beaucoup porté. Il était tout fané. Il présentait des traces de broderies d'or, mais très effrangées, très éraillées, si bien que tout ou presque tout l'éclat en était terni. Ces broderies avaient été exécutées, c'était facile à voir, avec un merveilleux talent. Le point employé (d'après ce que m'ont appris des dames versées en pareils mystères), témoigne d'un art aujourd'hui bien oublié, dont on ne saurait découvrir le secret, même en défaisant l'ouvrage fil à fil. A la suite d'un examen attentif ce chiffon écarlate — un long usage, le temps et une mite sacrilège avaient, en effet, à peu de chose près réduit l'objet à l'état de chiffon — ce chiffon écarlate se trouva prendre la forme d'une lettre. De la lettre majuscule A. Des mesures rigoureusement prises attribuèrent à chaque jambage exactement trois pouces de long. Cette lettre avait été faite, c'était indubitable, pour orner un costume. Mais comment la portait-on? De quel rang, de quelle dignité était-elle signe dans l'ancien temps? C'étaient là des énigmes que je pensais n'avoir que bien peu de chances de résoudre — les us et coutumes sont si fugaces ici-bas en pareille matière! Et, pourtant, j'étais étrangement intéressé. Mes regards se fixaient sur cette vieille lettre écarlate et ne voulaient pas s'en laisser détourner. Certainement cet objet possédait une signification profonde qu'il valait la peine de chercher à interpréter. Il en émanait quelque chose qui venait subtilement toucher ma sensibilité, mais échappait à l'analyse de mon esprit.

Je restais donc bien perplexe et, tandis que j'agitais entre autres hypothèses, celle qui en aurait fait un de ces ornements que les Blancs combinaient pour impressionner les Peaux-Rouges, je vins à placer la lettre sur ma poitrine. Il me sembla — le lecteur peut sourire mais ne doit pas mettre ma parole en doute — il me sembla alors éprouver une sensation qui, sans être tout à fait physique, l'était pourtant assez pour faire nettement l'effet d'une brûlure — comme si la lettre n'avait pas été un bout d'étoffe mais un fer rouge. Je frissonnai et la laissai tomber à terre.

Absorbé par ma contemplation de la lettre écarlate, j'avais jusqu'alors négligé d'examiner un petit rouleau de papier sali autour duquel cette lettre avait été entortillée. Je le déroulai alors et eus la satisfaction d'y trouver, écrite de la main du vieil inspecteur, une explication suffisamment complète de toute l'affaire. Ce rouleau comprenait plusieurs feuillets de grand format contenant pas mal de détails sur la vie et les propos d'une certaine Hester Prynne qui semblait avoir été un personnage aux yeux de nos ancêtres.

Elle avait eu son temps entre les débuts du Massachusetts et la fin du XVIIe siècle. Des personnes âgées, contemporaines de M. l'Inspecteur Pue et dont les témoignages oraux avaient servi à celui-ci pour composer son histoire, se souvenaient de l'avoir vue en leur jeunesse. C'était alors une femme très vieille mais non décrépite, d'allure imposante. Elle avait, depuis des temps immémoriaux, pris l'habitude d'aller et de venir par le pays comme une sorte d'infirmière bénévole et de faire tout le bien qu'elle pouvait. Elle prenait aussi sur elle de donner son avis sur toutes les questions, particulièrement sur les affaires de cœur. Aussi était-elle — comme ce ne peut qu'être le cas d'une personne à pareilles tendances — révérée par bien des gens à l'égal d'un ange mais tenue, j'imagine, par maints autres pour une peste qui aurait bien dû se mêler de ce qui la regardait. Feuilletant un peu plus avant le manuscrit, j'y découvris sur les faits, gestes et épreuves de cette femme singulière des détails que le lecteur trouvera en bonne partie rapportés dans *La Lettre écarlate*. Qu'on n'oublie pas, en cours de lecture, que l'authenticité des principaux épisodes de cette histoire est garantie par le manuscrit de M. l'Inspecteur Pue. Ce document demeure, ainsi que la lettre écarlate — cette très curieuse relique — en ma possession. Et je les montrerai libéralement l'un et l'autre à tous ceux que le grand intérêt présenté par ce récit pourrait pousser à les voir. Il ne faudrait pas en conclure qu'en mettant sur pied cette histoire, en imaginant les motifs, les passions des personnages qui y figurent, je me suis confiné dans les limites de la demi-douzaine de feuillets du vieil inspecteur. Au contraire, je me suis accordé autant de liberté que si les faits avaient été entièrement de mon invention. Je ne me porte garant que de l'authenticité des contours.

Cette trouvaille ramena jusqu'à un certain point mon esprit en son ancienne voie. Il semblait y avoir là le sujet d'un conte. Je restais impressionné comme si le vieil inspecteur en son costume d'il y a quelque cent ans et portant sa perruque immortelle — qui fut enterrée avec lui mais ne périt point en la tombe — était venu à moi dans la salle déserte du bâtiment des Douanes. Je lui voyais la majesté de quelqu'un qui avait été fonctionnaire du roi et se trouvait, par conséquent, illuminé par un rayon de l'aveuglante splendeur qui scintillait autour du trône. Quelle différence, hélas! avec l'air de chien tenu en laisse du fonctionnaire de la République qui, en tant que serviteur du peuple, se sent plus humble que le plus humble, plus bas que le plus bas de ses maîtres. De sa main de fantôme, cette silhouette indistincte mais majestueuse m'avait tendu le symbole écarlate et le petit rouleau de manuscrit explicateur.

De sa voix de fantôme, le ci-devant inspecteur m'avait exhorté au nom du respect que devaient m'inspirer envers lui des devoirs filiaux — car je pouvais le considérer comme mon ancêtre dans le monde officiel — de porter à la connaissance du public son élucubration moisie attaquée par les vers.

— Faites cela, avait dit le fantôme de M. l'Inspecteur Pue, avec un énergique mouvement de sa tête si imposante sous la mémorable perruque. Faites cela et tout le profit sera pour vous! Vous en pourriez avoir besoin sous peu car il n'en va point de votre temps comme il en allait du mien où la charge d'un homme lui était acquise pour la vie et souvent même à titre héréditaire. Mais je vous enjoins, en cette affaire de Mme Prynne, de rendre à la mémoire de votre prédécesseur la part qui lui revient de droit.

Et moi de répondre :

— Je n'y manquerai pas, Monsieur l'Inspecteur !

Par la suite, l'histoire d'Hester Prynne occupa donc beaucoup mes pensées. Elle devint le sujet de mes méditations pendant bien des heures tandis que je faisais les cent pas dans mon bureau ou au long du passage qui s'étendait entre la porte d'entrée et la porte de derrière du bâtiment de la Douane. Grande était la contrariété du vieux sous-inspecteur et des autres préposés de l'administration, dont les sommes étaient troublés par l'impitoyable bruit de mes va-et-vient prolongés. Se souvenant de leurs habitudes d'autrefois, ils disaient que l'inspecteur arpentait le gaillard d'arrière. Sans doute se figuraient-ils que je n'avais d'autre objet que de m'ouvrir l'appétit. Quelle autre raison aurait bien pu pousser un homme sain d'esprit à se mettre volontairement en mouvement ? Et, à vrai dire, un appétit aiguisé par le vent d'est qui soufflait généralement dans le couloir était bien à peu près tout le bénéfice que je retirais de tant d'exercice.

L'atmosphère des bureaux d'une douane est tellement peu favorable aux éclosions de la sensibilité et de la fantaisie que, si j'avais conservé mon poste durant le mandat de dix présidents, *La Lettre écarlate* n'aurait jamais été présentée au public. Mon imagination n'était plus qu'un miroir terni : elle ne voulait pas refléter, ou ne reflétait qu'avec un manque de netteté rebutant, les personnages dont je m'efforçais de la peupler. Les héros de l'histoire restaient de glace, ne devenaient pas malléables à ce que je pouvais attiser comme feu dans ma forge intellectuelle. Ils ne voulaient s'animer ni à la chaleur de la passion ni à celle de la tendresse. Ils gardaient une rigidité de cadavres et me regardaient fixement avec un sinistre rictus de défi.

— Qu'avez-vous à faire avec nous ? semblait me dire leur expression. Le petit pouvoir que vous avez peut-être un temps exercé sur le peuple de l'irréel s'est évanoui.

Vous l'avez troqué contre quelques pièces de l'or public.
Allez gagner vos gages !

Bref, les créatures à demi inanimées de ma propre
imagination me gourmandaient et se gaussaient de moi.
Et non sans de bonnes raisons. Ce n'était pas seulement
durant les trois heures et demie que l'Oncle Sam réclamait comme sa part de ma vie quotidienne que ce misérable engourdissement me dominait. Il venait avec moi au
cours de mes promenades au bord de la mer et de mes
vagabondages dans la campagne. Il m'accompagnait à la
maison et me paralysait dans la pièce que j'appelais, bien
abusivement, mon cabinet de travail. Il ne me quittait pas
non plus lorsque, tard dans la nuit, je restais assis dans le
petit salon désert, éclairé seulement par la lueur d'un feu
de charbon et le clair de la lune.

Or, si mon imagination refusait d'agir à cette heure, le
cas pouvait être tenu pour désespéré. En tombant si blanc
sur le tapis dont il faisait ressortir tous les dessins, en
éclairant chaque objet si minutieusement, mais d'une
lumière si différente de celle qui les fait voir le matin ou
en plein midi, le clair de lune crée dans une pièce familière une ambiance propice entre toutes pour un romancier qui cherche à prendre contact avec ses hôtes illusoi-
res. Là est le petit décor bien connu de la vie domestique :
les chaises avec, chacune, sa personnalité ; la table, au
milieu, avec, dessus, un panier à ouvrage, un livre ou
deux et une lampe éteinte ; le canapé, la bibliothèque ; au
mur, le tableau — tous ces objets que l'on peut voir dans
tous leurs détails sont tellement spiritualisés par la lumière insolite qu'ils paraissent perdre leur substance et
passer dans le domaine des choses de l'esprit. Rien n'est
trop petit ni trop insignifiant pour subir cette transformation et revêtir la dignité qui s'ensuit. Un soulier d'enfant,
la poupée assise dans sa petite voiture d'osier, le cheval à
bascule — n'importe quelle chose enfin, dont on a pu se
servir ou s'amuser pendant le jour, est alors investie
d'une qualité d'étrangeté, et semble se faire lointaine tout
en étant aussi nettement présente qu'à la lumière du
soleil. Ainsi le plancher de la pièce familière devient un
terrain neutre situé quelque part entre le monde matériel

et le pays des fées, un endroit où le réel et l'imaginaire peuvent se rencontrer et s'imprégner chacun de la nature de l'autre.

Des fantômes pourraient y entrer sans nous faire peur. Ce serait trop en harmonie avec le décor pour nous surprendre si, en regardant autour de nous, nous voyions une forme bien-aimée, mais nous ayant depuis longtemps quittés, tranquillement assise dans une coulée du magnifique clair de lune avec un air qui nous ferait nous demander si elle revient de loin ou n'a jamais bougé du coin de notre feu.

Le feu de charbon est, avec son éclat voilé, un facteur essentiel de l'effet que je cherche à décrire. Il projette sa lueur discrète par toute la pièce, teinte de vermeil les murs et le plafond, tire un reflet des meubles reluisants. Sa teinte plus chaude se mêle à la spiritualité froide des rayons de la lune et communique en quelque sorte une chaleur humaine aux formes qu'évoque la fantaisie. Elle transforme en hommes et en femmes des images de neige. Jetant un coup d'œil au miroir nous entrevoyons, dans le lointain de ses profondeurs hantées, la lueur mourante de l'anthracite à demi éteint et les blancs rayons de la lune sur le plancher et toutes les ombres et lumières d'un tableau qui s'éloigne du réel pour se rapprocher de l'imaginaire. Si, à une heure pareille et avec ce décor sous les yeux, un homme assis tout seul ne peut rêver d'étranges choses et les faire ressembler à la réalité, il est inutile qu'il essaie jamais d'écrire des romans.

Mais pendant tout le temps que je fus inspecteur des Douanes, la lumière de la lune ou celle du soleil ce fut tout un pour moi. Aucune des deux ne m'était de plus grand profit que le clignotement d'une chandelle. Tout un ensemble d'émotions et le don qui allait avec elles — sans grande valeur mais le meilleur que j'aie eu — n'étaient plus mon fait.

Je crois cependant que si j'avais essayé d'un autre genre de composition, mes facultés ne se seraient pas trouvées aussi inopérantes. J'aurais pu, par exemple, me contenter de coucher par écrit les récits de ce sous-inspecteur, vieux capitaine de vaisseau, que je serais bien ingrat de ne pas mentionner car c'est à peine si un jour se passait sans qu'il fît ma joie et mon admiration par son merveilleux don de conteur. Si j'étais arrivé à rendre la force pittoresque et l'humour de son style, je suis sincèrement convaincu que le résultat eût été quelque chose de nouveau en littérature. Ou j'aurais pu me lancer dans une entreprise plus sérieuse. Écrasé sous le poids de cette vie quotidienne, c'était folie de tenter un retour à un autre âge, de vouloir à tout prix créer un univers avec des matériaux aériens quand, à chaque instant, l'impalpable beauté de ma bulle de savon se brisait au contact de quelque détail de la réalité. L'effort le plus sage eût consisté à faire transparaître la pensée et l'imagination à travers la substance opaque du train-train journalier, de spiritualiser le fardeau qui commençait à se faire si lourd. J'aurais dû me mettre résolument à la recherche de la valeur véritable et indestructible que recélaient les incidents mesquins et fatigants de ma routine, les caractères ordinaires des gens de mon entourage. Tout était de ma faute. La page de vie étalée devant moi semblait morne et banale seulement parce que je n'avais pas su jauger son sens profond. Un livre meilleur que je n'en écrirai jamais était là, écrit par la réalité de l'heure qui passait et s'effaçant aussi vite qu'il avait été écrit seulement parce que mon cerveau manquait de la pénétration et ma main de l'habileté qu'il aurait fallu pour le transposer.

Je m'avisai trop tard de tout cela. Sur le moment je me rendais seulement compte que ce qui aurait, en un temps, été pour moi un plaisir était, à présent, devenu une entreprise sans espoir. A quoi bon gémir sur cet état de choses? J'avais cessé d'être un médiocre écrivain pour devenir un médiocre inspecteur des Douanes et voilà tout. Tout de même, cela n'a rien d'agréable d'être hanté par l'impression que notre intelligence va s'évaporant comme l'éther hors d'un flacon. Le fait ne laissait nulle place au doute et en m'observant et observant les autres, j'étais entraîné, à propos de l'effet de la vie de bureau sur les caractères, à des conclusions bien peu favorables au mode de vie en question. Peut-être m'étendrai-je un jour là-dessus. Qu'il me suffise de faire remarquer, à présent,

qu'un fonctionnaire de la Douane qui reste longtemps en
place ne saurait guère être un personnage digne d'éloges
et ceci pour plusieurs raisons. L'une d'entre elles est
l'état de dépendance où il doit se résigner pour conserver
sa situation et une autre la nature même de cette situation
qui, tout en étant, je n'en doute pas, honorable, ne le fait
pas participer aux efforts réunis de l'humanité.

Tandis qu'il s'appuie sur le bras puissant de la République, la force personnelle d'un individu l'abandonne.
S'il possède une part peu ordinaire d'énergie naturelle ou
si la magie amollissante du fait d'être en place n'agit pas
trop longtemps sur lui, ses facultés perdues peuvent lui
revenir. Heureux le fonctionnaire destitué qu'une malveillante poussée renvoie de bonne heure lutter en un
monde où tout est lutte ! Il peut redevenir lui-même. Mais
ceci n'arrive que rarement. Il se maintient généralement
juste assez longtemps en place pour que ce soit sa perte.
Et il est alors jeté dehors avec des muscles amollis, pour
chanceler tout au long du chemin de la vie. Conscient de
son infirmité, il ne cessera plus de promener autour de lui
un regard mélancolique qui quête un appui extérieur. Un
espoir tenace l'imprègne, une façon d'hallucination qui
lui fait tenir tête aux découragements, le hante sa vie
durant et, j'imagine, semblable aux convulsions du cho-
léra, l'agite encore un instant après sa mort : l'espoir que
bientôt il finira, grâce à quelque heureux coup de hasard,
par être réintégré dans sa place. Cet article de foi dépouille plus que toute autre chose, de toute vigueur et de
toute chance de succès tout ce qu'il peut rêver d'entreprendre. Pourquoi suerait-il sang et eau pour se sortir de
la boue quand, sous peu, le bras vigoureux de l'Oncle
Sam viendra le relever et lui prêter appui ? Pourquoi
irait-il faire le chercheur d'or en Californie [26] quand il va
bientôt être rendu si heureux par la petite pile de pièces
brillantes sorties de la poche de ce bon oncle ? Il est
tristement curieux de constater qu'une dose même très
légère de vie de bureau suffit à infecter un pauvre diable

26. « le chercheur d'or en Californie » : la fameuse ruée vers l'or
commença en 1849.

de ce mal singulier. L'or de l'Oncle Sam — sans vouloir
manquer de respect au digne vieux monsieur — est sous
ce rapport semblable à l'or du diable : celui qui le touche
doit prendre bien garde ou il pourrait lui en coûter, sinon
son âme, du moins nombre de ses meilleures qualités : sa
force, son énergie, sa persévérance, sa loyauté — enfin,
tout ce qui donne du relief à un caractère viril.

C'était là une belle perspective ! Non que l'inspecteur
rapportât la leçon à lui-même ou admît pouvoir être aussi
complètement anéanti, soit en restant en place, soit en
étant destitué. Mes réflexions, toutefois, n'étaient pas
rassurantes. Je commençais à devenir mélancolique et
nerveux. Je ne cessais de sonder mon esprit pour découvrir celles de mes pauvres qualités qui s'étaient en allées
et quel dommage subissaient celles que je conservais
encore. J'entreprenais de calculer combien de temps je
pourrais rester dans les Douanes tout en continuant d'être
un homme. Jamais on ne destituerait un individu aussi
paisible que moi. Et comme il n'est guère dans la nature
d'un fonctionnaire de donner sa démission, j'appréhen-
dais de grisonner dans le métier d'inspecteur et de devenir
un animal du genre du vieux sous-inspecteur. Avec le
fastidieux écoulement de la vie administrative, ne fini-
rais-je pas par faire, comme mon vénérable ami, de
l'heure du déjeuner la seule bonne à vivre et par passer le
reste de mon temps comme les passe un vieux chien : à
dormir au soleil ou à l'ombre ? Mais c'était donner dans
des craintes superflues ! La Providence était en train de
combiner pour moi les choses bien mieux que je n'aurais
pu l'imaginer.

Un remarquable événement de la troisième année de
mon stage dans l'administration (pour adopter le ton de
« P. P. clerc de cette paroisse ») fut l'élection à la présidence des États-Unis du général Taylor [27]. Pour pleinement estimer les avantages du métier de fonctionnaire, il
faut songer à la situation du titulaire d'un poste quelcon-
que lorsque accède au pouvoir un parti qui lui est hostile.

27. « . . . général Taylor » : Zachàry Taylor (1784-1850), président
des États-Unis (1849-1850).

C'est la plus singulièrement irritante, la plus désagréable
où puisse tomber un malheureux mortel. Un homme un
peu fier et sensible trouve étrange de voir ses intérêts à la
merci de gens dénués de toute sympathie envers lui qui —
du moment que ce sera forcément de deux choses l'une
— lui feront du tort plutôt qu'ils ne lui rendront service.
Étrange aussi, pour quelqu'un qui a gardé son calme tout
au long d'une lutte électorale, de voir quelle soif de sang
se manifeste à l'heure du triomphe, et de se trouver
soi-même parmi les objets de la haine du vainqueur ! Il y a
dans la nature humaine peu de traits plus laids que cette
tendance — que l'on observe alors chez des gens ni plus
ni moins méchants que leurs voisins — à devenir cruels
simplement parce qu'ils possèdent le pouvoir de faire
souffrir. Si la guillotine avait été littéralement aux mains
des gens nouvellement en place, au lieu de n'avoir été
qu'une métaphore bien appropriée, je crois sincèrement
que les membres agissants du parti victorieux étaient
assez surexcités pour nous couper le cou à tous et remer-
cier le ciel de leur en avoir donné l'occasion ! Il me
semble, à moi qui ai été un observateur calme et curieux,
aussi bien dans la victoire que dans la défaite, que ce
féroce esprit de vengeance n'a jamais caractérisé le
triomphe de mon parti comme il caractérisa alors le
triomphe des Whigs. D'une façon générale, les Démo-
crates prennent les emplois parce qu'ils en ont besoin et
parce que c'est une loi bien établie de la lutte politique.
Mais une longue habitude de la victoire les a rendus
généreux. Ils savent épargner leurs adversaires le cas
échéant. Et quand ils frappent, leur arme peut être bien
aiguisée, mais le fil en est rarement empoisonné par
l'inimitié. Ils n'ont pas non plus la honteuse habitude
d'envoyer des coups de pied à la tête qu'ils viennent de
trancher.

　　Bref, pour désagréable que fût ma situation, je voyais
beaucoup de raisons pour me féliciter d'être du côté des
perdants. Si je n'avais pas été, jusqu'alors, un très chaud
partisan, je commençai, quand s'ouvrit cette ère de périls
et d'adversité, à sentir d'une façon très aiguë dans quel
sens allaient mes préférences. Et ce n'était pas sans honte

ni regret que, d'après un raisonnable calcul de probabili-
tés, je voyais mes chances de rester en place plus grandes
que celles de mes frères en démocratie. Mais qui a jamais
pu voir dans l'avenir d'un pouce plus loin que le bout de
son nez? Ma tête fut la première qui tomba!

J'incline à penser que l'instant où un homme perd sa
tête n'est que rarement — ou jamais — tout à fait le
meilleur de sa vie. Mais il en va de cette catastrophe
comme de la plupart de nos autres malheurs : pour grave
qu'elle soit, elle porte avec elle sa compensation pour peu
que celui qu'elle frappe veuille voir le meilleur et non le
pire côté de l'événement. Dans mon cas, les sujets de
consolation étaient à portée de ma main, et m'étaient
même venus à l'esprit bien avant que j'aie eu besoin
d'eux.

Étant donné ma lassitude de la vie de bureau et mes
velléités de donner ma démission, mon sort n'était pas
sans ressembler à celui d'une personne qui songerait au
suicide et aurait la chance inespérée d'être assassinée.
Dans les Douanes, comme dans le vieux Presbytère,
j'avais passé trois ans. Un laps de temps suffisant pour
reposer un cerveau fatigué, pour briser avec de vieilles
habitudes intellectuelles et faire place à d'autres. Oui, ce
laps de temps était certes bien assez long, était même trop
long puisque je l'avais consacré à une existence qui ne
m'était pas naturelle, m'avait éloigné d'un travail qui
aurait tout au moins apaisé en moi une impulsion in-
quiète. Par ailleurs, cette cavalière mise en disponibilité
avait quelque chose de satisfaisant pour l'ex-inspecteur.
Il n'était pas fâché d'être tenu par les Whigs pour un
ennemi. Avec son manque d'activité politique, sa tendance à errer selon son bon plaisir dans les vastes et
tranquilles domaines où tous les humains peuvent trouver
un terrain d'entente, plutôt que dans les sentiers étroits où
les enfants d'une même famille se doivent de s'éloigner
les uns des autres, il avait excité des doutes. Ses frères en
démocratie s'étaient demandé parfois s'il était des leurs,
oui ou non. A présent qu'il avait conquis la couronne du
martyre (tout en n'ayant plus de tête pour la porter) on
pouvait tenir le point pour acquis. Enfin, peu héroïque

comme il était, il lui semblait plus convenable d'être
entraîné dans la chute d'un parti avec lequel il avait été
content d'être en rapport que de subsister à titre de survi-
vant solitaire quand tant d'hommes plus dignes que lui
tombaient. Et ceci pour se trouver, après avoir été pendant quatre ans à la merci d'une administration hostile,
dans le cas plus humiliant encore de mendier les bonnes
grâces d'une administration de son bord.

Cependant, la presse s'était emparée de l'affaire et
m'avait fait, trois semaines durant, galoper, tel le cavalier
sans tête d'Irving[28], à travers les colonnes des feuilles
publiques en mon état de décapité, effrayant, sinistre,
désireux d'être enseveli comme devrait l'être un homme
politique décédé.

Ceci pour mon personnage allégorique. L'être humain
véritable gardait tout ce temps sa tête solide sur ses
épaules et était arrivé à la confortable conclusion que tout
allait pour le mieux. Et, faisant un placement en papier,
encre et plumes d'acier, avait rabattu le pupitre de son
bureau dont il ne se servait plus depuis longtemps et était
redevenu un homme de lettres.

Ce fut alors que l'élucubration de M. Pue, mon antique
prédécesseur, entra en jeu. Quelque temps fut nécessaire
avant que la machine intellectuelle, rouillée par une trop
longue inaction, pût se mettre à travailler sur le sujet
d'une façon un peu satisfaisante. Et même alors, même
lorsque mes pensées finirent par être absorbées par ma
tâche, l'histoire garda à mes yeux un aspect sombre. Elle
devait rester insuffisamment égayée de soleil, insuffisamment allégée par les tendres détails qui adoucissent
presque tous les paysages de la nature et les événements
de la vie réelle, qui devraient assurément adoucir aussi
toutes les images qu'on en fait. Cet effet peu attachant
vient peut-être du fait que l'histoire prit forme dans un
esprit qui n'en avait pas fini encore avec une période de
tumulte et de révolution. Il n'y faut pas voir, en tout cas,
le signe d'un manque d'allégresse chez l'auteur. Il était,

---

28. « le cavalier sans tête d'Irving » : voir Washington Irving, « The
Legend of Sleepy Hollow » publiée dans *The Sketch Book* (1919-1920).

en effet, heureux quand il s'égarait dans le sombre domaine de ces fantaisies sans soleil, plus heureux qu'il ne
l'avait jamais été depuis son départ du vieux presbytère.

La plupart des récits qui composent cet ouvrage [29], je
les ai, eux aussi, écrits après m'être involontairement
retiré de la vie publique. Si bien que, pour conserver la
métaphore de la guillotine, ce livre pourrait s'intituler
«Œuvre posthume d'un inspecteur décapité». Et l'esquisse que je suis en train de terminer, si elle verse trop
dans l'autobiographie pour qu'une personne modeste la
publie de son vivant, pourra être aisément tenue pour
excusable de la part d'un monsieur qui écrit de l'au-delà.
Paix au monde entier! Ma bénédiction à tous mes amis et
mon pardon à mes ennemis! Car voici que j'ai atteint le
royaume du repos!

La vie au bureau de la Douane gît, tel un songe,
derrière moi. Le vieux sous-inspecteur — qui, à propos, a
été, je regrette de le dire, renversé par un cheval dernie-
rement et est mort sur le coup, sans quoi il aurait certainement toujours vécu — le vieux sous-inspecteur et tous
les autres vénérables employés ne sont plus que des
ombres à mes yeux — des images à la tête blanche, au
visage ridé qui m'ont un instant amusé et que ma fantaisie
a écartées pour toujours. Les marchands, Pingree, Phi-
lips, Shepard, Upton, Kimball, Bertram, Hunt — tous
ceux-ci et bien d'autres dont les noms m'étaient familiers
il y a six mois, qui avaient, à mes yeux, l'air de tenir une
place si importante dans le monde, qu'il a donc fallu peu
de temps pour qu'ils n'aient plus rien à voir non seulement avec mes occupations, mais même avec mes souvenirs! Il me faut faire effort pour me rappeler le visage de
certains d'entre eux. Bientôt, ma ville natale aussi ne
hantera plus ma mémoire qu'à travers un brouillard qui
l'enveloppera toute comme s'il ne s'agissait pas d'une
partie réelle de la terre, mais d'un village du pays des
nuées, avec des personnages imaginaires pour peupler ses
maisons de bois et circuler par l'étendue sans pittoresque

29. « La plupart des récits qui composent cet ouvrage » : il est question ici de récits, que Hawthorne avait l'intention de faire paraître en
même temps que *The Scarlet Letter*.

de sa Grand-Rue. Elle cesse d'être une des réalités de ma vie, je suis désormais d'ailleurs. Mes bons concitoyens ne me regretteront pas beaucoup. Ce fut pourtant un des buts de mes efforts intellectuels que le désir d'être de quelque importance à leurs yeux, de laisser derrière moi un bon souvenir en ces lieux où ont vécu et sont enterrés tant des miens. Mais je n'ai jamais trouvé là l'ambiance chaleureuse dont un écrivain a besoin pour mûrir les meilleures moissons de son esprit. Je ferai mieux dans un autre entourage et ces gens aux visages familiers feront, il est à peine besoin de le dire, tout aussi bien sans moi.

Peut-être cependant — ô triomphale, transportante pensée ! — les arrière-petits-enfants de mes concitoyens d'aujourd'hui songeront-ils parfois avec gentillesse à l'écrivain de l'ancien temps, dans les jours à venir où les amateurs d'antiquités désigneront, parmi les lieux mémorables de l'histoire de la ville, l'endroit où s'érigeait la pompe municipale [30] !

CHAPITRE I

LA PORTE DE LA PRISON

Une foule d'hommes barbus, en vêtements de couleurs tristes et chapeaux gris à hautes calottes en forme de pain de sucre, mêlée de femmes, certaines portant capuchon, d'autres la tête nue, se tenait assemblée devant un bâtiment de bois dont la porte aux lourdes traverses de chêne était cloutée de fer.

Quel que soit le royaume d'Utopie [31] qu'ils aient, à l'origine, projeté de construire en vue de la vertu et du bonheur des hommes, les fondateurs d'une colonie ont invariablement dû placer au premier rang de leurs obligations pratiques la nécessité d'allouer à un cimetière un morceau du terrain vierge où ils allaient bâtir et un autre morceau à l'emplacement d'une prison.

En conséquence de cette règle, on peut être assuré que les ancêtres de Boston ont construit la première prison de leur ville dans le voisinage de Cornhill [32] avec tout autant d'à-propos qu'ils creusèrent dans le lotissement d'Isaac Johnson [33] cette première tombe autour de laquelle devaient venir se grouper ensuite toutes les tombes du cimetière de King's Chapel. Et quelque quinze ou vingt ans après la fondation de la colonie, la prison portait sûrement déjà les traces du passage des saisons et d'autres marques encore de vieillesse qui assombrissaient un peu plus sa morne façade couleur de hanneton. La rouille des pesantes serrures de sa porte de chêne avait l'air plus

31. « le royaume d'Utopie » : voir Thomas More, *Utopia* (1515).
32. « le voisinage de Cornhill » : il s'agit aujourd'hui de Washington Street, à Boston.
33. « le lotissement d'Isaac Johnson » : Johnson mourut l'année de son arrivée, en 1630. C'est sur ses terres que furent établis le cimetière, la prison et l'église.

ancien que n'importe quoi d'autre dans le Nouveau
Monde. Comme tout ce qui touche au crime, elle semblait n'avoir jamais eu de jeune temps. Devant le vilain
édifice, et le séparant de l'ornière des roues de charrettes
qui traçait la rue, il y avait un carré tout envahi de
chardons, de chiendent, de bardanes. Ces mauvaises herbes trouvaient évidemment quelque chose de conforme à
leur nature dans un sol qui avait porté de si bonne heure
cette fleur maudite de la société civilisée qu'est une
prison. Mais, d'un côté du portail et presque sur le seuil
du bâtiment sinistre, un rosier sauvage avait pris racine. Il
était, en ce mois de juin, tout couvert de ses fleurs
délicates. Et ces fleurs pouvaient passer pour offrir leur
parfum et leur beauté fragile au prisonnier qui entrait ou
au condamné qui sortait pour marcher vers son destin,
prouvant ainsi combien le cœur généreux de la nature
savait être indulgent.

Grâce à un heureux hasard, ce buisson de roses a été
conservé par l'histoire. Mais a-t-il simplement survécu à
l'austère vieille végétation sauvage, aux pins et aux chê-
nes gigantesques, depuis si longtemps abattus, qui l'auraient ombragé à sa naissance ; ou jaillit-il comme certaines autorités le donnent à croire, sous les pas de la sainte
Ann Hutchinson [34] alors qu'elle franchissait la porte de la
prison ? Nous ne prendrons pas sur nous d'en décider. Le
trouvant juste au seuil de notre récit qui va, tout à l'heure,
se mettre en route de derrière cette porte de mauvais
augure, nous ne pouvions guère faire autrement que de
cueillir une de ses roses pour la tendre au lecteur. Elle
symbolisera, espérons-le, une fleur rédemptrice qui
pourrait peut-être doucement poindre chemin faisant ou,
tout au moins, éclairera une bien sombre histoire de
faiblesse et de douleur humaines.

---

34. « Ann Hutchinson » : née en Angleterre en l'an 1600, Ann Hutchinson avait après son mariage émigré à Boston. Elle s'était mise à
prêcher aux femmes — auprès desquelles ses dons d'infirmière l'avaient
rendue très populaire. Des hommes, entre autres des clergymen, venaient aussi l'écouter bien que son orthodoxie fût suspecte. Un schisme
s'ensuivit dans la colonie. Il y eut un procès. Ann Hutchinson fut bannie
du Massachusetts et alla s'installer à Rhode Island où elle mourut en
1643. Ses partisans furent appelés les Antinomiens. (N.d.T.)

CHAPITRE II

LA PLACE DU MARCHÉ

Sur le carré d'herbe devant la prison stationnait donc certain matin d'été, il n'y a pas moins de deux siècles, une foule assez nombreuse d'habitants de Boston qui tenaient tous leurs regards fixés sur la porte de chêne cloutée de fer. Chez un autre peuple, ou à une période plus avancée de l'histoire de la Nouvelle-Angleterre, la rigidité farouche qui pétrifiait les visages de ces bonnes gens eût donné à penser qu'un événement horrible allait avoir lieu. Elle n'eût présagé rien de moins que l'exécurion d'un criminel notoire condamné par une sentence légale qui n'aurait fait que confirmer le verdict du sentiment populaire. Mais, en ces premiers temps de la rigueur puritaine, on ne pouvait aussi indubitablement tirer une conclusion de ce genre. Peut-être était-ce un esclave paresseux ou un enfant indocile que maître ou parents avaient remis entre les mains des autorités afin qu'il subît le châtiment du fouet; peut-être était-ce un antinomien, un quaker ou un autre hérétique que l'on allait chasser hors de la ville à grandes volées de verges, ou encore un rôdeur indien rendu fou par l'eau de feu des hommes blancs, qui avait fait scandale par les rues et allait être rejeté, le corps tout zébré de coups, dans l'ombre de la forêt. Peut-être était-ce bel et bien une sorcière comme vieille dame Hibbins [35], l'acrimonieuse veuve du magistrat, qui allait être pendue haut et court. Dans n'importe lequel de ces cas, la même solennité aurait, à une très

35. « dame Hibbins » : après deux procès, Ann Hibbins fut condamnée à la pendaison et exécutée le 19 juin 1656.

légère nuance près, caractérisé l'attitude des spectateurs.
Elle était tout à fait de mise chez des gens pour qui la
religion et la loi ne faisaient autant dire qu'une seule et
même chose, à laquelle les individus adhéraient si absolument que les mesures de discipline publique, de la plus
bénigne à la plus rigoureuse, revêtaient toutes un caractère d'horreur sacrée. Maigre et froide, en vérité, la
sympathie qu'un coupable pouvait en ces temps espérer
des assistants groupés autour d'un échafaud. Par contre
une punition, qui comporterait de nos jours sa dose de
raillerie humiliante et de ridicule, pouvait être alors investie d'une aussi austère dignité que la peine de mort
elle-même.

Un détail est à noter au sujet de l'assemblée qui était
en attente devant la prison par ce matin d'été du début
de notre histoire : les femmes qui se trouvaient dans la
foule, et en assez bon nombre, semblaient prendre un
intérêt spécial à la peine qui allait être infligée. L'époque n'était pas tellement raffinée pour qu'un sentiment
de convenance allât empêcher les porteuses de cottes et
de vertugadins de frayer un chemin à leurs non minces
personnes parmi les foules massées au pied des écha-
fauds. Au moral comme au physique, ces matrones et
ces jouvencelles relevaient de la Vieille-Angleterre par
la naissance et l'éducation, elles avaient la fibre plus
épaisse que leurs belles descendantes que six, voire sept
générations séparent d'elles aujourd'hui. Tout au long
de cette lignée, chaque mère a transmis à sa fille un
incarnat plus pâle, une beauté plus éphémère, une
structure physique plus fragile sinon une force de caractère moindre. Ces femmes, qui attendaient devant la
prison, ne se trouvaient pas éloignées de plus d'un demi-
siècle des temps où la masculine reine Élisabeth n'était
pas un type tellement peu représentatif de son sexe.
Elles étaient ses compatriotes. Le roastbeef et la bière de
leur pays natal et un régime moral tout aussi peu raffiné
entraient largement dans leur composition. L'étincelant
soleil matinal brillait par conséquent sur des épaules larges et des bustes opulents, sur des joues rondes et rouges qui s'étaient épanouies dans l'île lointaine et

n'avaient pâli et maigri qu'à peine dans le climat de la Nouvelle-Angleterre. Il régnait en outre dans la conversation de ces matrones — car la plupart paraissaient telles — une vigueur qui nous effarerait aujourd'hui tant par la rudesse des termes que par le volume des voix.

— Voisines, déclara une quinquagénaire aux traits durs, laissez un brin que je vous dise mon avis : pour moi, il serait bel et bon pour la communauté qu'on s'en remît à nous autres, femmes d'âge et fidèles bien réputées de l'Église, du soin de punir des pécheresses comme cette Hester Prynne. Que vous en semble, mes commères ? Si cette coquine avait passé en jugement devant nous autres cinq que voici, s'en fût-elle tirée avec la sentence que rendirent nos dignes magistrats ? Par ma foi, je gage bien que non !

— J'ai ouï dire, remarqua une autre, que son pieux pasteur, le Révérend Dimmesdale, prend fort grièvement à cœur que pareil scandale ait éclaté parmi les brebis de son troupeau.

— Les magistrats sont de bons seigneurs craignant Dieu, mais trop cléments de beaucoup, commenta une troisième dame en son automne. Ils auraient à tout le moins dû lui marquer le front au fer rouge. Mme Hester aurait alors, par ma foi, tressauté un brin ! Tandis qu'elle ne se souciera mie, l'effrontée drôlesse, de ce qu'ils lui pourront mettre au corsage ! Vous verrez qu'elle l'ira celer d'une broche ou autre ornement de païenne et marchera ensuite par les rues aussi pimpante que devant !

— Ah ! mais, protesta avec plus de douceur une jeune femme qui tenait un enfant par la main, elle aura beau celer la marque à sa fantaisie, elle pâtira toujours dessous d'une brûlure au cœur.

— Ouais ! que devisons-nous de marques et de brûlures sur le corps de sa robe ou la peau de son front ! cria la plus laide en même temps que la plus impitoyable de ces spectatrices en train de s'ériger en tribunal. Cette femme a attiré la honte sur nous toutes et bien mériterait la mort. N'y a-t-il point de loi qui l'y condamne ? Si fait, et tant en l'Écriture[36] qu'en notre Code[37]. Que les magistrats qui n'ont su l'appliquer ne s'en prennent qu'à eux si leurs épouses et leurs filles demain sortent du droit chemin !

— Miséricorde, ma commère ! s'écria un des hommes de la foule, n'y a-t-il donc pas de vertu en la femme hors celle qu'inspire la saine terreur du gibet ? Voici bien la plus âpre parole ! Mais paix à présent, voisines, car la clef tourne en la serrure et Mme Hester va sortir en personne.

La porte de la prison ayant été grande ouverte de l'intérieur, on vit d'abord apparaître, telle une ombre noire se montrant au soleil, la sinistre silhouette du prévôt. Épée au côté et baguette à la main, ce personnage préfigurait, par son aspect, l'écrasante sévérité de la loi puritaine qu'il entrait en son rôle d'appliquer au vif de la personne du coupable. Il étendit sa baguette officielle de sa main gauche et posa sa main droite sur les épaules d'une jeune femme qu'il fit de la sorte avancer jusqu'à ce que, parvenue au seuil de la prison, elle le repoussât, d'un geste empreint de dignité naturelle et de force de caractère, pour sortir à l'air libre comme par sa propre volonté. Elle portait dans ses bras un enfant, un nouveau-né de trois mois, qui clignait des yeux et détournait son petit visage de la trop vive lumière du jour, car son existence ne lui avait jusqu'alors fait connaître que la pénombre d'un cachot ou de quelque autre sombre appartement de la prison.

Quand la jeune femme, la mère de l'enfant, se trouva pleinement exposée à la vue de la foule, son premier mouvement fut de serrer étroitement le nouveau-né contre elle. Ceci moins par tendresse maternelle que pour dissimuler certaine marque sur sa robe. L'instant d'après, jugeant sagement qu'un des signes de sa honte ne servirait que bien mal à cacher l'autre, elle prit l'enfant sur son bras. Puis avec une rougeur brûlante et pourtant un sou-

---

36. « tant en l'Écriture » : voir Exode, 20. 14 : « Tu ne commettras point l'adultère. »

37. « en notre code » : voir la loi de 1694, promulguée à Plymouth, qui exige le port de la lettre A par la femme adultère. On note l'exécution de Mary Latham pour adultère, en 1664 à Salem. Le fouet était, au demeurant, le châtiment le plus courant.

rire hautain, elle leva sur les habitants de la ville le regard de quelqu'un qui n'entend pas se laisser décontenancer. Sur le corsage de sa robe, en belle étoffe écarlate et tout entourée des arabesques fantastiques d'une broderie au fil d'or, apparut la lettre A. C'était si artistiquement ouvré, avec une telle magnificence, une telle surabondance de fantaisie, que cela faisait l'effet d'un ornement des mieux faits pour mettre la dernière main au costume que portait la jeune femme — lequel répondait par sa splendeur au goût de l'époque, mais outrepassait de beaucoup les limites permises par les lois somptuaires de la colonie.

La jeune femme était de haute taille avec une silhouette de parfaite élégance en ses imposantes dimensions. Elle avait d'abondants cheveux bruns, si soyeux qu'ils reflétaient les rayons du soleil et un visage, qui, en plus de la beauté des traits et de l'éclat du teint, frappait par l'ampleur du front et de profonds yeux noirs. Elle avait l'allure d'une grande dame aussi, d'après les canons de la noblesse d'alors caractérisés par une certaine dignité majestueuse plutôt que par l'indescriptible grâce évanescente qui est à présent reconnue pour en être l'indice. Et jamais Hester Prynne n'avait eu autant l'air d'une grande dame dans cette ancienne acception du terme que lorsqu'elle sortit de prison. Ceux qui la connaissaient avant et avaient compté la voir ternie par les nuages du désastre furent stupéfaits et même troublés en voyant combien sa beauté était éclatante et transformait en halo l'ignominie et le malheur qui l'entouraient. Il est vrai, qu'aux yeux d'un spectateur très sensible, quelque chose d'exquisement douloureux aurait pu paraître s'y mêler. Les vêtements qu'elle avait façonnés pour ce jour en prison paraissaient exposer son état d'esprit, révéler une sorte d'insouciance désespérée, par la vive originalité de leurs détails. Mais ce qui attirait tous les regards et transfigurait en quelque sorte la femme ainsi vêtue, si bien qu'hommes et femmes de son ancien entourage étaient à présent frappés comme s'ils la voyaient pour la première fois, c'était la LETTRE ÉCARLATE si fantastiquement brodée sur son sein. Elle faisait l'effet d'un charme qui aurait écarté Hester Prynne de tous rapports ordinaires avec l'humanité et l'aurait enfermée dans une sphère pour elle seule.

— Elle est bonne ouvrière d'aiguille, pour sûr, remarqua une des spectatrices, mais y eut-il jamais femme avant cette effrontée coquine pour faire montre de pareille adresse en pareille occasion ? Ça, voisines, n'est-ce point là façon de se gausser de nos magistrats en se faisant gloire de ce que ces dignes seigneurs entendaient être punition ?

— On ferait bien, marmotta celle de ces matrones qui avait le plus implacable visage, d'arracher cette belle robe des belles épaules de dame Hester. Et quant à la lettre écarlate qu'elle a si curieusement ouvrée, je donnerais un bout de ma vieille flanelle à rhumatismes pour en faire une plus séante !

— Oh, paix, voisines, paix ! murmura leur jeune compagne. Qu'elle n'aille surtout nous entendre ! Il n'est pas un point de cette lettre brodée qui ne lui ait percé le cœur.

Le sinistre prévôt fit, à ce moment, un geste de sa baguette.

— Place, bonnes gens, au nom du Roi, faites place ! cria-t-il. Livrez passage et je vous promets que Mme Hester Prynne sera placée là où hommes, femmes et enfants la pourront bien voir, en son brave appareil, de cette heure à une heure après midi. Bénie soit la vertueuse colonie du Massachusetts où l'impureté est traînée au grand jour ! Venez, Madame Hester, faire voir votre lettre écarlate sur la Place du Marché !

Un chemin fut alors ouvert parmi la foule des spectateurs. Précédée par le prévôt et suivie par une procession désordonnée d'hommes aux fronts sévères et de femmes aux visages durs, Hester Prynne se dirigea vers le lieu de son châtiment. Une foule d'écoliers curieux et surexcités qui ne comprenaient pas grand-chose à l'affaire, sinon qu'elle leur valait une demi-journée de vacances, la précédèrent en courant sans cesse de tourner la tête pour la regarder, ainsi que l'enfant qui clignait des yeux dans ses bras et que la lettre qui rougeoyait sur sa poitrine. Il n'y avait pas, en ce temps-là, grande distance entre la porte de la prison et la Place du Marché. A la prisonnière, cependant, le parcours parut très long car, pour hautaine que fût sa contenance, chaque pas que faisaient les gens qui se pressaient autour d'elle lui était une agonie comme si son cœur avait été jeté dans la rue pour être piétiné par tous. Il y a toutefois, en notre nature, une merveilleuse, une miséricordieuse disposition qui veut que nous ne nous rendions jamais compte de l'intensité d'une souffrance pendant que nous l'endurons, mais ensuite seulement, d'après les élancements que nous en laisse le contrecoup. Ce fut donc d'un air qui pouvait passer pour serein qu'Hester Prynne supporta cette partie de son épreuve et parvint à l'extrémité ouest de la Place du Marché devant une manière d'estrade dressée, semblait-il, à demeure, presque à l'abri du toit de la première église de Boston. Cette estrade faisait, en fait, partie d'une machine pénale qui, depuis deux ou trois générations, n'est plus pour nous qu'historique mais qui était considérée, dans l'ancien temps, comme tout aussi efficace pour encourager les peuples à la vertu que le fut la guillotine parmi les terroristes de France. C'était, en bref, l'estrade d'un pilori. Au-dessus se voyait cet instrument conçu de façon à emprisonner une tête humaine dans une étreinte étroite afin de la maintenir face aux regards du public. Cette carcasse de bois et de fer symbolisait les affres les plus cruelles de l'ignominie. Il semble bien, en effet, que quelle qu'ait pu être la faute d'un individu, il n'y a pas d'outrage qui aille plus à l'encontre de notre commune nature que celui qui interdit au coupable de cacher son visage sous le coup de la honte. Or, telle était l'essence de ce châtiment. Dans le cas d'Hester Prynne, cependant, comme dans d'autres assez fréquents, il y avait adoucissement : son jugement la condamnait à se tenir un certain temps debout sur l'estrade, mais sans subir cette étreinte autour du cou, cet emprisonnement de la tête que permettait le diabolique engin. Connaissant bien son rôle, Hester gravit donc les degrés d'un escalier de bois et se trouva ainsi exposée aux regards de la multitude, le plancher du pilori arrivant à hauteur d'épaule d'homme.

S'il y avait eu un papiste parmi cette foule de puritains, la vue d'une femme aussi belle, si frappante par sa parure et son maintien et qui tenait un enfant dans ses bras, aurait pu lui évoquer cette image divine de la maternité que, rivalisant d'art, tant d'illustres peintres ont représentée. Il aurait vu dans ce spectacle quelque chose qui lui aurait rappelé, mais seulement par contraste, la mère sans péché dont l'enfant devait racheter le monde. Ici, la tache du plus profond péché marquait une fonction entre toutes sacrée de la vie humaine, de sorte que le monde était plus avili encore par la beauté de cette femme et plus perdu l'enfant qu'elle avait porté.

La scène n'était pas exempte de cette horreur profonde et comme religieuse que le spectacle de la culpabilité et de la honte d'un des leurs éveille chez les hommes avant que la société devienne assez corrompue pour que pareil spectacle fasse sourire au lieu de faire frémir. Les témoins de la disgrâce d'Hester Prynne en étaient à cette période de simplicité première. Ils étaient assez durs pour regarder mettre à mort cette femme sans élever un murmure contre une punition aussi implacable, mais ils n'avaient pas cette insensibilité qui, à une autre étape de la vie sociale, n'aurait trouvé que matière à plaisanterie devant une exhibition pareille. Même s'il y avait eu une tendance à tourner la chose en ridicule, elle eût été écrasée en germe par la présence solennelle de gens aussi haut placés que le gouverneur, le juge, un général et tous les pasteurs de la ville, assis ou debout sur un des balcons du temple et qui, tous, abaissaient leurs regards sur le plancher du pilori. Lorsque semblables personnages peuvent faire partie d'un spectacle de ce genre sans mettre en danger la dignité de leurs fonctions, c'est un signe certain que l'application de toute sentence légale conserve toute sa portée et toute sa signification. Aussi la foule était-elle sombre et grave.

L'infortunée coupable faisait aussi bonne contenance que pouvait faire une femme sous le millier de regards qui pesaient impitoyablement sur elle, convergeaient sur le signe qu'elle portait. C'était presque intolérable. Impulsive et passionnée de son naturel, elle s'était raidie d'avance contre les venimeux coups de langue, les outrages d'une masse acharnée à l'accabler sous toutes les variétés de l'insulte. Le maintien grave du public avait quelque chose de tellement plus terrible qu'elle aurait plutôt souhaité, à présent, voir tous ces visages défigurés par des grimaces de raillerie. Si un gros rire avait éclaté dans la multitude — un rire que chaque homme, chaque femme, chaque voix aiguë d'enfant aurait grossi — Hester Prynne aurait pu le leur revaloir à tous par un amer sourire de dédain. Tandis que, sous la coulée de plomb de l'opprobre qui lui était infligé, elle avait par moment l'impression qu'il lui allait falloir crier de toute la force de ses poumons ou se jeter du haut de l'estrade sur le sol si elle ne voulait pas devenir folle.

Il y avait pourtant des moments où la scène dont elle faisait les frais semblait s'effacer devant ses yeux ou ne lui apparaître qu'indistinctement, comme une masse d'images floues et spectrales. Son esprit était alors d'une activité surnaturelle. Sa mémoire ne cessait de lui rappeler d'autres décors que cette rue mal dégrossie d'une petite ville posée aux confins des sauvages solitudes du Nouveau-Monde, d'autres visages que ceux qui la regardaient en fronçant les sourcils sous les bords des chapeaux à haute calotte. Des épisodes tout à fait insignifiants, des souvenirs d'enfance, de journées d'école, de jeux, de querelles avec ses compagnes, des détails de sa vie de jeune fille à la maison, lui revenaient à profusion, se mélangeaient à des réminiscences de ce qu'il pouvait y avoir eu de plus grave dans la suite de sa vie. Chaque image était exactement aussi précise que les autres, comme si toutes avaient la même importance ou comme dans une pièce de théâtre. Peut-être était-ce un stratagème improvisé par son esprit afin de se libérer, grâce à cette évocation fantasmagorique, du fardeau cruel d'une réalité si dure.

Qu'il en eût ou non été ainsi, l'estrade du pilori devenait, en ces instants-là, un poste d'observation du haut duquel Hester Prynne avait vue sur tout le chemin qu'elle avait parcouru depuis son enfance heureuse. Debout sur cette misérable éminence, elle revoyait son village natal dans la Vieille-Angleterre et la maison paternelle : une maison délabrée en pierres grises, qui semblait frappée

par la pauvreté mais qui conservait un écusson à demi
effacé au-dessus de sa porte en signe de son antique
noblesse. Elle voyait le visage de son père avec son front
hardi, et la respectable barbe blanche qui tombait sur sa
fraise à la mode du temps d'Élisabeth. Elle voyait aussi le
visage de sa mère avec cette expression de tendresse
vigilante et anxieuse qu'il conservait toujours dans son
souvenir qui, si souvent depuis que cette mère était
morte, avait élevé l'obstacle d'un doux reproche sur son
chemin. Elle voyait son propre visage, son visage de
jeune fille, rayonnant de beauté et illuminant les profondeurs du sombre miroir où elle avait l'habitude de le
contempler. Puis elle apercevait un autre visage encore,
celui d'un homme assez avancé en âge, pâle, maigre,
avec des traits de savant, des yeux affaiblis et rougis par
la lumière des lampes qui lui avait permis d'étudier si
longuement de si gros livres. Pourtant ces yeux en mauvais état avaient un étrange pouvoir de pénétration quand
l'homme qui les possédait entendait lire dans une âme
humaine.

Ce personnage fait pour se cloîtrer dans l'étude était,
l'imagination féminine d'Hester ne manquait pas de s'en
souvenir, légèrement déformé, avec son épaule gauche
un peu plus haute que la droite. Puis dans la galerie de
tableaux de sa mémoire venaient à surgir le réseau em-
brouillé des rues étroites, les hautes maisons grises, les
vastes églises et les vieux édifices publics à l'étrange
architecture de la ville du continent où l'avait attendue
cette vie nouvelle dont faisait partie le savant contrefait.
Une vie nouvelle mais qui se nourrissait d'éléments usés
par le temps, telle une touffe d'herbe verte sur un mur en
ruine. Pour finir, c'était, à la place de ces scènes chan-
geantes, la raboteuse Place du Marché de la colonie
puritaine qui revenait, avec tous les gens de la ville
rassemblés pour river sur elle leurs regards sévères — sur
elle, oui, sur elle, Hester Prynne, debout, là, au pilori, un
enfant sur ses bras et la lettre A, fantastiquement brodée
d'écarlate et d'or sur sa poitrine !

Était-ce vrai? Était-ce possible? Elle serra si farouchement l'enfant contre sa poitrine qu'il poussa un cri; elle baissa les yeux sur la lettre écarlate, la toucha même du doigt pour s'assurer qu'elle-même et l'enfant et sa honte étaient bien réels.

Oui! ils étaient réels, ils constituaient même ses seules réalités : tout le reste avait disparu!

CHAPITRE III

LA RECONNAISSANCE

La porteuse de la lettre écarlate fut enfin soulagée de l'obsession de se sentir l'objet de l'implacable observation générale en distinguant, aux confins de la foule, une silhouette qui prit irrésistiblement possession de ses pensées. Un Indien en costume du pays se tenait là. Or, les Peaux-Rouges n'étaient pas de si rares visiteurs de la colonie puritaine pour que la présence de l'un d'eux attirât l'attention d'Hester Prynne et surtout la retînt exclusivement en un moment pareil. A côté de l'Indien, et très évidemment en rapports avec lui, il y avait un Blanc, vêtu d'un étrange costume mi-parti européen, mi-parti indigène.

Il était de petite taille avec un visage sillonné de rides qu'on ne pouvait pourtant pas dire d'âge avancé. On lisait sur ses traits une intelligence remarquable, l'intelligence d'un homme qui aurait à tel point cultivé ses qualités mentales qu'elles ne pouvaient qu'avoir repétri son aspect physique. Quoiqu'il eût tenté par un arrangement apparemment fortuit de son habillement hybride, de dissimuler ou de diminuer cette particularité, il n'échappa point à Hester Prynne qu'une des épaules de cet homme était plus haute que l'autre. En apercevant cet étroit visage et cette légère difformité corporelle, Hester pressa de nouveau l'enfant contre sa poitrine avec une force si convulsive que le pauvre petit poussa un autre cri de douleur. Mais sa mère ne parut pas l'entendre.

En arrivant sur la Place du Marché, quelque temps avant qu'Hester ne l'eût vu, l'étranger avait fixé ses regards sur la femme au pilori, sans y prêter vraiment

attention tout d'abord, en homme surtout accoutumé à
regarder en lui-même et pour qui événements, gens et
choses du monde extérieur n'importent guère à moins de
se rattacher à une question occupant son esprit. Très vite,
toutefois, son regard se fit alerte et pénétrant. Une expression d'horreur tordit ses traits comme si un serpent
s'était coulé sur son visage et y avait fait un petit arrêt,
exposant à la vue les replis de ses contorsions. Son visage
s'assombrit sous le coup d'une bouleversante émotion
mais qu'il maîtrisa si instantanément que, un bref instant
excepté, son expression aurait pu passer pour être restée
calme. Très vite, l'altération de ses traits devint presque
imperceptible, s'enfonça, en quelque sorte, sous sa peau.
Quand les regards d'Hester Prynne s'attachèrent aux
siens, quand il vit que la femme au pilori avait l'air de le
reconnaître, lentement, calmement, il leva le doigt et,
après un geste fait en l'air, le posa sur ses lèvres.

Puis, touchant à l'épaule un habitant de la ville debout
à ses côtés, il lui adressa courtoisement la parole sur un
ton conventionnel :

— Messire, me voudriez-vous, par grâce, dire qui est
cette femme là-bas ? Et pourquoi elle se trouve exposée à
cet affront public ?

— Il faut que vous soyez étranger en ces lieux, l'ami,
répondit l'habitant de la ville en jetant un regard curieux
sur l'homme qui lui posait cette question et sur le sauvage
qui l'accompagnait, sans quoi vous eussiez certes ouï
parler de Mme Hester Prynne et de sa faute. Elle a, je
vous assure, soulevé grand scandale en la paroisse du
pieux Révérend Dimmesdale, son pasteur.

— Vous dites bien, repartit l'autre. Je suis étranger et
viens de mener, fort à l'encontre de ma volonté, une vie
vagabonde. Je fus en butte à male aventure tant par mer
que par terre, puis un long temps gardé en esclavage par
les païens du sud et me voici, à présent, ici mené par cet
Indien pour être racheté de ma captivité. Vous plairait-il
donc de me parler de cette Hester Prynne (ai-je bien
compris son nom ?) et du crime qui la conduisit à cet
échafaud là-bas ?

— Volontiers, l'ami, répondit l'habitant de la ville, et

je gage qu'après tous vos tracas et un séjour chez les sauvages, il vous réjouira le cœur d'arriver en un pays où le péché est traqué sans merci et puni à la face des chefs du gouvernement et du peuple.

« Apprenez donc, Messire, que cette femme là-bas était l'épouse d'un homme fort docte, Anglais de naissance, mais qui longtemps vécut à Amsterdam [38] d'où il décida de se venir joindre à nous autres colons de Nouvelle-Angleterre. Pour ce, il fit embarquer son épouse avant lui, ayant été contraint de s'attarder en Europe. Or, depuis tantôt deux ans que Mme Prynne habite Boston, nul n'a ouï nouvelle de son savant époux et cette jeune femme laissée aux mauvais conseils de sa nature...

— Ah! ah! je vous entends, dit l'étranger avec un amer sourire. Un homme aussi docte que vous dites eût dû avoir aussi appris en ses livres à redouter chose pareille. Et qui serait, je vous prie, Messire, le père de cet enfançon — de trois à quatre mois je suppose — que Mme Prynne tient en ses bras ?

— En vérité, l'ami, cette question reste une énigme et le Daniel qui la déchiffrera est encore à venir, répondit l'habitant de Boston. Mme Hester s'est absolument refusée à parler et nos magistrats se sont concertés en vain. Le coupable peut se trouver présentement ici, en personne, en train de regarder ce triste spectacle, innocent aux yeux des hommes et oubliant que Dieu le voit.

— Le docte Messire Prynne devrait venir tenter de percer ce mystère, fit remarquer l'étranger avec un autre sourire.

— Ce serait, en effet, son affaire, s'il est encore en vie, répondit l'habitant de Boston. Or donc, considérant que cette femme est jeune et belle et dut être grièvement tentée et aussi que son époux doit être au fond de la mer, nos juges ne sont point allés jusqu'à lui appliquer la loi en toute sa rigueur — c'est-à-dire à la faire mettre à mort. Ils ont, en la miséricorde et bonté de leurs cœurs, condamné seulement Mme Prynne à trois heures de pilori et à por-

38. « qui longtemps vécut à Amsterdam » : Amsterdam constitua un premier refuge pour les puritains anglais, dès 1608.

ter, pour le restant de sa vie terrestre, une marque infamante sur son sein.

— Ce fut sagement jugé, déclara l'étranger, inclinant la tête d'un air grave. Cette femme sera ainsi un sermon vivant contre le péché jusqu'à ce que l'ignominieuse lettre soit gravée sur sa tombe. Mais il m'afflige, toutefois, que le complice de sa faute ne se trouve pas à son côté. N'importe! Il sera découvert! Il le sera, oui, il le sera!

Sur ce, l'étranger salua courtoisement son communicatif interlocuteur et, murmurant quelques mots à l'oreille de l'Indien, se fraya avec lui un chemin dans la foule.

Tandis que cet entretien avait lieu, Hester Prynne, debout sur son piédestal, n'avait cessé de regarder l'étranger avec une attention si intense que tout le reste du monde visible lui semblait par instant s'évanouir pour ne laisser subsister que cet homme et elle. Se trouver en tête à tête avec lui eût d'ailleurs été peut-être plus terrible encore que cette rencontre d'à présent sous le soleil de midi qui brûlait Hester au visage et éclairait sa honte. Oui, mieux valait le rencontrer avec ce signe d'infamie sur la poitrine; avec cet enfant du péché dans les bras; avec toute une population rassemblée, comme au jour d'une fête, pour ne pas quitter des yeux un visage qui n'aurait dû se laisser voir qu'aux tranquilles lueurs d'un foyer ou sous le voile des matrones à l'église. Pour affreux que ce fût, Hester retirait un sentiment de protection de la présence de ces milliers de témoins. Mieux valait tant de gens entre eux, que de se trouver face à face, tous les deux, seuls. Elle cherchait un refuge, pour ainsi dire, dans son exposition à tant de regards et redoutait le moment où elle ne serait plus protégée par la multitude. Perdue dans ses pensées, elle n'entendit qu'à peine une voix qui s'élevait derrière elle, jusqu'à ce que cette voix eût plusieurs fois répété son nom, d'un haut ton solennel, qui parvenait distinctement aux oreilles de toute la foule:

— Écoute, Hester Prynne, écoute, disait la voix.

Il a déjà été indiqué que, juste au-dessus de l'estrade où se tenait Hester Prynne, s'élevait une sorte de balcon ou de galerie ouverte attenant à l'église. C'était de là que les proclamations étaient faites avec tout le cérémonial que l'on observait alors en pareilles circonstances. En ce jour, y avaient pris place, pour assister à la scène que nous sommes en train de décrire, le Gouverneur de l'État en personne, Messire Bellingham [39], avec quatre sergents, hallebardes au poing, comme garde d'honneur autour de son fauteuil. Il portait une plume noire à son chapeau et, sous son manteau qu'ornait une bande de broderie, un pourpoint de velours noir. C'était un seigneur avancé en âge, avec une dure expérience du monde inscrite dans ses rides. Il n'était pas mal choisi pour être le chef et le représentant d'une communauté qui devait son origine et son présent état de développement non aux élans de la jeunesse, mais à l'énergie austère et tempérée de l'âge mûr, et à la sombre sagacité du vieil âge qui peuvent accomplir tant de choses justement parce qu'elles en imaginent et espèrent si peu. Les autres éminentes personnes qui l'entouraient se distinguaient par la dignité de maintien typique d'une époque où les manifestations de l'autorité participaient du caractère sacré des institutions divines. C'étaient, sans doute aucun, de bonnes gens équitables et réfléchis. Mais il eût été malaisé de choisir parmi tous les membres de la famille humaine un nombre égal de vertueuses personnes aussi peu capables de juger le cœur d'une femme égarée, d'y démêler le mauvais et le bon, que l'étaient ces prud'hommes de rigide apparence vers lesquels Hester Prynne tournait à présent son visage. Et sans doute Hester Prynne se rendait-elle compte que ce qu'elle pouvait espérer de sympathie se trouvait seulement dans le cœur plus large et plus chaud de la foule car, en levant les yeux sur la galerie ouverte, la malheureuse pâlit et se mit à trembler. La voix qui avait attiré son attention était celle du Révérend John Wilson [40], le doyen bien connu du clergé de Boston, grand savant comme la

_____

39. « Messire Bellingham » : Richard Bellingham (1592-1672), arrivé à Boston en 1634. Gouverneur du Massachusetts en 1641, en 1654, et de 1665 à 1672.
40. « John Wilson » : juriste puis prédicateur. Il vécut de 1588 à 1667 ; il arriva à Boston en 1630.

plupart de ses confrères l'étaient alors et, en sus, homme d'esprit bienveillant. Cette dernière qualité n'avait pas toutefois été aussi développée en lui que ses dons intellectuels et lui était, à vrai dire, plutôt un sujet de honte que de contentement de soi. Il se tenait debout là-haut sur le balcon, des boucles grises dépassant sa calotte, ses yeux gris, accoutumés à la lueur voilée de son cabinet de travail, clignant au grand soleil comme ceux de l'enfant d'Hester Prynne. Il avait l'air d'un de ces portraits gravés en sombre aux frontispices des vieux recueils de sermons et n'avait pas plus le droit que n'aurait eu une de ces images de venir se mêler, comme il s'apprêtait à le faire, d'une question de culpabilité, d'angoisse et de remords humains.

— Hester Prynne, dit le clergyman, je me suis efforcé de persuader mon jeune confrère qui prêche la parole divine en la paroisse dont ce fut ton privilège de faire partie, — et, ce disant, Messire Wilson posait la main sur l'épaule d'un pâle jeune homme debout à côté de lui — je me suis efforcé, dis-je, de persuader mon pieux confrère de prendre ton cas en main, ici, à la face du ciel, en présence de nos sages gouvernants et de tous ces gens assemblés et de faire ressortir la bassesse et la noirceur de ta faute. Te connaissant mieux, il serait mieux à même d'avoir recours aux arguments les plus aptes à vaincre ton endurcissement, afin que tu ne taises pas plus avant le nom de celui qui t'a induite en tentation et si grièvement fait déchoir. Mais quoique étant d'une sagesse bien au-dessus de ses années, il m'objecte, avec la trop grande sensibilité de la jeunesse, que ce serait faire offense à la nature même de la femme que de l'obliger à révéler les secrets de son cœur à la pleine lumière du jour et devant si grande multitude. Pourtant, ainsi que je le lui ai fait valoir et à présent répète, c'est en vérité dans la perpétration du péché et non dans l'aveu que gît la honte. Je lui pose encore une fois la question : auquel de nous deux, frère, incombe le soin de cette pauvre âme pécheresse ?

Un murmure s'éleva là-haut sur le balcon, parmi les dignitaires puis Messire Bellingham, le Gouverneur, en traduisit le sens, prenant la parole d'un ton autoritaire, tempéré, cependant, par son estime pour le jeune pasteur auquel il s'adressait :

— Mon bon Révérend Dimmesdale, dit-il, la responsabilité du salut de cette femme relève de vous qui fûtes son pasteur. Il vous appartient donc de l'exhorter au repentir et à l'aveu qui en sera la preuve.

Cet appel direct attira les regards de toute la foule sur le Révérend Dimmesdale — jeune pasteur venu d'une des grandes universités anglaises, apportant avec lui tout le savoir de l'époque en notre sauvage pays de forêts. Son éloquence et sa ferveur lui promettaient les places les plus hautes de sa profession. Il avait un aspect des plus frappants avec son front vaste et bombé, de grands yeux bruns mélancoliques, une bouche qui, à moins qu'il ne s'obligeât à serrer les lèvres, avait tendance à des frémissements et révélait donc à la fois de la sensibilité nerveuse et beaucoup d'empire sur soi-même. En dépit de ses dons naturels et de ses vastes connaissances, il y avait chez ce jeune pasteur quelque chose de transi, d'inquiet, d'effarouché — l'air de quelqu'un qui se serait senti perplexe et tout à fait perdu sur les routes de l'existence humaine, qui ne pourrait se sentir à l'aise que dans une retraite bien à lui. Aussi, dans la mesure où ses devoirs l'y autorisaient, ne foulait-il que les chemins de traverse les plus obscurs, gardant une simplicité d'enfant et faisant montre, lorsque les circonstances le contraignaient à se mettre au premier plan, d'une fraîcheur, d'une pureté de pensée telles, que bien des gens se disaient émus par ses accents comme par ceux d'un ange.

Tel était le jeune homme sur lequel le Révérend Wilson et Messire Bellingham le Gouverneur venaient d'attirer l'attention du public en l'adjurant de sonder, devant tous, le mystère qu'est une âme de femme, même entachée par le mal. La situation délicate où il se trouvait ainsi mis retira le sang de ses joues et fit frémir ses lèvres.

— Parle à cette femme, frère, dit le Révérend Wilson. L'heure est d'importance pour son âme et, par conséquent, ainsi que le vient de dire Messire le Gouverneur, d'importance aussi pour la tienne qui en eut le soin.

Le Révérend Dimmesdale baissa la tête comme pour

une prière silencieuse puis, s'avançant, se pencha au-dessus du balcon :

— Hester Prynne, dit-il, en regardant fermement la femme dans les yeux, tu as entendu ce que cet homme pieux vient de dire et tu vois la responsabilité sous laquelle je plie. Si tu sens que ce sera pour la paix de ton âme, que ton châtiment terrestre sera ainsi rendu plus efficace pour ton salut éternel, je t'adjure de dire le nom de celui qui partagea ta faute et partage aujourd'hui ta souffrance ! Ne garde point le silence par suite d'une pitié ou d'une tendresse mal comprise envers cet homme car, crois-moi, Hester, lui fallût-il présentement descendre d'un rang élevé pour aller se tenir près de toi, cela vaudrait mieux pour lui que de cacher un cœur coupable toute sa vie durant. Que peux-tu faire pour lui en te taisant ? Rien, hormis le tenter, que dis-je l'obliger à joindre le péché d'hypocrisie au péché qu'il a commis déjà. Le ciel t'a accordé la grâce d'une expiation publique afin que tu puisses remporter ensuite, au vu de tous, un éclatant triomphe sur le mal qui fut au-dedans de toi. Prends garde de ne point écarter de lui, qui n'a peut-être pas le courage de s'en saisir lui-même, la coupe amère mais bienfaisante offerte à tes lèvres.

La voix du jeune pasteur était frémissante, entrecoupée, pleine de douceur profonde. Les sentiments qu'elle exprimait, par ses accents plutôt que par le sens des mots, la faisaient résonner dans le cœur des assistants. Tous vibraient à l'unisson d'une même sympathie. Jusqu'au petit enfant qu'Hester tenait dans ses bras qui s'y montra sensible car il dirigea son regard, jusqu'alors resté vague, vers le Révérend Dimmesdale et tendit ses petits bras avec un murmure à demi content, à demi plaintif. Enfin cette adjuration semblait si puissante que la foule se sentit certaine qu'Hester Prynne allait prononcer le nom du coupable ou que celui-ci, en quelque situation qu'il fût, allait éprouver une irrésistible impulsion intime et être contraint de gravir les degrés du pilori.

Hester secoua la tête.

— Femme, ne va point au-delà des limites de la clémence divine ! s'écria le Révérend Wilson avec plus de

sévérité qu'auparavant. Ce petit enfant a été doué d'une
voix pour renforcer le conseil que tu viens d'entendre.
Dis le nom! Cet aveu et ton repentir pourront faire disparaître un jour la lettre écarlate de ta poitrine.

— Jamais! répondit Hester, ne regardant pas le Révérend Wilson mais les yeux dans les yeux profonds et
troublés de son jeune confrère. Elle y est trop avant
marquée. Nul ne saurait plus l'enlever et puissé-je endurer sa peine à lui en même temps que la mienne!

— Parle, femme! s'écria froide et sévère une autre
voix qui venait celle-ci de la foule massée au pied du
pilori. Parle et donne un père à ton enfant!

— Je ne parlerai point, dit Hester, en devenant aussi
pâle que la mort mais contrainte de répondre à cette voix
qu'elle ne reconnaissait que trop. Mon enfant devra chercher un père dans les cieux. Elle n'en aura jamais un sur
terre.

— Elle ne parlera pas, murmura le Révérend Dimmesdale qui, penché sur la balustrade du balcon et la
main pressée contre son cœur, avait attendu le résultat de
son appel. Il se rejeta en arrière en respirant profondément. Merveilleuse force et merveilleuse générosité d'un
cœur de femme! Elle ne parlera pas.

Devant l'intraitable état d'esprit de la pauvre coupable,
le doyen du clergé, qui s'était soigneusement préparé
pour l'occasion, adressa à la foule un discours sur le
péché et ses pièges divers entremêlé de continuelles allusions à la lettre infamante. Pendant une heure et plus que
ses périodes roulèrent au-dessus des têtes, il insista avec
tant d'énergie sur cette marque symbolique qu'elle finit
par empreindre de terreurs nouvelles les imaginations et
parut emprunter sa couleur aux flammes du gouffre infernal. Hester, cependant, gardait sa place sur le piédestal
d'infamie, le regard absent, avec un air las d'indifférence
morne. Elle avait enduré, ce matin, tout ce que peuvent
supporter des forces humaines et, comme son tempérament n'était pas de ceux qui échappent à une trop intense
souffrance par un évanouissement, il ne restait à son
esprit qu'à s'abriter sous une couche d'insensibilité aussi
dure que pierre, tandis que les facultés de sa vie animale

restaient entières. En cet état, la voix du prédicateur
tonnait sans pitié mais inutilement à ses oreilles. Durant
la dernière partie du supplice, l'enfant perça l'air de ses
cris ; Hester tenta de la calmer machinalement, mais ne
parut qu'à peine sympathiser avec ses tourments. Elle fut
reconduite en prison dans la même attitude endurcie et
disparut aux regards du public derrière la porte bardée de
fer. Ceux qui l'avaient suivie des yeux, chuchotèrent que
la lettre écarlate jetait une lueur sinistre au long du sombre corridor.

CHAPITRE IV

L'ENTREVUE

Une fois de retour en prison, Hester Prynne passa à un tel état de surexcitation nerveuse qu'il fallut la surveiller sans trêve de peur qu'elle n'allât se livrer à quelque violence sur elle-même ou faire, en sa demi-démence, du mal à son pauvre enfant. La nuit approchait et il se révélait impossible de mater cette agitation par remontrances, punitions ou menaces. Maître Brackett, le geôlier, jugea à propos d'avoir recours à un médecin, homme versé, selon lui, dans tous les modes du savoir chrétien et en même temps familier avec tout ce que les sauvages pouvaient enseigner sur les herbes et racines médicinales de la forêt. Le besoin d'une assistance de ce genre était, en vérité, impérieux non seulement pour Hester mais encore et surtout pour l'enfant qu'elle allaitait et qui semblait avoir bu avec son dernier repas tout le tourment, l'angoisse et le désespoir qui pénétraient l'organisme de sa mère. Il se tordait à présent dans des convulsions de souffrance, son petit être incarnant d'une façon frappante l'agonie morale qu'Hester Prynne avait endurée tout le jour.

Suivant de près le geôlier dans le triste appartement apparut ce personnage d'aspect singulier dont la présence dans la foule avait été d'un si profond intérêt pour la porteuse de la lettre écarlate. On l'avait logé dans la prison, non qu'il fût soupçonné de la moindre faute, mais parce que c'était la façon la plus commode et la plus convenable de disposer de lui jusqu'à ce que les notables de la ville se fussent entendus avec les chefs indiens au sujet de sa rançon. Il fut annoncé sous le nom de Roger

Chillingworth. Le geôlier, après l'avoir fait entrer dans la pièce, s'attarda un moment, émerveillé par le calme relatif qui s'établit. Hester était, en effet, devenue sur-le-champ aussi tranquille que la mort si l'enfant avait continué de se plaindre.

— S'il vous plaît, l'ami, laissez-moi seul avec ma malade, dit le médecin. Ayez confiance en moi, bon geôlier. Vous allez tôt avoir la paix en votre maison. Je vous promets que Mme Prynne se montrera ensuite plus docile aux justes injonctions de l'autorité que vous ne l'avez peut-être encore trouvée jusqu'ici.

— Par ma foi, si Votre Seigneurie peut venir à bout de pareille besogne, je la tiendrai pour grandement savante ! dit le geôlier. Cette femme s'est bel et bien montrée semblable à une possédée et, pour peu, j'aurais jugé séant de chasser Satan hors d'elle à coups de fouet.

L'étranger était entré dans la pièce avec le calme caractéristique de la profession à laquelle il disait appartenir. Son attitude ne changea point quand le départ du geôlier le laissa seul en face de la femme qui, en s'absorbant si profondément en elle-même lorsqu'elle le reconnut dans la foule, avait implicitement révélé qu'un lien étroit les unissait, elle et lui. Son premier geste fut de s'approcher de l'enfant qui se tordait sur le petit lit avec des cris qui disaient l'urgente nécessité de faire passer avant toute autre affaire le devoir de l'apaiser. Il l'examina avec soin, puis ouvrit une cassette de cuir qu'il prit sous ses vêtements. Elle contenait apparemment des remèdes. Il en prit un qu'il se mit à mélanger à l'eau d'un gobelet.

— Mes vieilles études d'alchimie et mon séjour de plus d'un an parmi des gens qui connaissent bien les bonnes propriétés des simples, ont fait de moi un meilleur médecin que plus d'un qui se réclame du titre, fit-il remarquer. Voilà, femme ! L'enfant étant à toi — nullement à moi — il ne reconnaîtra ni ma voix ni mon aspect comme ceux d'un père. Fais-lui boire ce breuvage, donc, de tes propres mains.

Hester repoussa la médecine offerte en regardant avec appréhension le visage qui lui faisait face.

— Te voudrais-tu venger sur un innocent? murmura-
t-elle.

— Femme insensée! répondit le médecin d'un ton à
demi froid, à demi apaisant. Pourquoi irais-je faire du
mal à ce misérable enfant illégitime? Ce remède est
puissant pour le bien et si l'enfant était à moi — oui, à
moi aussi bien qu'à toi — je ne pourrais mieux faire pour
lui.

Comme Hester continuait d'hésiter, n'étant point, en
fait, dans un état d'esprit raisonnable, l'étranger prit
l'enfant dans ses bras et lui administra lui-même le breuvage — lequel prouva bientôt son efficacité. Les cris de
la petite malade se turent; son agitation convulsive cessa
peu à peu. Au bout de quelques instants, elle plongeait,
selon la coutume des petits enfants soulagés de leur mal,
dans un profond sommeil paisible.

Le médecin — il avait à présent bien droit à ce titre —
dirigea alors son attention vers la mère. Procédant avec
calme à un examen scrutateur, il lui tâta le pouls, la
regarda au profond des yeux — regard qui la fit reculer et
trembler en son cœur parce que tellement familier et
pourtant tellement froid, tellement étranger — et, satisfait
enfin de ses investigations, il se mit à doser un nouveau
mélange.

— Je ne connais ni Léthé ni Népenthès, remarqua-t-il,
mais j'ai appris maints secrets dans la forêt et en voici un
qu'un Indien m'enseigna en échange de quelques mien-
nes leçons aussi vieilles que Paracelse. Bois! Ce peut être
moins apaisant qu'une bonne conscience, je ne t'en saurais donner une, mais cela calmera les bouillonnements
de ta fièvre comme l'huile rend lisse une mer tumul-
tueuse.

Il présenta le gobelet à Hester qui le prit en attachant
sur lui un regard plein d'intensité. Un regard qui n'exprimait pas précisément la crainte mais qui était plein,
pourtant, de doute et de perplexité quant aux buts de cet
homme. Elle tourna ensuite les yeux vers la petite fille
endormie.

— J'ai pensé à la mort, dit-elle, je l'ai souhaitée,
j'aurais même prié Dieu de me l'envoyer s'il était séant

que quelqu'un comme moi priât pour se faire accorder
quelque chose. Cependant, si la mort est dans cette
coupe, je te demande de réfléchir avant de me la laisser
boire. Regarde ! La voici à mes lèvres.

— Bois, lui répondit l'homme toujours avec la même
tranquillité glaciale. Me connais-tu donc si peu, Hester
Prynne ? Des desseins à si courte portée seraient-ils mon
fait ? Même si j'entends tirer de toi vengeance, que pour-
rais-je concevoir de mieux, pour atteindre mon but, que
de te laisser vivre ? Que de te donner des remèdes contre
les maux et les dangers de la vie afin que le signe de ta
honte pût continuer de flamboyer sur ta poitrine ?

Tout en parlant, il posait son long index sur la lettre
écarlate qui sembla alors brûler le sein qu'elle recouvrait comme si elle eût été rougie à blanc. Il remarqua le tressaillement involontaire d'Hester et se mit à
sourire.

— Vis donc, poursuivit-il, et porte partout avec toi ta
condamnation aux yeux de tous, hommes et femmes !
Aux yeux de celui que tu appelas ton mari, aux yeux de
cette enfant là-bas ! Et, afin que tu puisses vivre, bois ce
breuvage !

Hester but sans autres délais, puis s'assit sur le lit où
dormait l'enfant au signe que lui fit son compagnon.
Lui-même prit l'unique chaise de la pièce et vint s'asseoir
auprès d'elle. Hester ne pouvait que trembler en lui
voyant faire ces préparatifs car elle sentait bien qu'ayant à
présent accompli ce à quoi l'humanité, ou ses principes,
ou peut-être une cruauté raffinée l'avait poussé pour re-
médier à sa douleur physique, il allait à présent se com-
porter en homme qu'elle avait profondément et irréparablement outragé.

— Hester, dit-il, je ne te vais demander ni pourquoi ni
comment tu es tombée dans l'abîme, montée plutôt, de-
vrais-je dire, sur le piédestal d'infamie où je t'ai trouvée.
L'explication n'est pas longue à chercher : ce fut ma folie
et ce fut ta faiblesse. Moi, un homme qui ne vivais que
par la pensée, qui hantais sans trêve les bibliothèques, qui
approchais du déclin, déjà, après avoir consacré mes
meilleures années à nourrir les rêves avides du savoir —

qu'avais-je à faire avec une beauté et une jeunesse comme les tiennes? Contrefait de naissance, comment ai-je pu me leurrer de l'idée que les dons de l'intelligence pourraient voiler la difformité physique dans la fantaisie d'une jouvencelle? Les hommes me disent sage. Si la sagesse des sages les éclaira jamais sur leur propre destin, j'aurais dû savoir en entrant, au sortir de la vaste et sinistre forêt, dans cette colonie de Chrétiens, que le premier objet qui frapperait ma vue, ce serait toi, Hester Prynne, érigée en statue de honte devant le peuple. Que dis-je? Depuis l'instant où, mari et femme, nous descendions ensemble les degrés du temple, j'aurais dû entrevoir un funeste reflet de cette lettre-ci rougeoyer au bout de notre chemin!

— Tu sais, dit Hester, car, tout abattue qu'elle fût, elle ne put endurer en silence le coup que lui portait cette dernière allusion au symbole de sa honte, tu sais que je fus franche envers toi. Je ne ressentais point d'amour et n'en feignis aucun.

— C'est vrai, répondit-il, tout fut, je l'ai dit, le fait de ma folie. Mais, jusqu'à cette époque, j'avais vécu sans vivre! Le monde avait été si dépouillé de joie! Mon cœur était une habitation assez vaste pour accueillir bien des hôtes, mais solitaire et glaciale, privée du feu d'un foyer. J'ai eu envie d'en allumer un. Cela n'avait pas l'air d'un rêve tellement insensé, âgé et sombre d'humeur comme je l'étais, que le simple bonheur, partout largement à portée de tous les hommes, pût encore devenir mon lot. Et ainsi, Hester, je t'ai fait entrer en mon cœur, en sa chambre la plus secrète, et j'ai essayé de le réchauffer à la chaleur que tu y fis régner.

— Je t'ai fait grandement mal, murmura Hester.

— Nous nous sommes fait du mal l'un à l'autre, répondit-il, et c'est moi qui ai commencé lorsque j'induisis ta jeunesse en fleur à s'unir à ma décrépitude. Par conséquent, en homme qui n'a pas réfléchi et philosophé en vain, je ne cherche nulle vengeance, je n'échafaude rien contre toi. Entre nous deux, la balance est égale. Mais Hester, il est en vie, l'homme qui nous a fait du mal à tous les deux. Qui est-il?

— Ne me le demande point, répondit Hester en le regardant fermement en face. Tu ne le sauras jamais !

— Jamais, dis-tu, répliqua son interlocuteur avec un sombre sourire, en homme qui a foi en son intelligence. Jamais ? Crois-moi, Hester, il y a peu de choses, soit dans le monde des sens, soit dans l'univers invisible des pensées, qui puissent rester cachées à l'homme qui se consacre passionnément et sans réserve à la solution d'un mystère. Tu as pu celer ton secret aux yeux inquisiteurs de la multitude. Tu as pu le cacher aussi aux pasteurs et aux magistrats, aujourd'hui, lorsqu'ils tentèrent de l'arracher de ton cœur pour te donner un compagnon sur ton piédestal. Mais moi, je me mets en quête avec d'autres sens que ceux qu'ils possèdent. Je chercherai cet homme comme j'ai cherché la vérité dans les livres, comme j'ai cherché l'or dans l'alchimie. Un fluide me le révélera. Je le verrai trembler. Je me sentirai frémir tout soudain sans m'y être attendu. Tôt ou tard, il sera en mes mains.

Le savant au visage ridé fixait sur elle des regards d'un éclat si intense qu'Hester Prynne serra ses mains sur son cœur comme si elle eût craint qu'il en pût, sur-le-champ, transpercer le secret.

— Tu ne veux pas révéler son nom ? Cet homme n'en sera pas moins un jour à ma merci, reprit-il, l'air sûr de lui comme si le destin eût été son allié. Il ne porte pas de lettre sur ses vêtements comme toi, mais je n'en saurais pas moins lire en son cœur. Toutefois, ne crains rien pour lui. Ne crois pas que je vais intervenir, que je ne laisserai point Dieu le punir comme Il l'entend, ni que, à mon propre dam, je l'irai dénoncer à la loi humaine. N'imagine pas davantage que je tenterai quoi que ce soit contre sa vie ; non, ni contre sa renommée s'il est, comme je le crois, de belle réputation. Qu'il vive ! Qu'il se dissimule derrière les honneurs s'il le peut ! Il n'en tombera pas moins à ma merci !

— Tes actes ont l'air inspirés par la clémence, dit Hester bouleversée et transie d'épouvante, mais tes paroles font de toi un objet de terreur !

— Je te vais demander une chose à toi qui fus ma femme, poursuivit le savant. Tu as gardé le secret de cet homme. Fais-en autant pour le mien! Nul en ce pays ne me connaît. Ne souffle à âme qui vive que tu m'appelas jamais ton mari. Ici, sur ces sauvages confins de la terre, j'entends planter ma tente. Car, errant et isolé partout ailleurs, je trouve ici une femme, un homme, une enfant auxquels m'attachent les liens les plus étroits. Qu'importe qu'ils soient d'amour ou de haine! Qu'il s'agisse de bien ou de mal! Toi, les tiens et moi nous sommes liés, Hester Prynne! Ma patrie est là où tu es, là où est cet homme. Mais ne me trahis point!

— Pourquoi désires-tu cela? demanda Hester reculant sans s'en expliquer la raison devant ce lien secret. Pourquoi ne pas dire ouvertement qui tu es et me répudier sur-le-champ?

— Peut-être, répondit-il, parce que je veux éviter le déshonneur qui entache l'époux d'une femme infidèle. Peut-être pour d'autres motifs. Il suffit. C'est mon dessein de vivre et de mourir inconnu. Laisse donc ton mari passer aux yeux du monde pour un homme mort de qui nul n'entendra jamais plus nouvelle. Ne me reconnais ni par un mot, ni par un signe, ni par un regard! Ne souffle rien surtout de mon secret à l'homme qui fut ton complice. Prends garde de ne point y faillir! Sa renommée, sa position, sa vie seront entre mes mains. Prends garde!

— Je garderai ton secret comme j'ai gardé le sien, dit Hester.

— Jure-le, ordonna-t-il.

Et elle en fit serment.

— Et maintenant, Madame Prynne, dit le vieux Roger Chillingworth, car c'est ainsi qu'on allait désormais appeler cet homme, maintenant, je te laisse seule. Seule avec ton enfant et la lettre écarlate. Et dis-moi, Hester, ta condamnation t'oblige-t-elle à porter cette marque en ton sommeil? Ne redoutes-tu point les cauchemars et les vilains rêves?

— Pourquoi me souris-tu de la sorte? demanda Hester inquiétée par l'expression qu'elle lui voyait aux yeux.

Es-tu semblable à l'Homme Noir[41] qui hante la forêt
alentour? M'as-tu attirée dans un piège et liée par un
pacte qui sera la perte de mon âme?

— La perte de ton âme, non, lui répondit-il avec un
nouveau sourire. Non, pas de la tienne.

CHAPITRE V

HESTER À SON AIGUILLE

Hester Prynne arrivait à présent au terme de sa captivité. Les portes de sa prison furent grandes ouvertes et elle sortit au plein soleil qui, bien que brillant également pour tous, lui donna l'impression morbide de n'avoir de rayons que pour éclairer sur sa poitrine la lettre écarlate.

Les premiers pas qu'elle fit toute seule en cette minute lui furent sans doute une plus torturante épreuve que la marche processionnelle qui avait fait d'elle le point de mire que tout le monde était invité à montrer du doigt. Elle avait, alors, été soutenue par une anormale tension de tous ses nerfs, et aussi par l'énergie combative de son caractère qui lui avait permis de transformer toute cette scène en une sorte de triomphe sinistre. Il s'agissait, d'ailleurs, d'un événement tout à fait exceptionnel, qui ne devait se produire qu'une fois dans sa vie, qu'elle avait donc pu affronter en prodigue, dépensant en une seule journée toute la force vitale qui aurait suffi à plusieurs années d'existence tranquille. La loi même qui l'avait condamnée — géant au dur visage mais au bras de fer, aussi fort pour soutenir que pour annihiler — lui avait prêté la vigueur nécessaire pour supporter cette accablante, cette ignominieuse épreuve. Mais avec ces premiers pas qu'elle faisait toute seule hors de sa prison, c'était une routine quotidienne qui commençait pour Hester Prynne. Et il lui fallait ou la supporter et marcher de l'avant, grâce aux ressources ordinaires de sa nature, ou succomber. Elle ne pouvait plus emprunter à l'avenir pour faire face au tourment présent. Le lendemain apporterait avec lui son épreuve ; et de même le surlende-

main et le jour d'après et tous les autres. Chaque jour son
épreuve et qui serait pourtant la même que celle qu'il était
si inexprimablement douloureux de subir aujourd'hui.
Les jours, les semaines, les mois de l'avenir le plus
éloigné se dérouleraient péniblement avec, pour charger
ses épaules, toujours le même fardeau, un fardeau qu'elle
ne pourrait jamais jeter à terre car les jours et les années
l'alourdiraient chacun un peu plus en s'accumulant. Finalement, dépouillée de toute individualité, elle ne serait
plus qu'un symbole à l'usage des prédicateurs et des
moralistes désireux d'insister sur la faiblesse de la femme
ou de flétrir les passions coupables. Ainsi les jeunes, les
purs la regarderaient avec la lettre écarlate — elle, la fille
de parents honorables — elle, la mère d'une enfant qui
deviendrait une femme — elle, qui avait été innocente,
jadis — comme le visage, le corps, l'incarnation du
péché. Et sur sa tombe, la honte qu'il lui aurait fallu
porter ainsi jusqu'au bout deviendrait l'unique monument
dédié à sa mémoire.
    Il peut paraître bizarre qu'avec le monde entier devant
elle, et alors que nulle clause de sa condamnation ne la
retenait dans les limites de cette colonie puritaine si
lointaine et si obscure, libre donc de revenir dans son
pays natal ou d'aller dans n'importe quel autre pays
d'Europe cacher sa faute et son identité sous une apparence nouvelle ; qu'avec, toutes proches, les cachettes de
la forêt insondable où une nature farouche comme la
sienne aurait pu se faire une place chez un peuple dont les
coutumes et les croyances étaient étrangères à la loi qui
l'avait condamnée — il peut paraître bizarre, disons-
nous, qu'Hester Prynne ait continué de considérer comme
sa patrie l'endroit, le seul endroit du monde où elle
symbolisait la honte. Mais il existe une fatalité, un sentiment, si impérieux qu'il a force de loi, qui oblige presque
invariablement les êtres humains à ne pas quitter, à hanter
comme des fantômes, les endroits où quelque événement
marquant a donné sa couleur à leur vie ; et ceci d'autant
plus irrésistiblement que cette couleur est plus sombre.
Son péché, sa honte étaient les racines qui implantaient
Hester en ce sol. C'était comme si une seconde naissance

— une naissance qui l'aurait mieux pénétrée de son ambiance que la première — avait transformé pour elle ce pays de forêts, encore si rebutant pour les autres Européens, en une patrie. Une patrie sauvage et lugubre mais où elle était véritablement chez elle et pour toute sa vie.

Tous les autres lieux du monde lui étaient étrangers en comparaison — même ce village de la campagne anglaise où son enfance heureuse et son adolescence sans tache semblaient être restées aux soins de sa mère, tels des vêtements que depuis longtemps on ne porte plus. La chaîne qui l'attachait avait des mailles de fer et la meurtrissait jusqu'au fond de l'âme, mais elle ne pourrait jamais être brisée.

Peut-être aussi — c'était même sans aucun doute le cas, bien qu'elle se cachât ce secret à elle-même et pâlît chaque fois qu'il luttait pour sortir de son cœur tel un serpent de son trou — peut-être un autre sentiment retenait-il Hester en ce lieu qui lui avait été si fatal. Ici vivait, ici cheminait quelqu'un avec qui elle s'estimait unie par un lien, non reconnu en ce monde, mais qui les ferait appeler ensemble à la barre du jugement dernier, seul autel de leur mariage, et les renverrait à un avenir commun de châtiment éternel. Encore et encore le tentateur des âmes avait jeté cette idée dans l'esprit d'Hester et ri de voir avec quel désespéré mouvement de joie passionnée elle s'en était saisie pour essayer ensuite de la jeter loin d'elle. Elle regardait, l'espace d'un éclair, cette idée en face et puis se hâtait de la barricader derechef au cachot. Ce qu'elle s'obligeait à croire — ce qu'elle devait, à force de raisonnements, finir par considérer comme le motif qui la poussait à rester en Nouvelle-Angleterre — était à moitié une vérité, à moitié une illusion. C'est ici, se disait-elle, que j'ai été coupable et c'est ici que je dois expier sur cette terre. La torture que lui infligerait sa honte quotidienne laverait peut-être à la fin son âme et en remplacerait la pureté perdue par une autre approchant de celle d'une sainte puisqu'elle serait le résultat d'un martyre.

Hester Prynne ne s'enfuit donc point. Aux abords de la ville, sur le littoral de la Péninsule, mais assez éloignée

des autres habitations, s'élevait une petite chaumière.
Elle avait été bâtie par un des premiers colons, puis
abandonnée, parce que le sol qui l'entourait n'était pas
propice à la culture et que son éloignement relatif l'écar-
tait de la sphère de cette activité sociale qui avait, bientôt,
caractérisé les mœurs des émigrants. Construite sur la
plage, elle donnait, par-delà un bassin d'eau de mer, sur
les collines couvertes de forêts qui se dressaient vers
l'ouest. Un bouquet d'arbres rabougris, comme il n'en
pousse que dans la Péninsule, plutôt que de la dissimuler
à la vue, semblait indiquer qu'il y avait, en cet endroit,
quelque chose à cacher. C'est dans cette solitaire petite
demeure qu'Hester Prynne alla s'installer avec son enfant, après avoir obtenu la permission des magistrats qui
gardaient sur elle un droit de surveillance. Un effroi
religieux, une ombre de suspicion pesèrent aussitôt sur
l'endroit. Des enfants, trop jeunes pour comprendre
pourquoi cette femme était tenue à l'écart de toute charité
humaine, se glissaient assez près pour la voir manier son
aiguille à la fenêtre de sa chaumière, ou bêcher son petit
jardin, ou s'engager sur le sentier qui menait à la ville,
puis, apercevant la lettre écarlate sur sa poitrine, ils
décampaient sous le coup d'une terreur étrange et conta-
gieuse.

Isolée comme elle l'était, n'ayant pas sur terre un ami
qui osât se faire voir, Hester ne courait cependant aucun
risque de se trouver dans le besoin. Elle possédait un art
qui, même dans un pays où il n'avait relativement que
peu d'occasion de s'exercer, devait suffire à les nourrir,
elle et son enfant. C'était, alors comme maintenant, le
seul art ou presque à la portée d'une femme — l'art des
travaux à l'aiguille. Elle portait sur sa poitrine, avec cette
lettre si curieusement brodée, un spécimen de la délicatesse et de l'imagination d'un talent que les dames d'une
Cour eussent été ravies de mettre à contribution pour
ajouter à leurs parures d'or et de soie cet ornement plus
précieux et plus spirituel qu'est l'industrie humaine. Il est
vrai qu'avec la sombre simplicité caractéristique de la
façon de s'habiller des Puritains, il n'allait pas y avoir, en
Nouvelle-Angleterre, grande demande pour ce qu'Hester

pouvait faire de plus beau. Cependant le goût de l'époque, d'une telle exigence pour les détails du costume,
n'était pas sans étendre son influence sur nos austères
ancêtres qui avaient laissé derrière eux tant d'autres raffinements dont il pourrait paraître plus dur de se passer.
Des cérémonies publiques telles qu'ordinations, installa-
tions de magistrats, étaient, ainsi que tout ce qui pouvait
donner de la majesté aux apparences lorsque le gouvernement nouveau se manifestait en public, marquées, par
habileté politique, au coin d'un cérémonial bien réglé et
d'une magnificence sombre mais très étudiée. Des fraises
aux plis profonds, des rabats excessivement ouvragés et
des gants aux broderies somptueuses étaient considérés
comme devant faire nécessairement partie de la tenue
officielle des hommes qui tenaient les rênes du pouvoir.
Le port en était, en outre, aisément permis à des personnages notoires par leur rang ou leur richesse, tandis que
des lois somptuaires les interdisaient au vulgaire. Les
funérailles — qu'il s'agît de la parure du mort ou de
figurer, par maints écussons et inscriptions emblémati-
ques de drap noir et de toile blanche, le chagrin des
survivants — réclamaient aussi souvent une artiste
comme Hester. Les trousseaux des nouveau-nés — car
les petits enfants portaient alors de vraies robes de parade
— lui offraient encore une autre possibilité d'occupation
et de gain.

Petit à petit, mais assez vite en somme, les travaux
d'Hester devinrent ce que nous appellerions maintenant
« à la mode ». Que cela provînt d'un sentiment de commi-
sération envers une femme d'aussi triste destinée, ou de
cet intérêt de douteux aloi qui prête une valeur fictive
même aux choses les plus ordinaires; qu'il faille y voir
l'effet de ces circonstances impondérables qui valent à
certaines personnes ce que d'autres rechercheraient en
vain, ou le fait qu'un vide qui serait resté béant se trouvait
ainsi comblé par elle, toujours est-il qu'Hester eut du
travail et un travail bien rémunéré, pour toutes les heures
qu'il lui parût bon d'employer à tirer l'aiguille. Peut-être
la vanité jugea-t-elle séant de se mortifier en arborant, les
jours de grande pompe, des vêtements qu'avaient ornés

les mains d'une pécheresse? On vit le travail de l'aiguille
d'Hester sur la fraise du Gouverneur, des hommes d'armes le portèrent sur leurs baudriers, des pasteurs sur leurs
rabats. Il ornait le petit bonnet de l'enfant au berceau; il
était enfermé dans les cercueils des morts pour moisir et
tomber en poussière. Mais il n'a jamais été rapporté que
son talent aurait été une seule fois requis pour broder le
voile blanc destiné à cacher les rougeurs d'une jeune
épousée. Cette exception est une preuve de l'inaltérable
rigueur avec laquelle la société ne cessait de réprouver le
péché d'Hester Prynne.

Celle-ci ne cherchait pas à gagner plus que le moyen de
s'assurer une subsistance des plus ascétiques et la simple
abondance nécessaire à son enfant. Sur sa robe, toujours
de l'étoffe la plus grossière et de la plus sombre couleur,
il y avait pour seul ornement la lettre écarlate qu'elle était
condamnée à porter. Le costume de sa fille se distinguait,
au contraire, par une grâce fantaisiste, nous devrions
même plutôt dire fantastique, qui rehaussait la grâce
aérienne que la petite fille laissa voir de bonne heure,
mais semblait avoir aussi une signification plus profonde.
Nous en reparlerons.

A l'exception du peu que lui coûtait la parure de sa
fille, Hester consacrait tout son superflu à faire la charité
à des misérables moins malheureux qu'elle et qui insultaient assez fréquemment la main qui les nourrissait. Une
grande partie du temps qu'elle aurait pu dédier aux plus
délicates réalisations de son art, elle le passait à coudre
des vêtements grossiers pour les indigents. Il est probable
qu'elle entendait expier en s'occupant de la sorte, qu'elle
faisait un véritable sacrifice, renonçait à une véritable joie
en employant tant d'heures à un travail aussi ingrat. Il y
avait dans sa nature une tendance, voluptueuse, orientale,
un goût pour le beau, pour le somptueux qui, les exquis
travaux de son aiguille mis à part, ne trouvaient aucune
occasion de s'exercer dans sa vie. Les femmes tirent de
l'activité délicate de leur aiguille un plaisir incompréhensible à l'autre sexe. Hester Prynne y trouvait peut-être un
moyen d'exprimer et par conséquent d'apaiser la passion
de sa vie. Aussi l'écartait-elle comme toutes les autres

joies, y voyant un péché. Cette morbide intervention de sa conscience dans une question aussi secondaire relevait, il faut le craindre, non d'un authentique et ferme propos de pénitence, mais de quelque chose de trouble, de quelque chose qui pouvait être, en dessous, profondément répréhensible.

C'est ainsi qu'Hester Prynne arriva à jouer un rôle dans le monde. Le monde ne pouvait guère, en effet, écarter absolument une femme douée d'un caractère aussi énergique et de si rares capacités, bien qu'il l'eût marquée d'un signe plus intolérable pour un cœur de femme que celui qui stigmatisa le front de Caïn[42]. La société lui demeurait étrangère ; il n'y avait rien dans ses rapports avec elle qui lui donnât jamais le sentiment d'en faire partie. Chaque mot, chaque parole, le silence même de ceux qu'elle approchait impliquaient, voire souvent exprimaient qu'elle était bannie, tout aussi seule que si elle avait habité une autre sphère ou communiqué avec la nature à l'aide d'organes et de sens différents de ceux du reste de l'humanité. Elle était à part des questions morales et tout près d'elles cependant — tel un fantôme qui revient visiter le coin de feu familier mais ne peut plus faire voir ni sentir sa présence. Il ne peut pas plus sourire aux joies de ceux qui furent les siens qu'il ne peut prendre part à leurs peines et, s'il parvenait à manifester cette sympathie qui lui est interdite, il n'éveillerait que terreur et répugnance affreuses. Terreur et répugnance semblaient être, en fait, avec, en plus, un mépris sans mélange, les seuls sentiments qu'Hester pût encore inspirer. Ce n'était point l'âge de la délicatesse et sa situation, quoiqu'elle la comprît bien et ne risquât guère de l'oublier, lui était souvent vivement remise en conscience, telle une douleur qu'on réveille, par une pression brutale sur l'endroit sensible. Les pauvres qu'elle s'efforçait de secourir l'injuriaient souvent, ainsi que nous l'avons dit. Les dames de haut rang, dont elle franchissait les portes pour son travail, avaient coutume de distiller en son cœur

---

42. « le front de Caïn » : voir Genèse, 4. 16 : « Et Jéhovah mit un signe sur Caïn . . . »

des gouttes d'amertume, tantôt au moyen de cette alchimie qui permet aux femmes de tirer si méchamment et sans avoir l'air d'y toucher un subtil poison de n'importe quelle bagatelle, tantôt en lançant un mot cru qui tombait sur la poitrine de la malheureuse comme un coup sur une plaie envenimée. Hester s'était longuement fait la leçon. Elle ne répondait jamais à ces offenses. Seulement, un flot pourpre montait, sans qu'elle y pût rien, à ses joues, pour redescendre ensuite au plus profond de son cœur. Elle était patiente — une martyre en vérité — mais elle omettait de prier pour ses ennemis, de crainte qu'en dépit de son désir de pardonner, les paroles de bénédiction s'allassent obstinément déformer en malédictions.

C'était continuellement et en mille autres occasions qu'il lui fallait éprouver les innombrables tourments qu'avait prévus pour elle l'implacable sentence du tribunal puritain. Des clergymen s'arrêtaient dans la rue pour lui adresser des exhortations qui rassemblaient une foule avec son mélange de rictus et de froncements de sourcils autour de la pauvre femme coupable. Si elle entrait dans un temple, espérant recevoir sa part de sourire que dispense Notre Père à tous, elle avait souvent la malchance de se voir choisir comme sujet du prêche. Elle en vint à prendre peur des enfants car, sous l'influence de leurs parents, ils étaient tous imprégnés par la vague impression de quelque chose d'horrible dans cette femme triste qui allait silencieusement par la ville, sans avoir jamais avec elle d'autre compagnie que celle d'une seule et même enfant. Aussi, après l'avoir laissée passer, la poursuivaient-ils à distance avec des cris aigus, en répétant un mot qui n'avait pas de signification précise dans leurs esprits, mais n'était pas moins terrible à entendre du fait qu'il était inconsciemment babillé. Cela semblait prouver une telle diffusion de sa honte qu'on eût dit que toute la nature en avait eu vent. Hester n'aurait pas été plus bouleversée si les feuilles des arbres s'étaient chuchoté cette sombre histoire les unes aux autres, si la brise d'été l'avait murmurée, si la bise d'hiver l'avait criée tout haut! Une autre torture encore lui était infligée par les regards d'un œil nouveau.

Quand les étrangers regardaient avec curiosité — et nul d'entre eux jamais n'y manqua — la lettre écarlate, ils semblaient la marquer plus profondément dans l'âme d'Hester. Si bien qu'elle pouvait souvent à peine s'empêcher — mais elle s'en empêcha cependant toujours — de couvrir ce symbole de sa main. Mais un œil bien connu avait, lui aussi, sa torture à infliger — son tranquille regard de familiarité était intolérable. Du commencement à la fin, Hester devait toujours éprouver un épouvantable supplice en sentant un regard humain se poser sur le signe de sa honte ; l'endroit ne s'endurcit jamais, il parut, au contraire, devenir plus sensible sous les tourments quotidiens.

Mais de temps à autre, une fois en plusieurs jours ou peut-être en plusieurs mois, un des regards lancés à la marque infamante semblait lui apporter un soulagement momentané, comme si le lot d'un autre était de partager un supplice qui se trouvait ainsi allégé de moitié. L'instant d'après, son sort l'accablait derechef de tout son poids, voire plus cruellement encore car, durant ce bref intervalle, Hester avait succombé de nouveau au mal. Était-elle la seule à avoir péché ?

Son imagination était quelque peu affectée — et l'imagination d'une personne à la fibre morale et intellectuelle plus faible l'eût été bien davantage encore — par l'étrange tourment et l'isolement de sa vie. Allant et venant de son pas solitaire par le petit univers auquel elle était extérieurement rattachée, il lui semblait — et s'il ne s'agissait que d'une illusion, elle était trop puissante pour se laisser écarter — il lui semblait que la lettre écarlate l'avait dotée d'un sens nouveau, d'une connaissance intuitive (elle frissonnait de ne pouvoir s'empêcher de le croire) des péchés que d'autres cachaient en leurs cœurs.

Les révélations qui lui étaient ainsi faites la frappaient d'épouvante. D'où provenaient-elles ! Pouvaient-elles être autre chose que d'insidieux chuchotements de son mauvais ange qui aurait bien voulu la persuader, elle qui se débattait encore, qui n'était encore qu'à moitié sa victime, que toute apparence de pureté n'était que mensonge ? Que si la vérité avait éclaté partout, une lettre

écarlate aurait flamboyé sur bien d'autres poitrines que
sur celle d'Hester Prynne? Ou fallait-il accepter ces suggestions si obscures et pourtant si nettes comme des
vérités? Rien dans tout son misérable sort n'était plus
abominable, plus odieux pour Hester, que ce don de
pseudo-clairvoyance. Il la bouleversait, la choquait par
l'irrévérencieux manque d'à-propos de ses manifestations. Parfois la marque rouge sur sa poitrine palpitait
comme par sympathie cependant que la route d'Hester
croisait celle d'un pasteur ou d'un magistrat vénérable,
modèle de piété et d'équité que cet âge, porté au respect,
considérait comme un frère des anges. « Qu'est-ce donc
que j'approche de mal? » se demandait Hester et, levant
les yeux à regret, elle ne voyait personne, à part ce saint
terrestre! Une autre fois, un lien de fraternité mystérieuse
s'entêtait à prétendre se révéler cependant que le regard
d'Hester rencontrait le regard sévère d'une matrone qui,
d'après toutes les langues de la ville, se serait gardée
aussi froide que neige tout au long de sa vie. Que pouvaient avoir de commun cette neige conservée froide dans
la poitrine d'une épouse irréprochable et l'infamie qui
brûlait la poitrine d'Hester? Ou bien la petite secousse
bien connue lui lançait encore son avertissement : « Regarde, Hester! Une compagne! » Et, levant les yeux, elle
apercevait une jouvencelle qui timidement, à la dérobée,
jetait à la lettre écarlate un coup d'œil qu'elle détournait
bien vite, glaciale, avec, aux joues, une faible rougeur
comme si sa pureté avait été un instant ternie par ce coup
d'œil. O démon qui prenais pour talisman le fatal symbole, ne laissais-tu donc personne, jeune ou vieux, que
cette pauvre pécheresse pût vénérer? Pareille perte de foi
est une des plus tristes conséquences du péché. Qu'on
voie la preuve que tout n'était pas corrompu en cette
pauvre victime de sa propre faiblesse dans le fait qu'elle
luttait encore pour croire qu'aucun de ses compagnons
d'ici-bas n'était aussi coupable qu'elle.

Le vulgaire qui apportait toujours, en ces sombres
vieilles époques, sa contribution d'horreur et de grotesque à ce qui intéressait son imagination, contait, au sujet
de la lettre écarlate, une histoire qui pourrait aisément

devenir le sujet d'une légende terrifiante. Il affirmait que
cette marque symbolique n'était point un bout d'étoffe
passé au pot de teinture, mais qu'elle avait été rougie au
feu de l'enfer et qu'on la pouvait voir rutiler lorsque
Hester Prynne sortait la nuit. Et elle corrodait la poitrine
d'Hester assez profondément pour que nous nous voyions
forcés de reconnaître qu'il y avait plus de vérité dans ces
rumeurs que notre incrédulité moderne n'est portée à
l'admettre.

CHAPITRE VI

PEARL

Nous n'avons jusqu'ici parlé qu'à peine de l'enfant —
de cette petite créature dont la vie innocente avait, par un
inscrutable décret de la Providence, jailli, telle une char-
mante fleur immortelle, d'un excès de passion coupable.
Cela paraissait bien étrange à la pauvre Hester, tandis
qu'elle regardait grandir son enfant, la voyait devenir de
plus en plus belle, constatait que ses petits traits s'enso-
leillaient sous les rayons frémissants de l'intelligence. Sa
petite Pearl! Car ainsi Hester avait-elle appelé sa fille.
Non que le nom s'accordât à un aspect physique qui
n'avait rien de l'éclat blanc et calme de la perle, mais
parce que l'enfant représentait pour sa mère un trésor, le
seul trésor qu'elle possédât, un trésor qu'elle avait dû
payer très cher — de tout son avoir [43]. Que c'était donc
en vérité étrange! Les hommes avaient stigmatisé la faute
de cette femme par la lettre écarlate, d'un effet désastreux
tellement efficace, que nulle sympathie humaine ne pouvait plus atteindre la condamnée, à moins d'être ressentie
par un autre coupable. Dieu, comme conséquence directe
de la faute ainsi punie par les hommes, avait placé sur le
même sein déshonoré une jolie petite fille qui devait
rattacher sa mère à la lignée des mortels et devenir un jour
une âme dans le ciel! Ces pensées apportaient pourtant à
Hester moins de réconfort que d'appréhension. Elle savait que son acte avait été mauvais et ne pouvait croire

---

43. « . . . de tout son avoir » : cf. Matthieu, 13. 45-46 : « Le royaume
des Cieux est encore semblable à un marchand qui cherchait de belles
perles. Ayant trouvé une perle de grand prix, il s'en alla vendre tout ce
qu'il avait, et l'acheta. »

que les conséquences en seraient jamais bonnes. Jour
après, jour, elle surveillait le développement de l'enfant,
craignant sans cesse de voir poindre quelque particularité
sinistre qui correspondrait au péché auquel la petite créature devait d'être en vie.

Il ne pouvait, en tout cas, être question de défauts
physiques. Par ses formes parfaites, sa vigueur, son
adresse à se servir de ses petits membres tout neufs,
l'enfant était digne de sortir du Paradis terrestre, d'y avoir
été laissée pour servir de jouet aux anges après que les
premiers parents du genre humain en furent chassés. Elle
avait cette grâce naturelle qui ne s'allie pas toujours à la
beauté impeccable. Les vêtements qu'elle portait don-
naient, quels qu'ils fussent, l'impression d'être entre tous
faits pour lui aller. La petite Pearl n'était pas d'ailleurs
vêtue en paysanne. Sa mère, dans une intention morbide
que l'on comprendra mieux plus tard, avait acheté les
plus riches étoffes qu'elle avait pu se procurer et laissé
libre cours à son imagination d'artiste pour confectionner
les robes que l'enfant portait. Ainsi vêtue, sa petite personne était magnifique et sa beauté brillait d'un tel éclat à
travers ces somptueux atours — qui auraient pu éteindre
une beauté plus pâle — qu'elle projetait vraiment un
cercle radieux autour d'elle sur le sol de la chaumière.
Cela n'empêchait point une robe de bure, déchirée et salie
par ses jeux violents, de faire d'elle un tableau tout aussi
parfait.

L'apparence de Pearl était caractérisée par un charme
d'une variété infinie. En cette enfant, il y avait toute une
série d'enfants, qui allait de la simple petite paysanne,
gentille comme une fleur sauvage, à l'infante majestueuse comme une princesse en miniature. On retrouvait
toujours en elle, cependant, quelque chose de passionné,
d'accusé, de profond, comme une teinte chaude qu'elle
ne perdait jamais. Si en une seule de ses incarnations, elle
s'était montrée plus faible ou plus pâle, elle aurait cessé
d'être elle-même — il n'y aurait plus eu de Pearl!

Ces changements d'aspects indiquaient, ne faisaient
même en somme que parfaitement exprimer, les propriétés diverses de cette nature d'enfant. Une nature qui

comportait autant de profondeur que de variété mais qui, à moins qu'Hester ne fût abusée par ses craintes, semblait manquer de points d'appui extérieurs, être dépourvue du don de s'adapter au monde qui l'avait vue naître.

L'enfant se refusait à plier devant des règles. Pour lui donner la vie, une grande loi avait été enfreinte : d'où un être composé d'éléments, beaux et brillants sans doute, mais tout en désordre, ou ayant un ordre à eux, parmi lesquels il était impossible de se reconnaître. Hester ne pouvait s'expliquer le caractère de l'enfant — et encore seulement d'une façon vague et imparfaite — qu'en se souvenant de ce qu'elle avait été elle-même, du temps où l'âme de Pearl tirait sa substance du monde spirituel et sa structure corporelle de notre monde terrestre. Pour blancs et clairs qu'ils eussent été à l'origine, les rayons qui transmettaient sa vie morale à l'enfant à naître avaient dû traverser l'état de passion de la mère. Ils s'étaient teintés au passage des reflets de larges taches cramoisies et d'une flamme ardente, obscurcis d'ombres noires. C'était l'état de guerre où se trouvait en ce temps-là l'esprit d'Hester qui continuait chez Pearl. La mère pouvait reconnaître son humeur d'alors, rebelle, désespérée, portée aux défis, capricieuse. Elle reconnaissait même ces accès de mélancolie qui avaient pesé comme de lourds nuages sur son cœur. Ils étaient à présent illuminés par la clarté matinale des dispositions d'une enfant mais, plus tard, pourraient bien engendrer orages et tornades.

La discipline familiale était beaucoup plus sévère en ces temps qu'elle ne l'est de nos jours. Les froncements de sourcils, les dures réprimandes, les coups de verge prescrits par les Écritures [44] étaient pratiqués non seulement à titre de punition lorsqu'il y avait eu faute, mais comme un sain régime qui développait au mieux toutes les vertus enfantines. Hester, mère aimante d'une enfant unique, ne courait guère le risque de se laisser égarer par

44. « les coups de verge prescrits par les Écritures » : voir Proverbes, 13. 24 :
« Celui qui ménage sa verge hait son fils,
Mais celui qui l'aime le corrige de bonne heure. »

une trop grande sévérité. Cependant, elle avait charge
d'âme et, comme elle n'oubliait pas ses erreurs et ses
peines, elle s'efforça d'exercer de bonne heure sur sa
petite fille une autorité tendre mais des plus fermes.
Seulement, cette tâche se révéla au-dessus de son pouvoir. Après avoir essayé des sourires et des regards sévères et dû constater qu'aucun de ces deux moyens n'avait
de résultats appréciables, Hester finit par être obligée de
laisser l'enfant suivre ses impulsions. La force physique
était, bien entendu, efficace tant qu'elle s'exerçait. Quant
à toute autre forme de discipline, qu'elle s'adressât à son
esprit ou à son cœur, Pearl y était ou n'y était pas sensible
selon le caprice du moment. Elle était encore toute petite
que sa mère avait appris à lui connaître certaine expression qui avertissait qu'instances, paroles de persuasion,
prières seraient peine perdue. Cette expression avait
quelque chose de si intelligent et cependant de si inexplicable, de si têtu, de si malicieux quelquefois, tout en
étant généralement accompagnée d'un grand déploiement
d'entrain, qu'Hester ne pouvait s'empêcher de se demander, alors, si Pearl était bien une enfant humaine. Elle
faisait plutôt penser à un sylphe qui, après s'être amusé
quelque temps à des jeux fantasques sur le sol de la
chaumière, s'envolerait avec un sourire moqueur. Toutes
les fois qu'elle apparaissait dans les profonds, brillants,
inapprivoisables yeux noirs, cette expression semblait
rendre la petite fille étrangement inaccessible. On aurait
dit qu'elle était en suspens dans les airs, prête à s'évanouir comme une lueur venue d'on ne savait quel endroit
pour s'en aller on ne savait vers quel autre. Hester était,
en de pareils moments, obligée de se précipiter vers
l'enfant, de poursuivre ce petit lutin qui toujours alors
prenait la fuite, de s'en saisir, de l'écraser contre sa
poitrine et de le couvrir de baisers moins par débordement
de tendresse que pour se prouver que Pearl était en chair
et en os et non un petit être illusoire. Mais le rire que
Pearl faisait entendre quand elle était ainsi capturée, bien
que musical et joyeux, rendait la mère plus perplexe
encore.

   Frappée au cœur par ce maléfice troublant qui venait si

souvent se mettre entre elle et son seul trésor, qu'elle avait payé si cher et qui représentait tout son avoir au monde, Hester éclatait parfois en sanglots passionnés. On ne pouvait pas savoir alors comment réagirait Pearl. Parfois, elle fronçait les sourcils, serrait son petit poing, prenait un air dur et mécontent. Assez souvent, elle se remettait à rire et plus fort qu'auparavant, comme incapable de rien ressentir ou comprendre d'une douleur humaine. Ou bien, mais c'était là ce qui lui arrivait le plus rarement, prise d'une rage de désespoir, elle criait son amour pour sa mère d'une voix tout entrecoupée de sanglots et semblait chercher à prouver qu'elle avait un cœur en le brisant. Mais Hester ne pouvait se fier à ces élans : ils passaient aussi vite qu'ils étaient venus.

En songeant à toutes ces choses, la mère se sentait dans le cas de quelqu'un qui aurait évoqué un esprit mais se trouverait, par suite de quelque irrégularité de son opération, démuni du mot magique qui, seul, aurait eu de l'autorité sur cette intelligence nouvelle et impénétrable. Elle n'était vraiment en paix que lorsque l'enfant était placidement endormie. Alors, elle ne doutait plus et goûtait des heures de bonheur tranquille, délicieux, mélancolique jusqu'à ce que, l'expression perverse luisant peut-être sous ses paupières entrouvertes, la petite Pearl s'éveillât.

Comme le temps s'écoula vite ! et que la petite Pearl dépassa donc rapidement l'âge où seuls lui étaient intelligibles les sourires de sa mère et les petits mots qui ne veulent rien dire ! Elle était à même d'avoir une vie sociale à présent. Quel bonheur c'eût été pour Hester Prynne d'entendre la petite voix claire de sa fille gazouiller parmi d'autres, de la reconnaître au milieu du tapage de tout un groupe d'enfants en train de s'amuser ! Mais ceci ne pourrait jamais être. Pearl était née paria dans le monde enfantin, lutin du mal, conséquence et emblème du péché ; elle n'avait pas droit de cité parmi les petits chrétiens. Rien de plus frappant que l'instinct qui sembla tout de suite faire comprendre à l'enfant qu'il lui fallait rester seule, que le destin avait tracé autour d'elle un cercle infranchissable, bref que sa situation vis-à-vis des autres enfants était particulière. Depuis sa sortie de prison, Hester ne s'était jamais montrée en public sans sa fille. Toutes les fois qu'elle était venue en ville, Pearl était avec elle — d'abord tout petit enfant que l'on tient dans les bras; ensuite petite fille qui trottine aux côtés de sa mère lui donnant la main et faisant quatre pas tandis que la grande personne en fait un. Elle voyait sur les bords herbeux de la rue, ou au seuil des maisons, les enfants de la colonie s'amuser à la façon sinistre que permettait leur éducation puritaine. Ils jouaient à se rendre au Temple, peut-être, ou à honnir des Quakers, ou à conquérir des scalps dans des batailles pour rire entre Indiens et Chrétiens, ou à se faire peur en imitant des pratiques de sorcellerie. Pearl les regardait très attentivement mais ne cherchait jamais à entrer en rapports avec eux. S'ils lui parlaient, elle ne répondait pas. S'ils se rassemblaient autour d'elle, comme ils le faisaient quelquefois, Pearl devenait positivement terrible dans son impuissante colère de toute petite fille, ramassant des pierres pour les leur jeter, avec des exclamations aiguës, incohérentes qui faisaient trembler sa mère tellement elles évoquaient des anathèmes de sorcière lancés dans une langue inconnue.

Les petits Puritains, étant la plus intolérante engeance qui eût jamais vécu, saisissaient qu'il y avait désaccord entre les façons ordinaires et celles de la mère et de l'enfant. En conséquence, ils les méprisaient de tout leur cœur et les insultaient parfois de toute leur langue. Pearl se rendait compte de leurs sentiments et les leur revalait avec la plus haineuse amertume qui se puisse imaginer chez une enfant. Pour la mère, ces farouches explosions de rage avaient leur prix, étaient même réconfortantes : elles révélaient tout au moins un état d'esprit intelligible, une tendance à prendre quelque chose au sérieux et non plus ces déconcertantes dispositions fantasques. Elle n'en était pas moins épouvantée de discerner, là aussi, un reflet du mal qui l'avait autrefois habitée. Toute cette haine, cette passion, Pearl l'avait inaliénablement héritée d'elle. Mère et fille se tenaient à part, répudiées par la

société, et toutes les agitations, toutes les inquiétudes qui
tourmentaient la mère avant la naissance de son enfant,
semblaient se perpétuer chez Pearl, tandis qu'elles commençaient à s'estomper chez Hester sous l'adoucissante
influence de la maternité.

A la maison — à l'intérieur et autour de la chaumière
de sa mère — Pearl ne manquait pas de compagnie. Son
esprit créateur ne cessait de tout animer autour d'elle et
communiquait la vie à mille objets, comme une torche
allume une flamme à tout ce qu'elle approche. Les matériaux les plus inattendus — un bâton, un chiffon, une
fleur — étaient les marionnettes de Pearl : sans avoir
même eu besoin de les changer tant soit peu de forme,
elle leur faisait jouer le drame qui occupait sur le moment
son esprit. Sa seule voix de petite fille servait à faire
parler une multitude de personnages imaginaires, jeunes
ou vieux. Les pins antiques, noirs et solennels, qui se
laissaient arracher des gémissements par la brise,
n'avaient pas besoin de grandes transformations pour
figurer des Puritains d'âge mûr ; les plus vilaines herbes
du jardin devenaient leurs enfants que Pearl foulait aux
pieds et déracinait sans merci. Il était merveilleux de voir
dans quelles quantités de formes elle projetait son intelligence, sans esprit de suite il est vrai, mais avec un élan
surnaturel qui la faisait danser et bondir dans toutes les
directions pour s'arrêter net, comme épuisée par le passage d'un flot de vie si fiévreux et si rapide, avant d'être
bien vite ressaisie par d'autres courants d'énergie tout
aussi excessifs. Cela ne rappelait rien tant que les fantas-
magories des lumières dans un ciel arctique. Dans le pur
exercice de sa fantaisie, toutefois, dans les folâtreries de
son esprit en voie de développement, il n'y avait pas
grand-chose de plus que ce que l'on peut observer chez
les autres enfants brillamment doués, excepté que Pearl,
vu le manque de camarades de jeu, vivait davantage en la
compagnie de la foule d'êtres imaginaires qu'elle créait.
Le singulier, c'étaient les sentiments que la petite fille
nourrissait envers ces rejetons de son cœur et de son
esprit. Elle ne se créait jamais un ami mais semblait être
toujours en train de semer les dents de dragons d'où

jaillissait une armée d'ennemis contre lesquels elle partait
en guerre [45]. Il était inexprimablement triste — et quelle
inépuisable source de chagrin pour une mère qui en sentait la raison dans son propre cœur — d'observer chez un
être aussi jeune ce sentiment continuel d'avoir le monde
contre soi, et de le voir s'entraîner, avec un tel déploiement d'énergie farouche, à faire triompher sa cause dans
les combats à venir. Fixant ses regards sur Pearl, Hester
laissait parfois son ouvrage tomber sur ses genoux et,
dans un accès de détresse qu'elle aurait bien voulu cacher, elle lançait malgré elle un cri qui tenait du gémis-
sement : « O mon Père qui es aux cieux — si tu es encore
mon Père — quelle est cette enfant que j'ai mise au
monde ? » Et Pearl, soit qu'elle entendît cette exclama-
tion, soit qu'elle eût connaissance, par quelque moyen
plus subtil, de ces élancements d'angoisse, tournait son
beau petit visage vers sa mère avec un troublant sourire
de lutin qui en sait long, puis revenait à ses jeux.

Une autre particularité reste encore à rapporter pour
compléter le personnage de Pearl. La première chose que
cette enfant avait remarquée dans sa vie avait été — quoi
donc ? — le sourire de sa mère, sans doute, auquel elle
avait répondu comme tous les autres petits enfants par
cette ébauche de sourire qui laisse dans le doute, qui
entraîne tant de discussions pour savoir si ce fut ou non
un sourire ? Pas du tout ! Ç'avait été, faut-il le dire ? — la
lettre écarlate sur la poitrine d'Hester. Un jour que sa
mère se penchait sur son berceau, l'enfant avait eu ses
regards attirés par les broderies d'or qui ornaient cet
emblème et, levant ses petites mains, s'en était saisi en
souriant, d'un sourire très net, qui lui donnait l'air beaucoup plus âgé. Le souffle coupé, Hester tenta instinctivement de le lui arracher, tellement elle était torturée par
cette intelligente manœuvre de la petite main de l'enfant.
Alors, comme si sa mère avait fait ce geste pitoyable pour
l'amuser, la petite Pearl l'avait de nouveau regardée dans

45. « . . . en train de semer les dents . . . contre lesquels elle partait
en guerre » : voir Cadmus qui tua un dragon et sema ses dents, sur
l'ordre de Minerve. Les dents donnèrent naissance à des hommes
armés, qui se combattirent jusqu'à ce qu'il ne restât que cinq survivants.

les yeux et avait souri. Depuis, sauf pendant que la petite dormait, Hester ne s'était plus jamais sentie tranquille, n'avait, non plus, jamais pu jouir sans arrière-pensée de la présence de son enfant. Pourtant, des semaines pouvaient se passer sans que le regard de Pearl se fixât sur la lettre écarlate, mais il revenait s'y poser, à l'improviste, comme frappe la mort subite, et toujours avec le même sourire et cette bizarre expression des yeux.

Une fois, ce capricieux regard de lutin se fit jour dans les yeux de l'enfant tandis qu'Hester les prenait pour miroir, comme les mères aiment tant à le faire. Et soudain — car les femmes vivant dans la solitude et le cœur en peine sont tourmentées d'inexplicables illusions — elle s'imagina entrevoir, non son image en petit, mais un autre visage dans le sombre miroir. Un visage au sourire démoniaque et méchant qui offrait toutefois une ressemblance avec un autre qu'elle avait bien connu, encore que rarement avec un sourire, et jamais avec un air méchant. C'était comme si un esprit mauvais eût possédé la petite fille et se fût montré, soudain, par moquerie. Hester devait bien souvent par la suite être torturée par la même illusion encore qu'avec moins d'intensité.

L'après-midi d'un certain jour d'été, alors que Pearl était devenue assez grande pour courir çà et là, elle se fit un jeu, ayant ramassé des fleurs sauvages, de les lancer une à une à la poitrine de sa mère, dansant et bondissant comme un vrai lutin toutes les fois qu'elle touchait la lettre écarlate. Le premier mouvement d'Hester avait été de couvrir sa poitrine de ses mains mais, par fierté ou résignation, ou parce qu'il lui sembla ne pouvoir mieux faire pénitence qu'en endurant une aussi inexprimable douleur, elle resta assise, immobile et droite, aussi pâle que la mort, en regardant tristement la petite Pearl dans les yeux.

Les décharges continuaient à toute volée, atteignant presque toujours leur but et couvrant la poitrine de la mère de coups pour lesquels elle ne voyait de baume ni dans ce monde ni dans l'autre. Enfin, ses munitions étant toutes épuisées, l'enfant se tint debout, sans plus bou-

ger, à regarder Hester, tandis que la petite image au
sourire démoniaque montait — Hester du moins l'imaginait — du fond de l'insondable abîme de ses yeux
noirs.

— Enfant, qui donc es-tu? cria la mère.

— Je suis ta petite Pearl, répondit l'enfant.

Mais, ce disant, elle se mit à danser avec les fantasques
gesticulations d'un diablotin dont le prochain caprice
pourrait être de s'envoler par la cheminée.

— Es-tu tout de bon mon enfant? demanda Hester.

Et elle ne posait pas la question tout à fait en l'air:
durant un instant elle y mit quelque sérieux. Pearl était,
en effet, d'une intelligence si merveilleuse que sa mère se
demandait presque si elle n'aurait pas connu le secret de
sa naissance et n'allait pas le dévoiler.

— Oui, je suis ta petite Pearl! répéta l'enfant en continuant ses entrechats.

— Tu n'es pas mon enfant, non! Tu n'es pas ma petite
Pearl, dit Hester plutôt par plaisanterie, car il arrivait
souvent qu'au milieu de ses plus profondes souffrances,
un élan l'emportât vers le jeu. Dis-moi qui tu es et qui t'a
envoyée ici?

— Dis-le-moi, toi, Mère, dit l'enfant sérieusement en
allant à Hester et se pressant contre ses genoux. Dis-le-
moi!

— Notre Père qui est aux cieux t'a envoyée, répondit
Hester.

Mais elle avait parlé après une hésitation qui n'échappa
point à la finesse de l'enfant. Mue soit par un de ses
caprices habituels, soit par l'inspiration d'un esprit méchant, Pearl leva son petit index et le posa sur la lettre
écarlate.

— Non, ce n'est pas lui qui m'a envoyée, déclara-
t-elle résolument. Je n'ai pas de père dans le ciel.

— Chut! Pearl! Chut! il ne faut point parler ainsi!
répondit la mère en étouffant une plainte. C'est Lui qui
nous envoie tous en ce monde. Il m'y a bien envoyée,
moi ta mère, alors toi à plus forte raison! Sinon, d'où
viendrais-tu, étrange petit enfant-lutin?

— Dis-le-moi! Dis-le-moi! reprit Pearl, non plus sérieusement, mais en se remettant à rire et à sauter par toute la pièce. C'est toi qui dois me le dire !

Mais Hester ne pouvait trancher la question, perdue qu'elle était elle-même dans les sombres labyrinthes du doute. Entre un sourire et un frisson, elle évoquait les propos des gens de la ville qui, n'arrivant pas à trouver qui était le père de cette petite fille, au surplus singulière, la disaient née du démon. On avait vu semblables marmots, par-ci, par-là, sur cette terre, depuis les temps les plus reculés du catholicisme. Ils venaient au monde par l'entremise du péché de leur mère et pour perpétrer quelque funeste besogne. Luther, d'après les calomnies de ses ennemis les moines, eût été un rejeton de cette infernale espèce et Pearl n'était pas seule à se voir attribuer une aussi maudite origine parmi les enfants des Puritains de la Nouvelle-Angleterre.

CHAPITRE VII

CHEZ LE GOUVERNEUR

Hester Prynne se rendit un jour chez le Gouverneur Bellingham, avec une paire de gants que ce seigneur lui avait donnés à broder et qu'il devait porter en quelque grande solennité officielle. Par suite des hasards d'une élection, Messire Bellingham avait beau être descendu d'un échelon ou deux au-dessous du premier rang qu'il avait occupé, il n'en gardait pas moins un poste de marque parmi les chefs de la colonie [46].

Une raison bien plus importante que la livraison d'une paire de gants brodés poussait Hester à rechercher une entrevue avec un dignitaire de pareille importance et jouant un rôle aussi actif dans les affaires de la colonie. Un bruit lui était parvenu d'après lequel certains personnages en place, ceux qui avaient les principes les plus rigides en matière de religion et de gouvernement, songeaient à lui enlever sa fille. Invoquant la supposition qui attribuait à Pearl une origine démoniaque, ces bonnes gens faisaient valoir assez raisonnablement en somme que, dans l'intérêt de l'âme de la mère, des chrétiens se devaient d'enlever de son chemin pareille pierre d'achoppement. Que si, d'autre part, quelques éléments permettaient de ne désespérer point du salut de l'âme de l'enfant, il y aurait sûrement davantage de chance de les voir se développer sous une tutelle plus recommandable que celle d'Hester Prynne. Messire Bellingham passait pour être un des plus actifs partisans de ce double point de vue.

46. « Messire Bellingham . . . les chefs de la colonie » : Si Pearl a ici trois ans, l'action se passe en 1645, et Bellingham n'est plus gouverneur (voir note 39).

Il peut paraître singulier, voire pas mal ridicule, qu'une question de ce genre qui un demi-siècle plus tard n'aurait guère été soumise à une juridiction plus haute que celle de quelques échevins, eût été discutée comme une affaire d'intérêt public, que des hommes d'État éminents eussent pris parti pour ou contre. En ces temps de simplicité primitive, des questions d'un intérêt général encore bien moindre, et de beaucoup moins de poids en elles-mêmes que le salut éternel d'une femme et de son enfant, se mêlaient étrangement aux délibérations des hommes d'État. Ce ne fut pas à une période beaucoup plus reculée de notre histoire, si même elle fut plus reculée, qu'une dispute au sujet des droits de propriété sur un cochon, non seulement souleva des débats aussi violents qu'acharnés, mais entraîna une importante modification dans la charpente même de notre législation.

Pleine d'inquiétude, par conséquent, mais si consciente de son bon droit que la partie lui semblait à peine inégale entre la communauté et une femme seule qu'appuyaient les sympathies de la nature, Hester Prynne était donc partie de sa chaumière isolée. La petite Pearl, bien entendu, l'accompagnait. Elle était à présent assez grande pour trotter allègrement aux côtés de sa mère et, toujours en mouvement du matin jusqu'au soir, aurait très bien été capable de faire un trajet beaucoup plus long que celui qui menait à la ville. Cela ne l'empêchait point d'exiger souvent, par caprice plutôt que par nécessité, qu'on la portât. Mais bientôt elle réclamait tout aussi impérieusement d'être reposée par terre et précédait Hester sur le chemin herbeux, folâtrant avec maints faux pas mais sans se faire aucun mal. Nous avons parlé de l'éblouissante beauté de Pearl, une beauté que caractérisaient un teint éclatant, des yeux à la fois étincelants et pleins de profondeur, des cheveux lustrés d'une teinte châtain, très foncée déjà, et qui devait, avec le temps, devenir presque noire. L'enfant semblait toute pétrie de feu, être spontanément née d'un moment de passion. Pour l'habiller, sa mère avait donné libre carrière à une imagination aux tendances fastueuses, la revêtant d'une tunique de velours cramoisi, de coupe particulière et abondamment brodée de fantastiques arabesques d'or. Des couleurs aussi vives qui auraient fait paraître terne un teint de moindre éclat s'adaptaient admirablement à la beauté de Pearl et faisaient d'elle le plus brillant petit jet de flamme qui eût jamais sautillé sur terre.

Mais ce qu'il y avait de très remarquable dans cette toilette, et d'ailleurs dans l'apparence générale de l'enfant, c'était qu'elle rappelait irrésistiblement le signe qu'Hester était condamnée à porter sur son sein. On croyait voir la lettre écarlate sous une autre forme : la lettre écarlate douée de vie ! Comme si ce signe d'infamie avait été si profondément imprimé dans son cerveau qu'elle ne pouvait rien concevoir qui ne l'évoquât, Hester avait mis tous ses soins à travailler à cette ressemblance. Elle avait, des heures durant, prodigué des trésors d'ingéniosité morbide pour créer une analogie entre l'objet de sa tendresse et l'emblème de sa faute et de son tourment. Et, en vérité, Pearl était à la fois l'un et l'autre et c'était en conséquence de cette identité que la mère avait si parfaitement réussi à représenter la lettre sous l'apparence de son enfant.

Comme les deux voyageuses pénétraient dans la ville, les enfants des Puritains délaissèrent leurs jeux — ou enfin ce qui passait pour des jeux parmi ces lugubres marmots — et se dirent gravement les uns aux autres :

— Voici venir la femme à la lettre écarlate avec l'image de la lettre écarlate courant à son côté. Allons leur lancer de la boue !

Mais, après avoir froncé les sourcils et secoué son petit poing avec gestes sur gestes de menace, Pearl, qui était une enfant intrépide, fonça soudain vers ses ennemis et leur fit prendre à tous la fuite. Elle ressemblait, en leur donnant aussi impétueusement la chasse, à un fléau-enfant — fièvre scarlatine, ange exterminateur à peine en état de voler — dont la mission eût été de punir les péchés de la jeune génération. Et, tout en courant, elle poussait des clameurs retentissantes qui devaient faire trembler les cœurs des fugitifs dans leurs poitrines. Sa victoire remportée, Pearl revint tranquillement au côté de sa mère, et, levant la tête vers elle, lui sourit.

Hester et sa fille arrivèrent sans autre aventure à la demeure de Messire Bellingham. C'était une grande maison de bois, d'un genre dont on trouve des spécimens encore dans les rues de nos plus anciennes villes. Rongées par la mousse, tombant en ruine, ces maisons sont aujourd'hui rendues mélancoliques par les nombreux événements, heureux ou malheureux, oubliés ou survivants dans les mémoires, qui se sont passés dans leurs pièces sombres.

Mais, aux temps dont nous parlons, la maison du Gouverneur avait sur sa façade toute la fraîcheur de l'année en cours. Ses fenêtres ensoleillées resplendissaient de la gaieté d'une habitation lumineuse que la mort n'a pas visitée encore. Elle avait l'air tout à fait joyeux avec ses murs tout revêtus d'un enduit dans lequel s'incrustaient de nombreux éclats de verre, de sorte que lorsque les rayons du soleil la frappaient, sa façade scintillait comme si des diamants y avaient été jetés à poignées. C'était là un éclat qui eût mieux convenu au palais d'Aladin qu'à la demeure d'un vieux Puritain austère. Et cette décoration était complétée par d'étranges figures d'aspect cabalistique, marquées au coin du goût bizarre de l'époque qui, dessinées dans l'enduit frais étalé, s'étaient solidifiées pour durer avec lui et s'offrir à l'admiration des siècles à venir.

En voyant cette merveille de maison, Pearl se mit à danser et à bondir d'enthousiasme et exigea que l'on décrochât tout de suite le grand morceau de soleil qui s'étendait tout le long de la façade et qu'on le lui donnât pour s'amuser.

— Non, ma petite Pearl, lui dit sa mère. Il te faudra trouver des rayons de soleil à toi, moi je n'en ai pas à te donner.

Elles se dirigèrent vers la porte qui était voûtée et flanquée de chaque côté par une tour étroite faisant corps avec le logis et percée de fenêtres treillissées à volets de bois permettant de les fermer au besoin. Soulevant le

marteau de fer appendu au battant, Hester Prynne lança
un appel auquel répondit un serf du Gouverneur — un
Anglais né libre mais pour sept ans esclave. Durant ce
laps de temps, cet homme allait être la propriété de son
maître qui pourrait en faire un objet de transaction autant
que d'un bœuf ou d'un escabeau. Il portait le surcot bleu
qui était alors chez nous le vêtement habituel des gens en
servage comme il l'était depuis longtemps dans les vieux
domaines ancestraux en Angleterre.

— Messire Bellingham est-il en son logis ? demanda
Hester.

— Oui bien, répondit le serf en regardant d'un œil
écarquillé la lettre écarlate qu'étant nouveau venu il ne
connaissait point. Oui, sa Seigneurie est chez soi présente. Mais il y a un saint homme de pasteur ou deux avec
elle et aussi un médecin. Vous ne la sauriez donc voir à
cette heure.

— J'entrerai cependant, dit Hester, et le serf, jugeant
peut-être d'après son air de décision et le signe qui brillait
sur sa poitrine qu'il s'agissait d'une grande dame du
pays, ne protesta pas.

La mère et la fille pénétrèrent donc dans la salle d'entrée.

Tout en y introduisant pas mal de variantes inspirées
par la nature des matériaux, un autre climat et un mode de
vie sociale différent, Messire Bellingham avait tout de
même établi le plan de sa nouvelle maison d'après celui
des logis qu'habitaient les gentilshommes campagnards
de son pays natal. On se trouvait donc, en y entrant, dans
une vaste salle de hauteur suffisamment imposante qui
s'étendait sur toute la profondeur de la maison et grâce à
laquelle on communiquait plus ou moins directement
avec tous les autres appartements. A une de ses extrémités, cette pièce spacieuse prenait jour par les fenêtres des
deux tours qui formaient des renfoncements de chaque
côté de la porte. A son autre bout, une de ces portes-
fenêtres qui s'ouvrent comme au fond d'une niche, dont il
est question dans les vieux textes, l'éclairait plus puissamment bien qu'un rideau la voilât en partie. Sur un
coussin du banc qui régnait dans son embrasure, un gros

in-folio — un tome des *Chroniques d'Angleterre* [47] sans
doute ou quelque autre ouvrage aussi sérieux — avait été
laissé. Ainsi laissons-nous aujourd'hui sur nos tables des
volumes à tranches dorées pour que les visiteurs les
feuillettent. Le mobilier de la salle se composait de chaises massives, en chêne, avec des entrelacs de fleurs
sculptés sur leurs dossiers et d'une table de même style.
C'étaient là des meubles de famille remontant au temps
de la reine Élisabeth, ou plus haut, et que le Gouverneur
avait fait venir de sa demeure paternelle. Sur la table,
prouvant que le sens de l'hospitalité traditionnel en Angleterre n'avait point été laissé au pays, un grand pot
d'étain se dressait, au fond duquel, la curiosité les poussant, Hester et Pearl auraient pu voir les restes mousseux
d'une rasade de bière.

Sur le mur régnait une rangée de portraits représentant
les ancêtres du Gouverneur, certains avec des armures sur
leur poitrine, d'autres en tenue plus pacifique, avec des
fraises et des rabats de cérémonie. Tous étaient caractérisés par cet air sévère que prennent si invariablement les
vieux portraits comme s'ils étaient des fantômes de som-
mités, plutôt que leurs images, et considéraient avec une
intolérance malveillante les distractions et les travaux des
vivants.

Au centre à peu près d'un des panneaux de chêne qui
couvraient les murs de la salle, les pièces d'une armure
complète étaient suspendues. Il ne s'agissait point, comme
dans le cas des portraits, de souvenirs de famille, car ce
harnois des plus modernes avait été fait par un habile
armurier de Londres l'année que Messire Bellingham avait
quitté la Vieille pour la Nouvelle-Angleterre. Il se composait d'un casque, d'un gorgerin, d'une cuirasse, de jam-
bières, de gantelets d'acier et d'une épée pendant au-dessous. Le tout, et particulièrement le casque et la cuirasse,
si bien fourbi que des reflets blancs en étaient projetés
partout alentour sur le sol. Cette étincelante panoplie
n'était pas simplement destinée à faire bel effet sur ces

---

47. « un tome des *Chroniques d'Angleterre* » : il est question du livre
de Raphael Holinshed, *Chronicles of England, Scotland, and Ireland*
(Londres, 1577).

murs : elle avait été portée par le Gouverneur en maintes
revues et prises d'armes et avait même miroité à la tête
d'un régiment lors de la guerre contre les Péquots [48]. Car,
bien qu'il eût étudié pour être homme de loi et parlât de
Bacon, de Coke et de Finch [49] comme de ses confrères,
force avait été au Gouverneur de ce pays nouveau de se
transformer en soldat aussi bien qu'en homme d'État.

La petite Pearl, aussi charmée par l'armure reluisante
qu'elle l'avait été par la scintillante façade de la demeure,
passa quelque temps à contempler le miroir poli que
présentait le plastron de la cuirasse.

— Mère, s'écria-t-elle soudain, je vous vois ! Ici ! Regardez !

Hester regarda, pour passer ce caprice à l'enfant et vit
qu'en raison de la convexité de la surface où elle se
reflétait, la lettre écarlate prenait des proportions géantes
jusqu'à devenir de beaucoup le trait le plus saillant de son
apparence, jusqu'à la cacher, elle, Hester, derrière ses
jambages. Pearl, de son index levé, montra une image
semblable reproduite là-haut dans le casque, tout en souriant à sa mère avec cet air de lutin qui en sait long que
prenait si souvent son petit visage. Cette expression de
gaieté méchante se refléta, elle aussi, dans la cuirasse,
tellement agrandie et avec un effet d'une intensité telle
qu'Hester Prynne eut l'impression que ce ne pouvait être
là l'image de son enfant mais celle d'un démon qui aurait
cherché à se glisser dans la personne de Pearl.

— Viens, dit-elle, en entraînant la petite fille. Allons
regarder ce beau jardin. Nous allons peut-être y voir des
fleurs plus jolies que celles que nous trouvons dans les
bois.

48. « la guerre contre les Péquots » : « Ces Péquots se comportèrent
fort vaillamment, mais le Tout-Puissant fit descendre sur leurs esprits
une telle épouvante qu'ils s'allèrent jeter d'eux-mêmes dans les flammes où maints d'entre eux périrent. » Ainsi s'exprime dans sa *Brief
Story of the Pequot War* John Mason, le chef de l'armée qui finit par
venir à bout de cette tribu d'Indiens en 1637. Les colons de Nouvelle-
Angleterre luttaient contre elle depuis 1633. (N.d.T.)

49. « . . . de Bacon, de Coke et de Finch » : tous trois juristes anglais : Sir Francis Bacon (1561-1626) ; Sir Edward Coke (1552-1634) ;
Sir John Finch (1584-1660).

Pearl courut donc tout au bout de la salle vers la grande fenêtre et regarda le jardin. Une herbe bien tondue en recouvrait le sol et, çà et là, d'informes ébauches de massifs. Mais son propriétaire semblait avoir déjà renoncé à l'espoir d'acclimater de ce côté de l'Atlantique, sur un sol dur qui ne se laissait que difficilement arracher des moyens de subsistance, les jardins d'agrément si goûtés en Angleterre. Des choux poussaient bien en vue; des plants de citrouille, installés un peu à l'écart, avaient gagné du terrain de tous leurs feuillages et vrilles. Ils étaient venus déposer un de leurs gigantesques produits sous la fenêtre même de la grande salle, comme pour avertir le Gouverneur que cet énorme légume doré était le plus splendide ornement que le sol de la Nouvelle-Angleterre lui offrirait jamais pour embellir son jardin. Il y avait cependant quelques buissons de roses et un certain nombre de pommiers, descendants sans doute de ceux que planta le Révérend Blackstone [50], le premier colon de la Péninsule, ce personnage à demi légendaire que nos *Annales* [51] nous montrent assis sur le dos d'un taureau.

Pearl, en voyant les rosiers, se mit à pleurer pour avoir une rose rouge et ne voulut pas se laisser consoler.

— Chut! Chut! lui disait sa mère avec instance. Ne pleure plus, ma petite Pearl. J'entends des voix dans le jardin [52]. Voici venir le Gouverneur et d'autres seigneurs avec lui.

En effet, du fond de l'allée du jardin, plusieurs personnes se dirigeaient vers la maison. Pearl, au mépris absolu des tentatives de sa mère pour la calmer, lança un épouvantable cri puis elle se tut, non par obéissance, mais parce que sa curiosité mobile était excitée par la vue des nouveaux arrivants.

---

50. « le Révérend Blackstone » : William Blackstone (1595-1675) était anglican : arrivé le premier — vers 1623 — sur le site de Boston, il partit lorsque vinrent les puritains.

51. « nos *Annales* » : voir Caleb H. Snow, *History of Boston* (Boston, 1825).

52. « J'entends des voix dans le jardin » : cf. Genèse, 3. 8 : « Alors ils entendirent le bruit de Jéhovah Dieu passant dans le jardin à la brise du jour. »

CHAPITRE VIII

L'ENFANT-LUTIN ET LE PASTEUR

Messire Bellingham marchait le premier, en vêtements lâches et le chef recouvert d'une de ces coiffures sans apparat dont les seigneurs qui avancent en âge aiment à se parer dans le privé. Il semblait faire les honneurs de son domaine et exposer ses projets d'amélioration. La large fraise à la mode du temps du roi Jacques qui s'arrondissait sous sa barbe n'était pas sans donner à sa tête quelque ressemblance avec celle de saint Jean-Baptiste sur un plat. Son aspect rigide de Puritain touché par un gel qui n'était déjà plus le gel de l'automne, ne s'harmonisait guère avec toutes les commodités et les agréments dont il s'était, de toute évidence, efforcé de s'entourer. Mais c'est une erreur de croire que, s'ils considéraient l'existence humaine comme un temps d'épreuve et de combat et se tenaient prêts à sacrifier les biens de ce monde aux injonctions du devoir, nos graves ancêtres se faisaient un cas de conscience d'écarter les raffinements du confort ou même du luxe qu'ils trouvaient à portée. Pareils principes ne furent, en tout cas, jamais enseignés par le vénérable pasteur John Wilson, dont la barbe aussi blanche que neige s'entrevoyait derrière l'épaule du Gouverneur tandis qu'il suggérait qu'on pourrait peut-être acclimater des poires et des pêches en Nouvelle-Angleterre et faire mûrir des raisins noirs sur le mur le plus ensoleillé du jardin.

Nourri au sein abondant de l'Église d'Angleterre, le vieux clergyman avait un goût légitime et bien enraciné pour les bonnes choses d'ici-bas. Et, tout sévère qu'il pût se montrer en chaire, ou lorsqu'il réprouvait en public des agissements comme ceux d'Hester Prynne, il n'en avait pas moins conquis par la bienveillance et la jovialité qu'il laissait voir dans sa vie privée plus d'affection qu'aucun de ses contemporains dans la profession.

Derrière le Gouverneur et le Révérend Wilson venaient deux autres visiteurs : le Révérend Arthur Dimmesdale, ce jeune pasteur qui avait, le lecteur s'en souviendra peut-être, joué brièvement un rôle, et d'ailleurs à son corps défendant, dans la scène de la disgrâce d'Hester Prynne et le vieux Roger Chillingworth, un Anglais très versé dans l'art de la médecine qui s'était depuis ces deux ou trois dernières années installé dans la ville. Ce docte personnage passait pour être le médecin aussi bien que l'ami du jeune pasteur dont la santé avait beaucoup souffert ces temps derniers par suite de son trop entier dévouement aux devoirs de son ministère.

Le Gouverneur, précédant ses hôtes, monta deux ou trois degrés et, ouvrant la porte-fenêtre de la grande salle, se trouva tout près de la petite Pearl. L'ombre du rideau tombait sur Hester Prynne et la cachait en partie.

— Qu'avons-nous ici ? dit Messire Bellingham, en regardant avec surprise la petite silhouette écarlate qui lui apparaissait. Par ma foi, je ne vis jamais rien de pareil depuis que je donnais dans les vanités, au temps du vieux roi Jacques, et tenais pour grande faveur d'être admis aux bals masqués de la Cour ! On voyait des essaims de petits personnages semblables, alors, aux jours de fête et nous avions coutume de les appeler les enfants du seigneur du Désordre[53]. Mais comment pareil visiteur pénétra-t-il en mon logis ?

— Or çà, s'écria le bon vieux pasteur Wilson, quel peut bien être le nom du bel oiselet à plumage rouge que voici ? Il me semble avoir vu semblables apparitions lorsque le soleil brillait à travers un vitrail richement peint et dessinait des images d'or et écarlate sur le sol. Mais ceci se passait en notre vieux pays là-bas... Dis un peu qui tu es, petit personnage, et ce qui posséda ta mère de t'aller

___

53. « seigneur du Désordre » : « Lord of Misrule » dans le texte. Personne chargée d'organiser les festivités de Noël à Londres, à la fin du XVe et au début du XVIe siècle.

attifer de la sorte? Sais-tu ton catéchisme? Es-tu enfant
baptisé, dis-moi? ou un de ces coquins de petits elfes que
nous croyions avoir laissé derrière nous avec les autres
résidus du papisme en la bonne Vieille-Angleterre?

— Je suis l'enfant de ma mère, répondit l'apparition,
et je m'appelle Pearl.

— Pearl? Rubis t'irais mieux! ou Corail! d'après ta
couleur! répondit le vieux pasteur en tentant vainement
de tapoter la joue de la petite fille. Mais où ta mère
est-elle donc? Ah! je vois!

Et, se tournant vers le Gouverneur, il murmura: «C'est
ici l'enfant même dont nous nous entretînmes et voici
cette malheureuse femme, Hester Prynne, sa mère.

— Que me contez-vous là? s'écria Messire Bellingham. Eh! nous l'eussions dû deviner que la mère
d'une enfant pareille ne pouvait qu'être une femme
écarlate [54], ne valant guère mieux que cette autre dite
Babylone! Mais elle vient à point et nous allons régler
cette affaire.

Messire Bellingham franchit le seuil de la porte-fenêtre
et entra dans la salle suivi de ses hôtes.

— Hester Prynne, dit-il en fixant son regard naturellement sévère sur la porteuse de la lettre écarlate, il a été
fort question de toi ces temps-ci. Il fut longuement discuté si nous autres, gens au pouvoir, ne chargions point
nos consciences en confiant une âme immortelle, celle de
cette enfant, ici, à la garde de quelqu'un qui ne sut éviter
les embûches du monde. Parle! Toi, la mère! Ne crois-tu
point qu'il serait bon pour le salut éternel et temporel de
ton enfant qu'elle te fût enlevée pour être vêtue avec
modestie, sévèrement élevée et convenablement instruite
des vérités de la terre et du ciel? Que peux-tu faire, pour
ton enfant, de comparable?

— Je peux lui apprendre ce que m'a enseigné ceci,

---

54. «une femme écarlate»: la femme écarlate: personnage de
l'Apocalypse qui porte «écrit sur son front Mystère, Babylone la
Grande, la mère des fornications et des abominations de la terre». Les
puritains y voient généralement l'incarnation de l'Église catholique.
(N.d.T.)

répondit Hester Prynne, en posant un doigt sur la lettre écarlate.

— Femme, c'est là le signe de ta honte! répondit l'implacable magistrat. C'est en raison de la souillure qu'indique cette lettre que nous voulons mettre l'enfant en d'autres mains que les tiennes.

— Ce signe, dit la mère avec calme bien que pâlissant davantage, ce signe m'a enseigné, m'enseigne tous les jours, m'enseigne en cet instant même une leçon qui pourra rendre mon enfant plus sage bien que ne pouvant être d'aucun profit pour moi.

— Nous jugerons avec prudence, dit Messire Bellingham et prendrons bien garde avant de rien décider. Mon bon Révérend Wilson, voudriez-vous, s'il vous plaît, interroger cette enfant dite Pearl et voir si elle possède le savoir religieux qui convient à son âge?

Le vieux clergyman s'assit dans un fauteuil et tenta d'attirer Pearl entre ses genoux mais l'enfant, qui n'était pas accoutumée à se laisser traiter familièrement par d'autres que par sa mère, s'échappa par la porte-fenêtre ouverte et se tint sur le premier degré de l'escalier, tel un oisillon tropical, au brillant plumage, prêt à prendre son vol au plus haut des airs. Le Révérend Wilson, non sans rester fort surpris de ces façons — car il était du genre grand-père et en général très aimé des enfants — se mit néanmoins en devoir de procéder aux interrogations qui se devaient.

— Pearl, dit-il, avec beaucoup de solennité, il te faut bien écouter et retenir ce que l'on t'apprend afin de pouvoir, le moment venu, porter sur ta poitrine une perle de grand prix. Me peux-tu dire, mon enfant, qui t'a créée et mise au monde?

Or Pearl savait très bien qui l'avait créée et mise au monde. Hester, née de parents pieux, avait, en effet, aussitôt après avoir parlé avec l'enfant de leur Père qui était au ciel, commencé à lui apprendre ces vérités dont l'esprit humain, fût-il à peine développé encore, se laisse imprégner avec empressement. Pearl se trouvait même si avancée en instruction religieuse, pour ses trois ans, qu'elle aurait pu passer avec honneur un examen tant sur le Livre de Prières de la Nouvelle-Angleterre[55] que sur les premiers chapitres du catéchisme de Westminster[56]. Mais cette tendance au caprice, qui est plus ou moins le lot de tous les enfants et dont la petite Pearl avait dix parts pour une, prit possession d'elle en ce moment entre tous mal choisi, lui scellant les lèvres ou la poussant à parler de travers. Après avoir mis un doigt dans sa bouche et s'être maussadement refusée à répondre à la question du Révérend Wilson, l'enfant finit par déclarer qu'elle n'avait pas été créée du tout mais que sa mère l'avait cueillie sur le buisson de roses sauvages qui poussait contre la porte de la prison.

Cette réponse fantaisiste lui avait probablement été inspirée par le voisinage des roses rouges du Gouverneur mêlé au souvenir du rosier de la prison devant lequel la mère et la fille étaient passées le matin même en venant.

Le vieux Roger Chillingworth chuchota, avec un sourire, quelque chose à l'oreille du jeune pasteur.

Hester Prynne le regarda et fut frappée, même en ce moment pour elle fatidique, de voir à quel point cet homme avait changé. Son visage paraissait plus laid, son teint plus sombre, son corps plus contrefait qu'au temps où il était pour elle une présence familière. Leurs regards se croisèrent une seconde mais l'instant d'après l'attention générale était happée par la scène en cours.

— Mais c'est épouvantable, s'écriait le Gouverneur revenant petit à petit de la stupeur où l'avait plongé la réponse de Pearl. Une enfant de trois ans qui ne sait pas qui l'a créée ! Sans doute aucun, elle plonge dans une obscurité aussi profonde en ce qui concerne son âme, son présent état de dépravation, le destin qui l'attend ! Il me paraît, mes bons seigneurs, inutile de nous enquérir plus avant.

Hester se saisit de Pearl et l'attira par force dans ses bras puis affronta le vieux puritain d'un air presque sauvage.

---

55. « le Livre des Prières de la Nouvelle-Angleterre » : c'est-à-dire *The New England Primer*, publié à la fin du XVIIe siècle.

56. « catéchisme de Westminster » : c'est-à-dire le *Westminster Catechism* (Edimbourg, 1648), catéchisme calviniste adopté par les diverses sectes puritaines.

Seule au monde, répudiée par le genre humain, n'ayant que
cet unique trésor pour conserver son cœur en vie, elle sentait
posséder envers et contre tous des droits imprescriptibles et
était prête à les défendre jusqu'à la mort.

— Dieu me l'a donnée ! s'écria-t-elle. Il me l'a donnée
en compensation de tout ce que vous m'avez enlevé.
Pearl est mon bonheur et aussi mon tourment ! Elle me
maintient en vie ! Elle est en même temps ma punition !
Ne voyez-vous donc point que la lettre écarlate, c'est
elle ! Mais une lettre écarlate qui se fait aimer et qui a, par
conséquent, dix millions de fois plus que l'autre le pouvoir de me faire expier ! Vous ne me la prendrez pas, je
mourrai avant !

— Ma pauvre femme, dit le vieux pasteur qui n'était
pas méchant, l'enfant sera bien soignée, bien mieux qu'il
ne serait en ton pouvoir de le faire.

— Dieu m'en a donné la garde ! reprit Hester Prynne
élevant la voix presque jusqu'au cri. Je ne me la laisserai
point enlever !

Et, mue par une impulsion subite, elle se tourna vers le
jeune clergyman sur qui il n'avait pas paru qu'elle eût
jusqu'alors seulement porté ses regards.

— Parle pour moi ! s'écria-t-elle, toi qui fus mon pasteur et me connais mieux que ne me peuvent connaître ces
hommes ! Je ne veux pas perdre mon enfant ! Parle pour
moi ! Tu sais — car tu as une pénétration que les autres
n'ont point — tu sais ce que sont les droits d'une mère et
combien peuvent être plus sacrés ceux d'une mère qui n'a
que son enfant et la lettre écarlate ! Prends ma défense !

A cet appel ardent et singulier qui montrait que la
situation avait presque acculé Hester à la folie, le jeune
pasteur répondit en s'avançant aussitôt, pâle, et la main
pressée contre son cœur comme c'était sa coutume toutes
les fois que sa nature particulièrement nerveuse était en
proie à l'agitation. Il avait l'air plus travaillé de soucis,
plus émacié que le jour de la honte publique d'Hester et,
soit par suite du déclin de sa santé, soit pour toute autre
raison, ses grands yeux sombres recelaient tout un troublant univers de tourments dans leurs profondeurs mélancoliques.

— Il y a de la vérité, dit-il d'une voix frémissante, douce et pourtant si puissante qu'elle éveilla des échos dans la grande salle et fit résonner l'armure vide. Il y a de la vérité dans les paroles d'Hester Prynne et dans le sentiment qui les inspire. Oui, Dieu, qui lui a donné cette enfant, lui a en même temps donné de la nature et des besoins — assez à part, semble-t-il, — de cette même enfant une connaissance instinctive que nul autre mortel ne saurait posséder. Et n'y a-t-il pas, en outre, quelque chose de redoutablement sacré dans le lien qui unit cette mère et sa fille?

— Et comment cela, mon bon Révérend? interrompit le Gouverneur. Veuillez, je vous prie, bien éclaircir ce point.

— Il faut qu'il en soit ainsi, reprit le pasteur, car en juger différemment ne reviendrait-il point à dire que le Créateur de toute chair, Notre Père céleste, aurait légèrement reconnu un acte coupable, n'aurait point fait de différence entre la luxure et l'amour sanctifié? Fille du crime de son père et de la honte de sa mère, cette enfant est sortie des mains de Dieu pour agir de bien des façons sur le cœur de cette femme qui réclame avec tant d'ardeur et d'amertume le droit de la garder! Dieu l'a désignée pour être la bénédiction, la seule bénédiction de la vie de cette femme. Et pour lui être en même temps, comme cette mère nous l'a dit elle-même, un moyen d'expier — un tourment qui se fait sentir aux moments où l'on ne s'y attend point un élancement, une morsure, une torture sans cesse renaissantes au sein de joies mal assurées! La mère n'a-t-elle point exprimé tout ceci par le costume de la pauvre enfant qui nous rappelle si irrésistiblement le symbole rouge qui marque sa poitrine?

— Bien dit, s'écria le bon Révérend Wilson. Je craignais que cette femme n'ait eu meilleure intention que de faire un bouffon de sa fille.

— Oh, non, non! reprit le jeune pasteur. Elle reconnaît, soyez-en certains, le solennel miracle que Dieu fit en créant cette enfant. Et puisse-t-elle bien reconnaître aussi ce qui me frappe comme la vérité même: qu'en lui accordant cette faveur, Dieu entendait par-dessus tout

garder son âme en vie, la préserver des abîmes encore
plus noirs où Satan aurait sans cela tenté de la précipiter !
Oui, il est bon pour cette pauvre pécheresse de voir
confier à ses soins l'immortalité d'un être fait pour les
joies ou pour les peines éternelles. D'avoir à ses côtés une
ignorante à qui elle devra enseigner le bien, une innocente qui lui rappelle à chaque instant sa faute mais qui
lui assure du même coup, comme par une promesse du
Seigneur Lui-Même, que si elle conduit son enfant au
ciel, son enfant l'y conduira en retour. En cela, la mère
coupable est plus heureuse que le père coupable. Pour le
bien d'Hester Prynne, tout autant que pour celui de cette
pauvre enfant, laissez-les donc toutes deux à la place que
la Providence a jugé bon de leur donner !

— Vous parlez, ami, avec une étrange ardeur ! dit le
vieux Roger Chillingworth en souriant.

— Voici des paroles d'un grand poids, déclara le Révérend Wilson. Qu'en pensez-vous, digne Messire Bellingham ? Mon jeune confrère n'a-t-il pas bien plaidé en
faveur de cette pauvre femme ?

— Si, en vérité, fort bien, répondit le magistrat. Les
arguments qu'il allègue sont tels que nous allons laisser
les choses en l'état où elles sont — aussi longtemps tout
au moins que cette femme ne soulèvera pas de nouveaux
scandales. Il faudra, toutefois, pasteurs, que l'un de vous
fasse passer à cette enfant un examen de catéchisme en
règle et que les bedeaux veillent à ce qu'elle assiste à
l'école et au prêche lorsqu'elle sera en âge.

Ayant cessé de parler, le jeune pasteur s'était de quelques pas éloigné du groupe. Il se tenait à présent près de
la fenêtre, le visage en partie caché par les plis pesants du
rideau. Il avait parlé avec tant de véhémence que son
ombre, projetée sur le sol par la lumière du soleil, restait
frémissante. Pearl, le capricieux, l'inapprivoisable petit
lutin, se glissa vers lui, lui prit la main entre ses deux
menottes et appuya sa joue tout contre en une caresse à la
fois si tendre et si discrète que sa mère se demanda :
« Est-ce là ma petite Pearl ? » Hester savait bien, cependant, qu'il y avait de l'amour dans le cœur de l'enfant,
encore qu'il ne se révélât guère que par des éclats, que la

petite fille n'eût donné qu'une ou deux fois à peine en sa vie pareille preuve de gentillesse. Rien, à part le regard longuement attendu d'une femme, n'est plus doux que ces marques de préférence enfantine spontanément accordées comme par un instinct spirituel. Elles semblent reconnaître en nous quelque chose de vraiment digne d'être aimé. Aussi le pasteur se retourna, posa sa main sur la tête de l'enfant, hésita un instant et la baisa au front. L'humeur exceptionnelle de Pearl ne dura pas davantage. La petite fille rit et se mit à sauter par la grande salle avec une telle légèreté que le vieux Messire Wilson en vint à se demander si elle touchait tout de bon le sol de ses pieds.

— La petite friponne est un brin sorcière par ma foi! dit-il au Révérend Dimmesdale. Point ne lui est besoin d'un manche à balai pour voler dans les airs!

— Une bien étrange enfant, remarqua le vieux Roger Chillingworth. Il est facile de discerner ce qu'elle tient de sa mère. Ne croyez-vous point, mes dignes seigneurs, qu'il serait possible à un philosophe d'analyser sa nature de façon à pouvoir deviner qui fut le père?

— Eh, ce serait pécher que de se laisser, en pareille question, guider par la philosophie! dit le Révérend Wilson. Mieux vaut user de prières et de jeûnes. Que dis-je? A moins que la Providence ne l'éclaircisse Elle-même, mieux vaut encore sans doute que ce mystère reste un mystère. Tant qu'il en est ainsi, tout bon chrétien doit se montrer d'une bonté paternelle envers ce pauvre enfançon abandonné.

L'affaire étant heureusement conclue, Hester Prynne et Pearl quittèrent la maison du Gouverneur. On affirme que, comme elles en sortaient, le volet d'une des fenêtres de l'étage s'ouvrit et que parut en plein soleil le visage de dame Hibbins, l'acrimonieuse sœur de Messire Bellingham, celle-là même qui devait, quelques années plus tard, être exécutée comme sorcière.

— Hep! hep! dit-elle tandis que sa physionomie sinistre semblait projeter une ombre sur la gaieté de la maison neuve. Viendras-tu point avec nous cette nuit? Il y aura joyeuse compagnie en la forêt et j'ai autant dire

promis à l'Homme Noir que l'avenante Hester Prynne
serait des nôtres.

— Vous lui ferez, s'il vous plaît, mes excuses, répondit Hester avec un sourire de triomphe. Il me faudra rester
au logis pour veiller sur ma petite fille. Me l'eût-on
enlevée que je serais volontiers allée moi aussi dans la
forêt signer mon nom sur le livre de l'Homme Noir et de
mon propre sang !

— Nous te verrons venir plus tard ! marmonna la diabolique dame en fronçant le sourcil et rentrant la tête.

Et en admettant que cet échange de propos entre dame
Hibbins et Hester Prynne soit authentique et non légendaire, il y faut voir une preuve en faveur de l'argument
qu'avait fait valoir le jeune pasteur contre la séparation
projetée entre la mère coupable et la conséquence de sa
faiblesse. Car, ainsi, l'enfant aurait déjà sauvé sa mère
d'une embûche de Satan.

CHAPITRE IX

LE MÉDECIN

Sous le nom de Roger Chillingworth était caché, le lecteur s'en souviendra, un autre nom, un nom que son ex-possesseur s'était juré de ne plus jamais laisser prononcer. Il a été parlé d'un étranger qui s'était tenu parmi la foule qui assistait à la honte publique d'Hester Prynne. Cet homme d'un certain âge, fatigué par de longues pérégrinations, avait vu, au sortir de dangereuses solitudes sauvages, la femme qui allait, espérait-il, symboliser pour lui la tiédeur et les joies du foyer, exposée comme le péché incarné aux yeux de la multitude. Sa réputation d'épouse était foulée aux pieds par tous les hommes présents. Son infamie était la fable de la Place du Marché. Pour tous les siens, pour les compagnons de son ancienne vie sans tache, il ne resterait rien, si des nouvelles d'elle leur parvenaient jamais, que la contagion de son déshonneur : ils en auraient chacun leur part en proportion du degré d'intimité de leurs anciens rapports. Pourquoi, alors, du moment qu'il était maître d'en décider, l'homme qui avait été uni à cette femme par le plus étroit et le plus sacré des liens se serait-il avancé pour faire valoir ses droits sur un héritage aussi peu désirable ? Il décida de n'être point cloué à côté d'elle sur le même honteux piédestal. Inconnu de tous, excepté d'Hester Prynne dont il s'était assuré le silence, il avait pris la résolution d'effacer son nom de la liste des humains, de disparaître aussi complètement de la vie, du point de vue des liens et des intérêts qui l'y avaient jusqu'alors attaché, que s'il s'était trouvé au fond de cet Océan où la rumeur publique l'avait depuis longtemps relégué. Quand il eut atteint ce but, des intérêts nouveaux surgirent immédiatement devant lui et aussi un nouveau but — sombre il est vrai, sinon même coupable, mais dominateur au point de requérir toutes ses forces et toutes ses facultés.

Pour l'atteindre, l'homme s'installa dans la ville puritaine sous le nom de Roger Chillingworth, sans autre recommandation qu'une intelligence et un savoir très au-dessus de la moyenne. Ses études l'avaient familiarisé avec la science médicale de son temps. Il se présenta comme médecin et fut, à ce titre, cordialement accueilli. Les hommes versés dans la médecine et la chirurgie étaient fort rares dans la colonie. Les membres du corps médical ne semblent pas, en effet, avoir beaucoup partagé le zèle religieux qui entraîna tant de leurs contemporains par-delà l'Atlantique. Peut-être qu'au cours de leurs recherches sur l'organisme humain, les facultés les plus hautes et les plus subtiles de ces hommes se matérialisèrent? Peut-être perdirent-ils toute vue spirituelle sur l'existence en s'absorbant dans les complications d'un mécanisme si merveilleux qu'il semble sous-entendre assez d'art pour résumer en lui seul l'ensemble de la vie?

En tout cas, la santé de la bonne ville de Boston avait jusqu'alors été, dans la mesure où la médecine avait affaire à elle, à la garde d'un vieux saint diacre d'apothicaire que sa piété et sa bonne conduite recommandaient plus solidement que ce qu'il aurait pu montrer en fait de diplômes. Quant à l'art chirurgical, il était, le cas échéant, mis en pratique par un citoyen qui combinait ce talent d'occasion avec l'exercice quotidien du rasoir. Dans un corps de métier ainsi constitué, Roger Chillingworth fit figure de brillante recrue. Il prouva bientôt que la médecine des anciens lui était familière dans toute sa solennelle minutie qui exigeait pour chaque remède une multitude d'ingrédients aussi extraordinaires qu'hétérogènes, aussi soigneusement dosés que s'il eût été question de composer l'Élixir de longue Vie. Pendant sa captivité chez les Indiens, il avait, d'autre part, acquis une grande connaissance des propriétés des herbes et des racines du pays. Et il ne cachait pas à ses malades qu'il avait autant de confiance dans ces simples remèdes, dons

de la nature aux sauvages incultes, que dans la pharma-
copée européenne que tant de savants médecins travail-
laient depuis des siècles à établir.

Ce docte étranger était exemplaire quant aux formes
extérieures de la vie religieuse tout au moins. Il avait, très
tôt après son arrivée, choisi pour guide spirituel le Révérend Dimmesdale. Ce jeune prêtre, dont le renom de
savant vivait encore à Oxford, était, à peu de chose près,
considéré par ses plus fervents admirateurs comme un
apôtre, un envoyé du ciel destiné, pour peu qu'il vécût et
travaillât le temps d'une vie ordinaire, à faire d'aussi
grandes choses pour l'Église, encore jeune et faible de la
Nouvelle-Angleterre, que les Pères de l'Église en accom-
plirent pendant l'enfance de la foi chrétienne. Seulement,
vers l'époque dont nous parlons, la santé de ce précieux
ministre du Seigneur avait de toute évidence commencé à
fléchir. Ceux qui connaissaient le mieux ses habitudes
expliquaient sa pâleur par sa trop grande application à
l'étude, par le trop scrupuleux accomplissement de ses
devoirs de chef de paroisse et, surtout, par les jeûnes et les
veilles qu'il mettait souvent en pratique afin d'empêcher la
grossièreté de notre état terrestre de ternir les clartés de sa
lampe spirituelle. Bien des gens déclaraient aussi que si
Messire Dimmesdale allait vraiment mourir c'était tout
simplement parce que le monde n'était pas digne d'être
plus longtemps foulé par ses pieds.

Il protestait, lui, avec une humilité caractéristique, que
si la Providence jugeait bon de le retirer de ce monde
c'était parce qu'il était indigne d'accomplir son humble
mission.

Quelles que fussent les causes du déclin de ses forces,
nul ne pouvait en tout cas mettre le fait en doute. Le
Révérend Dimmesdale s'émaciait. Sa voix, bien que
toujours vibrante et douce, semblait par certaines notes
mélancoliques prophétiser que bientôt on ne l'entendrait
plus. On le voyait souvent mettre, à la suite du plus léger
incident, à l'ombre d'une alarme, sa main sur son cœur
tandis qu'une rougeur subite, remplacée aussitôt par une
grande pâleur, révélait l'assaut d'une souffrance.

Le jeune pasteur en était donc là, cette jeune lumière

paraissait devoir s'éteindre bien trop tôt, lorsque arriva
Roger Chillingworth. Sa première entrée en scène, qu'il
exécuta sans que presque personne pût dire d'où il venait,
comme s'il était tombé du ciel ou avait jailli des entrailles
de la terre, avait eu un air de mystère qui tourna aisément
au miraculeux. A présent, il était reconnu comme un
homme de talent. On avait pu observer qu'il récoltait des
herbes et des fleurs sauvages, extrayait des racines, cas-
sait de menus rameaux aux arbres de la forêt, en personnage qui connaît des vertus à des choses sans valeur aux
yeux du commun. On l'entendait parler de Sir Kenelm
Digby [57] et d'autres hommes célèbres — dont les
connaissances scientifiques passaient pour être à peine
au-dessous du surnaturel — comme ayant été ses corres-
pondants ou ses confrères. Pourquoi, occupant une place
pareille dans le monde savant, était-il venu ici ? Alors que
sa sphère était dans les grandes villes, que pouvait-il être
venu chercher dans ce pays sauvage ? En réponse à ces
questions, une rumeur gagna du terrain que, tout absurde
qu'elle fût, bien des gens de bon sens accueillirent : Dieu
aurait accompli un miracle en règle, transporté, à travers
les airs, d'une Université allemande à la porte du Révérend Dimmesdale, un éminent docteur en médecine ! Des
gens à la foi plus raisonnable, qui savaient que la Providence accomplit ses desseins sans ces effets de scène que
l'on nomme interventions miraculeuses, n'en étaient pas
moins enclins à voir la main de Dieu dans l'arrivée si
opportune de Roger Chillingworth. Cette opinion était
renforcée par le grand intérêt que le médecin avait toujours manifesté envers le jeune pasteur. Après s'être
attaché à lui à titre de paroissien, il s'était efforcé de
gagner l'amitié et la confiance de cette nature réservée et
sensible. Il se montrait fort alarmé par l'état de santé de
son pasteur mais désireux de tenter une cure qui, entreprise sans retard, pouvait laisser espérer un heureux résultat. Les prud'hommes, les diacres, les matrones et les
gracieuses jouvencelles de son troupeau importunèrent à

57. « Sir Kenelm Digby » : aventurier et chimiste anglais (1603-
1665).

l'envi le Révérend Dimmesdale pour qu'il essayât d'un art si franchement mis à sa disposition. Le Révérend Dimmesdale repoussait doucement ces instances : « Je n'ai pas besoin de médecines », disait-il.

Mais comment pouvait-il parler ainsi quand dimanche après dimanche ses joues émaciées étaient plus pâles et sa voix plus faible ? Quand presser sa main contre son cœur était devenu, au lieu d'un geste qu'on fait une fois en passant, une constante habitude ? Était-il donc las de ses travaux ? Désirait-il mourir ? Autant de questions qui lui furent solennellement posées par les plus anciens pasteurs de Boston et par les diacres de sa paroisse. Ces dignes personnages « vinrent enfin à bout de lui », pour user de leur propre expression, en lui représentant que c'était pécher de repousser une aide que la Providence offrait si manifestement. Le jeune pasteur les écouta en silence et finit par promettre de s'entretenir avec le médecin.

— Si telle était la volonté du Seigneur, dit-il quand, fidèle à sa parolc, il demanda l'avis médical de Roger Chillingworth, je préférerais que mes efforts, mes peines et mes péchés prissent fin le plus vite possible avec moi, que ce qu'il y a de terrestre en eux fût enterré dans la tombe, que ce qu'il y a de spirituel suivît mon sort dans l'éternité, plutôt que de vous voir mettre pour moi votre science à l'épreuve.

— Ah, répondit Roger Chillingworth, avec cette tranquillité naturelle ou voulue qui caractérisait son comportement, un pasteur de votre âge est porté à parler ainsi. Les jeunes hommes qui n'ont pas encore profondément pris racine renonceraient à tout si aisément ! Et les hommes pleins de sainteté qui marchent avec Dieu sur cette terre préféreraient s'en aller marcher avec Lui sur les chemins dallés d'or de la Jérusalem Nouvelle [58].

— Oh, répliqua le Révérend Dimmesdale en portant la main sur son cœur, tandis qu'une expression douloureuse passait sur son front, si j'étais plus digne de marcher là-haut, je serais plus content de peiner ici-bas.

58. « la Jérusalem Nouvelle » : voir Apocalypse de saint Jean, 21. 2 : « Et je vis descendre du ciel, d'auprès de Dieu, la ville sainte, une Jérusalem nouvelle . . . . »

— Les hommes de mérite ont toujours tendance à se rabaisser, dit le médecin.

Et ainsi le mystérieux vieux Roger Chillingworth devint le conseiller médical du Révérend Dimmesdale. Comme ce n'était pas la maladie seulement qui intéressait, en ce cas, le médecin, mais aussi et surtout le caractère du malade, ces deux hommes d'âge si différent en vinrent à passer beaucoup de leur temps ensemble. Pour améliorer la santé de l'un et permettre à l'autre de récolter des plantes aux sucs bienfaisants, ils allèrent faire ensemble de longues promenades au bord de la mer ou dans la forêt. Ils mêlèrent le bruit de conversations variées au déferlement et aux murmures des vagues, aux cantiques solennels que chantaient les vents à la cime des arbres. Il arrivait souvent aussi que l'un fût l'hôte de l'autre. Il y avait pour le jeune ministre du Seigneur quelque chose de fascinant dans la compagnie de cet homme de science en qui il reconnaissait une culture intellectuelle de très grande étendue, en même temps qu'une liberté de vues qu'il aurait vainement cherchée parmi ses confrères. En vérité, il était effaré, sinon même scandalisé, de trouver cette qualité chez le médecin. Le Révérend Dimmesdale était un véritable prêtre, un véritable croyant. Le sentiment du respect était en lui très développé ; sa tournure d'esprit le poussait à s'engager sur les traces d'une foi religieuse, à les suivre de plus en plus à mesure que passait le temps. Il n'aurait, en nul état social, été ce qu'on appelle un homme aux vues libérales. Une pression, l'armature rigide d'une foi qui tout en emprisonnant soutient, aurait toujours été essentielle à sa paix intérieure. Voir l'univers à travers un esprit tout à fait différent de celui des gens avec qui il s'entretenait d'habitude n'en représentait pas moins pour lui un plaisir, une sorte de soulagement dont il jouissait non sans frémir un peu. C'était comme si une fenêtre avait été ouverte, laissant entrer l'air libre dans le cabinet à l'air épais où sa vie s'usait dans la lueur pâle des lampes, la lumière trop voilée des rayons du soleil, l'odeur sensuelle ou morale, mais moisie, qui s'exhale des livres. Seulement cet air était trop frais, trop froid pour être longtemps respiré avec

agrément. Aussi le pasteur, et avec lui le médecin réinté-
graient les limites de ce que leur Église tenait pour orthodoxe.

Roger Chillingworth étudiait ainsi avec soin son malade à la fois tel qu'il se montrait dans la vie ordinaire,
lorsqu'il cheminait aux côtés de pensées qui lui étaient
familières et tel qu'il apparaissait au milieu d'un paysage
moral dont la nouveauté aurait pu faire monter quelque
chose de différent à la surface de son caractère. Le médecin estimait, aurait-on dit, essentiel de connaître l'homme
avant d'essayer de lui faire du bien. Quand il y a une
intelligence et un cœur, les maux physiques sont toujours
plus ou moins marqués par les caractéristiques de l'une et
de l'autre.

Chez Arthur Dimmesdale, la pensée et l'imagination
étaient tellement actives, la sensibilité si intense, que les
infirmités du corps devaient vraisemblablement avoir là
leur terrain. Aussi Roger Chillingworth, le savant, le
bon, l'amical médecin s'efforçait-il de pénétrer au profond de la vie intérieure de son malade, en creusait les
principes, scrutait les souvenirs, palpant tout d'un doigt
précautionneux comme quelqu'un qui chercherait un trésor dans une caverne obscure.

Peu de secrets peuvent échapper à qui a occasions et
licence d'entreprendre pareilles recherches et se trouve
être assez habile pour bien les diriger. Un homme chargé
d'un secret doit surtout éviter toute intimité avec son
médecin. Si ce dernier possède une perspicacité naturelle
et cet indéfinissable quelque chose de plus que nous
appelons intuition; s'il ne fait montre ni d'égoïsme ni de
qualités trop marquantes; s'il a le don inné de mettre son
esprit en affinité avec celui de son malade au point que ce
dernier dira sans s'en apercevoir des choses qu'il s'ima-
ginera avoir seulement pensées; si pareilles révélations
sont reçues sans éclats et moins par des paroles de sympathie que par le silence, un son inarticulé et, de temps à
autre, un mot qui prouve que l'on comprend tout; si à ces
qualités de confident se joignent les avantages qu'assure
la réputation acquise du médecin, il viendra alors inévitablement une heure où l'âme du malade fondra, se mettra à

couler comme un flot sombre mais transparent, exposant tous ses mystères au grand jour.

Roger Chillingworth possédait toutes ou presque toutes les qualités qui viennent d'être énumérées. Le temps toutefois passait. Une manière d'intimité grandissait, nous l'avons dit, entre ces deux esprits cultivés qui avaient pour terrain de rencontre tout le vaste champ des études et de la pensée humaines. Ces deux hommes discutaient de morale, de religion, des affaires publiques, du caractère de tel ou tel individu. Ils parlaient beaucoup l'un et l'autre de questions qui semblaient leur être personnelles. Pourtant rien qui ressemblât au secret que le médecin croyait pressentir n'échappait au pasteur pour tomber dans l'oreille de son compagnon. Ce dernier en arrivait à soupçonner que la nature même des maux physiques du Révérend Dimmesdale ne lui avait jamais été complètement révélée. Une bien étrange réserve !

Au bout de quelque temps, sur une remarque de Roger Chillingworth, les amis du Révérend Dimmesdale effectuèrent un arrangement : le malade et le médecin logèrent dans la même demeure. Ainsi aucune pulsation de la vie du pasteur n'échapperait aux yeux de son dévoué médecin. Il y eut grande joie dans la ville quand ce but si désirable fut atteint. On était d'avis que c'était la meilleure mesure possible pour assurer le salut du jeune clergyman. Il eût évidemment été préférable encore qu'il choisît, ainsi que ceux qui s'y sentaient autorisés l'en avaient si souvent pressé, une des jeunes vierges en fleur qui lui étaient spirituellement attachées pour en faire sa femme. Mais il n'y avait pas apparence qu'il se laisserait convaincre de franchir ce pas. Il repoussait toute allusion à ce sujet comme si le célibat des prêtres eût été une des règles de son Église. Et puisqu'il était condamné, par son propre choix, à manger son pain insipide à une table étrangère, à supporter le froid qui est le lot de ceux qui ne se chauffent qu'au foyer des autres, il semblait vraiment que le sagace, expérimenté, bienveillant vieux médecin, qu'animait une affection à la fois paternelle et révérencieuse, était de tous les hommes le mieux fait pour se trouver toujours à portée de sa voix.

La nouvelle résidence des deux amis se trouvait chez
une veuve, de bon rang social, dont le logis recouvrait
presque en entier l'emplacement où devait plus tard
s'élever King's Chapel. Elle était bordée d'un côté par le
cimetière, autrefois le champ d'Isaac Johnson et bien
faite, par conséquent, pour favoriser les réflexions sérieuses qui convenaient aux travaux respectifs d'un pasteur et
d'un médecin. Par le soin maternel de la bonne veuve,
l'appartement de la façade exposée au soleil avait été
assigné au Révérend Dimmesdale et sa fenêtre garnie
d'un lourd rideau afin de pouvoir créer à volonté une
ombre crépusculaire. Les murs étaient revêtus de tapisse-
ries tissées, disait-on, par les métiers des Gobelins où
l'histoire de David, de Bethsabée et du prophète
Nathan [59] était représentée en couleurs que le temps
n'avait point fanées encore mais qui rendaient la belle
jeune femme aussi farouchement pittoresque que le vieux
prophète de malheur.

En cette salle, le pasteur aux joues pâles empila les
in-folio reliés en parchemin de sa bibliothèque riche en
œuvres des Pères de l'Église, en science des rabbins, en
cette érudition monacale à laquelle les prêtres protestants,
même s'ils vilipendaient les moines, se voyaient souvent
contraints d'avoir recours.

De l'autre côté de la maison, Roger Chillingworth
installa son cabinet et son laboratoire — qu'un savant
moderne n'eût, bien entendu, pas considéré comme à
demi complet. Il était cependant pourvu d'un appareil à
distiller et de tout ce qu'il fallait pour composer les
mélanges et drogues qu'en alchimiste expérimenté il savait fort bien employer ensuite.

Étant ainsi commodément installés, les deux savants
personnages se mirent au travail chacun en son domaine,
mais tout en passant familièrement d'un appartement
dans l'autre pour inspecter, non sans curiosité, la besogne
du voisin.

Et les amis les plus sensés du Révérend Dimmesdale

59. « l'histoire de David . . . Nathan » : allusion à II Samuel, 12, où
Nathan reproche à David d'avoir conduit Urie le Héthéen à la mort,
pour être à même de lui prendre sa femme.

imaginèrent très raisonnablement, ainsi que nous l'avons indiqué, que la Providence, assiégée par maintes prières publiques, privées et secrètes, avait ordonné tout ceci afin de rétablir la santé de son jeune ministre. Mais il nous faut maintenant dire qu'une autre partie de la communauté avait adopté un autre point de vue sur les rapports entre le Révérend Dimmesdale et le vieux médecin. Quand une multitude ignorante tente de voir de ses yeux, elle est on ne peut plus encline à se laisser abuser. Mais lorsqu'elle juge, comme elle le fait d'habitude, d'après les intuitions de son grand cœur chaleureux, elle arrive souvent à des conclusions si sûres qu'elles prennent le caractère de vérités révélées surnaturellement. Dans le cas présent, le peuple ne pouvait justifier sa prévention contre Roger Chillingworth par aucun fait, par aucun argument valant la peine d'être réfuté. Un vieil artisan, qui avait été citoyen de Londres au temps du meurtre de Sir Thomas Overbury [60] — à présent vieux de quelque trente ans — avait bien dit son mot : il prétendait avoir rencontré le médecin sous un autre nom, que l'auteur a oublié, en compagnie du docteur Forman [61], le célèbre vieux conspirateur qui fut impliqué dans cette sombre affaire. Deux ou trois autres personnes insinuaient que durant sa captivité chez les Indiens, le docteur Chillingworth devait avoir ajouté à ses talents de médecin, l'art des incantations propre aux prêtres sauvages. Ceux-ci étaient, tout le monde le savait bien, de puissants enchanteurs qui accomplissaient souvent des cures d'allure miraculeuse parce que très versés dans la magie noire. Quantité de gens — et parmi eux des personnes de jugement si rassis et douées d'un sens de l'observation si

60. « Sir Thomas Overbury » : Thomas Overbury (1581-1613). Écrivain anglais connu surtout par sa fin tragique. Ayant contrarié les projets de mariage de son protecteur Robert Carr, favori du roi Jacques Iᵉʳ, il fut enfermé à la Tour de Londres où il mourut mystérieusement empoisonné. On découvrit deux ans plus tard que Robert Carr, entre-temps devenu comte de Somerset, avait été le coupable. Condamné à mort, Robert Carr fut gracié par le roi et seuls furent exécutés les agents subalternes du crime. (N.d.T.)

61. « docteur Forman » : Simon Forman (1552-1611), astrologue et charlatan.

pratique que leur avis eût été à considérer en toute autre
question — affirmaient que Roger Chillingworth avait
beaucoup changé depuis son arrivée et surtout depuis
qu'il habitait avec le Révérend Dimmesdale. Au début,
son expression était calme, méditative, tout à fait celle
d'un savant. Maintenant, ces gens disaient lui voir au
visage quelque chose de laid et de méchant qu'ils
n'avaient pas remarqué auparavant et qui vous frappait
d'autant plus que vous le regardiez plus souvent. Selon
les idées du vulgaire, le feu de son laboratoire était
alimenté par le charbon de l'enfer; aussi pouvait-on bien
s'attendre à en voir la fumée lui noircir le visage.

Enfin, brochant sur le tout, une opinion se répandait
largement d'après laquelle le Révérend Arthur Dimmesdale était, comme maints autres saints avant lui, hanté
soit par Satan lui-même, soit par un de ses émissaires.
Cet agent infernal, qui se présentait sous l'apparence de
Roger Chillingworth, s'était, avec la permission du Seigneur, installé dans l'intimité du pasteur pour comploter
contre son âme. Certes, nul homme de bon sens ne
pouvait se demander de quel côté tournerait la victoire.
Le public attendait avec une confiance inébranlable le
moment où il verrait le jeune pasteur sortir du conflit
transfiguré par la gloire qu'il était sans nul doute en train
de conquérir. Il n'en était, en attendant, pas moins triste
de penser aux affres mortelles de la lutte qu'il lui fallait
soutenir pour s'acheminer vers son triomphe.

Hélas! D'après la tristesse et la terreur qui s'entre-
voyaient au profond des yeux du pauvre Révérend, la
lutte était cruelle et la victoire rien moins que certaine.

CHAPITRE X

LE MÉDECIN ET LE MALADE

Le vieux Roger Chillingworth avait été toute sa vie, calme de caractère, bon, encore que ne se montrant pas chaleureux dans ses affections, honnête et droit envers autrui. Il avait commencé ses investigations avec, imaginait-il, la sévère impartialité d'un juge, poussé par le seul désir de connaître la vérité — comme s'il avait été question de figures géométriques et non de passions humaines et de torts envers lui. Mais à mesure qu'il avançait dans son entreprise, une fascination terrible, une sorte de nécessité farouche se saisit du vieil homme pour ne pas le lâcher qu'il n'eût obéi à ses commandements. Il creusait maintenant dans le cœur du pauvre clergyman comme un mineur avide d'or ou plutôt comme un fossoyeur fouillerait une tombe de sa bêche, à la recherche de joyaux enfouis avec un trépassé mais pour ne trouver vraisemblablement autre chose que mort et corruption. Quel malheur pour une âme qui se lance en pareille quête !

Parfois, un éclat luisait dans ses yeux, bleu et sinistre comme le reflet d'une fournaise, ou plutôt comme une de ces lugubres lueurs que dégageait l'horrible grotte de Bunyan [62] et qui venait trembler sur le visage du pèlerin.

---

62. « l'horrible grotte de Bunyan » : rappelons que Bunyan (John, 1628-1688), Anglais de naissance, chaudronnier de profession, anabaptiste de conviction et mystique de nature, écrivit au long d'un emprisonnement *The Pilgrim's Progress* (Le Voyage du pèlerin). Cette œuvre allégorique qui décrit la lutte du chrétien contre le péché, eut en Angleterre un succès retentissant et demeure un des classiques de la littérature anglaise. (N.d.T.)

Le sol que creusait ce sombre mineur avait peut-être donné des indications encourageantes?

⚐ Cet homme, se disait en pareils moments le vieux Roger Chillingworth, cet homme, en dépit de la pureté que tous lui prêtent, en dépit de la spiritualité qui transparaît sur son visage, a hérité de fortes tendances animales. Les tient-il de son père ou de sa mère? Je ne sais. Toujours est-il qu'elles existent. Creusons un peu plus de ce côté-là.

Puis après avoir longuement sondé le for intérieur du pasteur, après avoir retourné bien des matériaux précieux: aspirations élevées, chaleureux amour des âmes, piété naturelle renforcée par la pensée et l'étude — or inestimable qui n'était peut-être que fatras à ses yeux — il se détournait, déçu, et commençait ailleurs ses recherches. Il avançait d'un pas aussi furtif, tâtonnait aussi prudemment, faisait le guet d'un œil aussi alerte qu'un voleur se glissant dans la chambre où un homme n'est qu'à moitié endormi, s'il n'est pas, même, tout à fait éveillé, pour dérober le trésor que cet homme garde comme la prunelle de ses yeux. En dépit des précautions les mieux calculées, le plancher, de temps à autre, émet un craquement, les habits du voleur bruissent, son ombre, en cette proximité dangereuse, peut aller tomber sur sa victime. En d'autres termes, le Révérend Dimmesdale, dont la sensibilité nerveuse faisait souvent l'effet d'une intuition spirituelle, prenait vaguement conscience que quelque chose d'hostile rôdait autour de lui. Mais le vieux Roger Chillingworth n'était pas dépourvu d'antennes, lui non plus, et, lorsque le pasteur tournait vers lui un regard d'effroi, c'était pour voir son médecin tranquillement assis à ses côtés en ami dévoué, attentif, compréhensif, mais jamais indiscret.

Cependant le Révérend Dimmesdale aurait peut-être mieux percé à jour le caractère du personnage si une tendance morbide, à laquelle sont sujets les cœurs malades, ne lui avait pas rendu suspect le genre humain tout entier. Ne se fiant assez à nul homme pour en faire son ami, il ne pouvait, le cas échéant, reconnaître son ennemi. Aussi conservait-il avec lui des relations amicales, le recevant chaque jour dans son cabinet ou allant lui rendre visite dans le laboratoire où il se divertissait à le regarder convertir des herbes en drogues puissantes.

Un jour, appuyant son front sur sa main et son coude sur le rebord de la fenêtre, ouverte sur le cimetière, le Révérend Dimmesdale causait avec Roger Chillingworth tandis que le vieil homme examinait un tas de plantes fort laides à voir.

— Où, demanda-t-il en jetant sur ces plantes un coup d'œil de côté (car c'était devenu une de ses particularités de ne plus regarder en face que rarement qui ou quoi que ce fût) où, mon bon docteur, avez-vous ramassé ces herbes aux feuilles sombres et flasques ?

— Dans le cimetière ici près, répondit le médecin en poursuivant sa besogne. Elles sont pour moi nouvelles. Je les ai trouvées sur une tombe que ne couvrait nulle pierre tombale ; où ne s'érigeait d'autre signe commémoratif du mort que ces vilaines herbes sorties de terre pour perpétuer son souvenir. Elles prirent racine en son cœur et représentent peut-être quelque secret hideux qui fut enterré avec lui et qu'il eût mieux fait de confesser de son vivant.

— Peut-être, dit le Révérend Dimmesdale, qu'il désirait fort le faire mais ne put.

— Et pourquoi, répliqua le médecin, pourquoi se fût-il abstenu ? Alors que les forces de la nature poussent si fortement aux aveux que ces herbes noires ont jailli d'un cœur mis en terre pour rendre manifeste son crime non confessé ?

— Ceci, mon bon seigneur, n'est qu'une fantaisie de votre création, répondit le pasteur. Il ne saurait y avoir, si je ne me trompe, nul pouvoir en dehors de la miséricorde divine, pour révéler sous forme de paroles ou d'emblèmes les secrets qui peuvent s'ensevelir avec un cœur humain. Le cœur qui se rend coupable des secrets que vous dites doit être forcé de les garder jusqu'au jour où toutes choses cachées seront mises en lumière. Les Saintes Écritures ne m'ont jamais donné à croire que les révélations des pensées et des actes humains seront faites alors à titre de châtiment. C'est assurément une interpré-

tation superficielle. Non, ces révélations, à moins que je
n'erre grandement, ne visent d'autre but que la satisfaction des esprits intelligents qui, ce jour-là, attendront
qu'on leur rende intelligible la sombre énigme de cette
vie. La connaissance du cœur humain sera indispensable
à la solution de pareil problème. Je me figure, par conséquent, que les cœurs qui contiennent ces misérables secrets les livreront, en ce jour dernier, non de mauvais gré
mais avec une joie inexprimable.

— Mais pourquoi ne les point révéler ici-bas? demanda Roger Chillingworth d'un ton tranquille avec un
coup d'œil de côté à son compagnon. Pourquoi les coupables se privent-ils d'un soulagement qui doit être, lui
aussi, inexprimable?

— Ils les révèlent pour la plupart, dit le pasteur en
appuyant très fort sa main contre sa poitrine comme s'il
eût ressenti un importun élancement de souffrance.
Maintes et maintes pauvres âmes se sont confiées à moi
non seulement sur leur lit de mort, mais tandis qu'elles
étaient en pleine vie et hautement considérées. Et après
ces épanchements, quel soulagement n'ai-je point
constaté toujours chez ces frères coupables! Comme s'ils
avaient enfin aspiré un air pur après avoir été longtemps
oppressés par l'impureté de leur propre souffle. Il ne
saurait en aller autrement. Pourquoi un malheureux, coupable, par exemple, de meurtre, préférerait-il garder le
cadavre de sa victime dans son propre cœur plutôt que de
le rejeter loin de lui et laisser l'univers en prendre soin?

— Cependant, certains hommes ensevelissent ainsi
leur secret en eux-mêmes, fit observer le paisible médecin.

— C'est vrai, des hommes pareils existent, repartit le
Révérend Dimmesdale, mais, pour ne pas donner de
raisons plus évidentes de leur conduite, cela tient peut-
être à une particularité de leur constitution. Et ne pou-
vons-nous également supposer que, pour coupables qu'ils
soient, ces hommes demeurent tout de même animés de
zèle envers la gloire de Dieu et le salut des hommes et
reculent, dès lors, devant un acte qui les montrerait noirs
et repoussants aux yeux de tous? Ils ne pourraient, en

effet, plus rien faire de bon ensuite, ni racheter le mal passé par des services présents. Ainsi vont-ils et viennent-ils, pour leur plus grand tourment, parmi leurs compagnons, aussi purs d'apparence que la neige frais tombée, tandis que leurs cœurs sont noircis par les marques indélébiles du péché.

— Ces hommes s'abusent, dit Roger Chillingworth avec plus de feu que d'habitude et en faisant un léger geste de l'index. Ils ont peur d'assumer la honte qui leur revient. De pieux sentiments comme l'amour des hommes et le dévouement au service de Dieu peuvent fort bien coexister en leur âme avec les mauvais hôtes qu'ils y laissèrent pénétrer et qui y engendrent une espèce infernale. Mais s'ils cherchent à glorifier le Seigneur, qu'ils ne lèvent point aux cieux des mains souillées ! S'ils veulent être utiles à leurs semblables, qu'ils leur rendent manifeste l'existence de la conscience en se contraignant à l'humiliation d'un aveu marqué au coin du repentir ! Me voudriez-vous, ô mon sage et pieux ami, voir conclure qu'en ce qui concerne la gloire de Dieu et le salut de l'homme, un faux-semblant l'emporte sur la vérité ? Croyez-moi, des hommes pareils s'abusent !

— Peut-être, dit le jeune pasteur avec indifférence comme pour écarter une discussion qui lui eût paru intempestive. Il avait, en effet, le don d'échapper aux arguments qui agitaient son tempérament trop nerveux et sensible. Mais je voudrais, à présent, apprendre de mon très savant médecin s'il estime, en toute vérité, que j'ai profité des bons soins qu'il donne à ma misérable charpente.

Avant que Roger Chillingworth pût répondre, les deux hommes entendirent les éclats clairs d'un impétueux rire d'enfant résonner à côté, dans le cimetière. Regardant instinctivement par la fenêtre ouverte — car on se trouvait en été — le pasteur vit Hester Prynne et la petite Pearl en train de suivre le chemin qui traversait l'enclos funèbre. Pearl était aussi belle que le jour mais en proie à un de ces accès de gaieté perverse qui semblaient l'entraîner au-delà du cercle des humains. Elle se mit à sauter irrévérencieusement d'une tombe à l'autre jusqu'à ce

qu'elle arrivât à la pierre tombale, large, plate et armoriée
d'une sommité défunte — celle peut-être du vieil Isaac
Johnson lui-même. Alors elle se mit à danser dessus. En
réponse aux injonctions et supplications de sa mère pour
qu'elle se comportât plus convenablement, la petite Pearl
s'arrêta et se mit à ramasser les feuilles d'une haute
bardane qui avait poussé près de la tombe. Elle en cueillit
une grande poignée et se mit à les disposer au long des
jambages de la lettre écarlate où elles adhérèrent grâce à
leurs menues épines. Hester ne les enleva pas.

Roger Chillingworth s'était entre-temps approché de la
fenêtre. Il souriait d'un sombre sourire.

— Aucun sens de la règle, aucun respect de l'autorité,
aucun souci de l'opinion n'entrent dans la composition de
cette enfant, remarqua-t-il, tout autant pour lui que pour
son compagnon. Je la vis l'autre jour dans le Chemin de
la Fontaine asperger le Gouverneur lui-même avec l'eau
de l'abreuvoir. Pareil lutin est-il bon ou mauvais? Qu'est
donc au juste cette enfant? Est-elle capable d'affection?
Quel principe de vie peut-on lui découvrir?

— Aucun, sinon la liberté née d'une loi enfreinte,
répondit le Révérend Dimmesdale avec tranquillité
comme s'il venait de débattre la question en lui-même.
Quant à être ou non capable de bien, je ne sais.

L'enfant entendit sans doute leurs voix car, levant les
yeux vers la fenêtre avec un brillant mais méchant sourire
d'intelligence, elle lança une épineuse feuille de bardane
au Révérend Dimmesdale. Le pasteur recula d'un mouvement de crainte nerveuse devant le léger projectile. Son
émotion n'échappa point à l'enfant qui se mit à battre des
mains avec un ravissement excessif. Machinalement
Hester Prynne avait, elle aussi, levé les yeux et ces quatre
personnes jeunes et vieilles se regardèrent en silence
jusqu'à ce que l'enfant se mît à rire tout haut et s'écriât:

— Viens-t'en, Mère, ou le vieil homme noir là-bas te
va prendre! Il a déjà pris le pasteur. Viens-t'en, Mère, ou
il te va prendre aussi! Mais il ne prendra pas la petite
Pearl!

Ainsi entraîna-t-elle sa mère, sautillant, dansant, bondissant fantastiquement parmi les monticules des défunts

comme une créature qui n'aurait rien à voir avec les générations mortes et enterrées. On eût dit qu'elle avait été faite avec des éléments nouveaux, de sorte qu'il ne pouvait que lui être permis de vivre une vie à elle et d'être à elle-même sa propre loi sans qu'on pût lui reprocher ses excentricités.

— Voici une femme, reprit le vieux Roger Chillingworth après un silence, qui, quels que puissent être ses démérites, ne porte point le poids de la faute cachée que vous dites si accablant. Hester Prynne est-elle selon vous moins misérable en raison de cette lettre écarlate sur sa poitrine ?

— Oui, en vérité, je le crois, dit le pasteur. Je ne saurais toutefois en répondre. Elle avait au visage une expression de douleur dont j'aurais bien voulu que la vue me fût épargnée. Je n'en continue pas moins de croire qu'être, comme cette pauvre femme, libre de montrer sa peine est moins douloureux que l'enfermer en son cœur.

Il y eut un nouveau silence et le médecin se remit à trier ses herbes.

— Vous m'avez demandé tout à l'heure, dit-il enfin, mon opinion touchant votre santé.

— En effet, répondit le pasteur, je serai fort heureux de la connaître. Parlez ouvertement, je vous prie, qu'il soit question de vie ou de mort.

— En toute simplicité et franchise donc, dit le médecin sans cesser de s'occuper de ses herbes mais en gardant un œil vigilant sur le Révérend Dimmesdale votre mal est étrange. Non point tant en lui-même ni en ses manifestations — dans la mesure, tout au moins, où tous ses symptômes me furent soumis. Vous observant tous les jours, depuis de longs mois, je dirai, mon bon seigneur, que, tout en étant fort malade, vous ne l'êtes pourtant pas tellement qu'un médecin attentif et avisé ne puisse, en bonne conscience, espérer vous guérir. Mais je ne sais comment vous dire : il me semble à la fois connaître votre mal et ne pas le connaître.

— Vous parlez par énigmes, mon savant seigneur, dit le pasteur en regardant au-dehors, par la fenêtre.

— Eh bien, pour parler plus clairement, reprit le mé-

decin, et avec votre pardon au cas où il semblerait séant
de s'excuser d'une liberté de langage nécessaire, je vais
en ami, en homme qui a, vis-à-vis de la Providence,
charge de votre vie, vous poser une question : tout ce qui
concerne votre mal m'a-t-il été franchement révélé ?

— Comment en pouvez-vous douter ? demanda le
pasteur, il serait d'un enfant d'avoir recours au médecin
et de lui cacher son mal !

— Voulez-vous donc me dire que je sais tout ? demanda Roger Chillingworth tranquillement en fixant sur
le visage de son interlocuteur un regard étincelant d'intelligence attentive. Soit ! Pourtant un mot encore ! Celui
à qui on ne révèle que des maux physiques ne connaît
souvent que la moitié du mal qu'on lui demande de
guérir. Une affection physique que nous considérons
comme un tout complet en soi-même peut n'être que le
symptôme de quelque trouble moral. Je vous demande
pardon, une fois de plus, mon bon seigneur, si mon
discours vous fait aussi peu que ce soit offense. Vous êtes
de tous les hommes que j'ai connus, celui dont le corps
est le plus étroitement uni, amalgamé, identifié, dirai-je
presque, avec l'âme dont il est l'instrument.

— Je n'ai dès lors point besoin de vous en demander
davantage, dit le pasteur en se levant quelque peu hâti-
vement de son siège ; vous ne vous occupez point, que je
sache, de médecine pour les âmes.

— Par conséquent, poursuivit Roger Chillingworth
d'un ton nullement changé, sans prendre garde à cette
interruption mais, se levant lui aussi, il alla mettre en face
du pasteur pâle et émacié sa silhouette basse, sombre et
contrefaite, par conséquent, une maladie, un endroit
douloureux, disons, de votre esprit, a aussitôt sa réper-
cussion sur votre personne physique. Et vous voudriez
que votre médecin guérît votre corps ? Comment cela lui
serait-il possible à moins que vous ne lui découvriez la
blessure de votre âme ?

— Non, pas à toi ! Pas à un médecin de ce monde !
s'écria passionnément le Révérend Dimmesdale, puis
tournant avec une sorte de fureur le regard d'yeux brû-
lants et larges ouverts sur le vieux Roger Chillingworth, il

reprit : « Pas à toi ! Si j'ai une maladie de l'âme, c'est entre les mains du seul médecin des âmes que je me remets ! Lui, si tel est Son bon plaisir, peut guérir — ou tuer. Laisse-Le faire de moi ce qu'en Sa justice et Sa sagesse Il jugera bon. Mais qui es-tu, toi qui viens te mêler de cette affaire ? Qui oses t'interposer entre un être qui souffre et son Dieu ! »

Et, avec un geste frénétique, il s'élança hors de la pièce.

— Tant vaut avoir franchi ce pas, se dit le vieux Roger Chillingworth en regardant sortir le pasteur avec un grave sourire. Il n'y a rien de perdu. Nous serons sous peu aussi bons amis que devant. Mais que la colère peut donc s'emparer de cet homme et le jeter hors de lui ! Ainsi d'une passion, ainsi d'une autre. Il vient de faire une chose folle tout à l'heure, ce pieux Révérend Dimmesdale, dans son ardeur.

Les bons rapports entre les deux hommes se trouvèrent, en fait, aisés à rétablir et sur le même pied qu'auparavant. Le jeune pasteur se dit, après quelques heures de solitude, qu'il avait été entraîné par ses nerfs malades à un accès de vivacité que les propos du médecin ne pouvaient en rien excuser. Il s'étonna, en vérité, d'avoir repoussé avec tant de violence le bon vieillard alors qu'il était simplement en train de donner un avis selon son devoir et à la demande expresse de son malade. Saisi de remords, il ne perdit pas de temps pour aller faire à son voisin ses plus profondes excuses et le prier de prolonger des soins qui, s'ils n'avaient pu rétablir sa santé, n'en avaient pas moins très probablement prolongé sa vie jusqu'à ce jour. Roger Chillingworth y consentit tout de suite. Il continua donc d'exercer une surveillance médicale sur le pasteur, de faire consciencieusement pour lui ce qu'il pouvait. Mais il ne quittait jamais son malade, après une visite professionnelle, sans qu'un mystérieux sourire intrigué flottât sur ses lèvres. Cette expression ne se laissait pas voir en la présence du Révérend Dimmesdale mais devenait frappante dès que le médecin se retrouvait seul.

— Un cas des plus rares, murmurait à part lui le vieux

Roger Chillingworth. Une fort étrange sympathie entre l'âme et le corps ! Je dois, quand ce ne serait que pour l'amour de l'art, éclaircir jusqu'au fond cette affaire !

Or, il arriva, peu de temps après la scène ci-dessus rapportée, que le Révérend Dimmesdale, en plein midi et sans du tout s'en apercevoir, tomba dans un très profond sommeil comme il était assis dans son fauteuil, un gros volume à lettres noires large ouvert devant lui sur sa table. Il devait s'agir là d'une œuvre de très grande portée en littérature soporifique. La profondeur de ce repos était d'autant plus remarquable que le jeune pasteur était de ces personnes au sommeil habituellement aussi léger, aussi capricieux, aussi prompt à se laisser chasser qu'oisillon sautillant sur la branche. Son esprit s'était, en tout cas, retiré si loin en lui-même que son corps ne bougea point lorsque, sans précautions extraordinaires, le vieux Roger Chillingworth entra dans la pièce.

Le médecin alla droit à son malade, posa sa main sur la poitrine que soulevait le souffle du sommeil et en écarta le vêtement qui jusqu'ici l'avait cachée même à ses regards professionnels.

Alors le Révérend Dimmesdale frissonna à vrai dire un peu et changea légèrement d'attitude.

Après une courte pause, le médecin se détourna pour s'en aller. Mais avec quel air égaré de joie, d'étonnement, d'horreur ! Avec quel épouvantable ravissement trop débordant, semblait-il, pour s'exprimer seulement par les yeux et l'expression d'un visage, si bien qu'il éclatait sur toute la surface du vieux corps contrefait, qu'il allait même jusqu'à se manifester par une débauche de gestes extravagants — bras levés au plafond et pieds frappant le plancher !

Celui qui aurait vu en cet instant le vieux Roger Chillingworth n'aurait pas eu besoin de se demander comment se comporte Satan quand une âme précieuse échappe au ciel et tombe en son empire.

Mais ce qui distinguait l'extase du médecin de celle de Satan était la part d'étonnement qu'elle contenait !

CHAPITRE XI

L'INTÉRIEUR D'UN CŒUR

Après l'incident que nous venons de décrire, les rapports entre le pasteur et le médecin, tout en restant en apparence les mêmes, prirent en réalité un caractère différent. Roger Chillingworth avait à présent devant lui un chemin assez uni. Ce n'était d'ailleurs point exactement celui qu'il s'était tracé. Il avait beau paraître calme et dénué de passion, cet infortuné vieillard n'en recélait pas moins, nous en avons peur, sous une surface tranquille des abîmes de malice, une méchanceté jusqu'alors latente mais qui, à présent, devenait active et lui avait fait imaginer une vengeance plus profonde qu'aucun mortel n'en exerça jamais. Se faire le seul ami qui inspire confiance, celui à qui l'on s'ouvre de tous les remords, les tourments, les angoisses, du repentir inefficace, du retour des mauvaises pensées repoussées en vain ! Toute cette souffrance de coupable cachée au monde qui, avec son cœur vaste, aurait eu pitié, aurait pardonné, se la faire révéler à lui qui n'aurait pas pitié, à lui qui ne pardonnerait pas ! Faire prodiguer tout ce sombre trésor en faveur de l'homme même qui ne pouvait rien rêver de mieux que pareille monnaie pour payer la dette de sa vengeance !

Le recul, la réserve de sensitive du jeune pasteur avait tenu ce plan en échec. Roger Chillingworth inclinait cependant à être moins, sinon même tout aussi satisfait par la tournure que prenait l'affaire, par la solution que la Providence substituait à ses noirs desseins — se servant ainsi, peut-être, du vengeur et de sa victime pour ses propres fins ? et pardonnant alors qu'elle paraissait punir ? Le vieil homme ne se posait pas la question, il estimait qu'une révélation lui avait été accordée. Peu lui importait qu'elle vînt des régions célestes ou des autres. Grâce à elle, dans toutes ses relations à venir avec le Révérend Dimmesdale, ce ne serait plus la personne physique du jeune ministre du Seigneur, mais son âme la plus secrète qu'il aurait sous les yeux afin d'en pouvoir voir et comprendre tous les mouvements. Il devenait dès lors non plus un spectateur, mais un acteur important de la tragédie qui se jouait dans la conscience du malheureux pasteur. Le martyr était pour toujours sur le chevalet. Il suffisait de connaître le ressort qui mettait en action la machine, et le médecin, à présent, le connaissait bien. Lui plaisait-il de faire subitement tressaillir de terreur sa victime ? Comme au coup de baguette d'un magicien, voici que se dressait un fantôme — non, un millier de fantômes — affectant maintes formes, évoquant la mort ou, pis encore, la honte. Voici que ces ombres s'attroupaient autour du pasteur et le désignaient de leur index pointé contre sa poitrine !

Tout ceci s'accomplissait avec une subtilité si parfaite que le Révérend Dimmesdale, tout en ayant constamment l'impression d'être la proie d'une influence mauvaise, ne pouvait arriver à en pénétrer la nature. A vrai dire, il regardait bien avec perplexité, crainte et même parfois haine, la silhouette difforme du vieux médecin. Les gestes, la démarche, l'habillement même du personnage lui étaient odieux. C'était la preuve implicite d'une antipathie plus profonde que le jeune pasteur n'était prêt à l'admettre. Comme il lui était impossible de donner une raison à pareils mouvements de méfiance, voire d'horreur, le Révérend Dimmesdale, conscient que le poison d'un endroit malade infectait toute la substance de son cœur, n'attribuait ces pressentiments à nulle autre cause. Il ignora la leçon qu'ils auraient dû lui apprendre et fit de son mieux pour les déraciner. Ne pouvant y parvenir, il n'en continua pas moins, par principe, ses rapports familiers avec le vieil homme et lui donna ainsi des occasions continuelles de parfaire — en pauvre égaré plus méprisable que sa victime — la vengeance à laquelle il s'était consacré.

Tandis qu'il souffrait ainsi de maux physiques, qu'il était rongé, torturé par quelque sombre maladie de l'âme et livré aux machinations de son plus mortel ennemi, le Révérend Dimmesdale atteignait une brillante popularité dans son office sacré. Il la conquérait vraiment en grande partie par ses souffrances. Ses dons intellectuels, sa finesse morale, son pouvoir de ressentir et de communiquer l'émotion étaient maintenus en état de surnaturelle activité par les angoisses de sa vie quotidienne. Sa gloire, bien que cheminant encore sur le versant de la montée, n'en obscurcissait pas moins déjà les réputations de ses confrères pour éminents que certains d'entre eux fussent. Il se trouvait, en effet, dans la sainte corporation, des savants qui avaient passé plus d'années à acquérir une science abstruse en rapport avec leur profession que le Révérend Dimmesdale n'en comptait en âge. Il s'y trouvait aussi des hommes d'une nature d'esprit plus robuste que la sienne — de ces gens à la fois inflexibles et circonspects qui, si on leur ajoute une dose convenable de connaissance des dogmes, constituent une variété extrêmement respectable, efficace et désagréable de l'espèce cléricale. Il y en avait, enfin, d'autres — des saints véritables ceux-là — dont les facultés s'étaient développées grâce à un épuisant et patient labeur de la pensée. Tout s'était spiritualisé en eux, en même temps, grâce à des communications avec ce monde meilleur où la pureté de leur vie semblait presque leur donner déjà accès en dépit de leur enveloppe mortelle. Il ne leur manquait que ce don dévolu aux disciples élus le jour de Pentecôte et qui symbolisait, semblerait-il, plutôt que le pouvoir de parler en langues inconnues, celui de s'adresser à toute la grande famille humaine dans la langue universelle du cœur. A ces personnages, par ailleurs si proches des apôtres, il manquait le dernier et plus rare signe de leur mission — la langue de feu. En vain se fussent-ils efforcés d'exprimer les vérités les plus hautes par l'humble entremise des images et des mots familiers. Leurs voix descendaient, lointaines et indistinctes, des hauts sommets où ils habitaient ordinairement.

Par plusieurs traits de son caractère le Révérend Dim-

mesdale semblait bien appartenir à cette dernière classe
d'hommes. Il eût gravi les plus hauts sommets de la
sainteté sans le fardeau de crime et d'angoisse sous lequel
c'était son destin de chanceler. Ce fardeau le maintenait
au niveau des êtres les plus bas, lui, l'homme aux qualités
si élevées qu'à sa voix les anges eussent pu, autrement, se
montrer attentifs et répondre ! Mais ce même fardeau le
mettait en étroite sympathie avec toute l'humaine confrérie des pécheurs. Aussi son cœur vibrait-il à l'unisson de
mille autres cœurs. Se chargeant de leurs peines, il en-
voyait palpiter en eux les élancements de sa peine à lui à
chaque élan de son éloquence — une éloquence persua-
sive par la tristesse et la douceur le plus souvent, mais
parfois aussi terrible ! Les gens ne savaient pas quel
pouvoir les remuait ainsi. Ils tenaient le jeune clergyman
pour un miracle de sainteté. Ils le voyaient comme l'interprète de divins messages de sagesse, de réprobation,
d'amour. A leurs yeux, la terre même qu'il foulait était
sanctifiée. Les vierges de sa paroisse pâlissaient autour de
lui, victimes d'une passion tellement imprégnée de sentiment religieux qu'elles la croyaient entièrement religieuse et la portaient ouvertement, au pied des autels, sur
leurs blanches poitrines comme leur plus méritoire sacrifice. Les vieillards de son troupeau, le voyant si faible
quand, avec toutes leurs infirmités, ils se sentaient eux-
mêmes si robustes, croyaient qu'il irait au ciel avant eux
et ordonnaient à leurs enfants de les faire ensevelir près
de la tombe sainte de leur jeune pasteur. Ceci alors que,
en pensant lui-même à sa tombe, le pauvre Révérend
Dimmesdale se demandait peut-être si l'herbe pousserait
jamais dessus tant serait maudite sa dépouille !

On ne saurait concevoir à quel point cette vénération
publique le torturait. Il était naturellement porté à adorer
la vérité, à ne tenir que pour des ombres totalement
dénuées de valeur et de poids tout ce que ne pénétrait pas
son essence divine. Dès lors, qu'était-il lui ? à ses propres
yeux ? une substance ? ou la plus impalpable des ombres ?
Il avait envie de tout dire du haut de la chaire et à pleine
voix, de s'écrier : « Moi qui vous apparais revêtu des
vêtements du prêtre, moi qui monte en cette tribune

sacrée et lève vers le ciel un visage pâle et prétends communier pour l'amour de vous avec la pensée omnisciente; moi en la vie quotidienne de qui vous voyez une image de la vie d'Énoch[63]; moi dont les pas laissent, selon vous, une trace lumineuse sur cette terre afin que les pèlerins à venir soient guidés vers le séjour des élus; moi dont la main a baptisé vos enfants, dont la voix a murmuré l'*Amen* de la prière d'adieu aux oreilles de vos amis mourants, moi, votre pasteur, que vous vénérez tellement, en qui vous avez tellement confiance, je ne suis, moi, que souillure et mensonge! »

Oui, plus d'une fois, le Révérend Dimmesdale était monté en chaire avec l'intention de n'en point redescendre qu'il n'eût prononcé semblables paroles. Plus d'une fois, il s'était éclairci la voix, avait en frémissant fait pénétrer au plus profond de sa poitrine un air qui n'en sortirait que lourd du noir secret de son âme. Plus d'une, plus d'une centaine de fois, il avait bel et bien parlé! Parlé? Mais comment? Il avait dit à ses auditeurs qu'il était le plus vil de tous les êtres vils, le pire pécheur, une abomination inimaginable, que la seule chose surprenante était qu'ils ne vissent point son misérable corps réduit en poudre sous leurs yeux par le brûlant courroux céleste! Pouvait-il y avoir discours plus clair? Les gens n'allaient-ils pas tressaillir et, poussés par un même élan, courir l'arracher à cette chaire qu'il déshonorait? Point du tout! Ils écoutaient et ne respectaient leur pasteur que davantage. Ils étaient loin de deviner la portée terrible de ses paroles: « Quel saint sur terre! se disaient-ils les uns aux autres. Un homme de Dieu en vérité! Hélas! s'il voit pareilles noirceurs en son âme blanche, quel horrible spectacle lui présenterait ou la tienne ou la mienne! »

Le pasteur savait bien — hypocrite subtil, mais plein de remords qu'il était! — en quelle lumière sa vague confession serait considérée. Il s'était efforcé de se faire illusion avec ces aveux. Mais il n'avait gagné qu'un péché, qu'une honte de plus et pas même le soulagement momentané de s'être leurré un instant. Il avait dit la vérité

63. « la vie d'Enoch » : voir Genèse, 5. 21-24.

absolue et en avait fait un mensonge absolu. Et pourtant,
par nature il aimait la vérité et abominait le mensonge
comme bien peu. Aussi abominait-il par-dessus tout son
misérable personnage !

Ses tourments intérieurs le poussèrent à des pratiques
mieux en rapport avec la vieille foi corrompue de Rome
qu'avec la lumière meilleure de l'Église en laquelle il
était né et avait été élevé. Sous clef et verrou, il y avait
dans le placard secret du Révérend Dimmesdale une discipline sanglante. Souvent ce prêtre protestant s'en était
flagellé les épaules, tout en riant amèrement de lui-même
et se frappant plus impitoyablement en raison de ce rire.
C'était également sa coutume, comme ce fut celle de
nombreux autres pieux Puritains, de jeûner. Mais non,
comme ses coreligionnaires, afin de purifier son corps et
de le rendre plus apte à refléter les clartés célestes, mais
pour faire pénitence et jusqu'à ce qu'il sentît ses genoux
trembler. Il veillait aussi, nuit après nuit, parfois dans
l'obscurité totale, parfois à la vacillante lueur d'une
lampe et parfois en regardant son propre visage dans un
miroir à la plus forte lumière possible. Il symbolisait ainsi
l'introspection incessante par quoi il se torturait mais ne
pouvait se purifier.

Au cours de ces veilles prolongées, son cerveau, parfois, était pris de vertiges et des visions semblaient flotter
devant lui. Elles lui apparaissaient ou indistinctement à la
faible lueur qu'elles émettaient elles-mêmes dans les
profondeurs de la pièce à peine éclairée, ou plus nettes et
toutes proches dans l'intérieur du miroir. Tantôt c'était
des hordes de formes diaboliques qui grimaçaient et se
moquaient de lui et lui faisaient signe de venir les rejoindre ; tantôt, des théories d'anges étincelants qui s'envo-
laient vers les cieux, lourdement, mais devenaient de plus
en plus légères en cours d'ascension. Parfois revenaient
les amis morts de sa jeunesse et son père à la barbe
blanche, avec un froncement de sourcils semblable à
celui d'un saint, et sa mère qui détournait son visage en
passant. L'ombre d'une mère ! Même si elle n'avait été
que l'apparence la plus ténue d'un fantôme, il me semble
qu'elle aurait pu jeter un regard de pitié sur son fils ! Puis,

à travers la pièce que ces pensées spectrales avaient rendue si effrayante, c'était Hester Prynne qui glissait sans bruit, conduisant la petite Pearl toute vêtue d'écarlate et désignant du doigt, d'abord la lettre écarlate sur sa poitrine, ensuite la poitrine du pasteur.

Aucune de ces visions n'abusait tout à fait Arthur Dimmesdale. Par un effort de volonté il pouvait, à tout moment, distinguer le monde matériel à travers la brume immatérielle de leur apparence, se convaincre qu'elles n'étaient pas de nature solide comme telle table de chêne massif, là-bas, ou tel gros livre saint à la reliure de cuir et aux fermoirs de cuivre. Elles n'en étaient pas moins les choses les plus réelles auxquelles eût affaire le pauvre pasteur. C'est là le malheur d'une vie fausse comme l'était la sienne : elle dépouille de leur moelle et de leur substance toutes les réalités qui nous entourent et que le ciel avait désignées pour être la nourriture et la joie de l'esprit. Le menteur voit tout l'univers devenir mensonge, se réduire à néant dans sa main. Et lui-même, dans la mesure où il se montre sous un faux jour, devient une ombre, cesse en vérité d'exister. L'angoisse de son âme et l'expression non déguisée de son visage continuaient seules à assurer sur cette terre une véritable existence au Révérend Dimmesdale. Eût-il trouvé une seule fois la force de montrer un visage gai qu'il n'aurait plus été de ce monde !

Par une de ces vilaines nuits que nous venons d'évoquer, mais que nous nous sommes abstenus de dépeindre, le pasteur tressaillit et se leva de son siège. Une pensée nouvelle venait de le frapper. Elle pouvait lui valoir un instant de répit. Après s'être apprêté avec autant de soin et avoir revêtu les mêmes vêtements que s'il était allé officier en public, le Révérend Dimmesdale gagna doucement le bas de l'escalier, ouvrit la porte et sortit.

CHAPITRE XII

LA VEILLÉE DU PASTEUR

Marchant, pour ainsi dire, dans l'ombre d'un rêve et peut-être même sous l'influence d'une façon de somnambulisme, le Révérend Dimmesdale parvint à l'endroit où Hester Prynne avait vécu, il y avait à présent si longtemps, ses premières heures de honte publique. Le même échafaud se dressait sous le balcon de l'église, noir et marqué par les tempêtes et les rayons de soleil de sept longues années, usé aussi par le pas des nombreux coupables qui, depuis, y étaient montés. Le pasteur en gravit les marches.

C'était une sombre nuit du début de mai. Un vaste linceul de nuages cachait toute l'étendue du ciel. Si la foule qui avait été témoin du châtiment d'Hester Prynne s'était maintenant rassemblée en ces mêmes lieux, nul visage ne lui eût été visible sur le pilori, c'est tout au plus si elle aurait pu y entrevoir les contours d'une forme humaine dans l'obscurité de ce minuit. Mais la ville dormait. Le pasteur pouvait, s'il lui plaisait, rester là jusqu'à ce que l'aube rougît l'orient. Il ne courait d'autres risques que de se laisser pénétrer par l'air humide et froid de la nuit au grand dam de ses jointures que raidiraient des rhumatismes, et de sa gorge qu'enrouerait un rhume — frustrant ainsi l'assemblée pieuse du lendemain de prières et de sermon.

Nul œil ne pouvait le voir, excepté celui, toujours vigilant, qui l'avait vu, dans son cabinet, manier la discipline sanglante.

Pourquoi alors être venu là? Pour faire une parodie, un simulacre de pénitence? Un simulacre, oui, mais durant

lequel son âme se jouait d'elle-même. Une parodie qui
faisait rougir et pleurer les anges mais qu'applaudissaient
les démons de leurs rires moqueurs ! Il était venu là sous
l'impulsion de ce remords qui le suivait partout et dont la
sœur, la compagne inséparable, était cette lâcheté qui
invariablement le saisissait de sa main tremblante pour le
faire reculer au moment où il venait de se sentir poussé
tout au bord de l'aveu. Pauvre misérable ! De quel droit
un faible comme lui était-il allé se charger d'un crime ?
Le crime est l'apanage des forts, des gens aux nerfs
d'acier, qui ont le choix, qui peuvent ou en supporter le
fardeau ou faire appel à leur énergie sauvage pour prendre
le bon parti de le rejeter tout de suite. Cet esprit faible et
entre tous sensible ne pouvait faire ni l'une ni l'autre
chose et, pourtant, faisait sans cesse l'une ou l'autre ce
qui embrouillait en un même inextricable nœud l'angoisse d'une culpabilité défiant Dieu et d'un vain repentir.

Et voici qu'alors qu'il faisait sur le pilori ce faux-semblant d'expiation, le Révérend Dimmesdale eut l'esprit
accablé d'une grande horreur comme si l'univers tout
entier avait été en train de regarder un signe écarlate sur
sa poitrine nue, juste à la place du cœur. C'était à cet
endroit qu'il se sentait, en vérité, depuis longtemps rongé
par la dent empoisonnée de la douleur physique. Sans que
sa volonté y fût pour rien et sans qu'il eût non plus le
pouvoir de se retenir, il poussa un grand cri — une clameur qui se répercuta dans la nuit, que les échos ren-
voyèrent de maison en maison et jusqu'aux collines du
fond de la baie. C'était à croire qu'une compagnie de
démons, réjouis de découvrir en lui tant de terreur et de
misère, avaient pris ce son pour jouet et se le lançaient les
uns aux autres.

— C'en est fait ! murmura le pasteur en couvrant son
visage de ses mains. La ville entière va s'éveiller, accou-
rir ici et m'y trouver !

Mais il n'en fut rien. Le cri avait sans doute résonné à
ses oreilles avec bien plus de force qu'il n'en possédait
vraiment. La ville ne s'éveilla point, ou, si elle s'éveilla,
les gens tout ensommeillés crurent le cri poussé par quel-

que dormeur sous le coup d'un cauchemar ou l'attribuèrent aux sorcières dont les voix, en ce temps-là, se faisaient souvent entendre au-dessus des villes et des chaumières isolées de la colonie, comme elles chevauchaient
en compagnie de Satan par les airs. N'entendant donc
nulle rumeur d'agitation, le pasteur découvrit son visage
et regarda autour de lui.

A une fenêtre des chambres de la maison du Gouverneur Bellingham, qui se dressait à quelque distance dans
une rue voisine, il entrevit le vieux magistrat en personne, une lampe allumée à la main, un bonnet de nuit
blanc sur la tête et tout enveloppé d'une ample robe
blanche. Il avait l'air d'un fantôme intempestivement
évoqué de la tombe. Le cri l'avait évidemment effrayé. A
la fenêtre d'une autre chambre de la même maison apparut en sus sa sœur, vieille dame Hibbins, elle aussi munie
d'une lampe qui faisait voir, même à cette distance,
l'expression acrimonieuse de sa face mécontente. Elle
passa la tête au-dehors et regarda en haut d'un air
anxieux. Sans le moindre doute, cette vénérable et diabolique dame avait également ouï le cri du pasteur et l'avait
pris, avec ses multiples échos, pour les clameurs des
démons et sorcières avec lesquels il était bien connu
qu'elle allait faire des excursions en forêt.

Apercevant la lueur de la lampe de Messire Bellingham, la vieille dame éteignit prestement la sienne et
disparut. Peut-être monta-t-elle parmi les nuages. Le
pasteur ne distingua plus aucun de ses mouvements. Le
magistrat, après avoir soigneusement examiné l'obscurité — qu'il ne pouvait guère plus percer du regard
qu'une pierre meulière — se retira de sa fenêtre.

Le pasteur redevint relativement calme. Mais voici que
son attention fut sollicitée par une petite lumière qui,
d'abord très lointaine, avançait en remontant la rue. Elle
projetait une lueur vacillante qui faisait reconnaître au
passage, ici une enseigne, ou la barrière d'un jardin, là le
treillis d'une fenêtre ou une porte de chêne cintrée avec
un marteau de fer et une bûche mal dégrossie en guise de
pas de porte, ou encore une pompe à l'abondant jet d'eau.

Le Révérend Dimmesdale nota tous ces menus détails

tout en étant absolument convaincu que c'était son destin
qui approchait avec les pas qu'il commençait d'entendre,
que c'était sur lui que la lueur de la lanterne allait tomber
dans quelques secondes éclairant le secret qu'il cachait
depuis si longtemps. Comme la lumière se rapprochait, il
vit, dans le cercle lumineux qu'elle projetait, son frère —
son père en religion vaudrait-il presque mieux dire — et
ami vénéré, le Révérend Wilson qui revenait, suppo-
sa-t-il, de prier au chevet de quelque mourant. Il en était
en effet ainsi. Le bon vieux pasteur sortait de la chambre
mortuaire du Gouverneur Winthrop [64] qui venait de passer de la terre au ciel en cette même heure. Et maintenant,
entouré, tels les saints d'autrefois, d'un halo en cette
sinistre nuit de péché, comme si le trépassé lui avait laissé
un héritage de gloire, ou comme s'il gardait le reflet de
l'éclat lointain de la cité céleste vers laquelle il avait levé
les yeux pour voir son paroissien en franchir triomphale-
ment les portes — maintenant, enfin, coupons court : le
bon Père Wilson s'en revenait chez lui à la lueur d'une
lanterne! Cette lueur avait inspiré l'envol d'imagination
ci-dessus rapporté au Révérend Dimmesdale qui en éclata
presque de rire et se demanda s'il ne devenait pas fou.

Et, comme le Révérend Wilson passait devant le pilori
serrant bien d'un bras son manteau contre lui et tenant
d'une main sa lanterne devant sa poitrine, son jeune
confrère put à peine se retenir de lui dire :

— Bonsoir, vénérable Père Wilson. Montez un peu
ici, s'il vous plaît, passer avec moi un bon quart d'heure!

Grands dieux! Avait-il réellement parlé? Un instant, il
crut que les mots étaient bel et bien sortis de ses lèvres.
Mais non, il ne les avait prononcés qu'en imagination. Le
vénérable pasteur poursuivit son chemin, regardant avec
soin où il mettait ses pas sur le sol boueux et sans
retourner une seule fois la tête vers le pilori. Quand la
petite lueur de la lanterne se fut tout à fait évanouie, le
Révérend Dimmesdale s'aperçut, à l'accès de faiblesse
qui s'empara de lui, qu'il venait de traverser une crise

64. « . . . Gouverneur Winthrop » : John Winthrop (1588-1649). Il
arriva en Amérique en 1630 et fut le premier gouverneur du Massachusetts.

d'anxiété terrible encore que son esprit eût involontairement fait effort pour se soulager à l'aide d'une sorte de jeu sinistre.

Peu après, la même affreuse tendance comique se glissa de nouveau parmi les solennels fantômes qui peuplaient sa pensée. Comme il sentait ses membres se raidir sous l'effet du froid de la nuit, le Révérend Dimmesdale se demanda s'il allait pouvoir descendre du pilori. Le jour allait se lever et le trouver là. Les gens du voisinage s'éveilleraient. Le plus matinal, lorsqu'il sortirait dans la pénombre, apercevrait une silhouette indistincte debout sur l'ignominieuse estrade et, à moitié fou de peur et de curiosité, courrait frapper de porte en porte appelant tous les gens pour leur montrer ce qu'il prendrait pour le fantôme de quelque criminel défunt. Dans la grisaille, un tumulte battrait des ailes de maison en maison. Puis, tandis que la lumière du jour irait grandissant, patriarches et matrones, sortis du lit en toute hâte, s'élanceraient dehors sans prendre le temps d'enlever leurs vêtements de nuit. Toute la tribu de ces personnages si convenables, qu'on n'avait jamais vus avec un cheveu dépassant l'autre, se montrerait en public dans le désordre qui suit l'éveil d'un cauchemar. Le Gouverneur Bellingham sortirait de chez lui avec sa fraise du temps du roi Jacques toute de travers et dame Hibbins, avec quelques brindilles de la forêt accrochées à ses cottes et l'air plus acrimonieux que jamais, en femme qui n'avait pas eu le temps de fermer l'œil après sa chevauchée nocturne. Puis ce serait le tour du Révérend Wilson, qui après avoir passé la moitié de sa nuit au chevet d'un mourant trouverait mauvais d'être si tôt tiré de ses rêves touchant la glorification des saints. Viendraient aussi les anciens et les diacres de la paroisse du Révérend Dimmesdale et les jouvencelles qui idolâtraient leur pasteur et lui avaient dressé un autel en leur blanche poitrine que, dans leur précipitation, elles n'auraient qu'à peine pris le temps de couvrir d'un fichu. Tous les habitants de la ville en un mot accourraient, trébuchant sur le pas de leurs portes, et viendraient lever des visages frappés d'horreur autour de l'échafaud. Et qui verraient-ils là avec la lumière rouge du levant sur son front ? Qui, sinon le Révérend Arthur Dimmesdale, à demi mort de froid, écrasé de honte et se tenant à l'endroit où Hester Prynne s'était tenue !

Entraîné par l'horreur grotesque de ce tableau, le pasteur éclata, sans s'en rendre compte et à sa propre alarme, d'un grand éclat de rire. Un autre rire lui répondit, aérien, léger — un rire d'enfant en quoi il reconnut avec un frisson — mais de peine ou de plaisir, il ne sut — les accents de la petite Pearl.

— Pearl ! petite Pearl ! s'écria le Révérend Dimmesdale après un silence. Puis baissant la voix : Hester ! Hester Prynne, êtes-vous là ?

— Oui, répondit Hester d'un ton de surprise, et le pasteur l'entendit s'approcher. Oui, je suis là avec ma petite Pearl.

— D'où venez-vous, Hester, qui vous envoie ici ? demanda le pasteur.

— Je viens de veiller au chevet d'un mourant, du Gouverneur Winthrop, répondit Hester. J'ai pris ses mesures pour le manteau avec lequel on le mettra en terre et, à présent, je reviens chez moi.

— Viens ici, Hester, viens avec la petite Pearl, dit le Révérend Dimmesdale. Vous vous êtes déjà trouvées ci-dessus toutes deux, mais je n'étais pas avec vous. Venez ici encore une fois pour que nous soyons tous les trois ensemble.

Hester gravit en silence les degrés et se tint debout sur l'estrade, tenant la petite Pearl par la main. Le pasteur chercha à tâtons l'autre main de l'enfant et la prit. A peine avait-il fait ce geste qu'il lui sembla que le flot tumultueux d'une vie nouvelle, d'une vie autre que la sienne, coulait à torrents par ses veines et montait inonder son cœur comme si la mère et l'enfant avaient communiqué leur chaleur vitale à son organisme engourdi. Tous les trois formaient comme une chaîne électrique.

— Pasteur ! murmura la petite Pearl.

— Qu'y a-t-il, enfant ? demanda le Révérend Dimmesdale.

— Te tiendras-tu ici avec ma mère et moi demain en plein midi ?

— Non, petite Pearl, répondit le pasteur, car avec ce retour momentané d'énergie vitale la terreur de se voir l'objet d'un scandale public se ressaisissait de lui, et, constater en quelle situation il s'était mis, déjà le faisait trembler — tout en lui faisant éprouver cependant une joie singulière. Non, pas aujourd'hui. Un jour viendra, en vérité, où je me tiendrai entre ta mère et toi, mais ce ne sera pas demain.

Pearl se mit à rire et tenta de retirer sa main. Mais le pasteur la tenait serrée.

— Encore un moment, enfant, dit-il.

— Mais promets-tu, reprit Pearl, de prendre ma main et la main de ma mère en les tiennes demain ? en plein midi ?

— Non, pas demain, Pearl, dit le pasteur, mais un autre jour.

— Et quel jour ? insista l'enfant.

— Le grand jour du Jugement dernier, murmura le pasteur. Et le sentiment d'être, par profession, un maître qui enseigne la vérité, le poussait, chose assez étrange, à répondre ainsi à l'enfant. « Alors, devant le grand Juge, nous devrons nous tenir, ta mère, toi et moi. Mais la lumière de ce monde ne verra pas notre rencontre. »

Pearl rit de nouveau.

Or le Révérend Dimmesdale n'avait pas achevé de parler qu'une lumière se mit à luire au loin et gagna tout le ciel couvert. Elle provenait certainement d'un de ces météores que le veilleur de nuit peut si souvent voir s'enflammer et s'éteindre dans les hautes régions vides de l'atmosphère. Le rayonnement en était si puissant que l'épaisse couche de nuages qui s'étendait entre le ciel et la terre en fut tout illuminée. Elle montra la rue avec la netteté du soleil de midi, mais aussi avec ce quelque chose d'horrible que prennent toujours les objets familiers dans une lumière inhabituelle. Les maisons de bois avec leurs étages en saillie, leurs pignons bizarres ; le pas des portes où pointaient des touffes d'herbe précoce ; les carrés de jardins noirs de terre fraîchement remuée, le chemin creusé par les roues des charrettes, peu utilisé, et, même sur la Place du Marché, bordé de vert des deux

côtés : tout était visible mais sous un aspect singulier qui
paraissait donner aux choses de ce monde une interprétation morale différente de toutes celles qui avaient pu leur
être attribuées auparavant. Et le pasteur se tenait là debout, la main pressée contre son cœur ; et Hester Prynne
avec la lettre brodée luisant sur sa poitrine ; et la petite
Pearl, un symbole en elle-même, le lien qui unissait cet
homme et cette femme. Ils se tenaient tous trois au milieu
de cette étrange et solennelle splendeur, comme dans la
lumière qui doit révéler tous les secrets ! comme dans
l'aube du jour qui unira ceux qui s'appartiennent les uns
aux autres.

Il brillait quelque chose de maléfique dans les yeux de
la petite Pearl et son visage, comme elle le levait vers le
pasteur, montrait ce sourire qui lui donnait si souvent l'air
d'un méchant lutin. Elle libéra sa main et désigna de son
index quelque chose de l'autre côté de la rue. Mais le
pasteur joignit ses deux mains contre sa poitrine et leva
les yeux au zénith.

Rien n'était plus commun, en ce temps-là, que d'interpréter le passage des météores, ou tout autre phénomène
naturel se produisant avec moins de régularité que les
levers et les couchers du soleil et de la lune, comme
autant de révélations surnaturelles. C'est ainsi qu'une
lance flamboyante, une épée de feu, un arc ou un faisceau
de flèches apparus dans les cieux de minuit annonçaient
une guerre avec les Indiens. La peste passait pour avoir
été prédite par une pluie d'étincelles rouges. Nous dou-
tons qu'aucun événement marquant, bon ou mauvais, ait
jamais eu lieu en Nouvelle-Angleterre, depuis l'établisse-
ment de la colonie jusqu'à la période révolutionnaire,
sans que les habitants en eussent été avertis par quelque
spectacle de ce genre. Il n'était pas rare que des multitudes en eussent été témoins. La plupart du temps, toutefois, son authenticité ne s'appuyait que sur la foi de
quelque solitaire témoin oculaire qui avait vu la merveille
à travers les verres colorés, grossissants, déformants de
son imagination et l'avait remodelée après coup. C'était
en vérité une idée majestueuse que le destin des nations
dût ainsi être révélé par d'effrayants hiéroglyphes sur la

voûte du ciel. Un parchemin de cette taille pouvait ne pas paraître trop grand quand il s'agissait, pour la Providence, d'inscrire l'histoire d'un peuple. Ce point de vue était cher à nos ancêtres. Ils en faisaient une façon d'acte de foi, y trouvaient la preuve que le ciel avait pris leur république naissante sous sa garde et veillait sur elle avec une affection et une sévérité toutes particulières. Mais que penser lorsqu'un individu croit découvrir une révélation à son adresse sur le vaste feuillet de ces annales ? On ne peut voir là que le symptôme d'un désordre mental, la preuve qu'une souffrance longue, intense et secrète a poussé cet individu à une contemplation si incessante et si morbide de son cas qu'il en est arrivé à étendre son moi sur toute la nature. Le firmament alors finit par ne plus lui paraître autre chose qu'une page où consigner l'histoire de son destin et de son âme.

Aussi est-ce seulement au mal de ses yeux et de son cœur que nous imputons le fait qu'en regardant le zénith le pasteur crut voir une lettre immense — la lettre A — se dessiner là-haut en rouge sombre. Seul le météore avait pu se faire voir là, flamboyant sourdement derrière un voile de nuages, mais sans prendre d'autre forme que celle que lui donnait l'imagination d'un coupable, ou ne la prenant que si vaguement qu'un autre coupable aurait pu l'interpréter comme un autre symbole.

Une circonstance singulière caractérisait l'état psychologique du Révérend Dimmesdale en ce moment. Tout en tenant ses regards fixés sur le zénith, il se rendait parfaitement compte que la petite Pearl désignait du doigt le vieux Roger Chillingworth arrêté à une assez courte distance de l'échafaud. Le pasteur semblait le voir du même regard qui discernait là-haut la lettre miraculeuse. La lumière du météore donnait à son visage comme à tout le reste une nouvelle expression. Ou peut-être le médecin ne prenait-il pas alors soin de cacher, en regardant sa victime, le mal qu'il lui voulait. Si le météore éclairait le ciel et la terre avec une majesté terrible qui annonçait à Hester Prynne et au pasteur le jour du Jugement dernier, Roger Chillingworth pouvait passer à leurs yeux pour le démon attendant avec un rictus et un froncement de sourcils l'instant de réclamer les siens. Son expression était si nette, ou le pasteur en avait une si intense conscience, qu'elle parut se dessiner encore dans les ténèbres après qu'eut disparu le météore en donnant l'impression que la rue et tout le reste s'étaient du même coup annihilés.

— Qui est cet homme, Hester? murmura, haletant, le Révérend Dimmesdale saisi de terreur. Il me fait trembler! Le connais-tu? Je le déteste, Hester!

Hester se souvint de son serment et se tut.

— Je te dis que mon âme tremble devant lui! murmura de nouveau le pasteur. Qui est-il? Qui est-il? Ne peux-tu m'aider? J'ai une horreur sans nom de cet homme!

— Pasteur, dit la petite Pearl, je peux te dire qui il est.

— Vite alors, enfant, dit le pasteur en se penchant et mettant son oreille tout près des lèvres de la petite fille. Vite et aussi bas que tu pourras.

Pearl marmotta quelque chose qui ressemblait bien à du langage humain mais n'était qu'échantillon de ce baragouin dont on peut entendre les enfants s'amuser des heures entières. En tout cas, s'il s'agissait de quelque information secrète touchant le vieux Roger Chillingworth, elle était exprimée dans une langue inconnue du savant clergyman et ne fit qu'augmenter le désarroi de son esprit. L'enfant-lutin se mit à rire.

— Te moques-tu de moi? demanda le pasteur.

— Tu n'as pas été hardi, tu n'as pas été loyal! répondit l'enfant. Tu n'as pas voulu promettre de prendre ma main et la main de ma mère dans les tiennes demain en plein midi!

— Mon digne seigneur, dit le médecin qui s'était entre-temps avancé jusqu'au pied de l'estrade. Pieux Messire Dimmesdale! Est-ce bien vous? Las! Las! Nous autres hommes de cabinet dont la tête est dans les livres avons grand besoin d'être surveillés de fort près! Nous rêvons éveillés et marchons endormis. Venez, mon bon seigneur et mon très cher ami. Laissez-moi, s'il vous plaît, vous ramener chez vous!

— Comment savais-tu me trouver là? demanda le pasteur avec crainte.

— En vérité et par ma foi! j'ignorais tout de l'affaire, répondit Roger Chillingworth. J'ai passé la plus grande partie de la nuit au chevet du digne Gouverneur Winthrop, faisant ce que mon faible savoir pouvait pour lui donner soulagement. Ce bon seigneur nous ayant quittés pour un monde meilleur, je m'en revenais au logis quand s'alluma cette lumière. Venez avec moi, de grâce, cher seigneur, ou vous ne serez à même de remplir vos devoirs dominicaux demain. Ah! ces livres! ces livres! qu'ils peuvent donc troubler les cerveaux! Il vous faut étudier moins, mon bon seigneur, et vous récréer un brin, sinon ces caprices nocturnes vous joueront quelque méchant tour.

— Je vais rentrer au logis avec vous, dit le Révérend Dimmesdale.

Avec l'abattement d'un enfant, de quelqu'un qui s'éveille sans force d'un vilain rêve, il se laissa emmener par le médecin.

Pourtant, le lendemain, qui était un dimanche, il prêcha, et un sermon que l'on tint pour le plus éloquent, le plus puissant, le plus riche d'influence céleste qui fût jamais sorti de ses lèvres. Bien des âmes, paraît-il, s'ouvrirent à la vérité grâce à ce sermon et firent en elles-mêmes le vœu de conserver une sainte gratitude envers le Révérend Dimmesdale tout au long de l'éternité. Mais, comme le prédicateur descendait de la chaire, le prévôt à la barbe grise l'arrêta et lui tendit un gant noir qu'il reconnut comme le sien.

— On l'a trouvé, dit le prévôt, sur le pilori où les malfaiteurs sont exposés à la honte publique. Satan l'y aura laissé choir, pour sûr, en manière de grossière plaisanterie contre votre Révérence. Mais, en vérité, il s'est ainsi montré aveugle et fol comme il fut toujours et demeure. Une main pure n'a point besoin de gant pour la couvrir!

— Merci, mon bon ami, dit le pasteur gravement, mais le cœur en désarroi, car il gardait de la nuit passée des souvenirs si confus qu'il en était presque arrivé à en considérer les événements comme des visions. Oui, vraiment, ce gant paraît bien être à moi.

— Et après ce larcin, il ne reste à votre Révérence qu'à ne plus mettre de gants lorsqu'elle s'occupera de Satan! remarqua le vieux prévôt avec un rude sourire. Mais votre Révérence a-t-elle entendu parler du signe qui est apparu dans le ciel cette nuit? Une grande lettre — la lettre A — qui doit avoir voulu dire Ange. Car notre bon Gouverneur Winthrop étant devenu cette nuit un ange, il a sans doute paru séant que nous en eussions nouvelle ici-bas.

— Non, répondit le pasteur, je n'en ai pas entendu parler.

CHAPITRE XIII

HESTER SOUS UN AUTRE JOUR

Lors de sa dernière et singulière entrevue avec lui, Hester Prynne avait éprouvé un choc en voyant en quel état était réduit le Révérend Dimmesdale. Sa résistance nerveuse semblait tout à fait anéantie. Sa force morale était tombée au-dessous du niveau de la faiblesse d'un enfant, si ses facultés intellectuelles conservaient leur vigueur sacerdotale ou même avaient acquis une énergie morbide que la souffrance seule avait pu leur donner. Avec sa connaissance d'un ensemble de circonstances ignoré des autres, Hester pouvait aisément conclure qu'il y avait là autre chose que l'effet normal d'un travail de conscience, que le pauvre pasteur était la proie de quelque terrible machination. Sachant ce que ce malheureux tombé si bas avait été, elle s'était sentie émue de toute son âme par l'appel qu'il lui avait lancé en frémissant de terreur pour qu'elle lui vînt en aide — elle, la femme déchue — contre son ennemi instinctivement découvert. Aussi décida-t-elle qu'il avait droit qu'elle le secourût de tout son pouvoir.

Éloignée depuis si longtemps de la société, Hester n'était plus guère habituée à jauger ses idées sur le bien et le mal d'après des mesures autres que personnelles. Elle estimait donc qu'elle avait envers le pasteur des obligations qu'elle ne devait à personne d'autre au monde. Les liens qui l'avaient unie au reste de l'humanité étaient tous brisés. Il restait le lien de fer du crime en commun que ni elle ni le pasteur ne pouvaient rompre. C'était un lien qui, comme tous les autres, comportait des devoirs.

Hester Prynne ne se trouvait plus tout à fait dans la

situation où nous l'avons vue aux premières périodes de
son abaissement. Des années étaient venues et s'en
étaient allées. Pearl avait à présent sept ans. Sa mère,
avec sur sa poitrine la lettre écarlate aux étincelantes
broderies fantastiques, était depuis longtemps devenue un
personnage familier aux gens de la ville. Comme il arrive
souvent dans le cas d'un individu que quelque singularité
met en vue dans une communauté mais qui n'intervient ni
dans les affaires publiques, ni dans les affaires privées,
une sorte de sympathie générale avait fini par se développer envers Hester Prynne. C'est à l'honneur de la nature
humaine qu'à la condition que son égoïsme ne soit pas en
jeu, elle serait plutôt portée à aimer qu'à haïr. La haine en
vient même chez l'homme à se transformer en amour
pourvu que ce changement ne soit pas empêché par des
manifestations qui irritent le sentiment d'hostilité première. De la part d'Hester Prynne, aucune manifestation
de ce genre n'avait eu lieu. Elle ne bataillait jamais avec
le public mais se soumettait sans une plainte aux plus
mauvais traitements. Elle ne demandait rien en compensation de ce qu'elle souffrait. Elle ne cherchait pas à
forcer les sympathies. Puis la pureté sans tache de la vie
qu'elle avait menée, rejetée de tous, durant toutes ces
années, parlait aussi beaucoup en sa faveur. N'ayant plus
rien à perdre aux yeux du genre humain, n'espérant plus
rien, ne souhaitant, semblait-il, même plus rien, ce ne
pouvait être qu'un sincère amour de la vertu qui avait
ramené au bien cette pauvre égarée.

On s'aperçut également que, tout en ne paraissant point
se considérer comme ayant droit aux plus humbles pri-
vilèges de ce monde — excepté ceux de respirer l'air
commun et de gagner, par son travail, son pain et celui de sa
petite Pearl — Hester était toujours prête à se souvenir
qu'elle faisait partie de l'espèce humaine lorsqu'elle pouvait rendre des services. Personne n'était plus qu'elle
disposé à donner sur sa maigre subsistance, à peine ten-
dait-on la main. Pourtant le pauvre au cœur aigri lui lançait
souvent des railleries en remerciement du souper, réguliè-
rement déposé à sa porte, ou de vêtements cousus, pour lui,
par des mains dignes de broder le manteau d'un roi.

Nul ne montra plus de dévouement qu'Hester quand la peste fit irruption dans la ville. A toute époque de calamité générale ou privée, cette femme honnie par la société trouvait sa place. Elle entrait non en invitée mais en commensale attitrée dans les logis qu'obscurcissait le malheur comme s'ils eussent été, avec leur pénombre tragique, le seul milieu où elle aurait eu le droit d'entretenir des rapports avec son prochain. La lettre brodée brillait là, des consolations émanaient de son éclat surnaturel. Partout ailleurs le signe du péché, elle était la veilleuse de la chambre du malade. Elle avait même projeté sa lueur au-delà des limites du temps, éclairant pour le moribond un endroit où poser le pied alors que la lumière de ce monde lui devenait à tout instant plus terne et que la lumière du monde futur ne pouvait encore lui parvenir. En pareilles circonstances la nature d'Hester se révélait généreuse et riche — une source de tendresse humaine qui étanchait tous les véritables besoins, que n'épuisaient pas les plus exigeants. Sa poitrine, marquée par la honte, n'offrait plus qu'un doux oreiller à la tête qui avait besoin d'être soutenue. Elle s'était de sa propre main ordonnée sœur de charité. Ou disons plus exactement que c'était la lourde main du monde qui avait procédé à cette ordination sans que ni Hester ni lui eussent eu en vue ce résultat. La lettre écarlate était le symbole de sa vocation. Cette femme était tellement secourable, on trouvait en elle une telle puissance de travail et de sympathie, que bien des gens se refusaient à donner à la lettre A sa signification première. Ils disaient qu'elle voulait dire « Active » tant Hester était forte de toutes les forces de la femme et les prodiguait.

C'était seulement les maisons assombries qui la voyaient en leurs murs. Quand le soleil revenait, Hester n'était plus là. La visiteuse secourable était partie sans jeter un regard en arrière pour recueillir un remerciement s'il s'en trouvait pour elle chez ceux qu'elle venait de servir avec tant de zèle. Lorsqu'elle les rencontrait ensuite dans la rue, elle ne levait jamais la tête pour recevoir d'eux un salut. S'ils allaient à elle, décidés à l'aborder, elle posait le doigt sur la lettre écarlate et passait. C'était peut-être de l'orgueil, mais cela ressemblait trop à de l'humilité pour ne pas produire le même effet adoucissant sur l'esprit du public. Le public est despotique. Il est capable de se refuser à rendre la plus élémentaire justice quand on la réclame comme un droit. Mais il accordera tout aussi souvent plus que la simple justice quand on aura l'air de faire appel — comme les despotes aiment qu'on le fasse — à sa seule générosité. Interprétant l'attitude d'Hester comme un appel de cette nature, la société inclinait à se montrer envers son ancienne victime plus bienveillante que celle-ci ne s'en souciait ou peut-être même ne le méritait.

Les chefs de la communauté et ses plus sages et savants membres mirent plus longtemps que le peuple à se laisser influencer par les qualités d'Hester. Les préjugés qu'ils partageaient avec le vulgaire étaient renforcés, chez eux, par l'armature de fer de raisonnements qui les rendaient beaucoup plus inébranlables. A mesure que les jours passaient, cependant, leurs rides rigides se détendirent, leur prêtant une expression de bonté. Ainsi en allait-il chez les gens haut placés que leur position rendait obligatoirement gardiens de la moralité publique. Les particuliers, en attendant, avaient tout à fait pardonné à Hester Prynne sa faiblesse. Bien mieux, ils s'étaient mis à regarder la lettre écarlate non plus comme le symbole du péché dont Hester depuis si longtemps faisait si durement pénitence, mais comme celui de ses bonnes actions.

— Voyez-vous cette femme qui porte ce signe brodé ? demandaient-ils aux étrangers, c'est Hester, notre Hester, une femme qui est si bonne pour les pauvres ! qui soigne si bien les malades ! qui apporte tant de consolations aux affligés !

Ensuite, il est vrai, la tendance qui veut que la nature humaine aille colporter sur elle le pire, quand il s'incarne dans la personne d'un autre, les poussait à conter à voix basse le noir scandale d'autrefois. Il n'en demeurait pas moins qu'aux yeux des hommes mêmes qui parlaient ainsi la lettre écarlate produisait l'effet d'une croix sur la poitrine d'une religieuse. Elle communiquait à celle qui la portait une sorte de caractère sacré qui lui aurait permis

de marcher sans risque au milieu de n'importe quels
périls. Si Hester Prynne était tombée parmi une bande de
voleurs, la lettre écarlate l'eût préservée de tout mal. On
racontait, et on croyait, qu'un Indien avait lancé une
flèche contre ce signe et que le projectile avait touché son
but mais pour tomber, inoffensif, sur le sol.

Ce symbole — ou plutôt la situation qu'il indiquait par
rapport à la société — exerçait sur Hester elle-même un
effet puissant et très particulier. Toutes les légères et
gracieuses floraisons qui avaient orné son caractère, flétries sous cette marque au fer rouge étaient depuis longtemps tombées. Elles laissaient à leur place des contours
nus et rugueux qui auraient pu être repoussants si Hester
avait eu autour d'elle parents ou amis pour y être sensibles. Le charme de son apparence physique même avait
subi un changement du même genre. Cela pouvait en
partie venir de l'austérité voulue de son costume et de la
rigoureuse retenue de ses manières. Une chose qui la
transformait d'ailleurs bien tristement aussi était la disparition de sa belle et abondante chevelure. Ou elle avait
été coupée, ou elle était si complètement cachée sous une
coiffe qu'aucune de ses boucles brillantes ne se laissait
plus voir au soleil. Toutes ces raisons expliquaient en
partie la transformation d'Hester. Pourtant, s'il ne semblait plus rien y avoir sur son visage qui pût attirer
l'Amour, rien dans ses formes, toujours majestueuses et
rappelant celles d'une statue, que la Passion rêverait
jamais d'enlacer, c'était pour une autre raison. Elle avait
perdu un des attributs essentiels de la féminité. Tel est
souvent le destin, telle est l'implacable évolution de la
personne et du caractère féminins quand la femme a
traversé une épreuve particulièrement dure. Si en des cas
pareils la femme n'est que tendresse, elle mourra. Si elle
survit, la tendresse en elle ou sera écrasée, ou (et extérieurement le résultat sera le même) si profondément
refoulée qu'elle ne pourra plus jamais se manifester. La
dernière théorie est probablement la plus conforme à la
réalité. Celle qui a été femme et a cessé de l'être peut,
d'un moment à l'autre, le redevenir pourvu qu'elle soit
touchée par le pouvoir magique capable d'entraîner cette

transfiguration. Nous verrons si Hester par la suite devait
être ainsi touchée et transfigurée.

Si elle donnait à présent une impression glaçante, cela
venait surtout du fait que sa vie s'était écartée du sentiment pour aller à la pensée. Seule au monde avec la petite
Pearl à guider et à protéger, sans espoir de reconquérir
son ancienne position — et dédaignant du reste de trouver la chose souhaitable — Hester avait rejeté loin d'elle
les fragments de sa chaîne brisée. La loi du monde n'était
plus une loi pour son esprit. C'était une époque où l'intelligence humaine nouvellement émancipée manifestait
des activités plus vives et plus étendues qu'elle n'en avait
montré depuis plusieurs siècles. Des hommes d'épée
avaient renversé des rois. D'autres hommes, plus hardis,
avaient renversé et remodelé — sinon en fait, du moins
dans le domaine des idées qui était plus véritablement le
leur — tout le système des préjugés anciens dont dépen-
daient maints principes. Hester Prynne s'imprégna de cet
esprit nouveau. Elle prit l'habitude d'une liberté de pensées assez répandue alors outre-Atlantique mais que nos
ancêtres, s'ils en eussent eu connaissance, auraient tenue
pour un crime plus abominable que celui que stigmatisait
la lettre écarlate. Dans sa chaumière isolée du bord de la
mer, Hester recevait la visite de pensées qui n'auraient
osé pénétrer en nul autre logis de la Nouvelle-Angleterre
— ombres de visiteuses qui auraient été aussi dangereuses que des démons pour leur hôtesse si on les avait
seulement vues frapper à sa porte.

Il est à remarquer que les gens qui se livrent aux
spéculations les plus hardies se conforment souvent avec
le plus grand calme aux règles sociales : la pensée leur
suffit. Ils n'éprouvent pas le besoin de la voir se vêtir de
chair et de sang. Cela semblait être le cas d'Hester. Mais
si la petite Pearl ne lui avait pas été donnée, il aurait pu en
aller bien différemment. Hester aurait pu venir jusqu'à
nous par les voies de l'histoire, la main dans la main
d'Ann Hutchinson, comme la fondatrice d'une secte religieuse. Elle aurait pu à une certaine période de son
évolution devenir prophétesse. Elle aurait pu être, elle
aurait très probablement été condamnée à mort par les

sévères tribunaux de l'époque pour avoir tenté de miner les institutions puritaines. Mais en s'occupant de l'éducation de sa fille, la mère devait souvent en rabattre de son enthousiasme pour la pensée. En lui donnant cette petite fille, la Providence avait chargé Hester de veiller sur une future femme, de la chérir, de l'élever parmi des difficultés innombrables. Tout s'unissait contre cette tâche. Le monde était hostile. L'enfant elle-même était décourageante avec les défauts qui forçaient de remonter à ses origines, rappelaient qu'elle était née des élans d'une passion coupable, obligeaient enfin souvent Hester à se demander amèrement si mieux n'eût pas valu qu'elle ne fût pas venue au monde.

En vérité, la même sombre question lui montait souvent à l'esprit à propos de la race entière des femmes. Quelle est la vie qui vaille la peine d'être vécue même par la plus heureuse d'entre elles ? En ce qui concernait sa propre existence, Hester s'était depuis longtemps arrêtée à une réponse négative et avait écarté la question comme réglée. Une tendance aux spéculations de l'esprit, si elle peut lui apporter de l'apaisement comme à l'homme, rend une femme triste. Peut-être parce qu'elle se voit alors en face d'une tâche tellement désespérante. D'abord, le système social entier à jeter par terre et reconstruire ; ensuite la nature même de l'homme — ou de longues habitudes héréditaires qui lui ont fait une seconde nature — à modifier radicalement avant qu'il puisse être permis à la femme d'occuper une position équitable. Enfin, en admettant qu'elle les ait réalisées, la femme ne pourra tirer avantage de ces réformes préliminaires si elle n'a pas elle-même subi un changement plus radical encore. Et au cours de ce changement, l'essence éthérée où réside sa vie véritable se sera peut-être évaporée. Une femme ne vient jamais à bout de ces problèmes par un travail de sa pensée. Ils sont insolubles ou ne peuvent se résoudre que d'une seule façon. Si son cœur se trouve l'emporter, ils s'évanouissent. Aussi Hester Prynne, dont le cœur ne pouvait plus battre sur un rythme sain et normal, errait sans fil conducteur dans le sombre dédale des spéculations de l'esprit. Tantôt elle était détournée de son chemin par une paroi escarpée, tantôt reculait, effrayée, des bords d'un profond précipice. Il y avait un vaste et sinistre paysage autour d'elle et nulle part de foyer, ni de réconfort. Par moments, une perplexité affreuse tentait de s'emparer de son âme et elle se demandait s'il ne vaudrait pas mieux envoyer Pearl au ciel tout de suite et aller, elle-même, au-devant du sort que lui réservait la justice éternelle.

La lettre écarlate n'avait pas rempli son office.

Sa rencontre avec le Révérend Dimmesdale, la nuit du météore, proposait maintenant à Hester un autre sujet de réflexions et un but qui lui semblait digne de tous les efforts et de tous les sacrifices. Elle avait pu voir dans quel abîme de misère le pasteur se débattait ou, plus exactement, avait cessé de se débattre. Elle s'était rendu compte que le malheureux était aux frontières de la folie, s'il ne les avait franchies déjà. Elle ne pouvait mettre en doute qu'au poison du remords secret un poison plus mortel encore avait été ajouté par une main qui se prétendait secourable. Prenant les apparences d'un ami, un ennemi sans cesse présent avait mis à profit toutes les occasions qui s'offraient à lui pour fausser les ressorts délicats de la nature du pasteur.

Force était à Hester de se demander si un manque de sincérité, de courage et de loyauté de sa part n'avait pas été à l'origine d'une situation dont tant de mal devait découler, dont on n'avait jamais rien pu augurer d'heureux. Tout ce qu'elle pouvait invoquer comme excuse était qu'accepter le plan de dissimulation de Roger Chillingworth lui avait paru le seul moyen d'épargner au pasteur un désastre plus accablant encore que celui qu'elle subissait. Elle s'était décidée sous cette impression et avait, semblait-il maintenant, choisi de deux maux le pire.

Elle décida de racheter son erreur autant qu'il pouvait être encore possible. Fortifiée par des années d'épreuves austères et dures, elle ne se sentait plus aussi incapable de se mesurer avec Roger Chillingworth qu'en cette nuit de leur entretien dans la chambre de la prison. Alors, elle était avilie par sa faute et à demi folle de honte. Depuis elle avait atteint des régions plus élevées et, de son côté, le vieil homme s'était rapproché de son niveau à elle, peut-être la vengeance qu'il s'était abaissé à poursuivre l'avait-elle même fait descendre au-dessous.

Bref, Hester résolut de voir son ancien mari et de faire ce qui serait en son pouvoir pour le salut de la victime qu'il serrait si évidemment entre ses griffes.

L'occasion ne se fit pas longtemps attendre. Un après-midi qu'elle se trouvait, avec Pearl, en un endroit retiré de la côte, Hester aperçut le vieux médecin qui, un panier au bras et un bâton à la main, était en quête d'herbes et de racines avec quoi composer ses remèdes.

CHAPITRE XIV

HESTER ET LE MÉDECIN

Hester dit à la petite Pearl de courir s'amuser avec les algues et les coquillages pendant qu'elle parlerait avec l'homme qui là-bas ramassait des herbes. L'enfant s'envola comme un oiseau, dénuda ses petits pieds blancs et se mit à trottiner au long du bord humide de la mer. De temps à autre, elle s'arrêtait net et regardait curieusement dans une flaque — miroir que la mer avait laissé en se retirant pour que la petite Pearl pût y voir son visage. Il la regardait du bord de la flaque, entouré de boucles brunes, avec un sourire de lutin dans les yeux — image d'une petite fille à qui Pearl, n'ayant d'autre compagne de jeux, faisait signe de venir courir avec elle la main dans la main. Mais la petite fille faisait de son côté le même signe comme pour dire : «On est mieux ici! Viens, toi!» Et Pearl, enfonçant dans la flaque jusqu'à mi-jambes, n'apercevait plus au fond que ses petits pieds blancs, tandis que de profondeurs plus lointaines, la lueur d'une sorte de morceau de sourire montait et flottait çà et là sur les eaux agitées.

Sa mère, cependant, avait abordé le médecin :

— Je voudrais vous dire un mot, commença-t-elle. Un mot très important pour nous deux.

— Aha! Mme Hester aurait un mot à dire au vieux Roger Chillingworth? dit le médecin en se redressant de courbé vers le sol qu'il était. Je le vais écouter de tout cœur. Çà, dame Hester, j'entends de toutes parts dire grand bien de vous! Pas plus tard qu'hier un pieux et sage magistrat me chuchota qu'au grand conseil il fut question de votre cas. On y débattit de savoir si, sans dam aucun pour la communauté, la lettre écarlate pouvait être enlevée de votre poitrine. Sur ma foi, Hester, je fis instances auprès de ce digne magistrat pour que la chose s'accomplît au plus tôt.

— Il ne dépend pas du bon plaisir des magistrats de m'enlever cette marque, répondit Hester avec calme. Si j'étais digne d'en être quitte, elle s'effacerait d'elle-même ou se transformerait en une autre signification différente.

— Portez-la alors, si tel est votre goût, répliqua-t-il. Il faut qu'une femme suive sa fantaisie en ce qui touche sa parure. La lettre est gaiement brodée et fait fort bel effet sur votre poitrine !

Depuis le début de leur entretien, Hester Prynne n'avait cessé de regarder fixement le vieil homme. Elle était péniblement impressionnée en même temps que frappée de stupeur par le changement qu'avaient opéré en lui les sept dernières années. Non tellement qu'il eût vieilli : si son aspect laissait voir les traces du passage du temps, il portait en effet vaillamment son âge et semblait conserver une grande vigueur nerveuse et un esprit alerte. Mais son apparence ancienne sous laquelle Hester se souvenait le mieux de lui — celle d'un homme tout tourné vers la vie des idées — s'était entièrement évanouie. L'expression d'autrefois, studieuse et paisible, avait été remplacée par un air avide, scrutateur, presque farouche et pourtant circonspect. On eût dit que cet homme voulait dissimuler son air sous un sourire, mais que ce sourire le trahissait, ne flottait sur son visage que pour se moquer de lui et faire ressortir sa noirceur. De temps à autre, aussi, une lueur rougeâtre brillait dans ses yeux comme si l'âme du vieil homme avait été en feu, était restée à se consumer sous la cendre, au ralenti, dans sa poitrine jusqu'à ce que le souffle de quelque élan de passion en fît jaillir une flamme. Il l'étouffait, cette flamme, aussi vite que possible et s'efforçait de donner l'impression que rien ne s'était passé.

En un mot, le vieux Roger Chillingworth était une preuve évidente de la faculté qu'a l'homme, de se transformer en diable si pendant assez longtemps il joue un rôle de diable. Ce malheureux personnage avait subi pareille transformation en se consacrant pendant sept ans à l'analyse d'un cœur torturé, en tirant de cet office tout son bonheur, en attisant cette douleur dévorante dont il se repaissait passionnément.

Hester sentit la lettre écarlate lui brûler la poitrine : il y avait là encore un désastre dont elle était en partie responsable.

— Que voyez-vous sur mon visage, lui demanda le médecin, pour le considérer aussi attentivement ?

— Quelque chose qui me ferait pleurer s'il y avait des larmes assez amères pour le déplorer, répondit-elle. Mais passons ! C'est de ce pauvre misérable que je veux parler.

— Ah oui ? s'écria Roger Chillingworth avec empressement comme si le sujet lui plaisait et qu'il se saisît avec joie d'une occasion d'en parler avec la seule personne dont il pût faire une confidente. A ne vous rien cacher, dame Hester, je pensais justement à lui tout à l'heure. Parlez donc librement et je vous répondrai.

— Lorsque nous nous sommes entretenus pour la dernière fois, dit Hester, il y a maintenant sept ans, ce fut votre bon plaisir de m'arracher une promesse de secret touchant le lien qui, autrefois, nous unit. Comme la vie et la réputation de cet homme étaient entre vos mains, il semblait que je n'eusse d'autre parti à prendre que celui d'observer le silence que vous réclamiez. Ce ne fut pourtant point sans de lourds scrupules que je me liai de la sorte. Si j'avais rejeté tout devoir envers le reste de l'humanité, il ne m'en restait, en effet, pas moins un envers cet homme et quelque chose me chuchotait que je le trahissais en m'engageant ainsi. Depuis ce jour, nul ne l'approche de plus près que vous. Vous mettez vos pas dans ses pas. Vous êtes à côté de lui qu'il veille ou qu'il dorme. Vous fouillez ses pensées. Vous percez et envenimez son cœur ! Vous vous êtes emparé de son existence, vous lui faites vivre chaque jour une vie pire que la mort et il continue de ne pas vous connaître. En permettant pareille chose, je me suis assurément montrée félonne envers cet homme — le seul envers qui je pouvais encore me montrer loyale.

— Vous n'aviez pas le choix, dit Roger Chillingworth. Mon doigt tendu vers cet homme l'eût précipité du haut de sa chaire en un cachot et, de là, peut-être bien à la potence !

— C'eût été mieux ainsi ! dit Hester Prynne.

— Quel mal lui ai-je fait ? demanda Roger Chillingworth. Sache, Hester Prynne, que les plus riches présents qu'un médecin ait jamais obtenus d'un monarque ne repaieraient point les soins que j'ai prodigués à ce misérable prêtre ! Si je n'y avais mis bon ordre, la souffrance aurait eu raison de sa vie au cours des premiers ans qui suivirent votre crime commun. Car, Hester, son esprit n'a pas, tel le tien, la force de porter un fardeau comme la lettre écarlate. Oh, je pourrais révéler un beau secret ! Mais il suffit. J'ai épuisé pour lui les ressources de l'art. S'il respire et se traîne encore sur cette terre, c'est grâce à moi !

— Il aurait mieux valu qu'il pérît tout de suite, dit Hester Prynne.

— Oui, femme ! Tu dis vrai ! cria le vieux Roger Chillingworth, laissant briller aux yeux d'Hester le feu sinistre de son cœur. Il aurait mieux valu qu'il pérît tout de suite ! Jamais mortel ne souffrit ce que cet homme a souffert. Et tout, tout, sous les yeux de son pire ennemi ! Il me sentait là. Il avait conscience d'une influence qui pesait sur lui comme une malédiction. Il savait, grâce à quelque intuition — car le Créateur ne fit jamais un être aussi sensible que lui — il savait que ce n'était point une main amie qui touchait aux fibres de son cœur et qu'un œil regardait curieusement au fond de lui, un œil qui ne cherchait que le mal et le trouvait. Mais il ne savait pas que cette main et cet œil étaient les miens ! Avec la superstition de son état, il se croyait livré à un démon qui le torturait par des rêves effrayants, de noires pensées, l'aiguillon du remords, le désespoir du pardon, un avant-goût de ce qui l'attendait au-delà de la tombe. Mais tout provenait de ma présence constante, du voisinage de l'homme qu'il avait le plus bassement offensé et qui n'existait plus que pour distiller sans arrêt le poison de la plus raffinée des vengeances ! Non, en vérité, il ne se trompait point! Il y avait un démon à ses côtés! Un homme qui avait eu autrefois un cœur d'homme s'était fait démon pour le tourmenter.

Tout en disant ces mots, le malheureux médecin leva les mains au ciel avec un air d'horreur, comme si quelque épouvantable forme lui avait paru venir prendre sa place dans un miroir. Il traversait un de ces moments — qui n'arrivent parfois qu'à plusieurs années d'intervalle — où l'aspect moral d'un homme lui est fidèlement révélé. Sans doute ne s'était-il jamais vu encore comme il se voyait à présent.

— Ne l'as-tu point assez torturé? dit Hester, remarquant l'expression du vieil homme. Ne t'a-t-il point repayé de tout?

— Non! Non! Il n'a fait qu'augmenter sa dette! répondit le médecin, et ses façons, petit à petit perdant leur feu, se firent sombres. Te souviens-tu de moi, Hester, tel que j'étais il y a neuf ans? J'arrivais déjà à l'automne de mon âge, le dépassais même un peu. Mais tout mon passé avait été voué à l'étude. Je n'avais cherché qu'à augmenter mon savoir et aussi — encore que cet objet ne vînt qu'en second — qu'à travailler au bien du genre humain. Nulle vie n'avait été plus paisible et plus innocente que la mienne. Te souvient-il de moi alors? N'étais-je pas, même si tu me trouvais de la froideur, un homme qui pensait aux autres, équitable et fidèle sinon chaleureux dans ses affections? N'étais-je pas tout cela?

— Tout cela et bien davantage, dit Hester.

— Et que suis-je à présent? demanda-t-il, la regardant bien en face et laissant tout le mal qui l'habitait s'inscrire sur son visage. Je te l'ai déjà dit: un démon! Qui m'a rendu tel?

— Moi! s'écria Hester en frissonnant. Moi, tout autant que lui. Pourquoi ne t'es-tu pas vengé sur moi?

— Je t'ai laissée à la lettre écarlate, répondit Roger Chillingworth. Si elle ne m'a pas vengé, je ne puis rien faire de plus.

Il posa son doigt sur la lettre avec un sourire.

— Elle t'a vengé, répondit Hester Prynne.

— J'en jugeais bien ainsi, dit le médecin. Et maintenant, qu'attendais-tu de moi concernant cet homme ?

— Il faut que je lui révèle ton secret, répondit Hester
avec fermeté. Il faut qu'il te voie tel que tu es. Qu'en
résultera-t-il, je ne sais. Mais cette dette de confiance que
depuis longtemps je lui dois, moi qui ai causé sa ruine, je
la lui aurai payée enfin. Sa réputation, son sort ici-bas et
peut-être même sa vie sont entre tes mains. Mais je ne
vois pas — moi que la lettre écarlate a dressée à la vérité,
même s'il s'agit d'une vérité qui transperce l'âme d'un
fer rouge — je ne vois pas qu'il y ait pour lui tel avantage
à prolonger pareille vie pour m'aller abaisser à implorer
de toi sa grâce. Agis avec lui comme tu voudras ! Il n'y a
en ce monde rien de bon pour lui, rien de bon pour moi,
rien de bon pour toi ! Il n'y a rien de bon pour la petite
Pearl ! Il n'y a pas de chemin pour nous conduire hors de
ce lugubre dédale.

— Femme, je te pourrais presque plaindre, dit Roger
Chillingworth, incapable de réprimer un mouvement
d'admiration, car il y avait quelque chose de majestueux
dans le désespoir qu'exprimait Hester. Tu as de grands
dons. Peut-être que si tu avais rencontré au début un
amour meilleur que le mien, tout ce mal ne serait pas
arrivé. J'ai pitié de toi à cause de tout ce qui a été gaspillé
dans ta nature.

— Et moi de toi, répondit Hester, à cause de la haine
qui a transformé en démon un homme sage et juste ! Ne
vas-tu pas enfin le vomir, ce démon, et redevenir toi-
même ? Sinon pour son salut du moins doublement pour
le tien ? Pardonne et laisse celui qui t'offensa payer le
reste de sa dette au Pouvoir qui le réclame ! J'ai dit tout à
l'heure qu'il ne pouvait y avoir ici-bas rien de bon ni pour
lui, ni pour toi, ni pour moi, qui sommes à errer ensemble
dans ce dédale maudit et trébuchons à chaque pas sur le
mal dont nous avons semé notre chemin. Mais il n'en est
pas ainsi ! Du bon, il peut y en avoir pour toi, pour toi
seul parce que tu fus profondément outragé et qu'il te
revient de pardonner si tu veux. Renonceras-tu à ce privilège ? Repousseras-tu cet avantage précieux ?

— Paix, paix, Hester, répondit le vieil homme avec

une sombre sévérité. Il ne m'est point donné de pardonner. Je n'ai point le pouvoir dont tu me parles. Ma vieille croyance, oubliée depuis longtemps, me revient et m'explique tout ce que nous faisons et souffrons. Par ton premier pas hors du droit chemin, tu as planté le germe du mal. Mais à partir de ce moment tout a obéi à la loi d'une noire nécessité. Vous deux qui m'avez outragé n'êtes pas coupables, hormis d'un point de vue typiquement illusoire. Pas plus que je ne suis un démon, moi qui ai rempli office de démon. Notre destin est tel. Que la plante ténébreuse donne la fleur qu'elle peut! Va ton chemin et agis à ta guise avec cet homme.

Et, après avoir fait un geste d'adieu de la main, il se remit à ramasser des herbes.

CHAPITRE XV

HESTER ET PEARL

Ainsi Roger Chillingworth — vieille silhouette contrefaite surmontée d'un visage dont le souvenir hantait les gens plus longtemps qu'ils n'eussent souhaité — prit congé d'Hester Prynne et s'en fut, tout courbé vers le sol, poursuivre sa cueillette. Çà et là il ramassait une herbe ou déterrait une racine qu'il mettait dans le panier pendu à son bras. Sa barbe grise touchait presque le sol comme il s'éloignait ce faisant. Hester le suivit des yeux, regardant avec une curiosité à demi fantastique si l'herbe tendre du printemps n'allait point roussir sous ses pas.

Elle se demandait quelle espèce d'herbe le vieil homme ramassait si diligemment. La terre, malignement influencée par lui, n'allait-elle point lui faire jaillir sous les doigts des plantes vénéneuses jusqu'alors inconnues ? Ou peut-être lui suffisait-il que toute plante salubre devînt délétère à son toucher ? Le soleil, qui brillait partout si gaiement, faisait-il vraiment tomber sur lui aussi ses rayons ? Ou un cercle d'ombre sinistre se déplaçait-il bel et bien, ainsi qu'il semblait, avec sa silhouette contrefaite toutes les fois qu'elle se mouvait ? Et où allait-il à présent ? N'allait-il pas tout soudain s'enfoncer dans la terre, laissant derrière lui un endroit nu et aride où, en temps voulu, viendraient foisonner avec une luxuriance hideuse belladones, cornouillers et jusquiames, ou d'autres plantes funestes propres au pays ? Ou allait-il déployer des ailes de chauve-souris et s'envoler, de plus en plus laid à mesure qu'il monterait plus haut dans le ciel ?

— Que ce soit un péché ou non, se dit Hester amère-

ment tout en continuant de le suivre des yeux, je hais cet
homme !

Elle se reprocha ce sentiment mais sans pouvoir le
surmonter ni l'affaiblir. En tentant ainsi de se dominer,
elle pensa aux jours si éloignés passés dans un pays
lointain, aux temps où cet homme sortait au crépuscule de
la retraite de son cabinet et s'asseyait à la lueur de leur
foyer et de son sourire à elle — jeune épousée. Il avait
besoin, disait-il, de ce sourire pour dissiper le froid de
toutes les heures solitaires qu'il venait de passer enfermé
avec ses livres. Pareilles scènes, en un temps, ne lui
avaient paru qu'heureuses, mais aujourd'hui, en les
voyant à la lumière des événements qui avaient suivi,
Hester les rangeait parmi ses pires souvenirs. Elle se
demandait comment elles avaient pu avoir lieu. Comment
elle avait jamais pu se décider à épouser cet homme. Elle
jugeait que son plus grand crime était d'avoir laissé sa
main subir l'étreinte de cette main sans chaleur — d'avoir
serré cette main en retour, d'avoir supporté que le sourire
de ses yeux et de ses lèvres rencontrât le sourire des
lèvres et des yeux de cet homme et s'y confondît. Et il lui
semblait que Roger Chillingworth s'était rendu coupable
envers elle d'une offense plus vile que celle qu'il avait
pu, par la suite, subir, en la persuadant de se croire
heureuse auprès de lui quand son cœur n'avait pas parlé et
qu'elle ne savait pas à quoi s'en tenir.

— Oui, je le hais ! répéta Hester plus amèrement encore. Il m'a trahie ! Il m'a fait plus de mal que je ne lui en
ai fait !

Que les hommes tremblent de conquérir la main d'une
femme sans conquérir du même coup son amour ! Ou ils
risquent, si une étincelle plus puissante sait enflammer un
jour le cœur qu'ils ont laissé froid, de se voir reprocher,
tel le vieux Roger Chillingworth, jusqu'au calme
contentement, à la statue de marbre du bonheur qu'ils
auront fait prendre à la femme pour la réalité vivante.
Mais Hester aurait dû en avoir depuis longtemps fini avec
cette attitude injuste. Sept longues années vécues sous le
signe de la lettre écarlate avaient-elles donc infligé tant de
misère sans entraîner de repentir ?

Les émotions qui l'agitèrent pendant le peu de temps qu'elle passa à regarder s'éloigner la silhouette bossue du vieux Roger Chillingworth projetèrent une lueur sur l'état d'esprit d'Hester, lui révélèrent bien des choses qu'elle ne se fût, autrement, pas avouées à elle-même.

Quand l'homme eut disparu, Hester appela son enfant.

— Pearl, petite Pearl ! Où es-tu ?

Pearl, dont l'activité d'esprit ne faiblissait jamais, n'avait pas été à court d'amusements tandis que sa mère parlait avec le vieux ramasseur d'herbes. D'abord, elle avait, ainsi que nous l'avons dit, coqueté avec sa propre image dans les flaques d'eau, faisant signe à son reflet de venir et — comme il refusait de s'y risquer — cherchant à se frayer elle-même un chemin vers le pays de la terre impalpable et du ciel hors d'atteinte. S'apercevant bientôt que soit l'image, soit elle-même, était irréelle, elle chercha ailleurs un passe-temps moins décevant. Elle fit de petits bateaux d'écorce de bouleau, les chargea de coquillages et les envoya courir sur l'océan de plus grandes aventures que n'importe quel marchand de Nouvelle-Angleterre. Mais la plupart d'entre eux sombrèrent près du rivage. Elle se saisit d'un crabe vivant, collectionna des étoiles de mer et étala une méduse au soleil pour la faire sécher. Puis elle recueillit l'écume blanche qui bordait la marée montante et la jeta au vent, s'élançant ensuite d'un pas ailé à la poursuite de ces gros flocons de neige pour les attraper avant leur chute. Apercevant une nuée d'oiseaux de mer qui picoraient au long de la plage, la petite coquine emplit son tablier de menus cailloux et, se glissant de roche en roche à leur poursuite, fit preuve de beaucoup d'adresse en les assaillant. Un petit oiseau gris à poitrine blanche se trouva, Pearl en fut presque sûre, atteint par un caillou et se sauva avec une aile cassée. Mais alors l'enfant-lutin soupira et renonça à son jeu parce que cela lui faisait de la peine d'avoir fait du mal à une petite créature aussi indomptée que la brise de mer ou que la petite Pearl elle-même.

Sa dernière occupation fut de rassembler des algues pour s'en faire un manteau et une coiffure et se donner ainsi l'air d'une petite sirène. Elle avait hérité du don de sa mère pour disposer des draperies et composer des costumes. Pour mettre la dernière main à sa tenue de sirène, Pearl ramassa des lacets de mer et imita du mieux qu'elle put sur sa poitrine l'ornement qu'elle était si accoutumée à voir sur la poitrine de sa mère. Une lettre, la lettre A, mais toute verte au lieu d'être écarlate ! L'enfant baissa la tête pour contempler cet emblème avec un intérêt étrange comme si elle n'eût été envoyée au monde que pour en deviner le sens caché.

« Qui sait si Mère va me demander ce que cela veut dire ? » pensa la petite Pearl.

A ce moment, elle s'entendit appeler et partit en sautillant aussi légèrement que l'un des petits oiseaux de mer. Elle apparut devant Hester Prynne bondissant, riant et montrant du doigt l'ornement qui s'étalait sur sa poitrine.

— Ma petite Pearl, dit Hester après un instant de silence, une lettre verte sur la poitrine d'un enfant ne veut rien dire. Mais sais-tu ce que veut dire cette lettre que ta mère est condamnée à porter ?

— Oui, Mère répondit l'enfant, c'est le A majuscule. Tu me l'as appris dans le grand livre d'école.

Hester regarda attentivement le petit visage. Mais elle eut beau rencontrer dans les grands yeux noirs l'expression singulière qu'elle y avait si souvent remarquée, elle ne put décider si Pearl attachait ou non quelque importance au symbole écarlate. Elle éprouva un désir morbide d'éclaircir la question.

— Sais-tu, enfant, pourquoi ta mère porte cette lettre ?

— Oui, vraiment ! répondit Pearl en regardant d'un œil brillant sa mère bien en face. C'est pour la même raison que le pasteur tient sa main sur son cœur.

— Et quelle est cette raison ? demanda Hester en souriant à demi de l'incongruité de cette remarque d'enfant mais, y arrêtant sa pensée, elle pâlit. Qu'est-ce que cette lettre peut avoir à faire avec un autre cœur que le mien ?

— Ça, Mère, je t'ai dit tout ce que je savais, dit Pearl plus sérieusement que d'habitude. Demande au vieil homme avec qui tu parlais ! Lui peut-être le sait. Mais, sérieusement, Mère chérie, qu'est-ce que cette lettre veut dire ? Et pourquoi la portes-tu sur ta poitrine ? Et pourquoi le pasteur tient-il sa main sur son cœur ?

Elle prit la main d'Hester entre les deux siennes et regarda sa mère, les yeux dans les yeux, avec un sérieux bien rare chez elle.

Hester eut l'esprit traversé par l'idée que sa fille cherchait peut-être vraiment, avec une confiance enfantine, à se rapprocher d'elle, était en train de faire de son mieux pour établir entre elles deux un terrain d'entente. Cela faisait voir Pearl sous un jour inaccoutumé. Jusqu'alors, la mère, tout en chérissant son enfant avec toute l'intensité d'une affection unique, s'était entraînée à n'espérer pas beaucoup plus en retour que des élans capricieux comme une brise d'avril qui passe son temps à des jeux aériens souvent brusques, reste déconcertante en ses meilleurs moments et vous glace plus souvent qu'elle ne vous caresse si vous lui présentez votre poitrine. En compensation, il arrivera que, de son propre gré, elle baise votre joue avec une tendresse ambiguë, joue doucement avec vos cheveux et s'en retourne à ses affaires en laissant un plaisir qui tient du rêve dans votre cœur.

C'était là, d'ailleurs, un point de vue de mère. Tout autre observateur aurait vu chez la petite fille quelques traits, peu nombreux mais peu aimables, auxquels il aurait donné une interprétation beaucoup plus sombre. En tout cas, Hester se laissait, en cette heure, fortement gagner par l'impression qu'avec son intelligence précoce Pearl approchait peut-être déjà de l'âge où sa mère pourrait faire d'elle une amie, lui confier un peu de ses chagrins, tout au moins ce qui pouvait lui en être découvert sans irrévérence. Du petit chaos du caractère de Pearl, ne s'était-il pas dégagé, et dès le début, un courage invincible et une volonté indomptable ? Une fierté opiniâtre possible à transformer en respect de soi-même, un amer mépris enfin pour maintes choses qui, examinées de près, pouvaient paraître entachées de mensonge ? Des affections, l'enfant en avait aussi, bien qu'elles eussent été jusqu'ici âpres au goût comme ces fruits encore verts destinés à devenir savoureux entre tous à leur maturité. Il aurait fallu que le mal hérité de sa mère fût en vérité bien grand, se disait Hester, pour qu'avec des qualités d'aussi bon aloi, l'enfant-lutin ne fît pas place un jour à une noble femme.

La tendance irrépressible de l'enfant à tourner autour de l'énigme de la lettre écarlate semblait née avec elle. A peine s'éveillait-elle à une vie consciente que Pearl se tournait vers ce problème comme si sa mission ici-bas eût été de le résoudre. Hester avait souvent imaginé que c'était en vue de son expiation que la Providence avait doté son enfant de ce penchant si accusé. Mais elle n'avait jamais jusqu'à présent songé qu'à côté de ce dessein, il y en avait peut-être un autre miséricordieux, celui-là. Si la petite Pearl avait été chargée d'une mission de confiance, aussi bien à titre de messager spirituel que d'enfant de ce bas monde, ne serait-ce pas peut-être son rôle d'apaiser le chagrin qui gisait tout froid dans le cœur de sa mère et le transformait en sépulcre ? N'était-elle pas chargée d'aider sa mère à venir à bout de la passion, en un temps toute puissante et, à présent encore, ni morte ni endormie mais emprisonnée seulement dans ce cœur semblable à un tombeau ?

C'était là une partie des pensées qui s'agitaient dans l'esprit d'Hester et lui faisaient une impression aussi vive que si elles lui avaient été chuchotées à l'oreille. Et pendant ce temps, Pearl lui tenait la main dans ses deux mains et levait vers elle son visage en répétant les mêmes questions :

— Que veut dire la lettre, Mère ? Et pourquoi la portes-tu ? Et pourquoi le pasteur tient-il sa main sur son cœur ?

« Que dire ? se demandait Hester. Non ! Si c'est là le prix de la sympathie de l'enfant, je ne peux le payer. »

Puis elle parla enfin :

— Sotte petite Pearl ! dit-elle, en voilà des questions ! Il y a beaucoup de choses en ce monde qu'une enfant ne doit pas chercher à connaître. Que puis-je savoir du cœur du pasteur ? Quant à la lettre écarlate, je la porte parce que j'aime ses broderies dorées.

Durant ces sept dernières années, Hester n'avait jamais renié le symbole qui marquait sa poitrine. Peut-être cette marque était-elle un talisman émanant d'un esprit sévère et protecteur qui, à présent, l'abandonnait. Il l'abandonnait en s'apercevant qu'en dépit de sa surveillance rigoureuse, un mal nouveau venait de se glisser dans le cœur d'Hester — ou qu'un mal ancien n'en avait jamais été extirpé. Quant à la petite Pearl, elle perdit bientôt son expression sérieuse.

Mais elle n'entendait pas laisser tomber la question. Deux ou trois fois, comme sa mère et elle regagnaient leur logis, à deux ou trois reprises encore au cours de leur repas, puis lorsque Hester la mit au lit et même lorsqu'elle parut tout à fait endormie, Pearl leva ses yeux noirs tout luisants de malice et demanda:

— Mère, que veut dire la lettre écarlate?

Et le lendemain matin, le premier signe que l'enfant donna d'être éveillée fut de dresser sa tête de sur son oreiller et de poser la question qu'elle rapprochait si inexplicablement de celle qui concernait la lettre écarlate:

— Mère! Mère! Pourquoi le pasteur tient-il sa main sur son cœur?

— Tais-toi, vilaine enfant! lui répondit Hester avec une rudesse qu'elle ne s'était jusqu'alors jamais permise, ou je vais t'enfermer dans le cabinet noir!

CHAPITRE XVI

UNE PROMENADE EN FORÊT

Au risque des souffrances qui pourraient sur le moment s'ensuivre et des conséquences à venir, Hester Prynne demeurait fermement résolue à faire savoir au Révérend Dimmesdale quel homme s'était glissé dans son intimité. Durant plusieurs jours, elle s'efforça, mais en vain, de trouver l'occasion d'aborder le pasteur au cours des promenades qu'il avait l'habitude de faire, tout seul, au bord de la mer et sur les collines boisées du voisinage. Nul scandale ne se serait certes produit et la réputation sans tache du pasteur n'eût point été mise en péril si Hester était allée le trouver chez lui, dans son cabinet. Bien des pénitentes avaient, en effet, pénétré dans cette pièce pour confesser des fautes peut-être aussi sombres que celle que signalait la lettre écarlate. Mais, en partie parce qu'elle redoutait quelque intervention du vieux Roger Chillingworth, en partie parce que, étant consciente de la situation, elle craignait d'éveiller des soupçons alors que nul n'en aurait ressenti, en partie enfin parce que le pasteur et elle auraient besoin d'avoir autour d'eux la nature entière pour respirer tandis qu'ils parleraient ensemble, Hester ne songea pas un instant que leur rencontre pourrait avoir lieu ailleurs qu'à l'air libre.

Finalement, comme elle veillait un malade auprès duquel on appela le Révérend Dimmesdale pour dire une prière, Hester apprit que le jeune pasteur était parti la veille voir l'Apôtre Eliot [65] parmi les Indiens conver-

---

65. « l'Apôtre Eliot » : John Eliot (1604-1690), arrivé à Boston en 1631. Il prêcha aux Indiens dans leur langue ; il traduisit aussi la Bible dans leur langue.

tis. Il reviendrait sans doute le lendemain après-midi.

Hester se mit donc en route, le lendemain après-midi, avec la petite Pearl qui était nécessairement de toutes les expéditions de sa mère, que sa présence présentât ou non des inconvénients.

Après que les deux promeneuses se furent éloignées des côtes pour pénétrer dans l'intérieur des terres, leur route ne fut plus qu'un sentier s'enfonçant dans le mystère de la forêt primitive. Celle-ci le bordait si étroitement, se dressait si noire et si dense de chacun de ses côtés, ne laissait apercevoir que si imparfaitement le ciel tout là-haut, qu'Hester voyait en ce chemin l'image de la sauvage solitude morale où elle errait depuis si longtemps. Le jour était froid et sombre. Au ciel, une lourde masse de nuages se mouvait, malgré tout, un petit peu sous l'action d'une brise de sorte qu'un rayon de soleil descendait de temps à autre moirer le chemin, mais ce joyeux éclat passager n'apparaissait jamais que tout au bout de la percée que le sentier creusait parmi les arbres. La lumière dorée s'ébattait sans entrain dans ce paysage mélancolique et disparaissait au moment où Hester et Pearl s'approchaient, laissant l'endroit où elle venait de jouer d'autant plus sombre que les deux promeneuses avaient espéré le trouver brillant.

— Mère, dit la petite Pearl, le soleil ne vous aime pas. Il court se cacher parce qu'il y a sur votre poitrine quelque chose qui lui fait peur. Tenez, le voilà qui brille au bout du chemin. Restez là et je vais courir l'attraper. Je ne suis qu'une petite fille. Il ne se sauvera pas devant moi puisque je ne porte encore rien sur ma poitrine.

— Ni ne porteras jamais rien, j'espère, mon enfant, dit Hester.

— Et pourquoi non, Mère ? demanda Pearl en s'arrêtant net à l'instant de prendre sa course. Est-ce que ça ne viendra pas tout seul quand je serai devenue grande ?

— Dépêche-toi de courir attraper ce rayon de soleil, dit la mère, il va être bientôt parti.

Pearl s'élança à toutes jambes et Hester sourit en voyant l'enfant atteindre bel et bien l'endroit où brillait le soleil et s'y tenir en riant, animée par sa course et toute rayonnante. La lumière s'attardait autour de la petite fille comme si elle était heureuse d'avoir trouvé pareille compagne de jeu. Hester cependant avançait et fut bientôt sur le point d'entrer à son tour dans le cercle magique.

— Il va s'en aller, à présent, dit Pearl en secouant la tête.

— Regarde ! répondit Hester en souriant, j'étends la main et je le touche.

Comme elle étendait, en effet, la main, le rayon de soleil disparut. Ou, d'après l'expression qui anima le visage de Pearl, Hester fut tentée d'imaginer que l'enfant l'avait absorbé pour le faire rayonner de nouveau sur son chemin quand toutes deux plongeraient dans une ombre plus épaisse encore. Rien ne donnait davantage chez l'enfant l'impression d'une qualité à part, qui n'avait rien à voir avec l'hérédité, que cette inlassable vivacité d'esprit.

Pearl était certes loin d'être touchée par cette maladie de la tristesse que les soucis de leurs ancêtres ont transmis à presque tous les enfants ces temps derniers, en même temps que des scrofules. Peut-être cet entrain était-il d'ailleurs, lui aussi, maladif, le contrecoup de l'énergie désespérée avec laquelle Hester avait lutté contre son malheur avant la naissance de l'enfant. Il s'agissait en tout cas d'une qualité au charme ambigu, qui répandait un éclat dur, métallique. Il manquait à la petite fille ce qui manque toute leur vie à bien des grandes personnes — un chagrin qui la toucherait profondément et ainsi l'humaniserait, la rendrait capable de sympathie. Mais la petite Pearl avait encore bien du temps devant elle.

— Viens, lui dit Hester, regardant aux alentours de l'endroit où l'enfant s'était tenue au soleil. Nous allons nous asseoir un peu dans les bois pour nous reposer.

— Je ne suis pas encore fatiguée, Mère, répondit la petite fille. Mais vous pouvez vous asseoir si vous voulez me raconter une histoire.

— Une histoire ! et laquelle ? demanda Hester.

— Oh, celle de l'Homme Noir, répondit Pearl en saisissant un pan de la robe de sa mère. Racontez-moi, et elle levait sur Hester un regard mi-sérieux, mi-malicieux,

comment il hante la forêt et transporte un gros livre bien
lourd avec des fermoirs de fer. Et comment il tend, le
vilain, ce livre et une plume à tous ceux qui le rencontrent
ici sous les arbres. Et les gens sont obligés de signer leurs
noms de leur sang et alors l'Homme Noir met sa marque
sur leurs poitrines! As-tu jamais rencontré l'Homme
Noir, toi, Mère?

— Et qui t'a conté cette histoire? demanda Hester
reconnaissant une superstition courante en ce temps-là.

— La vieille dame du coin de la cheminée, dans la
maison où vous veilliez hier, dit l'enfant. Mais tout le
temps elle me croyait endormie. Elle a dit que des milliers et des milliers de personnes ont rencontré l'Homme
Noir et signé sur son livre et portent sa marque. Et que
cette grognon de vieille dame Hibbins en était une. Et,
Mère, la vieille dame a dit que la lettre écarlate était la
marque de l'Homme Noir sur ta poitrine et qu'elle se
mettait à luire comme du feu quand tu allais le rencontrer
ici, dans le bois, à minuit. Est-ce vrai, Mère? Vas-tu
rencontrer l'Homme Noir à minuit?

— T'es-tu jamais éveillée sans trouver ta mère à côté
de toi? demanda Hester.

— Non, pas qu'il me souvienne, répondit l'enfant. Si
c'est que tu as peur de me laisser seule dans notre chaumière, tu n'as qu'à m'emmener avec toi. Je serai très
contente d'y aller! Mais à présent, Mère, dis-moi: est-ce
que l'Homme Noir existe? Est-ce que tu l'as jamais
rencontré? Et est-ce sa marque que tu portes là?

— Me laisseras-tu la paix si je te réponds? demanda la
mère.

— Oui, si tu me dis tout, répondit Pearl.

— Une fois dans ma vie, j'ai rencontré l'Homme
Noir, dit la mère. Cette lettre écarlate est sa marque!

Tout en devisant, Hester et Pearl avaient suffisamment
pénétré sous bois pour être à l'abri des regards de toute
personne qui aurait pu venir à passer par le sentier. Elles
s'assirent sur un sompteux amas de mousse qui, à un
moment ou à un autre du siècle précédent, avait été un pin
gigantesque dont les racines et le tronc restaient dans
l'ombre noire tandis qu'il dressait haut sa cime dans le

ciel. Hester et Pearl se trouvèrent là comme au creux
d'une petite vallée dont les bords en pente douce étaient
parsemés de feuilles tombées. Au centre, un ruisseau
courait, nimbé d'une vapeur légère. Les arbres qui se
penchaient au-dessus avaient laissé tomber dans ses eaux
de grosses branches. Elles engorgeaient le courant, produisant, çà et là, des tourbillons et des profondeurs noires
tandis que sous le passage libre du flot on voyait briller
comme un chemin de cailloux et de sable brun. Si l'on
suivait le ruisseau des yeux, on pouvait apercevoir ses
eaux miroiter à quelque distance, mais on en perdait bien
vite toute trace dans l'enchevêtrement des troncs d'arbres, des buissons, des rocs couverts de lichens. Tous ces
arbres géants et ces blocs de granit semblaient s'appliquer
à rendre mystérieux le cours de ce petit ruisseau. Peut-
être craignaient-ils que, de sa voix infatigable, il allât
murmurer sur son passage les secrets du cœur de la vieille
forêt ? ou refléter des révélations sur le miroir lisse d'une
de ses anses ? Sans cesse, en tout cas, le petit ruisseau
poursuivait son murmure gentil, tranquille, apaisant mais
mélancolique comme la voix d'un enfant qui passerait
son enfance sans amusement et ne saurait comment être
gai au milieu d'un entourage morne et d'événements
sombres.

— O ruisseau ! Sot et fatigant petit ruisseau ! s'écria
Pearl après l'avoir écouté un instant. Pourquoi es-tu si
triste ? Prends un peu courage et ne sois pas tout le temps
à soupirer !

Mais, au cours de sa petite vie parmi les arbres de la
forêt, le ruisseau avait traversé tant de graves aventures
qu'il ne pouvait s'empêcher d'en parler et paraissait
n'avoir rien d'autre à dire. Pearl lui ressemblait en ceci
que sa vie à elle provenait aussi d'une source mystérieuse
et se déroulait dans un décor aussi mélancoliquement
assombri. Mais à l'inverse du petit ruisseau, elle bondis-
sait, étincelait et babillait légèrement dans sa course.

— Que dit ce petit ruisseau triste, Mère ? demanda-
t-elle.

— Si tu avais un chagrin à toi, le ruisseau t'en parlerait comme il me parle du mien, lui répondit sa mère.

Mais j'entends un pas sur le chemin et le bruit de branches qu'on écarte. Va t'amuser et laisse-moi parler avec la personne qui approche.

— Est-ce l'Homme Noir? demanda Pearl.

— Va t'amuser, te dis-je, reprit la mère. Mais ne t'enfonce pas trop loin dans le bois. Et prends garde de revenir dès que je t'appellerai.

— Oui, Mère, répondit Pearl. Mais si c'est l'Homme Noir, ne me laisseras-tu point attendre un moment? pour que je le voie avec son gros livre sous le bras?

— Va vite, petite sotte! dit Hester avec impatience. Ce n'est pas l'Homme Noir! Tu peux l'apercevoir à travers les branches: c'est le pasteur!

— C'est vrai, dit l'enfant. Et regarde, Mère, il tient sa main sur son cœur! Est-ce parce que, quand il signa son nom sur le gros livre, l'Homme Noir lui mit là sa marque? Mais pourquoi ne la porte-t-il pas au-dehors sur sa poitrine, comme toi, Mère?

— Va-t'en à présent et tu me tourmenteras plus tard tant que tu voudras! s'écria Hester Prynne. Mais ne t'éloigne pas. Reste toujours assez près pour entendre couler le ruisseau.

L'enfant s'éloigna en chantonnant et suivit le ruisseau en s'efforçant de mêler un air plus gai à ses mélancoliques accents. Mais le petit cours d'eau ne voulait pas se laisser consoler et continuait de conter un secret inintelligible concernant quelque très dramatique mystère qui aurait eu lieu dans la forêt — ou à se lamenter d'avance sur quelque autre tragédie qui n'était pas encore arrivée. Aussi Pearl, qui avait assez d'ombre dans sa petite vie, préféra-t-elle rompre tout commerce avec ce plaintif petit ruisseau. Elle se mit à ramasser des violettes, des anémones et quelques pimprenelles écarlates qu'elle trouva dans une crevasse sur le haut d'un rocher.

Une fois l'enfant-lutin parti, Hester Prynne fit quelques pas vers le sentier qui traversait la forêt mais en restant cachée sous l'ombre épaisse du sous-bois. Elle aperçut le pasteur en train d'avancer sur le chemin, tout à fait seul et s'appuyant sur un bâton qu'il avait coupé en route. Il avait l'air épuisé et hagard. Il trahissait un accablement absolu par une expression qu'on ne lui voyait ni en ville ni aux alentours de la ville lorsqu'il se promenait, mais qui était tristement visible dans cette solitude intense de la forêt, en elle-même une lourde épreuve pour l'esprit. Il marchait lentement comme s'il n'avait eu aucune raison, ressenti aucun désir de faire un pas de plus, mais aurait bien mieux aimé se laisser tomber au pied d'un arbre et y rester sans bouger, pour toujours. Les feuilles auraient pu le parsemer, la terre accumuler, petit à petit, un monticule sur sa personne, sans qu'il importât qu'elle recouvrît ou non de la vie. La mort était quelque chose de trop précis pour être souhaitée ou écartée.

Aux yeux d'Hester Prynne, Arthur Dimmesdale ne laissait voir aucun signe de souffrance positive à ceci près qu'ainsi que la petite Pearl l'avait remarqué, il pressait sa main sur son cœur.

CHAPITRE XVII

LE PASTEUR
ET SA PAROISSIENNE

Le pasteur avait beau avancer lentement, il était presque passé avant qu'Hester Prynne eût pu affirmir suffisamment sa voix pour se faire entendre de lui.

— Arthur Dimmesdale! dit-elle très faiblement une première fois. Puis plus fort mais d'une voix rauque, elle répéta : « Arthur Dimmesdale! »

— Qui parle? demanda le pasteur.

Se ressaisissant rapidement, il se redressa comme un homme surpris en un état où il n'entend pas avoir de témoin. Jetant un regard anxieux du côté de la voix, il entrevit une silhouette si sombrement vêtue qu'elle se confondait presque avec la pénombre que le ciel nuageux et le feuillage obscur de la forêt faisaient régner sous bois cet après-midi. Et il n'arrivait pas à discerner s'il s'agissait d'une femme ou d'une ombre. Peut-être le chemin de sa vie était-il hanté par un spectre né de ses pensées.

Il fit un pas en avant et découvrit la lettre écarlate.

— Hester! dit-il. Hester Prynne? Es-tu en vie?

— Oui, répondit-elle, de la vie qui fut la mienne ces sept dernières années! Et toi, Arthur Dimmesdale, vis-tu encore?

Il n'était pas étonnant que chacun mît ainsi en doute l'existence corporelle de l'autre et doutât même de la sienne. Si étrange était leur rencontre dans le bois obscur qu'elle pouvait passer pour la première rencontre dans le monde d'outre-tombe de deux esprits qui s'étaient bien connus dans leur existence première. Mais remis à présent face à face, ils se faisaient mutuellement peur, n'étant pas familiarisés encore avec leur nouvel état, ni

accoutumés à la compagnie d'êtres désincarnés. Fantôme
chacun d'eux et qu'épouvantait l'autre fantôme !

Ils étaient épouvantés aussi par eux-mêmes car cette
crise leur révélait leur for intérieur, les éclairait chacun
sur son histoire, comme la vie ne le fait jamais, sinon
durant ces minutes fatidiques qui coupent le souffle.
L'âme entrevoit alors son visage dans le miroir de l'instant qui passe. Avec crainte, en frémissant, et comme
poussé malgré lui par une nécessité, Arthur Dimmesdale
avança une main froide qui toucha la main froide d'Hester Prynne. Ce serrement de mains, pour glacé qu'il fût,
fit disparaître ce qu'il y avait de plus sinistre en la rencontre. Arthur Dimmesdale et Hester Prynne se sentirent
au moins habitants du même monde.

Sans dire un mot de plus, sans que ni lui ni elle ne
montrât le chemin, mais d'un accord tacite, tous deux se
glissèrent à l'ombre des bois d'où était sortie Hester et
allèrent s'asseoir sur le tas de mousse où la mère et la fille
avaient pris place auparavant.

Quand ils retrouvèrent une voix, ce fut d'abord seulement pour exprimer les questions et les remarques que
n'importe quelles personnes de connaissance eussent pu
échanger sur le ciel voilé, la tempête qui menaçait, la
santé de l'un et de l'autre.

Ainsi avancèrent-ils, non hardiment mais pas à pas,
vers les questions blotties au profond de leurs cœurs. Si
longtemps séparés par le destin et les circonstances, ils
avaient besoin de paroles insignifiantes pour prendre les
devants et courir ouvrir les portes de leur entretien avant
que leurs pensées véritables pussent être amenées à en
franchir le seuil.

Au bout d'un moment, le pasteur fixa ses regards sur
Hester Prynne.

— Hester, dit-il, as-tu trouvé la paix ?

Elle sourit sombrement et abaissa un regard sur sa
poitrine.

— Et toi ? demanda-t-elle.

— Non ! Je n'ai trouvé que le désespoir ! répondit-il.
Que pouvais-je attendre d'autre étant ce que je suis et
menant la vie que je mène ? Si j'étais un athée, un homme

sans conscience, un misérable aux instincts de brute, j'aurais pu trouver la paix depuis longtemps! Que dis-je, je ne l'aurais sans doute jamais perdue! Mais mon âme est ainsi faite que toutes les qualités qu'elle pouvait posséder sont devenues les instruments de ma torture spirituelle. Hester, je suis on ne peut plus malheureux!

— Les gens te révèrent, dit Hester, et tu leur fais sûrement beaucoup de bien. Cela ne t'apporte-t-il pas de réconfort?

— Non, Hester, mais un redoublement de misère! répondit le pasteur avec un amer sourire. Je ne crois pas au bien que je peux faire. Il faut qu'il y ait là-dessous quelque tromperie. Comment une âme ravagée comme la mienne pourrait-elle travailler à la rédemption de l'âme des autres? Et quant à la révérence des gens, puisse-t-elle se changer en mépris et en haine! Peux-tu appeler, Hester, une consolation le fait qu'il me faut monter en chaire et voir des centaines d'yeux se lever vers mon visage comme s'il rayonnait de la lumière du ciel! Voir mes paroissiens m'écouter comme si je parlais avec la langue de feu des Apôtres et savoir quelles ténèbres ils idolâtrent en fait? Que de fois ai-je ri d'amertume et d'angoisse devant ce contraste entre ce que j'ai l'air d'être et ce que je suis! Et Satan en rit lui aussi!

— Vous ne vous rendez point justice, dit Hester doucement. Vous vous êtes profondément et cruellement repenti. Vous avez laissé votre faute derrière vous avec les jours depuis longtemps passés. Votre vie d'à présent n'est pas moins sainte qu'elle ne paraît aux yeux des gens. N'y a-t-il rien de vrai dans une pénitence pareillement marquée au sceau d'un bon travail? Pourquoi ne vous vaudrait-elle pas la paix?

— Non, Hester, non, répondit le pasteur. Elle est froide et morte et ne peut rien pour moi! Je me suis repenti, soit! mais je n'ai pas vraiment expié. Sinon j'aurais depuis longtemps rejeté ces habits qui sont une dérision pour me montrer au genre humain tel que je lui apparaîtrai au jour du Jugement dernier. Vous êtes heureuse, vous, Hester, qui portez la lettre écarlate ouvertement sur votre poitrine! La mienne me brûle en secret.

Vous ne pouvez pas savoir quel soulagement ce peut être,
après avoir été pendant sept ans tricheur, de regarder
enfin les yeux dans les yeux quelqu'un qui me connaît
pour ce que je suis. Si j'avais un ami — voire un ennemi
et un ennemi mortel mais à qui, torturé par les louanges
de tous les autres hommes, je pourrais tous les jours aller
me montrer, qui verrait en moi le plus vil des pécheurs, il
me semble que mon âme se maintiendrait en vie. Même
une aussi petite dose de vérité me sauverait! Mais tout est
mensonge! Vide! Mort!

Hester le regarda mais hésita à parler. Pourtant, en
exprimant avec tant de véhémence ses émotions si longtemps refoulées, Arthur Dimmesdale venait de lui offrir
une entrée en matière pour ce qu'elle était venue lui dire.
Elle surmonta ses craintes et dit:

— L'ami que tu souhaites, la personne avec qui pleurer ton péché, tu l'as en moi qui fus ta complice!

De nouveau, elle hésita puis prononça enfin avec
effort:

— Et un ennemi, voici longtemps que tu en as un, et
tu habites avec lui, sous le même toit!

Le pasteur se mit debout d'un bond, haletant, enfonçant ses doigts dans sa poitrine comme s'il avait voulu
s'arracher le cœur.

— Ah! Que dis-tu? s'écria-t-il, un ennemi? et sous
mon propre toit? Mais encore?

Hester Prynne se rendait à présent pleinement compte
du tort profond qu'elle avait fait à ce malheureux en
permettant qu'il fût pendant des années — ou même
pendant un seul instant — à la merci de quelqu'un qui ne
pouvait que nourrir des dessins funestes. Le voisinage
seul d'un ennemi, caché sous n'importe quel masque,
suffisait à troubler l'univers magnétique d'un sensitif
comme Arthur Dimmesdale.

Il y avait eu une période durant laquelle ces considéra-
tions avaient plus ou moins échappé à Hester. Ou peut-
être, rendue misanthrope par ses propres malheurs, avait-
elle eu tendance à abandonner le pasteur à un sort qu'elle
imaginait plus supportable que le sien. Mais dernièrement, depuis la nuit de la veillée, tous ses sentiments

envers Arthur Dimmesdale s'étaient adoucis et ranimés. Elle lisait mieux en lui maintenant. Le présence continuelle de Roger Chillingworth, sa malignité secrète qui empoisonnait l'air tout autour de lui, son intervention autorisée de médecin dans les infirmités physiques et morales de l'homme qu'il haïssait — tout cela, Hester ne le mettait pas en doute, avait été utilisé à des fins cruelles. Tout cela avait été mis en œuvre non pour guérir le malheureux sous l'action d'une saine souffrance, mais pour maintenir sa conscience dans un état d'irritation constante, pour corrompre et désagréger petit à petit son être moral tout entier.

Sur terre, le résultat de cette machination ne pouvait que presque immanquablement être la folie. Et, dans l'autre monde, sans doute se traduirait-il par cet éternel éloignement du Bon et du Vrai dont la folie est peut-être l'image terrestre.

C'est dans un gouffre pareil qu'elle avait donc fait tomber cet homme, autrefois — non, pourquoi ne se l'avouerait-elle pas à elle-même? — aujourd'hui encore si passionnément aimé? Hester sentait que le sacrifice de la réputation du pasteur, la mort elle-même, aurait été, ainsi qu'elle l'avait déjà dit à Roger Chillingworth, préférable au parti qu'elle avait pris sur elle de choisir. Et à présent, plutôt que d'avoir à lui confesser cette faute accablante, elle eût été heureuse de s'étendre sur les feuilles de la forêt et de mourir là, aux pieds d'Arthur Dimmesdale.

— O ami! s'écria-t-elle, pardonne-moi! En tout le reste, je me suis efforcée d'être franche! La vérité était la seule vertu à laquelle je pouvais rester fidèle, à laquelle je suis restée fidèle en toutes extrémités — sauf lorsque ton bien, ta vie, ta gloire étaient en question! Alors j'ai consenti à un mensonge... Mais un mensonge est toujours mauvais même si la mort menace! Ne vois-tu pas ce que je veux dire? Ce vieil homme! le médecin! Celui qu'on appelle Roger Chillingworth! — c'était mon mari!

Le pasteur la regarda un instant avec cette violence passionnée qui — mélangée sous plus d'une forme à ses qualités plus hautes — représentait, en réalité, une partie de lui-même que le diable réclamait et grâce à laquelle il s'efforçait d'attirer également à lui toutes les autres. Il n'y eut jamais froncement de sourcils plus sombre et plus furieux que celui que vit alors Hester Prynne. Pendant le peu de temps qu'il dura, ce fut une transfiguration ténébreuse. Mais le caractère d'Arthur Dimmesdale avait été tellement affaibli par la souffrance que même ses énergies les plus basses ne purent soutenir qu'un combat passager. Il s'effondra sur le sol et enfouit son visage entre ses mains.

— J'aurais dû comprendre... murmura-t-il. Je le savais ! Ce secret ne m'avait-il pas été révélé par le mouvement qui, à première vue, m'avait éloigné de cet homme ? Par mon recul, ensuite, chaque fois que je le revoyais ? Pourquoi n'ai-je pas compris ? Oh, Hester Prynne, tu n'as qu'une bien faible idée de l'horreur de cette chose ! Oh, l'indélicatesse ! la honte ! la laideur de cette exhibition d'un cœur malade et coupable aux yeux mêmes qui s'en délectaient ! Femme, femme, tu es responsable de cette abomination ! Je ne pourrai jamais te pardonner !

— Si, tu me pardonneras ! s'écria Hester en se jetant sur les feuilles mortes à ses pieds. Laisse Dieu punir ! Mais toi, pardonne !

Dans un élan subit de tendresse passionnée, elle jeta ses bras autour de lui, elle lui pressa la tête contre sa poitrine, ne se souciant guère que, d'une joue, il appuyât contre la lettre écarlate. Arthur Dimmesdale se serait dégagé, mais il s'y efforça en vain. Hester ne voulait pas le libérer de peur qu'il la regardât sévèrement encore. Le monde entier avait pendant sept longues années regardé en fronçant les sourcils cette femme solitaire. Elle l'avait supporté, elle le supportait encore sans détourner jamais son regard ferme et triste. Le ciel l'avait, lui aussi, regardée sévèrement et elle n'était pas morte. Mais le regard sévère de cet homme faible, pâle, coupable, frappé par le malheur, Hester ne pouvait le supporter et continuer à vivre.

— Tu me pardonneras ? répétait-elle encore et encore. Tu ne fronceras plus les sourcils ? Tu me pardonneras ?

— Je vous pardonne, Hester, répondit enfin le pasteur d'une voix profonde, qui semblait monter d'un abîme de tristesse, mais sans colère. Je vous pardonne de plein gré à présent. Puisse Dieu nous pardonner à tous les deux ! Nous ne sommes pas, Hester, les pires pécheurs du monde. Il en est un plus coupable que le prêtre profanateur lui-même. La vengeance de ce vieil homme a été plus noire que ma faute. Il a violé de sang-froid le sanctuaire qu'est un cœur humain. Ni toi ni moi, Hester, n'avons jamais fait pareille chose !

— Jamais, jamais ! murmura-t-elle. Ce que nous avons fait avait une consécration en soi-même. C'était notre impression ! Nous nous l'étions dit ! L'as-tu oublié ?

— Chut, Hester ! dit Arthur Dimmesdale en se levant. Non, je ne l'ai pas oublié !

Ils s'assirent de nouveau côte à côte et la main dans la main sur le tronc moussu de l'arbre tombé. La vie ne leur avait jamais apporté une heure plus triste. Leur destin l'avait en réserve depuis bien longtemps et elle se faisait plus sombre à mesure qu'elle s'écoulait. Pourtant, elle répandait un charme qui les retenait là, qui leur faisait réclamer un autre moment, un autre et, après tout, un autre encore. La forêt était obscure autour d'eux et craquait sous une rafale. Les rameaux étaient lourdement ballottés au-dessus de leurs têtes, tandis qu'un vieil arbre solennel gémissait comme s'il eût conté à un autre la triste histoire du couple assis sous ses branches, ou eût été contraint de prédire un mal à venir.

Et pourtant, ils s'attardaient. Comme il paraissait sinistre, le sentier qui ramenait à la colonie où Hester devrait reprendre le fardeau de sa honte, le pasteur l'apparence creuse de sa bonne réputation ! Aussi s'attardaient-ils, tous deux, un moment encore. Aucun rayon de lumière dorée ne leur avait jamais été aussi précieux que la pénombre de cette noire forêt. Ici, où seuls la voyaient les yeux d'Arthur Dimmesdale, la lettre écarlate n'avait point besoin de brûler la poitrine de la femme déchue. Ici, sous les yeux seulement d'Hester Prynne, Arthur Dimmesdale, menteur à Dieu et aux hommes, pouvait pour un moment être véridique !

Mais le pasteur tressaillit sous une pensée qui, soudain, lui sauta à l'esprit.

— Hester, s'écria-t-il, Roger Chillingworth sait que vous entendiez révéler qui il est ! Continuera-t-il à garder notre secret ? Quel cours prendra désormais sa revanche ?

— Il y a quelque chose d'étrangement dissimulé en sa nature, répondit Hester pensivement, et qui s'est développé comme il s'adonnait aux pratiques clandestines de sa vengeance. Il ne me paraît point probable qu'il trahisse le secret. Il cherchera, sans doute aucun, un autre moyen d'assouvir sa sombre passion.

— Et moi ? comment continuer à vivre en respirant le même air qu'un aussi mortel ennemi ? s'écria Arthur Dimmesdale en se repliant sur lui-même et pressant nerveusement sa main contre son cœur — geste chez lui devenu machinal. Décide pour moi, Hester ! Tu es forte. Décide pour moi !

— Tu ne dois pas rester plus longtemps auprès de cet homme, dit Hester lentement et d'un ton ferme.

— Ce fut pis que la mort ! répondit le pasteur. Mais comment le fuir ? Quel choix m'est offert ? Vais-je m'étendre de nouveau sur ces feuilles desséchées où je me suis jeté quand tu m'a dit qui il était ? M'enfoncer dedans et mourir tout de suite ?

— Hélas ! quelle épave te voici devenu ! dit Hester, un flot de larmes s'échappant de ses yeux. Vas-tu te laisser mourir par pure faiblesse ?

— Le jugement de Dieu pèse sur moi, répondit le prêtre. Je ne saurais lutter contre lui !

— Le Ciel te montrerait de la miséricorde, répliqua Hester, si tu avais seulement la force d'en tirer parti.

— Sois forte à ma place, dit-il. Dis-moi ce que je dois faire.

— Le monde est-il donc si petit ? s'écria Hester en fixant son regard profond sur les yeux du pasteur et exerçant instinctivement un pouvoir magnétique sur un esprit tellement ravagé qu'il pouvait à peine se soutenir. L'univers entier est-il donc enfermé dans les limites de cette ville là-bas, qui, il y a si peu de temps encore, n'était qu'une étendue semée de feuilles mortes, aussi inhabitée que celle qui nous entoure ? Où mène ce sentier-ci ? Vers la colonie, dis-tu ? Oui ! mais loin, bien loin d'elle aussi ! Il s'enfonce de plus en plus profondément dans la nature sauvage, de moins en moins visible jusqu'à ce que, à quelques milles d'ici, les feuilles mortes ne révèlent plus trace des pas de l'homme blanc. Tu es libre ! Un aussi court voyage te conduirait d'un monde où tu as été tellement misérable en un autre où tu peux encore être heureux ! N'y a-t-il pas assez d'ombre en cette forêt sans limite pour dissimuler ton cœur aux regards de Roger Chillingworth ?

— Si, Hester. Mais seulement sous les feuilles mortes, répondit le pasteur avec un mélancolique sourire.

— Alors, il y a le large chemin de la mer ! reprit Hester. Il t'a conduit ici. Si tu le veux, il peut te ramener d'où tu viens : dans notre pays natal, dans un de ses plus lointains villages ou dans Londres, la grande ville. Ou encore en Allemagne, en France, dans l'aimable Italie. Là, tu serais hors d'atteinte ! Et qu'as-tu à faire de tous ces hommes si durs et de leur opinion ? Ils n'ont gardé que trop longtemps en esclavage ce qu'il y a de meilleur en toi !

— Cela ne saurait être, répondit le pasteur qui écoutait comme si on le sommait de réaliser un rêve. Je suis incapable de m'en aller. Misérable et coupable comme je suis, je n'ai d'autre pensée que de traîner mon existence terrestre dans la sphère où Dieu m'a placé. Pour perdue que soit mon âme, je ne m'efforcerai pas moins de faire mon possible pour les autres âmes. Je n'ose pas quitter mon poste, bien qu'étant une sentinelle infidèle qui n'attend d'autre récompense que la mort et le déshonneur lorsque son temps de garde prendra fin.

— Tu es écrasé sous le poids de ces sept ans de misère, reprit Hester ardemment résolue à le soutenir de son énergie. Mais tu laisserais tout ton fardeau derrière toi ! Il n'alourdirait point tes pas sur le chemin de la forêt, ni ne chargerait le vaisseau si tu préfères traverser la mer. Laisse ces ruines ici où la catastrophe a eu lieu. Ne t'en occupe plus ! Reprends tout au commencement ! As-tu épuisé toutes tes ressources avec cet échec unique ? Mais

non ! L'avenir est encore plein d'expériences à tenter ! de
succès ! Il y a du bonheur à ressentir ! du bien à faire.
Échange cette vie fausse que tu mènes contre une vie
sincère. Sois, si ton esprit t'appelle à pareille mission, le
guide et l'apôtre des Peaux-Rouges. Ou, s'il est davantage dans ta nature, sois un savant, un sage parmi les
sages, l'homme le plus en renom du monde civilisé.
Prêche ! Écris ! Agis ! Fais n'importe quoi hormis te laisser tomber et mourir ! Abandonne le nom d'Arthur Dimmesdale et fais-t'en un autre que tu puisses porter sans
crainte ni honte. Pourquoi t'attarderais-tu, ne fût-ce
qu'un jour, dans les tourments qui ont ravagé ta vie ? —
qui t'ont rendu faible devant l'action ? qui finiront par
t'enlever jusqu'à la force du repentir ? Lève-toi et pars !

— Oh, Hester, s'écria Arthur Dimmesdale et, en ses
yeux une flamme vacillante allumée par tant d'enthousiasme brilla d'un vif éclat et s'éteignit, tu parles de
prendre sa course à un homme dont les genoux se déro-
bent ! Force m'est de mourir ici ! Le monde est trop vaste,
trop étrange, trop rebutant ! Je n'ai pas assez de force et
de courage pour m'y aventurer seul !

C'était le cri de découragement suprême d'un esprit
usé — d'un homme qui n'avait plus assez d'énergie pour
se saisir du sort meilleur qui semblait à sa portée.

Il répéta le mot :

— Seul, Hester !

— Tu ne partirais pas seul ! lui répondit Hester en un
profond murmure.

Et alors, tout fut dit !

CHAPITRE XVIII

FLOT DE LUMIÈRE ENSOLEILLÉE

Arthur Dimmesdale plongea ses regards dans les yeux d'Hester avec une expression rayonnante d'espoir et de joie, certes, mais où se mêlaient de la crainte, une sorte d'horreur devant la hardiesse de cette femme qui venait d'exprimer ce que lui n'avait fait qu'indiquer, n'avait pas osé dire.

Hester Prynne, née avec un esprit courageux et actif et, depuis si longtemps, non seulement écartée mais rejetée de la société, s'était habituée à une largeur de vues tout à fait étrangère au pasteur. Elle avait moralement erré, sans loi ni guide, dans des étendues aussi sauvages, sombres et pleines de méandres que la forêt où tous deux avaient eu cet entretien qui allait décider de leur sort. Son cœur et son intelligence avaient pour ainsi dire leur chez-soi en ces lieux déserts où elle vagabondait aussi librement que l'Indien dans ses bois. Pendant des années, elle avait donc considéré toutes les institutions, tout ce que prêtres et législateurs avaient établi, du point de vue de l'étrangère, avec un esprit critique et guère plus de respect qu'un Indien n'en eût éprouvé pour le rabat du prêtre, la robe du magistrat, le pilori, le gibet, le foyer ou l'Église. La lettre écarlate était son passeport pour des régions où n'osaient pénétrer les autres femmes. Le désespoir, la honte, la solitude avaient été ses maîtres, des maîtres rudes qui l'avaient rendue forte mais l'avaient bien souvent mal enseignée.

Le pasteur, lui, n'avait jamais traversé une épreuve calculée pour l'entraîner au-delà des lois reconnues — encore qu'une unique fois il eût transgressé la plus sacrée d'entre elles. Mais son péché avait été un péché de passion qui laissait intacts ses principes. Depuis ce malheureux épisode, il avait veillé avec un zèle morbide et minutieux non tellement sur ses actes — contre ceux-ci il était facile de faire bonne garde — mais sur tout tressaillement d'émotion, sur chacune de ses pensées. A la tête du système social comme l'étaient en ce temps-là les hommes d'église, il se trouvait d'autant plus entravé par tout ce que ce système comportait de règles, de principes et même de préjugés. En tant que prêtre, il était sans recours enfermé dans le cadre de son ministère. En tant qu'homme, s'il avait failli une fois, sa conscience s'était si douloureusement maintenue, depuis, sur le qui-vive, grâce aux élancements d'une blessure toujours à vif, qu'on pouvait le tenir pour plus sûrement engagé dans le sentier de la vertu que s'il n'avait jamais péché du tout.

Aussi peut-il sembler, dans le cas d'Hester Prynne, que les sept dernières années, pour elle toutes d'ostracisme et d'ignominie, n'avaient guère été autre chose qu'une préparation à l'heure présente. Mais Arthur Dimmesdale ! S'il allait tomber à nouveau, quelle excuse invoquer pour atténuer sa faute ? Aucune. A moins de faire ressortir qu'il avait été brisé par une longue et vive souffrance ; que son esprit était obscurci et troublé par le remords même qui le torturait ; qu'entre s'enfuir comme un criminel avoué et rester comme un hypocrite, sa conscience pouvait trouver difficile de choisir ; qu'il est humain d'éviter de s'exposer à un risque, à la honte publique, aux machinations inscrutables d'un ennemi ; qu'enfin, à ce pauvre misérable, malade et chancelant sur son chemin sinistre et désert, une lueur d'affection humaine apparaissait, la perspective d'une vie nouvelle et sans mensonge, en remplacement de la vie d'expiation écrasante qu'il était en train de subir.

Disons aussi une vérité dure et triste : la brèche que le mal a creusée dans une âme humaine ne peut jamais, en notre état mortel, être réparée. On peut faire bonne garde afin que l'ennemi ne se fraye pas derechef un chemin vers la citadelle ou n'aille pas, même, tenter de choisir, pour théâtre d'assauts futurs, d'autres voies que celle qui lui avait été une fois favorable. Un mur en ruine n'en subsiste pas moins et, toute proche, la ronde sournoise d'un ennemi entendant bien renouveler un triomphe qu'il n'oublie pas.

La lutte, si lutte il y eut, n'a pas besoin d'être décrite. Il suffit de savoir que le Révérend Dimmesdale décida de s'enfuir et non point seul.

« Si ces sept dernières années me laissaient un unique souvenir de paix et d'espoir, songea-t-il, je continuerais d'endurer ce sort, à cause de cet avant-goût de la miséricorde céleste. Mais, puisque je me sens irrévocablement jugé, pourquoi ne profiterais-je pas du réconfort qu'on accorde au condamné avant son exécution ? Si ce nouveau chemin conduit à une vie nouvelle, comme Hester voudrait me le persuader, je ne renoncerai certes à nul sort plus supportable en m'y engageant. Et je ne pourrais d'ailleurs plus vivre sans sa compagnie. Hester a tant de force pour soutenir — tant de tendresse pour apaiser ! O Toi, vers qui je n'ose lever les yeux, ne pourras-tu me pardonner ? »

— Tu partiras, dit Hester avec calme comme leurs regards se rencontraient.

Une fois la décision prise, la flamme d'une joie étrange pétilla dans la poitrine du pasteur, apaisant son trouble. C'était l'effet revigorant — sur un prisonnier échappé tout juste du cachot de son propre cœur — de l'air qu'on respire dans une région libre, non régénérée, non christianisée, encore sans loi. Son esprit s'éleva pour ainsi dire d'un bond et approcha plus près du ciel que durant toutes ces années misérables qui l'avaient maintenu rampant au ras du sol. Comme il était d'un tempérament profondément religieux, cet état d'esprit prit inévitablement chez lui une teinte pieuse.

— Eh, quoi, la joie serait de nouveau à ma portée ? s'écria-t-il tout surpris en face de lui-même. Je croyais que le germe en était mort chez moi ! Oh, Hester, tu es mon bon ange ! Il semble que, malade, marqué par le péché et la douleur, je me sois jeté ici sur ces feuilles de la forêt et me sois relevé un autre homme nanti de forces nouvelles pour glorifier Celui qui a été miséricordieux !

C'est déjà là une vie meilleure. Pourquoi ne l'avons-nous pas trouvée plus tôt?

— Ne regardons pas en arrière, dit Hester. Le passé est parti! Pourquoi nous attarderions-nous à le rappeler? Regarde! En détachant ce symbole j'efface tout comme si rien n'avait jamais existé!

En parlant ainsi, elle dégrafa la lettre écarlate de sa poitrine et la jeta au loin parmi les feuilles sèches. Le signe mystique alla échouer en bas, sur la rive. La largeur d'une main en plus il tombait dans l'eau, et donnait au petit ruisseau un autre chagrin à entraîner avec lui — en sus de l'histoire inintelligible qu'il ne cessait de murmurer. Mais la lettre brodée gisait à terre, scintillante comme un bijou perdu que quelque vagabond malchanceux viendrait peut-être à ramasser pour être hanté, ensuite, par des tristesses, d'étranges fantômes de péché et une malchance inexplicables.

Ce stigmate enlevé, Hester poussa un long, un profond soupir qui déchargea son esprit d'angoisse et de honte. O délicieux soulagement! Elle ne s'était pas rendu compte du poids de son boulet avant de s'en sentir délivrée! D'un autre élan, elle enleva la coiffe austère qui cachait ses cheveux et ils se répandirent sur ses épaules, noirs et abondants avec à la fois de l'ombre et de la lumière dans leur épaisseur et prêtant au visage qu'ils encadraient le charme de leur douceur. Sur les lèvres d'Hester et dans ses yeux un sourire se mit à briller radieux et tendre, le sourire même de la femme. Un flot pourpre colorait ses joues pendant si longtemps restées pâles. Son sexe, sa jeunesse, la splendeur de sa beauté lui revenaient du passé qu'on dit irrévocable, accouraient se presser, avec ses espoirs de vierge et un bonheur jusqu'alors inconnu, dans le cercle magique de cette heure. Et, comme si elle n'avait été qu'une émanation de ces deux cœurs mortels, la tristesse de la terre et des cieux s'évanouit avec leur peine. Tout d'un coup le soleil se montra, inondant d'un flot de rayons la forêt obscure, égayant chaque feuille verte, transmuant en or chaque feuille jaune, étincelant au long du tronc gris des arbres solennels. Tout ce qui avait jusqu'alors fait de l'ombre devenait de la lumière à présent. Le cours du petit ruisseau pouvait être suivi des yeux, grâce à son miroitement de fête tandis qu'il s'enfonçait dans le mystère du sous-bois devenu un mystère d'allégresse.

Ainsi, la nature marquait sa sympathie à ces deux esprits inondés de bonheur — cette nature sauvage et païenne de la forêt que ne subjugua jamais la loi humaine, que n'illuminèrent jamais les vérités les plus hautes. L'amour, qu'il vienne de naître ou s'éveille d'un sommeil de mort, créera toujours de la lumière, emplira le cœur du rayonnement qu'il répand sur le monde extérieur. Même si la forêt était restée sombre, il aurait fait clair dans les yeux d'Hester Prynne et d'Arthur Dimmesdale!

Hester regarda son compagnon avec le frémissement d'une joie nouvelle.

— Il faut que tu connaisses Pearl! dit-elle. Notre petite Pearl! Tu l'as vue, oui, je le sais! mais tu la verras maintenant avec d'autres yeux. C'est une étrange enfant. Je ne la comprends qu'à peine. Tu l'aimeras chèrement comme je fais et me donneras conseil pour m'y prendre avec elle.

— Crois-tu qu'elle sera heureuse de me connaître? demanda le pasteur avec quelque gêne. Voici longtemps que j'évite les enfants car ils se montrent souvent méfiants envers moi. La petite Pearl m'a même fait un peu peur!

— Ah, voilà qui était triste! répondit la mère. Mais vous allez vous aimer chèrement désormais. Elle n'est pas loin, je vais l'appeler. Pearl!

— Je la vois, dit le pasteur. Elle est debout dans un rayon de soleil, loin par-delà le ruisseau. Ainsi donc, tu crois que l'enfant va m'aimer?

Hester sourit et, de nouveau, appela Pearl qu'on apercevait, ainsi que l'avait dit Arthur Dimmesdale, debout à quelque distance, dans un rayon de soleil qui tombait sur elle à travers une voûte de feuillage. Sa silhouette rentrait dans l'ombre ou s'illuminait, selon les jeux de la lumière. Elle s'entendit appeler et se mit lentement en route à travers la forêt.

Pearl n'avait pas trouvé le temps long tandis que sa

mère s'entretenait avec le pasteur. La grande forêt sombre — pour sévère qu'elle pût se montrer à ceux qui apportaient en son sein les forfaits et les soucis du monde — s'était de son mieux transformée en compagne de jeux pour l'enfant solitaire. Toute ténébreuse qu'elle fût elle s'était mise en frais d'aimable humeur pour l'accueillir. Elle lui avait offert des baies, fruits de l'automne passé mais ne mûrissant qu'au printemps et aussi rouges à présent que des gouttes de sang sur les feuilles flétries. Pearl les avait ramassées et s'était régalée de leur saveur âpre. Les petits habitants de ces lieux sauvages ne prenaient autant dire pas la peine de s'écarter de son chemin. A vrai dire, une perdrix que suivait sa couvée précipita pourtant sa marche d'un air menaçant ; mais se repentant sans retard de son impétuosité elle caqueta à ses petits de ne pas avoir peur. Un pigeon laissa Pearl venir jusque sous la branche où il était perché, tout seul, et fit alors un bruit de gorge qui était un salut plutôt qu'un cri d'alarme. Des majestueuses hauteurs de l'arbre où il logeait, un écureuil se mit à jacasser, soit avec gaieté soit avec colère — car l'écureuil est un petit personnage si coléreux et si gai qu'il est difficile de discerner son humeur — et lança sur la tête de l'enfant une noix de l'année dernière qu'avait déjà grignotée sa dent aiguë. Un renard, dérangé dans son sommeil par des pas légers sur les feuilles, jeta à la promeneuse un regard inquisiteur comme s'il se demandait si mieux valait s'enfuir ou se rendormir sur place. Un loup, dit-on — mais ici le conte sûrement s'égare dans l'invraisemblance — un loup se serait présenté, aurait flairé la robe de Pearl et tendu sa tête féroce pour se faire caresser. Il semble bien vrai, en tout cas, que la mère-forêt et les bêtes et les plantes sauvages qu'elle nourrissait reconnurent en cette enfant des humains une sauvagerie parente de la leur.

Et Pearl était là plus douce que dans les rues bordées d'herbe de la colonie ou dans la chaumière de sa mère. Les fleurs semblaient le savoir et l'une ou l'autre lui chuchotait en la voyant passer : « Fais-toi belle avec moi ! » Et, pour leur faire plaisir, Pearl cueillit des violettes et des anémones et des pimprenelles et quelques menues branchettes vert tendre que les vieux arbres abaissèrent à sa portée. Avec sa récolte, elle orna ses cheveux et sa taille et devint la fille d'une nymphe ou une dryade enfant, ou n'importe quel autre personnage approchant de plus près l'antiquité des bois. Pearl était en train de se parer ainsi quand elle entendit la voix de sa mère et revint lentement sur ses pas.

Lentement — car elle avait vu le pasteur !

CHAPITRE XIX

L'ENFANT AU BORD DU RUISSEAU

— Tu l'aimeras chèrement, disait Hester, tandis qu'avec Arthur Dimmesdale elle regardait approcher la petite Pearl. Ne la trouves-tu point belle ? Vois avec quel talent naturel elle a su se parer de ces simples fleurs ! Si elle avait ramassé des perles, des diamants et des rubis dans les bois, ils n'auraient pu lui aller mieux ! C'est une enfant merveilleuse ! Et je sais bien de qui elle a le front !

— Sais-tu, Hester, dit le pasteur avec un sourire inquiet, que cette chère enfant trottant toujours à tes côtés m'a causé maintes et maintes alarmes ? Il me semblait — oh, Hester, quelle pensée était-ce là et qu'il était donc terrible d'en être épouvanté ! — il me semblait que mes traits étaient en partie reproduits sur son visage et d'une façon si frappante que le monde allait s'en apercevoir ! Mais c'est à toi surtout qu'elle ressemble.

— Non, non, pas à moi surtout ! répondit la mère avec un tendre sourire. Attends un peu encore et tu n'auras plus à redouter qu'on découvre de qui elle est l'enfant. Mais qu'elle est étrangement belle avec ces fleurs sauvages dans ses cheveux ! On dirait qu'une des fées que nous avons laissées en la Vieille-Angleterre l'a parée pour l'envoyer vers nous.

Avec un sentiment que ni l'un ni l'autre n'avait jamais éprouvé, Hester et Arthur Dimmesdale regardaient Pearl avancer lentement vers eux. En elle était visible le lien qui les unissait. Elle avait été offerte à la vue du monde au long des sept dernières années comme un hiéroglyphe vivant. Le secret que tous deux si sombrement s'efforçaient de cacher aurait été clairement révélé s'il s'était trouvé un prophète ou un magicien versé dans l'art de lire ces caractères de feu !

Et Pearl incarnait le fait qu'ils ne faisaient qu'un. Le passé pouvait être ce qu'il voulait. Hester et Arthur Dimmesdale ne pouvaient mettre en doute que leur vie présente et future ne fussent jointes, quand ils avaient, ainsi, sous les yeux, l'image à la fois de leur union matérielle et de l'idée spirituelle qui les avaient liés l'un à l'autre et les maintiendraient ensemble dans l'immortalité. De telles pensées, et d'autres peut-être dont ils ne prenaient pas conscience, entouraient pour eux l'enfant d'une sorte d'épouvante sacrée, tandis qu'elle s'avançait.

— Ne laisse rien voir de singulier, ni passion, ni émoi dans ta façon de l'accueillir, murmura Hester. Notre Pearl est parfois semblable à un fantasque et fantastique petit lutin. Elle ne tolère que difficilement l'émotion quand elle n'en comprend pas entièrement le pourquoi et le comment. Mais elle est capable de fortes affections. Elle m'aime et elle t'aimera.

— Tu ne saurais croire, dit le pasteur en jetant un coup d'œil de côté vers Hester, combien je désire et redoute à la fois cette rencontre ! Ainsi que je te l'ai déjà dit, les enfants ne se laissent pas volontiers aller à la confiance envers moi. Ils ne viennent pas grimper sur mes genoux, ni babiller à mes oreilles. Ils ne répondent pas à mon sourire mais se tiennent à l'écart et me regardent d'un air singulier. Les nouveau-nés, eux-mêmes, lorsque je les prends dans mes bras, se mettent à pleurer. Pourtant, Pearl par deux fois au cours de sa petite vie s'est montrée gentille envers moi ! La première fois fut tu sais bien quand ! et la deuxième, lorsque tu l'amenas avec toi chez le sévère vieux Gouverneur.

— Et tu plaidas alors si bravement sa cause et la mienne ! répondit Hester. Je m'en souviens et la petite Pearl doit bien s'en souvenir aussi. N'aie crainte ! Elle peut se montrer singulière et timide au début, mais elle apprendra bientôt à t'aimer.

Pendant ce temps, sur l'autre rive, Pearl avait gagné le bord du ruisseau et restait immobile à regarder en silence

Hester et le pasteur, toujours assis côte à côte sur le tronc
d'arbre moussu et s'apprêtant à la recevoir.

A l'endroit même où elle s'était arrêtée, le ruisseau
formait une petite anse où l'eau était si claire et si paisible
qu'elle reflétait de la petite fille si pittoresque, ornée de
fleurs et de guirlandes une image parfaite, mais un peu
spiritualisée. Cette image, presque identique à la personne vivante de la petite Pearl, semblait communiquer à
l'enfant quelque chose de son intangible qualité d'ombre.
Étrange, cette façon qu'avait Pearl de regarder Hester et
le pasteur si fixement, là-bas, dans la pénombre de la
forêt, tandis qu'elle était, elle, tout éclairée par un rayon
de soleil venu se poser sur elle par sympathie !

Dans le ruisseau, à ses pieds, se tenait une autre enfant
— une autre qui pourtant était la même — avec elle aussi
son rayon de lumière dorée. Hester se sentit d'une étrange
et tourmentante façon éloignée de Pearl comme si l'enfant, en errant seule dans la forêt, s'était égarée hors de la
sphère où sa mère et elle habitaient ensemble et cherchait,
en vain, maintenant, à y rentrer.

Il y avait du vrai et du faux dans cette impression.
L'enfant et la mère s'étaient, en effet, éloignées l'une de
l'autre mais par la faute d'Hester, non de Pearl. Tandis
que celle-ci vagabondait sous bois, quelqu'un avait été
admis dans le cercle des sentiments de sa mère et en avait
tellement modifié l'aspect que Pearl, à son retour, ne
pouvait plus trouver sa place habituelle et ne savait plus
où elle en était.

— Il me vient la fantaisie bizarre, remarqua le pasteur
toujours réceptif, que ce ruisseau est une frontière qui
sépare deux univers et que tu ne pourras plus jamais
rencontrer de nouveau ta Pearl. Ou serait-elle un de ces
petits elfes des légendes de notre enfance à qui il était
défendu de franchir un cours d'eau ? Fais, s'il te plaît, en
sorte qu'elle se hâte car ce délai déjà ébranle mes nerfs.

— Viens, enfant chérie, dit Hester d'un ton encoura-
geant et en tendant les bras. Comme tu mets longtemps !
Quand donc te montras-tu pareillement indolente ? Il y a
ici un de mes amis qui sera le tien aussi. Tu vas être
aimée désormais deux fois plus que ne pouvait t'aimer ta

mère toute seule. Saute par-dessus le ruisseau et viens !
Toi qui sais sauter aussi bien qu'un petit chevreuil !

Pearl, sans se montrer sensible en rien à ces douces
instances, resta de l'autre côté du ruisseau. Tantôt, elle
fixait le regard de ses yeux brillants et farouches sur sa
mère, tantôt sur le pasteur et, tantôt, leur lançait à tous
deux un même coup d'œil comme pour découvrir et
s'expliquer le rapport qu'il pouvait y avoir entre eux.
Pour quelque inexplicable raison, Arthur Dimmesdale, en
sentant sur lui le regard de l'enfant, porta — du geste qui
lui était devenu machinal — sa main à son cœur. A la
fin, prenant un curieux air d'autorité, Pearl tendit son
index vers la poitrine de sa mère. Et, à ses pieds, dans le
miroir du ruisseau, l'image ensoleillée de la petite fille
enguirlandée de fleurs pointait de l'index elle aussi.

— Drôle d'enfant ! Pourquoi ne viens-tu point à moi ?
s'écria Hester.

Pearl continua de tendre son index et eut un froncement
de sourcils d'autant plus impressionnant que sa petite face
était tellement enfantine. Comme sa mère ne cessait de
lui faire signe en parant son visage de sourires de fête tout
à fait inaccoutumés, l'enfant frappa du pied en un geste
plus impérieux encore. Et le ruisseau refléta, en les am-
plifiant, le froncement de sourcils, l'index tendu et le
geste impérieux de la petite Pearl.

— Dépêche-toi, Pearl, ou je vais me fâcher, s'écria
Hester. Le comportement de l'enfant-lutin, en toute autre
occasion, pouvait la trouver endurcie, mais elle désirait
naturellement lui voir en cet instant des façons plus
convenables. Saute à travers le ruisseau, vilaine enfant et
cours bien vite ici ! Sinon, je vais aller te chercher !

Mais Pearl, sans être un brin plus effrayée par les
menaces de sa mère qu'elle n'avait été adoucie par ses
instances, fut soudain saisie d'un vif accès de rage. Elle
gesticulait avec violence et contorsionnait son petit corps
de la plus extravagante manière en jetant des cris perçants
que de toutes parts des échos répétaient dans les bois. De
sorte que, pour seule qu'elle fût en sa déraisonnable
colère enfantine, on eût dit que des multitudes d'êtres
cachés la soutenaient de leur sympathie et de leur en-

couragements. Une fois de plus, on vit dans le ruisseau l'image de la petite Pearl en courroux, couronnée et ceinturée de fleurs, mais frappant du pied, gesticulant sans mesure et ne cessant de montrer du doigt la poitrine d'Hester !

— Je vois ce qu'elle a, murmura Hester à son compagnon en pâlissant malgré un grand effort pour dissimuler son trouble. Les enfants ne peuvent supporter le moindre changement dans l'aspect de ce qu'ils ont quotidiennement sous les yeux. Pearl est déroutée de ne pas voir sur moi quelque chose qu'elle m'a toujours vu porter !

— Si tu as un moyen de la calmer, je t'en prie, uses-en au plus tôt, répondit le pasteur. Il n'est rien, à part le courroux venimeux d'une vieille sorcière comme dame Hibbins, ajouta-t-il en essayant de sourire, que je n'affronterais plus volontiers que cette explosion de colère chez une enfant. Sur la fraîche beauté de Pearl comme sur les rides de la sorcière, cette rage produit un effet surnaturel. Calme-la, si tu m'aimes.

Hester se tourna de nouveau vers Pearl avec une vive rougeur aux joues, un timide coup d'œil de côté au pasteur puis, avec un lourd soupir — et avant même qu'elle eût parlé sa rougeur cédait la place à une pâleur mortelle :

— Pearl, dit-elle tristement, regarde par terre, à tes pieds ! Là ! devant toi ! de ce côté-ci du ruisseau.

L'enfant tourna ses regards vers l'endroit désigné et vit la lettre écarlate gisant si près du cours d'eau que ses broderies d'or s'y reflétaient.

— Apporte-là ici, dit Hester.

— Viens, toi, et la prends ! répondit Pearl.

— Vit-on jamais pareille enfant ! dit à part Hester au pasteur. Oh, j'ai tant à te dire à son sujet ! Mais, en vérité, elle a raison à propos de ce signe odieux. Il me faut en supporter encore un peu la torture. Quelques jours seulement, jusqu'à ce que nous ayons quitté cette région et n'y pensions plus que comme à un pays vu en rêve. La forêt ne saurait le cacher ! L'Océan, quand nous serons en son milieu, le recevra de ma main et l'engloutira à jamais !

Ayant ainsi parlé, elle s'avança jusqu'au bord du ruisseau, ramassa la lettre écarlate et l'agrafa de nouveau sur sa poitrine. Elle qui venait de parler de le noyer en pleine mer se sentait sous le coup d'une sentence implacable en voyant lui revenir par la main du destin ce signe funeste. Elle l'avait jeté au loin dans l'espace infini! Elle avait respiré une heure d'air libre — et voici que ce misérable stigmate écarlate rougeoyait de nouveau à son ancienne place! Hester rassembla ensuite les épaisses boucles de sa chevelure et les enferma sous sa coiffe. Comme si la lettre écarlate avait exercé un sortilège et flétri ce qu'elle touchait, la beauté d'Hester, la chaleur et le rayonnement de sa féminité disparurent comme disparaît le soleil et une ombre sembla s'étendre sur elle.

Une fois ce mélancolique changement opéré, Hester tendit la main vers Pearl.

— Reconnais-tu ta mère, à présent? demanda-t-elle avec reproche mais d'un ton adouci. Traverseras-tu le ruisseau ou la renieras-tu encore à présent que sa honte la recouvre — à présent qu'elle est triste?

— Oui! répondit l'enfant traversant le ruisseau d'un bond et serrant Hester dans ses bras. Oui, à présent, tu es tout de bon ma mère et je suis ta petite Pearl!

Avec une tendresse qui n'était pas dans ses habitudes, l'enfant attira à elle la tête de sa mère et la baisa au front et sur les deux joues. Mais ensuite, comme poussée par cette espèce de nécessité qui l'obligeait à mitiger toutes les consolations qu'elle pouvait apporter par un contre-poids de douleur, Pearl baisa aussi la lettre écarlate!

— Voilà qui n'est point gentil, dit Hester. Quand tu m'as montré un peu d'affection, tu te moques de moi!

— Pourquoi le pasteur est-il là-bas assis? demanda Pearl.

— Il t'attend, dit Hester. Viens recevoir sa bénédiction. Il t'aime, ma petite Pearl, et il aime ta mère aussi. Ne l'aimeras-tu point? Viens! Il lui tarde tant de te voir venir!

— Nous aime-t-il? demanda Pearl en regardant avec une intelligence pénétrante sa mère en plein visage. Va-t-il revenir avec nous? Allons-nous entrer dans la ville, la main dans la main, tout les trois ensemble?

— Non, enfant, pas aujourd'hui, répondit Hester. Mais dans les jours qui vont venir, il marchera avec nous la main dans la main. Nous aurons une maison et un foyer à nous. Et tu t'assiéras sur ses genoux et il t'apprendra beaucoup de choses et t'aimera chèrement. Et toi, tu vas l'aimer aussi, n'est-ce pas?

— Et tiendra-t-il toujours sa main sur son cœur? demanda Pearl.

— Sotte enfant, quelle question est-ce là! s'écria la mère. Viens et demande-lui sa bénédiction.

Mais, soit sous l'empire de cette jalousie qui paraît instinctive chez tout enfant gâté en face d'un rival dangereux, soit sous l'effet de tout autre caprice de sa nature fantasque, Pearl refusa toute marque de gentillesse au pasteur. Elle ne fut menée jusqu'à lui que par la force du poignet d'Hester et elle se faisait traîner et manifestait son mauvais vouloir par des grimaces dont elle possédait, depuis sa toute petite enfance, un répertoire fort étendu. Elle pouvait transformer sa physionomie mobile en une série de visages nouveaux marqués chacun au coin d'une malice nouvelle. Arthur Dimmesdale, péniblement embarrassé, mais espérant qu'un baiser serait le talisman qui le ferait entrer dans les bonnes grâces de l'enfant, se pencha et lui en déposa un sur le front. Sur quoi, Pearl échappant à sa mère, courut au ruisseau, s'y pencha et y baigna son front jusqu'à ce que ce baiser inopportun eût été tout à fait lavé et dissous dans un long écoulement d'eau claire. Ensuite, elle se mit à l'écart, regardant attentive et silencieuse sa mère et le pasteur en train de prendre ensemble les arrangements qu'imposaient la situation nouvelle et les projets qui allaient sous peu se réaliser.

Maintenant, cette entrevue fatidique prenait fin. Le petit vallon allait être laissé à sa solitude. Les vieux arbres sombres y chuchoteraient longuement, de toutes leurs innombrables langues, au sujet de ce qui s'y était passé et nul mortel n'en serait plus avancé. Et le ruisseau mélancolique ajouterait une nouvelle histoire aux histoires mystérieuses qui alourdissaient déjà son petit cœur de ruisseau et lui faisaient poursuivre son murmure sans un brin de gaieté de plus qu'aux âges précédents.

CHAPITRE XX

LE PASTEUR DANS UN LABYRINTHE

Tandis qu'il s'en allait, prenant de l'avance sur Hester Prynne et la petite Pearl, le pasteur jeta un regard en arrière. Il s'attendait presque à n'apercevoir, de la mère et de l'enfant, que de faibles contours en train de s'effacer dans la pénombre du sous-bois. Un tel bouleversement dans sa vie ne pouvait, sur le coup, lui paraître réel. Mais Hester était toujours là, dans sa robe grise. Elle se tenait debout à côté de ce tronc d'arbre qu'une tempête avait abattu de bien longues années auparavant. Le temps n'avait cessé, depuis, de le couvrir de mousse afin que deux êtres prédestinés, chargés du plus lourd fardeau de la terre, s'y pussent venir asseoir côte à côte et trouver une heure de répit et de consolation. Pearl aussi était là et sautillait, légère, au bord du ruisseau, occupant à présent que le tiers importun s'en était allé, son ancienne place auprès de sa mère. Donc le pasteur ne s'était pas endormi et n'avait pas rêvé !

Afin de libérer son esprit de la confusion étrangement troublante qu'y jetait un double courant d'impressions, Arthur Dimmesdale évoqua le plan qu'Hester et lui avaient esquissé au sujet de leur départ. Ils avaient tous deux décidé qu'avec ses foules et ses villes, le vieux Monde leur offrirait un abri plus souhaitable et une plus sûre cachette que les sauvages étendues de la Nouvelle-Angleterre avec ses wigwams ou ses colonies d'Européens disséminées au long des côtes.

Sans parler de sa santé qui ne pourrait supporter la dure vie des bois, les dons naturels et la culture du Révérend Dimmesdale ne lui désignaient un chez-lui que dans les pays de civilisation raffinée. Pour achever de faire pencher la balance en faveur d'un tel choix, un bateau se trouvait actuellement au port. C'était un de ces vaisseaux suspects comme il y en avait beaucoup alors qui, sans être tout à fait des hors-la-loi de la mer, n'en rôdaient pas moins sur sa surface avec des réputations fort mal établies. Celui-ci était récemment arrivé d'Espagne et allait, dans trois jours, mettre à la voile pour Bristol. Hester Prynne, que sa vocation de sœur de charité avait mise en rapport avec le capitaine, pourrait s'arranger pour y retenir trois places avec tout le secret que les circonstances rendaient plus que désirable.

Le pasteur s'était enquis auprès d'Hester, et avec grand intérêt, de la date de départ du vaisseau. Il avait appris qu'elle tomberait sans doute dans quatre jours. « Voilà qui est très heureux », s'était dit le pasteur en lui-même. Mais pourquoi trouvait-il ce détail si heureux ? Pour une raison que nous hésitons à dévoiler. La voici, cependant, afin de ne rien cacher au lecteur : dans trois jours le Révérend Dimmesdale devait prêcher le sermon dit de l'Élection [66] — car il allait y avoir changement de gouverneur. Et, comme un événement pareil faisait honorablement époque dans la vie d'un clergyman de Nouvelle-Angleterre, le Révérend Dimmesdale n'aurait pu choisir meilleur moment pour terminer sa carrière. « Nul ne pourra en tout cas dire de moi, songeait cet homme exemplaire, que j'ai mal rempli ou négligé de remplir un seul de mes devoirs publics. »

Triste, en vérité, qu'avec un sens aussi aigu de l'analyse de soi, ce pauvre pasteur pût se duper aussi misérablement !

Nous avons dit et aurons peut-être encore à dire sur lui des choses pires, mais aucune, nous en avons peur, ne saurait être marquée au coin d'une aussi déplorable faiblesse. Nous n'aurons à fournir nulle preuve à la fois aussi légère et aussi indéniable du mal subtil qui depuis longtemps avait commencé de s'attaquer au fond même

---

66. « le sermon dit de l'Élection » : ordinairement prêché vers la fin du mois de mai, à l'occasion de l'entrée en fonctions du gouverneur nouveau.

de son caractère. Nul homme, pendant un laps de temps considérable, ne peut avoir deux visages : un qu'il se présente à lui-même, un autre qu'il présente à la foule, sans finir par s'embrouiller au point de ne plus savoir quel est le vrai.

Le bouillonnement de ses impressions prêta au Révérend Dimmesdale une énergie inaccoutumée qui le précipita à rapide allure vers la ville. Il lui semblait que le sentier était plus sauvage, moins dégagé d'obstacles naturels, moins foulé par le pied de l'homme qu'il ne l'avait trouvé à l'aller. Mais il franchissait les endroits bourbeux, fonçait à travers les buissons de ronces, plongeait dans les descentes, surmontait, enfin, toutes les difficultés avec une ardeur infatigable qui le stupéfiait. Il ne pouvait s'empêcher de se souvenir des efforts, des arrêts pour reprendre du souffle, qu'il lui avait fallu multiplier pour avancer sur ce même chemin deux jours auparavant. Comme il approchait de la ville, il eut l'impression d'un changement dans la série des spectacles familiers qui se présentèrent à lui. Il lui semblait qu'il n'y avait pas deux jours, mais des jours et des jours et même des années et des années qu'il s'en était éloigné. La rue suivait bien cependant la direction dont il se souvenait, les maisons présentaient à ses yeux les mêmes particularités : ni plus ni moins de pignons ; une girouette, partout où sa mémoire en évoquait une. Cette importune impression de changement s'imposait pourtant malgré tout. Il en allait de même pour les personnes de connaissance qui venaient à passer et pour toutes les formes humaines, bien connues, de la petite ville. Elles ne paraissaient ni plus ni moins âgées. Les barbes des vieux n'étaient pas plus blanches, l'enfançon, en lisières l'avant-veille, ne marchait pas tout seul aujourd'hui. Il était impossible au pasteur de définir à quel point de vue tous les gens étaient différents de ceux qu'il avait aperçus en s'éloignant de la ville et, cependant, quelque chose de profondément enfoncé en lui persistait à lui signaler une transformation. Une impression du même genre le frappa encore plus remarquablement comme il suivait les murs de sa propre église. Le bâtiment avait un air à la fois si étrange et si

familier que l'esprit du Révérend Dimmesdale oscillait
entre deux explications : ou il n'avait jusqu'ici vu son
église qu'en rêve, ou il rêvait seulement d'elle maintenant.

Ce phénomène et ses manifestations diverses n'indiquaient nulle modification extérieure mais un changement chez le spectateur de ces scènes familières — un
changement si subit et si important que l'espace d'un seul
jour avait agi sur sa vie intérieure comme un intervalle de
plusieurs années. La volonté même du pasteur, la volonté
d'Hester et le destin qui s'élaborait entre eux deux avaient
opéré cette transformation. C'était la même ville que
devant, mais celui qui revenait de la forêt n'était point le
même homme. Il aurait pu dire aux amis qui le saluaient :
« Je ne suis pas l'homme pour lequel vous me prenez : cet
homme-là, je l'ai laissé dans la forêt, au creux d'un petit
vallon, à côté d'un tronc d'arbre moussu et d'un ruisseau
mélancolique ! Allez à la recherche de votre pasteur et
vous verrez si, avec ses joues maigres, son front blêmi
que la souffrance alourdit et ride, il n'a pas été jeté là-bas
comme un vêtement dont on ne veut plus ! » Ses amis
auraient, sans doute aucun, protesté : « Tu es toi-même
cet homme. » Mais ce sont eux qui se seraient trompés,
non pas lui.

Avant que le Révérend Dimmesdale eût atteint son
logis, il se donna à lui-même d'autres preuves de la
révolution qui venait de s'opérer dans ses sentiments et ses
pensées. En vérité, rien de moins qu'un total changement
de dynastie et de loi morale en son monde intérieur ne
pouvait suffire à expliquer les impulsions dont vint à
prendre conscience, pour son grand désarroi, le pauvre
pasteur. A chaque pas, il se sentait poussé à faire quelque
chose d'étrange, d'excentrique, de coupable, avec le sentiment que ce serait à la fois involontaire et volontaire,
qu'il agirait en dépit de lui-même et pourtant sous la force
d'une intention qui aurait en lui des racines plus profondes
que le mouvement qui s'opposait à sa réalisation. Par
exemple, il rencontra un des diacres de sa paroisse. Le bon
vieillard s'adressa à lui sur un ton d'affection paternelle
que son âge vénérable, sa réputation de sainteté, sa situa-

tion dans l'église lui permettaient d'employer, mais en sachant y mêler tout le respect dû à la profession et aux qualités personnelles de son interlocuteur. Eh bien, durant les quelques minutes d'entretien qu'il eut avec cet excellent diacre à la barbe chenue, ce fut à grand-peine que le jeune pasteur put se retenir d'exprimer quelques remarques blasphématoires sur la Sainte Communion ! Il tremblait littéralement et son visage tournait au gris cendre tant il avait peur que sa langue n'allât formuler d'elle-même pareilles abominations et se réclamer de son consentement, bien qu'il ne le lui eût point, en bonne justice, donné. Et même en tremblant ainsi de terreur, il ne pouvait que difficilement s'empêcher de rire en imaginant le patriarcal vieux diacre pétrifié par l'impiété de son pasteur.

Un autre incident du même genre se produisit encore. Comme il se hâtait au long de la rue, le Révérend Dimmesdale rencontra la plus âgée de ses paroissiennes. C'était une vieille dame pieuse et exemplaire entre toutes, une pauvre veuve solitaire dont le cœur était aussi rempli de souvenirs sur son mari, ses enfants et ses amis défunts qu'un cimetière peut l'être de tombes à inscriptions funéraires. Cet état de choses, qui aurait pu lui constituer un si écrasant chagrin, devenait presque une façon de joie austère pour sa vieille âme pieuse grâce aux consolations qu'elle tirait des vérités de l'Écriture, sa pâture morale depuis plus de trente ans. Depuis qu'elle faisait partie du troupeau du Révérend Dimmesdale, le plus grand réconfort terrestre de cette bonne vieille était de rencontrer son pasteur, soit par hasard, soit volontairement, et de se faire retremper l'âme par une vérité évangélique tombant toute chaude et parfumée de ces lèvres révérées en son oreille un peu dure, mais passionnément attentive. Or ce jour-là au moment où il approcha ses lèvres de l'oreille de la vieille femme, le Révérend Dimmesdale ne put — le grand ennemi des âmes s'en mêlant — se souvenir d'aucun passage des Écritures, sinon d'un qui était court, vigoureux et constituait, lui semblait-il, un argument sans réplique contre l'immortalité de l'âme. Cette citation, si elle lui avait été insufflée, eût très probablement causé sur le coup la mort de la pauvre vieille dame — aussi radicalement qu'une infusion violemment empoisonnée. Ce qu'il lui chuchota au juste, le pasteur ne put ensuite s'en souvenir. Peut-être une heureuse faute de prononciation intervint-elle et ne laissa pas la bonne veuve saisir le sens de la phrase ou lui permit, la Providence aidant, de l'interpréter à son goût. De toute façon, lorsque le pasteur se retourna pour la regarder, il lui vit une expression de gratitude extasiée qui avait l'air d'un reflet de la cité céleste brillant sur son visage si ridé et si pâle.

Un exemple encore. Après avoir quitté la plus âgée de ses paroissiennes, le Révérend Dimmesdale rencontra la plus jeune. Cette jouvencelle avait été dernièrement amenée — et par le sermon que prêcha le Révérend Dimmesdale le dimanche qui suivit sa veillée — à échanger les plaisirs passagers de ce monde contre cet espoir en un avenir céleste qui devait se faire de plus en plus tangible et lumineux à mesure que la vie s'assombrirait autour d'elle. Elle était aussi belle et pure qu'un lys qui aurait fleuri en Paradis. Le pasteur savait bien qu'elle lui avait fait un autel dans le sanctuaire immaculé de son cœur, que son image, à lui, était là, derrière de blancs rideaux, communiquant à la religion la chaleur de l'amour, à l'amour une pureté religieuse. Satan, cet après-midi-là, avait sûrement éloigné la pauvre jeune fille de sa mère pour la mettre sur le chemin de cet homme si durement tenté — disons même, plutôt, tout à fait perdu et désespéré. Comme elle approchait, le démon suggéra au pasteur de condenser sous un très mince volume les germes d'un mal qu'il laisserait tomber sur ce jeune sein où, très certainement, ils ne tarderaient point à se développer et à porter un fruit ténébreux. Le pasteur se sentait un tel pouvoir sur cette âme vierge et si confiante en lui qu'il se voyait à même de flétrir tout ce vaste champ d'innocence d'un seul mot, d'un seul regard impur. Aussi, résultat d'une lutte plus violente qu'aucune de celles qu'il venait de soutenir, il mit un pan de son manteau devant son visage, précipita sa marche et passa sans faire le moindre signe de reconnaissance, laissant sa jeune sœur en Jésus-Christ supporter son impolitesse comme elle le pourrait. Elle fouilla dans sa conscience (qui était pleine de petits riens sans importance comme sa poche ou son sac à ouvrage) et se mit à se reprocher, pauvrette, un millier de fautes imaginaires et vaqua à ses devoirs de ménagère, le lendemain matin, avec des yeux rougis.

Avant que le pasteur ait eu le temps de célébrer sa victoire sur cette dernière tentation, voilà qu'il fut happé par une autre, ridicule mais presque aussi épouvantable. Il avait envie — nous rougissons de le dire — de s'arrêter pour apprendre de très vilains mots à un groupe de tout petits Puritains en train de s'amuser là et qui ne savaient presque pas parler encore. Se refusant pareil caprice comme indigne de la robe qu'il portait, le Révérend Dimmesdale se trouva face à face avec un marin ivre — un membre de l'équipage du vaisseau espagnol à l'ancre dans le port. Et, du moment qu'il avait si vaillamment surmonté toutes ses autres tentations, le pauvre Révérend aurait, tout au moins, bien voulu serrer la main de ce drôle et se récréer de quelques grossières plaisanteries comme celles dont les marins débauchés sont prodigues et d'une volée de bons, braves jurons défiant Dieu ! Ce furent moins ses principes que son bon goût naturel, que la raideur, surtout, de ses habitudes cléricales de bonne tenue qui le firent sortir indemne de cette dernière crise.

— Qu'est-ce donc qui me hante et me tente ainsi ? se demanda à la fin le pasteur, s'arrêtant dans la rue et frappant son front de sa main. Suis-je fou ? ou devenu complètement la proie du démon ? Ai-je fait un pacte avec lui dans la forêt ? et signé de mon sang ? Et vient-il, à présent, me rappeler mes engagements en me poussant à accomplir toutes les mauvaises actions et les vilains gestes que son ignoble imagination peut concevoir ?

Au moment où le Révérend Dimmesdale s'interrogeait ainsi en se frappant le front, il paraît que vieille dame Hibbins, la célèbre sorcière, vint à passer en grand appareil. Elle portait une coiffe fort haute, une belle robe de velours et sa fraise était amidonnée avec le fameux empois jaune dont Ann Turner [67], sa grande amie, lui avait

_____

67. « Ann Turner » : tenancière de maison close, pendue en 1615 pour le meurtre de Sir Thomas Overbury — elle avait facilité son empoisonnement (voir note 60).

autrefois donné le secret avant d'être pendue pour le
meurtre de Sir Thomas Overbury. Que dame Sorcière eût
lu ou non les pensées du pasteur, elle se serait, en tout
cas, arrêtée, aurait d'un œil perçant regardé son homme
bien en face, souri avec astuce et (encore que peu encline
à s'entretenir avec des clergymen) entamé la conversation.

— Or çà, mon révéré seigneur, vous allâtes donc faire
une visite en forêt? dit-elle en branlant de son chef à la
haute coiffe. La prochaine fois, il me faudra faire signe,
s'il vous plaît. Je serai fière de vous tenir compagnie et
crois ne point m'avancer trop en vous assurant qu'un mot
de moi suffira à vous valoir là-bas fort aimable accueil du
grand potentat que vous savez.

— Je me déclare, Madame, répondit le pasteur avec
tout le respect qu'exigeait le rang de la dame et que sa
bonne éducation lui inspirait, je me déclare en conscience
fort surpris par vos paroles! Je n'allai point dans la forêt
pour voir un potentat, ni ne désire jamais y revenir en vue
de gagner les faveurs de pareil personnage. Je n'eus
d'autre objet que d'aller voir mon mien pieux ami,
l'Apôtre Eliot, et me réjouir avec lui qu'il ait gagné tant
d'âmes précieuses à notre religion.

— Ha! ha! ha! fit la vieille dame et sorcière en branlant toujours sa haute coiffe et avec un rire tout caquetant,
fort bien! Fort bien! Vous vous en tirez comme un vieux
compère! Mais à minuit dans la forêt nous tiendrons un
autre langage!

Elle passa son chemin dans toute sa majesté de vieille
dame, mais souvent elle tourna la tête vers le pasteur en
lui souriant, comme entêtée à reconnaître entre eux quelque lien secret.

« Me serais-je donc bel et bien vendu, se demanda le
pasteur, au démon que, si l'on dit vrai, cette vieille
sorcière de velours vêtue et de jaune empesée aurait élu
pour Seigneur et Maître? »

Le malheureux! Il avait, en effet, conclu un marché de
ce genre! Tenté par un rêve de bonheur, il s'était laissé
entraîner délibérément — ce qu'il n'avait encore jamais
fait jusqu'ici — vers ce qu'il savait bien être un péché

mortel. Et le poison de ce péché infestant toute sa personne morale engourdissait ses bons penchants et éveillait à une vie intense toute la confrérie des mauvais. Mépris, amertume, méchanceté, désir de se moquer de tout ce qui était bon et respectable — oui, ils étaient tous bien en vie et le tentaient, et l'épouvantaient tout ensemble. Et cette rencontre avec dame Hibbins, si vraiment elle avait eu lieu, ne faisait que rendre plus frappante son association avec les pires habitants de ce monde et de l'autre.

Il était cependant arrivé à son logis, en bordure du cimetière, et gravissant l'escalier en hâte, il alla se réfugier dans son cabinet. Il était heureux d'avoir atteint cet abri sans s'être trahi aux yeux du monde par une de ces extravagances coupables qu'il n'avait cessé d'être tenté de commettre dans la rue. Il entra dans la pièce familière. Il regarda, tout autour de lui, les livres, les fenêtres, la cheminée, les murs douillettement tapissés, avec la même impression d'étrangeté qui le hantait depuis qu'il avait quitté le bord du ruisseau pour se remettre en marche, traverser la ville et arriver jusqu'ici... Ici où il avait étudié et écrit ; supporté jeûnes et veilles qui ne le laissaient vivant qu'à demi ; où il s'était efforcé de prier ; où il avait souffert tant et tant d'angoisses ! Là était sa Bible, en beau vieil hébreu, qui lui avait fait entendre les voix de Moïse et des prophètes et, à travers toutes, celle de Dieu. Là, sur la table reposait, près d'une plume tachée d'encre, un sermon inachevé. Une phrase y restait en suspens telle qu'il l'avait laissée lorsque ses pensées avaient cessé de se déverser sur sa page, deux jours auparavant.

Il savait que c'était lui, le pasteur émacié aux joues pâles, qui avait supporté toutes ces choses et écrit tout ce morceau du sermon du Jour de l'Élection ! Mais il paraissait se tenir à part et regarder son ci-devant moi avec une curiosité dédaigneuse, apitoyée et à demi envieuse cependant. Ce moi n'était plus. Un autre homme était revenu de la forêt — un homme plus sage, qui avait une connaissance de secrets mystères à laquelle son prédécesseur n'aurait jamais pu atteindre. Bien amère connaissance que celle-là !

Tandis qu'il était absorbé par ces réflexions, un coup

fut frappé à la porte et le pasteur dit : « Entrez ! » non sans se demander un peu s'il n'allait pas voir paraître un méchant esprit. Et bel et bien il en vit un ! Le vieux Roger Chillingworth entra. Le pasteur resta immobile, pâle et sans un mot, une main sur les Saintes Écritures et l'autre sur son cœur.

— Soyez le bienvenu en ce logis, révérend seigneur, dit le médecin. Quelles sont les nouvelles de l'Apôtre Eliot, cet homme de Dieu ? Mais il me paraît, mon bon seigneur, que vous êtes fort pâle et que ce voyage en forêt fut trop fatigant pour vous. Mon aide ne vous sera-t-elle point utile pour vous donner la force de prêcher votre sermon du Jour de l'Élection ?

— Non, je ne crois pas ! répondit le Révérend Dimmesdale. Mon voyage et la vue là-bas de ce saint Apôtre et l'air pur que j'ai respiré m'ont fait grand bien après tout le temps que je passai ici enfermé. Je crois que je n'aurai plus besoin de vos drogues, mon bon docteur, pour aussi bonnes qu'elles soient et administrées par une main si amicale.

Roger Chillingworth n'avait, pendant ce temps, pas cessé de regarder le pasteur avec cette intensité grave du médecin qui étudie son malade. Mais, en dépit de cette apparence, le pasteur était autant dire certain que son interlocuteur savait quel entretien venait d'avoir lieu dans la forêt et n'ignorait pas qu'aux yeux de son malade, il n'était plus un ami sûr mais un ennemi entre tous acharné. Les deux hommes sachant ainsi à quoi s'en tenir, il eût été, semble-t-il, naturel qu'un peu de leur savoir s'exprimât en paroles. Mais il est singulier de constater tout le temps qui, souvent, s'écoule avant que les mots donnent corps aux choses. Il est également curieux de voir avec quelle impunité deux personnes qui décident tacitement d'éviter un sujet peuvent l'approcher de tout près et s'en écarter sans y toucher. Le pasteur ne redoutait pas que Roger Chillingworth allât expressément parler avec lui de leur situation nouvelle vis-à-vis l'un de l'autre. Et pourtant le médecin se coula, à sa façon ténébreuse, terriblement près du secret.

— Ne vaudrait-il pas mieux, demanda-t-il, user ce soir

de mes pauvres talents ? En vérité, cher seigneur, il nous faut faire de notre mieux afin de vous donner force et vigueur pour votre sermon du Jour de l'Élection. Les gens attendent en cette occasion, de grandes choses de vous ne pouvant s'empêcher de craindre que l'année à venir ne trouve leur pasteur parti.

— Oui, pour un autre monde, répondit le Révérend Dimmesdale avec une pieuse résignation. Dieu veuille que ce soit pour un monde meilleur car, en toute bonne foi, je ne crois guère, en effet, que je m'attarderai auprès de mon troupeau pendant toutes les saisons d'une nouvelle année ! Mais, en ce qui concerne vos médecines, mon bon docteur, en mon état présent, je n'en ai vraiment nul besoin.

— Je me réjouis qu'il en soit ainsi, répondit le médecin. Il se peut que mes remèdes, si longtemps administrés en vain, commencent à présent à faire leur effet. Quel homme heureux je serais et ayant bien mérité de la Nouvelle-Angleterre s'il m'était donné de parfaire cette cure !

— Je vous remercie de tout cœur, très vigilant ami, dit le Révérend Dimmesdale avec un grave sourire, et ne peux vous revaloir vos bons offices que par mes prières.

— Les prières d'un juste valent de l'or ! répliqua le vieux Roger Chillingworth en s'en allant. Oui, ce sont là espèces qui ont cours en la Jérusalem Nouvelle étant marquées au coin du Prince qui là-haut bat monnaie !

Resté seul, le pasteur appela une servante et demanda des aliments qu'il se mit à manger avec un appétit dévorant. Puis jetant au feu les feuillets du sermon qu'il avait en train, il en commença aussitôt un autre.

Sa plume allait sous l'impulsion d'un tel courant d'émotion que le Révérend Dimmesdale se crut inspiré et se demanda seulement comment la Providence pouvait trouver séant de faire passer la solennelle musique de ses oracles par un instrument aussi indigne que lui. Mais enfin, laissant ce mystère se résoudre tout seul, ou rester à jamais non résolu, il poursuivit sa tâche avec une ardeur trempée d'extase.

Et ainsi sa nuit passa très vite, aussi vite qu'un coursier ailé qu'il eût chevauché bride abattue. L'aurore parut et se glissa, rougissante, entre les rideaux. Puis le soleil se leva et jeta dans le cabinet de travail un rayon doré qui vint se poser juste sur les yeux éblouis du Révérend Dimmesdale, toujours assis à sa table, la plume aux doigts et une vaste, incommensurable étendue de papier écrit derrière lui.

CHAPITRE XXI

LE JOUR FÉRIÉ
DE NOUVELLE-ANGLETERRE

Le matin du jour où le nouveau Gouverneur allait recevoir son mandat des mains du peuple, Hester Prynne et la petite Pearl arrivèrent de bonne heure sur la Place du Marché. Elles la trouvèrent fourmillante déjà d'artisans et autres habitants plébéiens de la ville. A cette foule se mêlaient des personnages de rude allure que leurs costumes de peaux de daim disaient appartenir aux groupements d'Européens qui, dans la forêt, entouraient la petite capitale de la colonie.

En ce jour, comme en tous les autres jours fériés des sept dernières années, le vêtement d'Hester était de grossière étoffe grise. Non tant par sa teinte que par une indéfinissable particularité de sa coupe, il l'effaçait ; tandis que la lettre écarlate la retirait de ce crépuscule pour l'illuminer en quelque sorte d'un jour moral. Quant à son visage, depuis si longtemps familier aux gens de la ville, il montrait la tranquillité marmoréenne qu'on avait l'habitude de lui voir. Il évoquait un masque, ou plutôt le calme glacé des traits d'une morte. Il devait cette sinistre ressemblance au fait qu'Hester était vraiment morte en tant qu'être vibrant à l'unisson des autres et s'en était allée du monde dont elle semblait continuer de faire partie.

Peut-être en ce jour y avait-il pourtant sur ce visage une expression qu'on n'y avait jamais vue. Elle n'était du reste pas assez vive pour être remarquée. Seul y aurait été sensible un observateur surnaturellement doué qui aurait cherché dans l'apparence d'Hester un reflet correspondant à ce qu'il aurait pu lire en son cœur. Pareil voyant

254 LA LETTRE ÉCARLATE

aurait été à même de se rendre compte qu'après avoir
supporté pendant sept longues années le regard de la
multitude comme une nécessité, une pénitence, une chose
qu'une dure religion l'obligeait à endurer, cette femme
s'y exposait en ce moment de son plein gré afin de
convertir ce qui avait été une si longue épreuve en une
façon de triomphe :

— Regardez pour la dernière fois la lettre écarlate et
celle qui la porte ! aurait pu dire au peuple sa victime qu'il
croyait pour toujours son esclave. Un petit moment encore et elle sera hors d'atteinte ! Quelques heures de plus
et le profond, le mystérieux océan recevra et cachera à
jamais ce symbole que vous avez fait brûler sur cette
poitrine !

Et, par une inconséquence non trop invraisemblable pour
être prêtée à la nature humaine, Hester n'était sans doute pas
sans ressentir un regret à l'instant où elle allait se libérer
d'une souffrance qui s'était mise à faire si profondément
corps avec elle. Ne se pouvait-il qu'elle eût éprouvé un
irrésistible désir de boire une dernière longue gorgée à la
coupe d'aloès et d'absinthe qui avait abreuvé les années de
presque tout son temps de femme ? Le vin de vie qui serait
désormais offert à ses lèvres aurait, en vérité, besoin d'être
fort, exquis et revigorant. Sinon il la laisserait languissante
après la lie de cette amertume qu'elle avait absorbée comme
un cordial entre tous puissant.

Pearl était parée avec une gaieté aérienne. Il eût été
impossible de deviner que cette apparition ensoleillée
devait son existence à la mélancolique femme en gris.
Impossible aussi de s'aviser que la fantaisie, à la fois si
magnifique et si délicate, qui avait dû être nécessaire pour
combiner les atours de l'enfant était la même que celle qui
avait accompli la tâche, sans doute plus difficile, de donner
un caractère si particulier au costume terne de la mère.

La robe de Pearl lui convenait si bien qu'on l'aurait
prise pour une émanation de la petite fille, ou pour un
développement nécessaire, une manifestation extérieure
de son caractère, une qualité bien à elle qu'il n'était pas
plus question de lui enlever que d'enlever son coloris vif
et multiple à l'aile d'un papillon, ou son lustre satiné au

pétale d'une fleur. Son costume ne faisait qu'un avec sa nature. En ce jour prometteur d'événements, Pearl manifestait en sus une inquiétude, une surexcitation singulières qui ne ressemblaient à rien tant qu'au scintillement du diamant qui fulgure au rythme précipité de la poitrine qui le met en valeur. Les enfants sont toujours sensibles à l'agitation de leurs proches, éprouvent toujours, en particulier, comme un pressentiment quand quelque chose menace la tranquillité du train-train domestique. Aussi Pearl, née d'une mère en désarroi, trahissait-elle par l'exubérance même de son entrain ce que nul ne pouvait déchiffrer, ce matin-là, sous la passivité marmoréenne du front d'Hester.

Cet état d'effervescence donnait à la petite fille des mouvements d'oiseau, la faisait voleter plutôt que marcher aux côtés de sa mère. A tout instant, elle lançait des exclamations, des paroles inarticulées, chantonnait sur le mode aigu. Quand sa mère et elle arrivèrent sur la Place du Marché, Pearl s'agita de plus belle devant le remue-ménage et la bousculade qui animaient l'endroit — lequel ressemblait plutôt d'habitude à une vaste et déserte place de village qu'au centre d'une ville.

— Que se passe-t-il, Mère, s'écria-t-elle. Pourquoi les gens ont-ils tous laissé leur travail aujourd'hui? Est-ce récréation pour le monde entier? Voyez! il y a le forgeron! Il a lavé sa face noire et mis ses habits du dimanche et on le dirait tout prêt à prendre un air gai si seulement quelqu'un de gentil voulait bien lui montrer comment faire! Et voilà Maître Brackett, le vieux geôlier qui me fait bonjour de la tête et me sourit. Pourquoi me fait-il des signes comme ça? Mère?

— Il se souvient de toi toute petite, mon enfant, répondit Hester.

— Il ne devrait quand même pas me sourire et me faire des signes comme ça, ce noir vilain bonhomme! dit Pearl. Il peut te faire bonjour à toi s'il veut, parce que tu es tout de gris vêtue et portes la lettre écarlate. Mais voyez, Mère, que d'étrangers il y a! et des Indiens parmi eux et des matelots! Que sont-ils tous venus faire ici sur la Place du Marché?

— Ils sont venus pour voir passer le cortège. Le Gouverneur et les magistrats vont tous défiler et les pasteurs et tous les gens sages et haut placés derrière les soldats et la musique.

— Le pasteur y sera-t-il aussi ? demanda Pearl. Et me tiendra-t-il les deux mains comme lorsque tu me menas vers lui des bords du ruisseau ?

— Il sera là, oui, répondit la mère. Mais il ne te dira rien aujourd'hui et il ne faudra, toi, rien lui dire.

— Quel drôle d'homme triste c'est ! dit l'enfant, comme parlant en partie pour elle-même. Dans la nuit noire, il nous appelle à lui et tient ta main et la mienne là-haut sur le pilori. Et dans la forêt, où seuls les vieux arbres peuvent entendre et une bande de ciel voir, il devise avec toi assis sur un tas de mousse ! Et il me met au front un baiser que le petit ruisseau a eu du mal à effacer ! Mais ici, au grand soleil, il ne nous connaît point et nous ne devons point le connaître ! Un drôle d'homme triste avec sa main toujours sur son cœur !

— Paix, petite Pearl, dit Hester. Tu ne peux comprendre ces choses. Ne pense pas maintenant au pasteur mais regarde autour de toi comme le monde est gai. Les enfants sont venus de leurs écoles, les grandes personnes de leurs boutiques et de leurs champs pour être contents tous ensemble. C'est qu'à partir d'aujourd'hui un homme nouveau va régner sur eux et, depuis qu'il y a des gens et des nations, c'est l'habitude en pareil cas de se réjouir — comme si une année de bonheur et d'abondance allait enfin se dérouler en ce pauvre vieux monde !

Hester disait vrai. Une jovialité inaccoutumée éclairait les visages. Les Puritains concentraient alors en ce jour de fête — et devaient continuer à faire de même durant presque deux siècles — tout ce qu'ils croyaient pouvoir concéder en fait de gaieté et de réjouissances à l'infirmité humaine. Ils écartaient alors d'eux le nuage qui les assombrissait habituellement au point de montrer, durant ces quelques heures de frairie, des mines à peine plus allongées que la plupart des autres communautés durant une période d'affliction publique.

Mais qui sait si nous ne nous exagérons pas l'austérité

des teintes noires et grises qui, indubitablement, caractérisaient les us et coutumes de cette époque ? Les bonnes
gens qui se trouvaient, ce matin-là, sur la Place du Marché, n'avaient point hérité de la sombre humeur puritaine. Leurs pères avaient vécu aux temps prospères et
radieux de l'ère élisabéthaine — à une époque où, prise
dans son ensemble, l'Angleterre peut paraître avoir mené
la vie la plus imposante, la plus magnifique et la plus
joyeuse que le monde ait connue.

S'ils avaient suivi leur goût héréditaire, les colons de la
Nouvelle-Angleterre eussent célébré tout événement public d'importance par cavalcades, spectacles, banquets et
feux de joie. Il ne leur eût point paru impraticable de
combiner, lors des plus majestueuses cérémonies, les
divertissements et la pompe, d'enjoliver, pour ainsi dire,
de brillantes broderies en style grotesque la robe d'apparat dont une nation se pare aux grandes occasions. Dans
le cérémonial institué pour l'installation annuelle des magistrats, on peut discerner les traces obscurcies, un reflet
très dilué des fastes que nos ancêtres avaient pu entrevoir
en la fière ville de Londres — nous ne dirons point aux
fêtes d'un couronnement, mais à l'élection du Lord-
Maire [68].

Les fondateurs de la communauté — hommes d'État,
prêtres et soldats — considérèrent comme un devoir de
revêtir, pour cette solennité, les apparences majestueuses
qui, d'après les anciennes idées reçues, étaient la tenue de
rigueur de l'éminence sociale. Tous défilaient donc en
grand cortège aux yeux du peuple, dotant ainsi du pres-
tige nécessaire l'armature simple d'un gouvernement si
nouvellement érigé.

De son côté, le peuple pouvait, en cette occasion, se
relâcher de l'application stricte qu'il devait apporter à ses
rudes et diverses industries et qui semblait, le reste du
temps, être tout d'une pièce avec sa religion. Le délasse-
ment était admis sinon encouragé. Il n'y avait, il est vrai,
ici, aucun des divertissements que la gaieté populaire

68. « l'élection du Lord-Maire » : l'auteur évoque la procession en
grande pompe dans les rues de la Cité de Londres, chaque année le
9 novembre, pour fêter le nouveau Lord-Maire.

aurait trouvé à foison dans l'Angleterre des temps de la
reine Élisabeth et du roi Jacques. Rien n'évoquait les
représentations théâtrales — ni barde à harpe et ballade ;
ni montreur de singe savant ; ni jongleur aux mille tours
de passe-passe ; ni bouffon faisant la joie des foules avec
des plaisanteries, vieilles de plusieurs centaines d'années
peut-être, mais servant toujours leur but parce qu'elles
s'abreuvent aux plus larges sources de l'hilarité. Tous ces
maîtres en jovialité eussent été sévèrement repoussés,
non seulement par la discipline implacable de la loi,
mais par le sentiment général qui donne à la loi sa vitalité.

La grande face honnête du peuple n'en souriait pas
moins — d'un sourire un peu grimaçant peut-être, mais
large. Les jeux ne manquaient pas. Il y avait ceux que les
colons avaient suivi des yeux ou auxquels ils avaient pris
part autrefois, aux foires et aux frairies de la Vieille-Angleterre et que l'on avait jugé bon d'acclimater en ce
nouveau sol à cause du courage viril qu'ils exigeaient.
Des luttes corps à corps à la mode de celles du Devon-
shire et de Cornouailles se déroulaient, çà et là, sur la
Place du Marché ; dans un coin avait lieu un amical duel
au bâton. Et — ce qui attirait l'intérêt plus que tout —
sur l'estrade du pilori, déjà si souvent mentionnée en nos
pages, deux maîtres d'armes, épée à la main, bouclier au
poing, commençaient à croiser le fer. Mais, au grand
désappointement de la foule, ce dernier divertissement fut
supprimé par le prévôt qui n'entendait point laisser porter
atteinte à la majesté de la loi en permettant pareil abus en
un lieu à elle consacré.

Ces gens étaient, en somme, au premier stade seulement de l'humeur morose et les descendants directs de
pères qui avaient su s'amuser en leur temps. Aussi
n'est-ce peut-être pas s'avancer trop qu'affirmer que sur
la question de célébrer un jour férié, ils auraient, à tout
prendre, avantageusement soutenu la comparaison avec
des descendants même aussi éloignés d'eux que nous le
sommes. Leur postérité immédiate, la génération qui devait succéder à celle des premiers émigrants fut, elle,
tellement imprégnée des plus noires couleurs du purita-

nisme qu'elle a assombri pour longtemps le visage natio-
nal. Toutes les années qui se sont écoulées depuis n'ont
pu venir à bout de l'éclaircir. Nous avons encore à réap-
prendre l'art oublié de la gaieté.

Le tableau de vie humaine qu'offrait la Place du Marché, encore qu'y fussent dominantes les tristes couleurs
grises, brunes et noires importées par les émigrants anglais, était cependant animé par quelques touches de
couleur vive. Des Indiens — sauvagement parés de robes
de peaux curieusement brodées, de ceintures de coquillages, de plumes, de peintures d'ocre rouge et jaune, armés
d'arcs, de flèches, de piques surmontées d'une pierre —
formaient un groupe à part, figés dans une gravité plus
inflexible encore que celle où pouvaient atteindre les
Puritains.

Et ces sauvages ne constituaient point, en dépit de leurs
bariolages jaunes et rouges, le trait le plus barbare du
tableau. Cette particularité revenait à plus juste titre aux
quelques marins — une partie de l'équipage du vaisseau
arrivé d'Espagne — qui étaient descendus à terre voir
comment se passait le Jour de l'Élection.

C'étaient des aventuriers d'aspect rude, aux visages
noircis par le soleil, aux barbes immenses. Leurs larges
culottes courtes étaient serrées à la taille par des ceintures
qu'agrafaient souvent, en manière de boucles, de grossières plaques d'or, où était passé toujours un couteau et
d'où pendait parfois une épée. Sous les larges bords de
leurs chapeaux de feuilles de palmiers brillaient des yeux
qui, même lorsqu'il n'était question que de bonhomie ou
de joviale humeur, avaient une expression de férocité
animale. Ils désobéissaient sans crainte ni vergogne aux
règles de conduite qui faisaient plier tous les autres :
fumaient du tabac sous le nez même du prévôt, alors que
chaque bouffée aurait coûté à un habitant de la ville un
shilling d'amende ; buvaient à longs traits, quand l'envie
les prenait, le vin et l'eau-de-vie de leurs gourdes de
poche qu'ils tendaient ensuite libéralement à la foule
béant autour d'eux. C'était un trait caractéristique de
l'imparfaite moralité de ces temps, que nous appelons
rigides : on tolérait chez les gens de mer non seulement

les incartades qu'ils se permettaient à terre, mais des
actes autrement plus graves qu'ils commettaient sur leur
propre élément. Le marin de ce temps-là courrait, de nos
jours, le risque d'être traité en flibustier. On ne saurait
guère mettre en doute, par exemple, que les hommes de
l'équipage dont nous parlons, sans être de fâcheux spécimens de la corporation nautique, s'étaient pourtant rendus coupables, comme nous dirions, de pirateries qui,
devant un tribunal moderne, les auraient mis en grand
danger d'être pendus.

Mais la mer, en ce bon vieux temps, grondait, se
soulevait, écumait tout à fait à sa fantaisie ou uniquement
à celle du vent des tempêtes, sans que la loi humaine eût
essayé de lui imposer des règles. Le forban pouvait re-
noncer à son métier et, s'il lui plaisait, devenir, sitôt sur
la terre ferme, un homme honnête et pieux. Et même
lorsqu'il menait en plein sa vie de bandit sur les vagues, il
n'était pas regardé comme un individu avec lequel il était
peu honorable de traiter des affaires ou d'avoir des rapports en passant. C'est ainsi que les vieux Puritains en
manteaux noirs, rabats empesés et chapeaux à hautes
calottes en forme de pain de sucre, souriaient sans mal-
veillance aux façons grossières de ces bruyants matelots.
Et, il n'y eut aucun mouvement de réprobation ni de
surprise lorsqu'on vit un citoyen de réputation aussi
assise que le vieux docteur Chillingworth arriver sur la
Place du Marché en conversant familièrement avec le
capitaine du suspect navire espagnol.

Ce capitaine était le personnage le plus martial d'allures et le plus galamment ajusté de toute la foule. Il portait
une profusion de rubans sur son habit, de la dentelle d'or
à son chapeau qu'encerclait aussi une chaîne d'or et que
surmontait une plume. Il y avait une épée à son côté et,
sur son front, une balafre que, d'après sa façon d'arranger
ses cheveux, il semblait plus désireux de laisser voir que
de cacher. Un terrien n'aurait pu se montrer en cet appareil et faire si gaillarde figure sans subir un interrogatoire
sévère devant un magistrat et risquer une amende, la
prison, voire une heure ou deux de pilori. Dans le cas de
ce patron de navire, on considérait ces façons et cet

attirail comme allant tout autant de soi que des écailles luisantes sur le dos d'un poisson.

Après s'être séparé du médecin, le capitaine flâna sur la Place du Marché jusqu'au moment où, se trouvant approcher de l'endroit où se tenait Hester Prynne, il parut la reconnaître et n'hésita point à aller lui parler.

Comme c'était d'habitude le cas, lorsque Hester se trouvait en public, un petit espace vide — une façon de cercle magique — s'était formé autour d'elle. Nul ne songeait à s'y aventurer et pourtant la foule se coudoyait tout autour. C'était l'image typique de la solitude morale à laquelle était condamnée la porteuse de la lettre écarlate.

En l'occurrence cet état de choses eut, en tout cas, un heureux effet car il permit à Hester et au marin de s'entretenir sans courir le risque d'être entendus. Et la matrone la plus renommée en ville par l'intransigeance de sa vertu n'aurait pas soulevé moins de scandale, en se prêtant à cet entretien, que n'en souleva Hester Prynne, tant sa réputation avait changé aux yeux du public.

— Or çà, Dame, dit le capitaine, il me va donc falloir faire apprêter un hamac de plus que vous ne m'en demandâtes? Ni scorbut, ni fièvre à redouter cette traversée-ci! Avec le médecin du bord et cet autre, notre seul danger viendra de poudres et pilules! D'autant que j'ai bon fret de drogues d'apothicaire dont je fis commerce avec un vaisseau espagnol.

— Qu'entendez-vous par là? demanda Hester plus troublée qu'elle ne voulait le laisser paraître. Avez-vous un autre passager?

— Eh quoi, ne savez-vous point, s'écria le patron du navire, que ce docteur là-bas qui dit s'appeler Chillingworth a décidé d'embarquer avec vous? Si bien, vous devez le savoir! Car il m'a conté être de vos amis et fort attaché à ce seigneur dont vous me parlâtes — à qui ces corbeaux de vieux Puritains veulent faire un méchant parti.

— Ils se connaissent bien, en effet, répondit Hester en faisant calme contenance quoiqu'elle enfonçât dans

un abîme de consternation. Ils ont longtemps habité
ensemble.

L'échange de propos se borna là entre le capitaine et
Hester Prynne. Mais celle-ci aperçut alors le vieux Roger
Chillingworth lui-même, debout à l'extrémité la plus
lointaine de la Place du Marché et en train de lui sourire.
Et à travers le vaste espace plein d'allées et de venues, de
bavardages et de rires, des humeurs et des pensées diverses de la foule, ce sourire transportait un sens secret et
effrayant.

CHAPITRE XXII

LE CORTÈGE

Avant qu'Hester eût pu rassembler ses pensées et se demander quel parti prendre en face de cet aspect bouleversant de la situation, le son d'une musique militaire se fit entendre dans une rue adjacente. Il annonçait l'approche du cortège de dignitaires en route vers le temple où le Révérend Dimmesdale devait prononcer le sermon du Jour de l'Élection.

Bientôt le cortège lui-même apparut et prit avec une auguste lenteur la direction de la Place du Marché qu'il allait traverser.

En tête avançait la musique. Elle se composait de divers instruments, peut-être assez imparfaitement assortis, et jouait sans grand talent. Elle n'en atteignait pas moins le grand but visé par tambours et clairons s'adressant aux foules : celui de prêter un air plus grandiose et de tremper d'héroïsme les scènes en train de défiler. La petite Pearl commença par battre des mains. Ensuite l'agitation qui n'avait jamais cessé de la maintenir en effervescence depuis son lever se calma pour un moment. Elle se perdit en une contemplation silencieuse et parut être portée, tel un oiseau de mer posé sur les vagues, par le balancement de la musique. Mais elle fut ramenée à son humeur première par les miroitements que le soleil multipliait sur les armes et les cuirasses étincelantes des soldats qui suivaient la fanfare et constituaient la garde d'honneur du cortège.

Cette compagnie — qui est descendue au pas cadencé jusqu'à nos jours, avec une ancienne et honorable réputation — ne se composait point de mercenaires. Ses rangs étaient remplis d'hommes de qualité qui sentaient vibrer en eux la fibre martiale et cherchaient à établir une façon d'école militaire [69] où, comme dans l'Ordre des Templiers, ils pourraient apprendre l'art et, dans la mesure où des exercices de temps de paix le leur permettraient, la pratique de la guerre. La haute estime où l'on tenait, en ce temps-là, le métier militaire, trouvait à s'incarner dans l'imposante allure de chaque membre de cette troupe. Certains de ces hommes avaient du reste, par leurs campagnes dans les Pays-Bas et sur d'autres champs de bataille européens, grandement gagné le droit d'assumer titre et gloire de soldat. Et toute la compagnie revêtue d'acier bruni et de plumes oscillant sur ses morions faisait un effet que nul déploiement de force armée moderne ne saurait tenter d'égaler.

Toutefois, les hommes éminents dans la vie civile qui suivaient immédiatement le corps militaire étaient plus dignes des regards d'un observateur réfléchi. Même dans leur démarche, ils laissaient voir une majesté qui faisait paraître le pas relevé des guerriers, vulgaire sinon même absurde.

C'était une époque où ce que nous appelons le talent avait beaucoup moins de considération qu'aujourd'hui, mais les éléments de poids, qui assurent la stabilité et la dignité d'un caractère, beaucoup plus. Le peuple possédait par droit héréditaire un sens du respect qui s'est considérablement affaibli chez ses descendants (dans la mesure où il survit encore) et ne possède plus qu'un pouvoir bien réduit quand il s'agit de choisir et de juger à leur valeur des hommes publics. Aux temps dont nous parlons, le colon anglais venait d'émigrer en de rudes parages, laissant derrière lui royauté, noblesse, toutes les impressionnantes distinctions du rang alors que sa faculté de révérer restait intacte, impérieuse comme un besoin. Il en disposa en faveur des cheveux blancs et du front vénérable de l'âge, de l'intégrité longuement mise à l'épreuve, de la sagesse bien établie, d'une expérience

69. « école militaire » : cf. texte, « College of Arms ». Organisme (aussi appelé « Herald's College ») fondé en 1483, chargé des questions de généalogie.

teintée de tristesse — de ces qualités, enfin, pondérées et
austères, qui éveillent une idée de permanence et se
rangent sous le terme général de respectabilité. Aussi les
premiers hommes d'État qui furent élevés au pouvoir par
le choix du peuple — les Bradstreet[70], les Endicott[71],
les Dudley[72], les Bellingham — semblent n'avoir pas
été souvent brillants, s'être distingués par un sûr bon sens
plutôt que par la vivacité de leur intelligence. Ils étaient
pleins d'une force d'âme inébranlable et, en temps de
difficultés ou de périls, se dressèrent pour protéger l'État,
comme la ligne d'une falaise contre une marée tempé-
tueuse. Les traits de caractère que nous venons d'indiquer
étaient bien représentés par l'expression ferme et le large
développement physique des nouveaux magistrats de la
colonie qui, en ce moment, défilaient. Dans la mesure où
un air d'autorité naturelle était en cause, la mère-patrie
n'aurait point eu à rougir de voir ces précurseurs de la
démocratie prendre place à la Chambre des Lords ou au
Conseil privé du souverain.

Après les magistrats venait le jeune pasteur dont les
lèvres allaient prononcer le religieux discours d'usage. Le
sacerdoce, en ce temps-là, mettait les dons de l'intelligence beaucoup mieux en valeur que la vie politique.
Sans faire entrer en ligne de compte un motif plus élevé,
il ne pouvait, étant donné le respect voisin de l'adoration
de la communauté, qu'attirer fortement à lui les ambi-
tions les plus vives. Le pouvoir politique lui-même
était — comme dans le cas d'un Increase Mather[73] — à
la portée d'un prêtre bien doué.

Ce fut l'opinion de tous ceux qui alors le virent :
jamais, depuis qu'il avait mis le pied sur le rivage de la
Nouvelle-Angleterre, le Révérend Dimmesdale n'avait
montré une énergie comparable à celle que marquaient

70. « Bradstreet » : Simon Bradstreet (1603-1697), gouverneur, arrivé en Amérique en 1630; époux de la poétesse Anne Bradstreet.
71. « Endicott » : John Endicott (1588-1665), gouverneur, arrivé en
Amérique en 1628.
72. « Dudley » : Thomas Dudley (1576-1653), gouverneur, arrivé en
Amérique en 1630.
73. « Increase Mather » : a vécu de 1639 à 1723 et joui d'une grande
autorité religieuse et politique. Père de Cotton Mather.

son air et sa démarche comme il avançait avec le cortège.
Il n'y avait dans son pas nulle trace de la faiblesse qu'on
lui voyait à d'autres moments. Il n'était pas penché. Sa
main ne restait pas sinistrement pressée contre son cœur.
Cependant, vue sous son vrai jour, cette force ne semblait
pas résider en son corps. Peut-être était-elle toute spirituelle et lui avait-elle été dispensée par les anges. Peut-
être fallait-il y voir un effet de l'animation due au puissant cordial qui ne se distille qu'au feu d'une pensée
ardente et continue. Ou bien sa nature nerveuse était
stimulée par la musique forte et perçante qui montait vers
les cieux et, tout en l'écoutant, il se laissait soulever sur
sa vague. Cependant il avait l'air tellement absorbé qu'on
pouvait se demander s'il entendait tambours et trompet-
tes. Son corps était présent et marchait avec une vigueur
inhabituelle. Mais où était son esprit? Il était loin, profondément retranché dans son propre domaine, s'occupant avec une activité surnaturelle à ordonner le cortège
de pensées majestueuses qui allaient tout à l'heure en
sortir. Aussi ne voyait-il rien, n'entendait-il rien, ne sa-
vait-il rien de ce qui l'entourait. L'élément spirituel qui
l'habitait transportait sa faible charpente sans en sentir le
poids, la transformait en élément spirituel elle aussi. Les
hommes d'une intelligence exceptionnelle tombés dans
un état morbide possèdent, à l'occasion, ce pouvoir de
fournir un effort puissant. Ils y sacrifient la force vitale de
plusieurs jours et ensuite restent anéantis pendant beaucoup plus de jours encore.

Hester Prynne attachant ses regards sur Arthur Dimmesdale sentit une sombre impression l'accabler. Pourquoi? Elle ne savait. C'était peut-être seulement parce
qu'il paraissait être tellement loin de son monde à elle et
tellement hors de sa portée. Ils échangeraient sûrement un
coup d'œil de reconnaissance s'était-elle imaginé. Elle
pensa à la forêt obscure, au petit vallon solitaire, à
l'amour, à l'angoisse, au tronc moussu où, assis la main
dans la main, tous deux avaient mêlé leurs propos tristes
et passionnés au murmure du ruisseau. Comme ils
s'étaient profondément compris alors! Était-ce bien là le
même homme? Elle le reconnaissait à peine! Il avan-

çait, passait, la dépassait, fièrement, enveloppé, pour
ainsi dire, dans les riches sonorités de la musique, en
même temps que les vénérables membres de l'État et de
l'Église — totalement inaccessible en cette position officielle et plus inaccessible encore dans le monde de pensées étrangères où elle le voyait transporté ! Elle se laissa
abattre profondément par l'idée que tout devait n'avoir
été qu'une illusion, que, pour aussi nettement qu'elle
l'eût rêvé, il ne pouvait y avoir eu de lien véritable entre
le pasteur et elle. Et Hester restait encore tellement
femme qu'elle pouvait à peine lui pardonner d'arriver à se
retirer si complètement de leur univers commun — et en
ce moment ! quand le pas lourd de leur destin se faisait
plus proche, plus proche et plus proche encore ! tandis
qu'elle tâtonnait dans les ténèbres, étendait ses mains
froides et ne le trouvait pas.

Pearl, ou s'aperçut des sentiments qui agitaient sa mère
et les éprouva par contrecoup, ou fut elle-même sensible
à l'effet que faisait le pasteur d'être éloigné et intangible.
Pendant que le cortège passait, elle fut mal à l'aise, ne
cessa de sautiller comme un oiseau sur le point de s'envoler. Une fois le défilé terminé, elle leva les yeux sur le
visage d'Hester.

— Mère, dit-elle, était-ce le même pasteur que celui
qui m'a donné un baiser près du ruisseau ?

— Tiens-toi tranquille, petite Pearl, chuchota la mère.
Il ne faut pas toujours parler sur la Place du Marché de ce
qui s'est passé dans la forêt.

— Je n'arrivais pas à être sûre que c'était lui tant il
avait l'air d'un autre, poursuivit l'enfant. Sinon, j'aurais
couru lui demander de m'embrasser devant tout le monde
comme il m'embrassa là-bas, sous les vieux arbres noirs.
Qu'aurait-il dit, Mère ? Aurait-il appliqué sa main sur son
cœur et fait les gros yeux en m'ordonnant de m'en aller ?

— Qu'aurait-il dit, Pearl, sinon qu'on ne s'embrasse
pas sur la Place du Marché ? répondit Hester. Heureusement pour toi, petite sotte, que tu n'allas point lui parler !

Une autre nuance du même sentiment au sujet du
Révérend Dimmesdale fut exprimée par une personne que
son excentricité — ou, disons, son insanité — poussa,

chose que peu d'habitants de la ville se fussent risqués à
faire, à entrer devant tout le monde en conversation avec
la porteuse de la lettre écarlate. Cette personne était
vieille dame Hibbins sortie voir passer le cortège en très
magnifique appareil : robe du plus moelleux velours, triple fraise, guimpe brodée et canne à pommeau d'or.
Comme elle avait la réputation (qui plus tard ne lui coûta
pas moins que la vie) d'être fort avant engagée dans les
pratiques de nécromancie qui ne cessaient d'avoir lieu, la
foule s'ouvrit devant elle et parut redouter d'être effleurée
par ses vêtements comme s'ils eussent transporté la peste
en leurs plus somptueux. Quand on la vit en tête à tête
avec Hester Prynne — que tant de gens considéraient
pourtant maintenant avec bienveillance — la terreur
qu'inspirait dame Hibbins fut doublée et occasionna un
remous général à l'endroit de la Place du Marché où se
tenaient les deux femmes.

— Quelle imagination mortelle eût été concevoir
chose pareille ! marmotta la vieille dame confidentielle-
ment à l'oreille d'Hester. Cet homme de Dieu là-bas ! que
les gens tiennent pour un saint sur terre, mais c'est qu'il
a, il faut reconnaître, vraiment tout l'air d'en être un ! Qui
parmi ceux qui viennent de le voir passer dans le cortège
irait croire qu'il y a si peu de temps il quittait son
cabinet — mâchonnant, je gage, quelque texte hébreu — pour aller faire un petit tour en forêt ! Ah ! Ah !
Nous savons ce que cela veut dire, Hester Prynne ! Mais,
par ma foi, j'ai peine à croire qu'il s'agissait du même
homme ! Plus d'un membre du clergé ai-je vu marchant
derrière cette musique qui dansa sur le même air que moi
quand quelqu'un, que je ne saurais nommer, jouait du
violon et que nous faisait vis-à-vis quelque sorcier peau-
rouge ou jeteur de sort lapon. Peuh ! ce sont là bagatelles
pour qui connaît le monde un brin ! Mais ce pasteur !
Peux-tu tout de bon m'assurer, Hester Prynne, que cet
homme était le même que celui que tu rencontras sur le
chemin de la forêt ?

— Madame, je ne sais de quoi vous parlez, répondit
Hester Prynne, sentant que dame Hibbins avait le cerveau
dérangé, mais étrangement impressionnée tout de même

de l'entendre affirmer avec une telle assurance l'existence de rapports entre tant de gens (elle-même y compris) et le Malin. Je ne saurais parler légèrement d'un savant et pieux ministre du Seigneur comme le Révérend Dimmesdale.

— Fi donc ! femme ! Fi donc ! s'écria la vieille dame en secouant son index pointé vers Hester. Crois-tu qu'ayant été si souventes fois en forêt, je ne sais reconnaître qui d'autre y fut ? Que si ! Je les reconnais tous, même si nulle feuille des guirlandes sauvages qu'ils portaient en dansant ne reste en leurs cheveux ! Je te reconnais, Hester Prynne, car sur toi bien nette est la marque, nous la pouvons tous voir au soleil et, de nuit, elle brille comme flamme rouge. Tu la portes ouvertement, aussi ne saurait-il y avoir là-dessus aucun doute. Mais le pasteur ! Laisse que je te dise à l'oreille ! Quand l'Homme Noir voit un de ses serviteurs aussi peu empressé à reconnaître le lien qui le lie que ce Révérend Dimmesdale, il fait en sorte que la marque soit découverte en pleine lumière aux yeux de tout le monde ! Qu'est-ce donc que le pasteur cherche à cacher en pressant sa main sur son cœur ? Hé ? Hester Prynne ?

— Oh, qu'est-ce que c'est, bonne dame Hibbins ? demanda avec ardeur la petite Pearl.

— Il n'importe, ma toute belle ! répondit vieille dame Hibbins en faisant à Pearl une profonde révérence. Tu le verras toi-même un jour ou l'autre. On dit, enfant, que tu descendrais du Prince des Airs ! Viendras-tu point avec moi une jolie nuit voir ton père ? Alors, tu apprendrais pourquoi le pasteur tient sa main sur son cœur !

Et avec un rire si strident que toute la Place du Marché le pouvait entendre, la fantastique vieille dame s'en fut.

Pendant ce temps, la prière préliminaire avait été dite dans le temple et on entendait les accents du Révérend Dimmesdale qui commençait son discours. Un sentiment irrésistible maintint Hester aux environs. Comme l'édifice sacré était trop plein pour qu'y pût pénétrer un autre auditeur, elle prit place tout contre l'estrade du pilori. Elle se trouvait ainsi assez près pour que le sermon parvînt à ses oreilles sous forme d'un murmure indistinct,

mais aux modulations variées, où se reconnaissait très
bien la voix tout à fait particulière du pasteur.

Cette voix était en elle-même un don des plus rares —
expressive au point que des auditeurs qui n'auraient pas
compris la langue du prédicateur auraient tout de même
été bercés par les seuls accents et la seule cadence de ses
phrases. Comme toute autre musique, cette voix exprimait la passion et toutes sortes d'émotions — les plus
élevées et les plus tendres — dans la langue maternelle
du cœur humain. Pour assourdie qu'elle fût par les murs
de l'église, Hester l'écoutait avec une intensité, une sympathie telles, que le sermon avait pour elle un sens tout à
fait indépendant de celui qu'en pouvaient présenter les
mots insaisissables. Plus distincts, ceux-ci n'auraient été
que des intermédiaires plus grossiers, des entraves pour
l'essor spirituel. Tantôt Hester saisissait seulement un
murmure qui évoquait le vent quand il s'apaise pour se
reposer. Tantôt elle s'élevait en même temps que des
accents qu'amplifiaient progressivement toutes les nuan-
ces de la douceur et de la puissance, plus haut, de plus en
plus haut jusqu'à ce qu'elle fût comme enveloppée par le
volume de cette voix magique et ravie dans une atmosphère d'horreur sacrée et de grandeur. Et cependant, pour
majestueuse qu'elle pût par instants devenir, cette voix
gardait toujours quelque chose d'essentiellement plaintif,
évoquait une angoisse qui tantôt éclatait, tantôt résonnait
en sourdine — murmure ou cri de l'humanité souffrante
qui allait toucher un point sensible en chaque poitrine!
Par moment, cette note pathétique se laissait seule et à
peine entendre : soupir au milieu d'un silence de désola-
tion. Mais même lorsque la voix du prédicateur s'élançait — sonore, inpérieuse, irrépressible, vers les sommets, atteignait son plus haut degré de puissance, emplis-
sait l'église comme si elle allait en faire éclater les murs
solides et se répandait à l'air libre — même alors, s'il
écoutait attentivement dans cette intention, l'auditeur
pouvait déceler ce même cri de douleur. Qu'était-il ? La
plainte d'un cœur humain surchargé de peine, coupable
peut-être et disant le secret de sa culpabilité ou de sa
peine au grand cœur de l'humanité ; implorant sympathie

ou pardon à chaque instant, en chaque accent et jamais en vain ! C'était ce profond et continu appel en sourdine qui donnait au pasteur son incomparable ascendant.

Durant tout le temps du sermon, Hester resta immobile comme une statue au pied du pilori. Si la voix d'Arthur Dimmesdale ne l'avait point clouée là, une puissance magnétique inévitable n'en aurait pas moins été exercée sur elle par cet endroit où elle faisait remonter la première heure de sa vie d'ignominie. Il y avait en elle le sentiment — trop imprécis pour se muer en pensée mais qui lourdement écrasait son esprit — que sa vie tout entière, tant son passé que son avenir, déroulait son orbite autour de ce lieu comme s'il en eût été le centre, le seul point qui lui assurât une unité.

Quant à la petite Pearl, elle avait quitté les côtés de sa mère pour courir s'amuser à sa fantaisie sur la Place du Marché. Elle égayait la foule sombre comme un rayon de lumière capricieux, de même un oisillon au brillant plumage illumine tout un arbre au feuillage foncé en s'élançant, çà et là, tantôt à demi visible, tantôt à demi caché dans l'épaisseur crépusculaire des rameaux. Ses mouvements étaient harmonieux mais souvent aussi brusques et inattendus. Ils trahissaient la vivacité toujours en éveil de son esprit, doublement infatigable en sa danse légère, aujourd'hui que l'enfant vibrait au contact de l'inquiétude de sa mère. Toutes les fois que gens ou choses excitaient sa curiosité, sans cesse sur le qui-vive, Pearl s'élançait pour se saisir, en quelque sorte, de ces gens ou de ces choses comme de sa propriété et sans souci aucun du décorum.

Les Puritains la regardaient faire et, même s'ils souriaient, n'en inclinaient pas moins à tenir l'enfant pour un rejeton du Malin en voyant le charme indicible que dégageait ce bel et excentrique petit personnage tout scintillant d'activité. Pearl prenait sa course et allait regarder le sauvage Indien en face. Et l'Indien se sentait devant une nature plus sauvage encore que la sienne. Puis, avec une audace naturelle doublée d'une réserve tout aussi caractéristique, elle volait au milieu d'un groupe de marins aux joues basanées — sauvages de l'Océan comme les In-

diens étaient les sauvages de la terre. Et les marins la
regardaient, tout ébaubis et pleins d'admiration, comme
si un flocon d'écume de mer avait pris la forme d'une
petite fille et avait été doué d'une âme née des phospho-
rescences qui fulgurent sous la proue des navires, la nuit.

Un de ces matelots — le capitaine, en fait, qui s'était
entretenu avec Hester Prynne — fut tellement frappé par
l'aspect de Pearl qu'il tenta de l'attraper pour lui dérober
un baiser. Trouvant aussi impossible de se saisir d'elle
que d'un oiseau-mouche, il enleva de son chapeau la
chaîne d'or qui s'y enroulait et la lui lança. Pearl en
entoura aussitôt sa taille et son cou avec un tel talent que
cette chaîne se mit à faire partie de son personnage qu'il
devint impossible de l'imaginer sans tous ces maillons
rutilants.

— Ta mère est bien cette femme là-bas à la lettre
écarlate ? dit le marin. Voudrais-tu point lui porter de ma
part un message ?

— Oui, si le message me plaît, répliqua Pearl.

— Eh bien, va lui dire, reprit le capitaine, que je me
suis entretenu derechef avec ce vieux docteur noir de face
et bossu d'épaule et il se charge d'emmener à bord son
ami, le seigneur dont elle me parla. Donc que ta mère ne
prenne souci que d'elle-même et de toi. Vas-tu aller le lui
dire ? Petite enfant-sorcière ?

— Dame Hibbins dit que mon père est le Prince des
Airs, rétorqua Pearl avec un malicieux sourire. Si tu
m'appelles de ce vilain nom, je lui parlerai de toi et il
donnera la chasse à ton bateau à grands coups de vent !

Reprenant sa course en zigzags, l'enfant revint à sa
mère et lui fit la commission du marin. Le calme, la
force, l'endurance d'Hester s'écroulèrent presque, à la
fin. Au moment où un chemin semblait s'ouvrir pour les
mener, Arthur Dimmesdale et elle, hors de ce labyrinthe
de misère, c'en était trop de voir la sombre silhouette
d'un inévitable destin se dresser avec un sourire impitoyable au milieu même de la voie du salut.

Tandis que son esprit était assailli par les perplexités
terribles où la jetait la nouvelle du capitaine, Hester fut en
outre soumise à une autre épreuve.

Nombre de gens, parmi les colons venus des alentours, se trouvaient avoir entendu parler de la lettre écarlate, qu'on leur avait rendue terrifiante par quantités de rumeurs, mais sans l'avoir jamais vue de leurs yeux. Ces gens-là, après avoir épuisé toutes les autres distractions, vinrent s'attrouper autour d'Hester Prynne avec un sans-gêne de rustres. Sans qu'aucun scrupule fût en jeu de leur part, ils n'allaient pourtant pas jusqu'à l'approcher de trop près, mais formaient un cercle séparé d'elle par quelques mètres. Et ils restaient là, à distance, immobilisés par la forte répugnance qu'inspirait le symbole légendaire. Toute la bande des marins, remarquant un attroupement et apprenant la signification de la lettre écarlate, vint mêler à ces faces en cercle, des faces bronzées d'aventuriers. Jusqu'aux Indiens qu'atteignit comme un froid reflet de la curiosité des hommes blancs : ils se coulèrent à travers la foule et vinrent fixer sur la poitrine d'Hester le regard de leurs yeux d'un noir de serpent, imaginant sans doute que la porteuse de ce signe aux broderies brillantes devait être un personnage hautement honoré en son monde. Enfin, les habitants de la ville (leur propre intérêt sur le sujet depuis longtemps affaissé se ranimant quelque peu par esprit d'imitation) orientèrent par là leur flânerie et tourmentèrent peut-être Hester Prynne plus que les autres avec leurs placides coups d'œil de gens à qui sa honte était familière. Elle vit et reconnut les visages de ces matrones qui avaient attendu sa sortie de prison, sept ans auparavant. Toutes étaient présentes sauf une, la plus jeune et la seule qui eût fait montre de compassion, à qui elle avait cousu, depuis, une robe mortuaire. A cette heure finale, alors qu'elle allait dans si peu de temps le jeter loin d'elle, voici que ce signe maudit était étrangement devenu le centre d'un renouvellement d'intérêt, la cause d'une surexcitation redoublée et lui embrasait plus douloureusement la poitrine qu'il ne lui était arrivé depuis le premier jour où elle le portait.

Tandis qu'Hester se tenait dans ce cercle magique d'ignominie où la cruauté bien calculée de son jugement semblait l'avoir emprisonnée pour toujours, l'admirable

prédicateur abaissait ses yeux du haut de la chaire sur des
auditeurs qui avaient, jusque dans les plus intimes replis
de leurs âmes, cédé à son influence. Le saint ministre du
Seigneur dans le temple ! La femme à la lettre écarlate sur
la Place du Marché ! Quelle imagination eût été assez
irrévérencieuse pour aller supposer que le même brûlant
stigmate les marquait tous les deux !

CHAPITRE XXIII

LA RÉVÉLATION
DE LA LETTRE ÉCARLATE

La voix éloquente qui avait porté si haut les âmes des auditeurs, les soulevant comme les vagues d'une mer qui se gonfle, se tut. Un silence s'ensuivit semblable à celui qui doit régner après l'émission d'un oracle. Puis vint le murmure d'un tumulte contenu comme si les auditeurs, dégagés du charme qui les avait transportés dans le domaine élevé d'un autre esprit, revenaient à eux, tout chargés encore d'horreur sacrée et d'émerveillement. Un instant de plus et la foule se déversait hors du temple. A présent que c'était fini, les gens avaient besoin de respirer un air mieux fait pour la vie terre à terre où ils retombaient que celui que le prédicateur avait saturé de sa flamme oratoire et du lourd parfum de ses pensées.

A l'air libre, leur ravissement éclata en paroles. La Place du Marché bourdonna littéralement des louanges du pasteur. Ses auditeurs ne pouvaient se tenir en paix avant de s'être dit les uns aux autres ce que chacun d'eux sentait mieux qu'il ne pouvait l'exprimer ou que ne pouvait le lui exprimer son voisin.

D'après le témoignage général, jamais homme n'avait parlé en un esprit aussi sage, aussi élevé, aussi saint. Jamais non plus l'inspiration n'avait plus évidemment coulé de lèvres mortelles. On pouvait, autant dire, la voir descendre sur le prédicateur et s'emparer de lui et continuellement le détacher du discours écrit qu'il avait sous les yeux pour le combler d'idées qui devaient lui paraître aussi merveilleuses qu'à son auditoire. Son sujet avait, paraît-il, traité des rapports entre la divinité et les communautés humaines avec une référence spéciale à

cette colonie de Nouvelle-Angleterre en train de s'ériger
en plein pays sauvage. Aux approches de sa péroraison,
un souffle prophétique l'avait visité et contraint de donner
voix à ses révélations aussi puissamment qu'il y contrai-
gnit les vieux prophètes d'Israël; avec seulement cette
différence qu'alors que les prophètes juifs avaient dû
annoncer condamnation et ruine à leur pays, la mission
du Révérend Dimmesdale était de prédire une destinée
haute et glorieuse au peuple nouvellement rassemblé du
Seigneur.

Mais une émouvante note de tristesse n'en avait pas
moins cessé de vibrer en sourdine tout au long du sermon.
Les fidèles ne pouvaient l'interpréter que comme un sentiment de regret naturel à quelqu'un qui bientôt quitterait
ce monde. Oui, leur pasteur qu'ils aimaient tant — et qui
les aimait tant qu'il ne pouvait, sans un soupir, les quitter
pour aller au ciel — leur pasteur avait le sentiment qu'une
mort précoce l'attendait et qu'il les laisserait bientôt à
leurs larmes! Cette idée de la brièveté du séjour qu'il lui
restait à faire ici-bas élargissait d'une dernière touche
d'ampleur l'effet produit par les paroles du Révérend
Dimmesdale. C'était comme si un ange, traversant l'atmosphère terrestre pour gagner le ciel, avait, un instant,
secoué ses ailes étincelantes au-dessus des gens — ombre
et splendeur tout ensemble — et déversé sur eux une pluie
de vérités d'or.

Ainsi le Révérend Dimmesdale se trouvait atteindre —
comme la plupart des hommes en leurs sphères diverses,
encore que rares soient ceux qui s'en avisent sur le moment — à une période plus brillante et emplie de triomphe qu'aucune auparavant et qu'aucune à venir. Il se
tenait en cet instant sur l'éminence de supériorité la plus
fière que les dons de l'intelligence, l'érudition, l'éloquence, une réputation de sainteté sans tache pouvaient
élever pour la glorification d'un clergyman en ces premiers temps de la Nouvelle-Angleterre où le sacerdoce
était déjà en lui-même un imposant piédestal. Telle était
la position d'Arthur Dimmesdale comme il inclinait en
avant la tête sur les coussins de la chaire à la fin de son
sermon du Jour de l'Élection. Pendant ce temps, Hester

Prynne se tenait debout près de l'estrade du pilori, la lettre écarlate brûlant toujours sur sa poitrine.

De nouveau, les sons métalliques de la musique, et le pas cadencé de l'escorte militaire, franchissant les portes de l'église se firent entendre. Le cortège allait se diriger vers l'hôtel de ville où un banquet solennel compléterait les cérémonies du jour.

Une fois de plus le peuple s'écarta avec respect pour livrer largement passage au Gouverneur, aux prud'hommes, aux saints ministres du Seigneur, à tous les personnages éminents et en renom qui avançaient processionnellement. Quand le cortège eut bien atteint la Place du Marché, il fut interminablement salué par un tumulte de vivats. Ces acclamations, encore qu'empruntant sans doute une partie de leur force à la loyauté enfantine que cette époque vouait à ses chefs, donnèrent l'impression d'être un irrésistible transport d'enthousiasme soulevé par le flot d'éloquence sacrée dont l'écho résonnait encore aux oreilles des auditeurs du sermon. Chacun se sentit poussé par cet élan que tous avaient eu peine à contenir dans l'intérieur du temple et, en y cédant, sentit que tel était aussi le cas de son voisin. Ici, sous la voûte du ciel, le ravissement pouvait faire explosion, éclater en mille cris qui montaient retentir au plus haut des airs. Il y avait assez d'êtres humains, assez de sentiments portés au summum de la ferveur pour faire naître une symphonie, pour produire des sons plus impressionnants que ceux des orgues ou du vent, de l'océan ou du tonnerre. Ces clameurs d'une multitude de voix se gonflant puissamment se muaient en la seule clameur d'une seule et immense voix sous l'influence d'une impulsion qui, de tant de cœurs, ne faisait qu'un seul et immense cœur. Jamais pareille acclamation ne s'était élevée du sol de la Nouvelle-Angleterre ! Jamais ne s'était tenu sur le sol de la Nouvelle-Angleterre homme aussi honoré par ses frères mortels que l'était, en ce jour, le prédicateur !

Qu'advenait-il de lui cependant ? Les brillantes particules d'un halo ne s'agrégeaient-elles point dans les airs autour de sa tête ? Éthéré comme l'était son esprit, porté aux nues d'une apothéose par ses admirateurs fervents, ses pas dans le cortège foulaient-ils tout de bon la poussière de ce monde ?

Comme les hommes d'armes et les dignitaires civils défilaient, tous les yeux s'étaient tournés vers la place qu'occupait parmi eux le pasteur. Les vivats se taisaient, ne laissaient plus subsister qu'un murmure, tandis qu'une partie après l'autre de la foule pouvait l'entrevoir. Qu'il paraissait faible ! Qu'il était pâle au milieu de son triomphe ! L'énergie, ou plutôt l'inspiration qui l'avait soutenu tant qu'il délivrait le message sacré qui, du ciel, transportait avec lui sa propre force, s'était retirée à présent qu'elle avait si fidèlement rempli son office. L'ardeur que la foule venait de voir brûler sur les joues de son pasteur s'était éteinte comme une flamme qui s'affaisse sans même laisser espérer un dernier sursaut parmi des charbons en cendres. On aurait à peine cru que c'était là visage de vivant tant la mort lui prêtait ses teintes. On aurait à peine cru que c'était un homme vivant qui avançait là, d'un pas tellement épuisé et sans tomber pourtant !

Un de ses confrères — le Révérend John Wilson — voyant en quel état la vague de l'inspiration l'avait laissé en se retirant, se hâta de lui offrir appui. D'une main tremblante, mais avec décision, le jeune pasteur repoussa le bras du vieil homme. Il continua d'avancer, si l'on peut employer ce mot pour décrire des mouvements qui évoquaient plutôt les efforts mal assurés de l'enfant qui voit les bras de sa mère grands ouverts devant lui pour le tenter d'aller de l'avant. Enfin tout imperceptible qu'eût été le terrain gagné par ses derniers pas, voici qu'il arrivait en face du pilori où il y avait si longtemps — tout un sinistre laps de temps — Hester Prynne avait été ignominieusement exposée aux regards du monde. Et là se tenait Hester, la petite Pearl à la main ! Et là, sur la poitrine d'Hester Prynne, rougeoyait la lettre écarlate ! Le pasteur s'arrêta. La musique pourtant continuait de jouer la marche joyeuse et imposante qui balançait d'un rythme les pas du cortège. Elle le pressait d'avancer — de se rendre au festin ! Mais le pasteur s'arrêta.

Messire Bellingham, l'ex-gouverneur, n'avait cessé

durant les dernières minutes d'attacher sur lui un regard anxieux. Il quitta à présent sa place dans le cortège pour lui prêter aide et assistance, jugeant que, sans cela, le Révérend Dimmesdale allait inévitablement tomber. Mais il y avait dans l'expression du pasteur quelque chose qui retint le magistrat bien qu'il ne fût point homme à obéir aux vagues intimations d'esprit à esprit. La foule cependant regardait, béante de stupeur et d'émotion religieuse. Aux yeux de tous ces gens assemblés, cette faiblesse terrestre n'était qu'un aspect nouveau de la force céleste du pasteur. Le miracle ne leur eût pas paru trop grand si le Révérend Dimmesdale s'était élevé du sol, sous leurs yeux et, de plus en plus indistinct, de plus en plus étincelant, était finalement monté se confondre avec la lumière des cieux !

Il se tourna vers le pilori et tendit les deux bras :

— Hester, dit-il, viens ici ! Viens, ma petite Pearl !

Son air était effrayant comme il regardait la mère et la fille, mais il s'y mêlait quelque chose d'étrangement triomphant et d'indiciblement doux. L'enfant, d'un de ces mouvements d'oiseau chez elle caractéristiques, vola à lui et lui entoura les genoux de ses bras. Hester Prynne — lentement, comme contrainte par un destin inévitable et en dépit de sa plus puissante volonté — s'approcha elle aussi mais s'arrêta avant de le joindre. A ce moment, le vieux Roger Chillingworth fendit les rangs de la foule pour arracher sa victime à ce qu'elle était en train d'entreprendre. Ou, peut-être — tant son air était sombre, agité, maléfique — le vieil homme jaillit-il des ténébreuses profondeurs ! Qu'il en eût été ainsi ou autrement, toujours est-il qu'il s'élança vers le pasteur et lui saisit le bras :

— Halte, insensé ! Qu'entendez-vous faire ? chuchota-t-il. Éloignez cette femme ! Repoussez cette enfant ! Tout ira bien ! N'allez point maculer votre gloire et périr dans le déshonneur ! Je peux encore vous sauver ! Voudriez-vous entacher d'infamie votre sainte corporation ?

— Ah ! tentateur ! tu arrives trop tard ! répondit le Révérend Dimmesdale rencontrant avec terreur mais fermeté le regard de son vieil ennemi. Ton pouvoir n'est plus ce qu'il était! Avec l'aide de Dieu, je te vais échapper à présent!

De nouveau, il tendit la main vers la femme à la lettre écarlate.

— Hester Prynne, s'écria-t-il avec une ardeur transperçante, au nom de Celui si terrible et si miséricordieux qui m'accorde en ce dernier moment la grâce de faire ce que — pour mon plus grand péché et ma plus grande angoisse — je me suis refusé à faire il y a sept ans, viens à présent et entoure-moi de ta force! Ta force, Hester, mais qu'elle soit guidée par la volonté que Dieu m'inspire! Ce malheureux vieillard outragé s'y oppose de tout son pouvoir — et de tout le pouvoir du démon! Viens, Hester, viens, soutiens-moi jusqu'au pilori!

La foule était en tumulte. Les dignitaires qui se tenaient dans l'entourage immédiat du pasteur étaient tellement pris par surprise, ce qu'ils voyaient les laissait tellement perplexes, tellement incapables d'accueillir l'explication qui s'offrait d'elle-même ou d'en imaginer une autre — qu'ils restaient les spectateurs silencieux et inactifs du jugement que la Providence semblait mettre en œuvre. Ils virent le pasteur appuyé sur l'épaule et soutenu par le bras d'Hester se diriger vers l'échafaud et en gravir les degrés, la petite main de l'enfant du péché serrée dans la sienne. Roger Chillingworth suivait, comme quelqu'un d'étroitement lié au drame de culpabilité et d'angoisse dont ces trois personnes avaient été les acteurs et qui avait bien le droit d'être présent à la scène finale.

— Tu aurais pu parcourir la terre entière, dit-il en regardant sombrement le pasteur, tu n'y eusses trouvé endroit assez secret ni position assez haute — nul abri où pouvoir m'échapper hors l'estrade de ce pilori!

— Loué soit donc Celui qui m'y conduisit! répondit le pasteur.

Pourtant il tremblait et il se tourna vers Hester Prynne avec, dans les yeux, une expression d'anxiété et de doute qui se trahissait en dépit du faible sourire qu'il avait aux lèvres.

— N'est-ce pas mieux, murmura-t-il, que ce que nous avions rêvé dans la forêt?

— Je ne sais! Oh, je ne sais! répondit-elle avec égarement. Mieux? — oui, ainsi nous allons pouvoir mourir tous les deux et, avec nous, la petite Pearl!

— Pour Pearl et toi, il en sera selon la volonté de Dieu, dit le pasteur, et Dieu est miséricordieux! Laisse-moi à présent suivre la voie qu'Il dessine nettement à mes yeux. Car, Hester, je me meurs! Laisse-moi me hâter de charger sur mes épaules le fardeau de ma honte.

Soutenu par Hester et tenant par la main la petite Pearl, le Révérend Dimmesdale se tourna vers les vénérables prud'hommes et chefs de la communauté; vers les saints ministres du Seigneur, ses confrères, vers le peuple dont le vaste cœur était frappé d'épouvante et débordait pourtant d'une sympathie éplorée : on eût dit qu'il savait qu'une histoire plongeant des racines au profond de la vie et marquée au coin du repentir, si elle l'était aussi à celui du péché, était sur le point de lui être révélée.

Le soleil, qui n'avait que de peu dépassé le méridien, brillait sur le pasteur dont la silhouette était ainsi très nettement mise en relief comme il se tenait là, debout, sans plus aucun lien avec la terre, pour plaider coupable devant le tribunal de la Justice éternelle.

— Peuple de la Nouvelle-Angleterre! s'écria-t-il d'une voix qui s'éleva au-dessus des têtes, haute, solennelle et majestueuse et pourtant imprégnée d'un tremblement et parfois même traversée par un cri qui semblait monter d'un insondable abîme de remords et de douleur. Vous qui m'avez aimé! Vous qui m'avez tenu pour un saint! Regardez et voyez ici en moi le seul pécheur du monde! Enfin! Enfin! Me voici à l'endroit où j'aurais dû me tenir il y a sept ans, aux côtés de cette femme dont le bras, plus que le peu de force qui m'a mené jusqu'ici, me soutient en ce terrible moment, m'empêche de m'écrouler devant vous face contre terre! Voyez la lettre écarlate sur la poitrine d'Hester Prynne! Elle vous a tous fait frissonner! Partout où allait Hester Prynne, toutes les fois que misérablement accablée sous pareil poids Hester Prynne cherchait un peu de repos, ce signe répandait autour d'elle répugnance et horreur! Or, il y avait quelqu'un parmi vous qui portait aussi la marque du péché et cette marque infamante ne vous faisait pas frissonner!

Ici, il sembla que le pasteur allait être contraint de laisser irrévélé le reste de son secret. Mais il surmonta la faiblesse — faiblesse de son cœur surtout — qui tentait de le dominer. Il repoussa toute aide d'un mouvement passionné, avança d'un pas en avant de la femme et de l'enfant.

— Elle était pourtant sur lui! poursuivit-il avec une façon de défi farouche, tant il était décidé à tout dire. L'œil de Dieu la voyait! Les anges ne cessaient de la montrer du doigt! Le démon la connaissait bien et l'irritait continuellement de son ongle de feu! Mais cet homme la dissimulait habilement aux yeux des humains. Il marchait parmi vous tel un pur esprit affligé parce que trop innocent pour ce monde de pécheurs, triste parce que séparé de sa parenté céleste! Maintenant, à l'heure de sa mort, le voici devant vous. Il vous demande de regarder de nouveau la lettre écarlate d'Hester! Il vous dit que dans toute son horreur mystérieuse, elle n'est que l'ombre de la marque qu'il porte, lui, sur sa poitrine et que cette marque — ce stigmate rouge — n'est à son tour que le pâle symbole du tourment qui l'a ravagé au profond de son cœur. S'en trouve-t-il parmi vous qui mettent en doute la condamnation d'un pécheur par son Dieu? Qu'ils regardent et en voient la terrible preuve!

D'un geste convulsif, il arracha le rabat sacerdotal qui couvrait sa poitrine. Et la révélation eut lieu! Mais il serait irrévérencieux d'en donner une description. Durant un instant, le regard de la multitude, frappée d'horreur, se concentra sur cet effrayant miracle tandis que le pasteur se dressait, une flamme de triomphe au visage, comme quelqu'un qui, au milieu d'un accès de douleur entre tous aigu, a remporté une victoire. Puis il s'affaissa sur le plancher du pilori! Hester Prynne le souleva à demi et lui appuya la tête sur sa poitrine. Le vieux Roger Chillingworth s'agenouilla à côté de lui d'un air morne et comme vidé de vie.

— Tu m'as échappé! répéta-t-il à maintes reprises, tu m'as échappé!

— Dieu veuille te pardonner! dit le pasteur. Tu as grièvement péché, toi aussi!

Il détourna ses regards d'agonisant du vieil homme et les fixa sur la femme et l'enfant.

— Ma petite Pearl, dit-il faiblement — et il y avait sur son visage un sourire doux, semblable au sourire d'un esprit en train d'enfoncer en un profond repos : à présent que son fardeau ne lui pesait plus, il semblait presque qu'Arthur Dimmesdale allait se montrer enjoué avec l'enfant. Chère petite Pearl, ne me donneras-tu point un baiser maintenant? Tu t'y refusas là-bas dans la forêt. Mais, maintenant, voudras-tu?

Pearl lui baisa les lèvres. Un charme venait de se rompre. La grande scène de douleur où cette enfant sauvage avait eu un rôle venait de développer en elle tous les pouvoirs de la sympathie. Les larmes qu'elle faisait couler sur le visage de son père étaient la preuve que cette petite révoltée grandirait, non pour tenir à jamais tête au monde, mais pour en faire partie en tant que femme qui en éprouve les joies et les douleurs. Et ce rôle de messagère d'angoisse que Pearl avait rempli auprès de sa mère était terminé lui aussi et allait être remplacé par un autre tout différent.

— Hester, dit le pasteur, adieu!

— Ne nous rencontrerons-nous plus jamais? murmura Hester en penchant son visage tout près de celui d'Arthur Dimmesdale. Ne passerons-nous point notre vie immortelle ensemble? Sûrement, sûrement, nous avons payé rançon l'un pour l'autre avec tous ces chagrins! Tu vois loin dans l'éternité avec ces yeux étincelants qui vont s'éteindre... Dis-moi ce que tu vois!

— Chut! Hester! Chut! dit Arthur Dimmesdale d'une voix tout ensemble solennelle et tremblante. La loi que nous avons enfreinte! La faute à l'instant si horriblement révélée! Que cela seul habite ta pensée! Il se peut que lorsque nous avons oublié Dieu... passé outre au respect que chacun devait à l'âme de l'autre, nous ayons rendu vain tout espoir de nous rencontrer outre-tombe pour être à jamais unis dans la pureté. Dieu seul le sait et Il est miséricordieux. Il a manifesté sa miséricorde envers moi surtout en m'affligeant comme Il le fit, en allumant sur ma poitrine le feu de ce brûlant supplice, en envoyant ce sombre et implacable vieillard pour l'attiser sans cesse. En m'emmenant enfin, ici, mourir de cette mort d'angoisse triomphale devant le peuple ! Béni soit le nom du Seigneur et que Sa volonté soit faite ! Adieu !

Ce dernier mot fut prononcé avec le dernier souffle du pasteur. De la foule, jusqu'alors muette, montèrent d'étranges et profonds accents — les accents d'une horreur sacrée qui ne pouvait s'exprimer encore que par ce sourd murmure qui, si gravement, faisait cortège au départ d'un esprit.

CONCLUSION

Au bout de plusieurs jours, lorsqu'un temps suffisant se fut écoulé pour que les gens aient mis de l'ordre dans leurs idées au sujet de la scène précédente, il y eut en cours plus d'une version de ce qui s'était passé sur le pilori.

La plupart des spectateurs déclaraient avoir vu, imprimée sur la chair même du malheureux pasteur, une LETTRE ÉCARLATE — réplique exacte de celle que portait Hester Prynne. Mais sur l'origine de ce signe, plusieurs explications circulaient qui ne pouvaient toutes, évidemment, qu'être conjecturales. Certains affirmaient que le jour même où Hester avait porté pour la première fois la marque de sa honte, le Révérend Dimmesdale avait commencé une ère de pénitence en s'infligeant une série de hideuses tortures physiques. Et, en fait, nous l'avons vu avoir recours à de futiles procédés d'expiation de ce genre. D'autres prétendaient que le stigmate n'était apparu que beaucoup plus tard, que le vieux Roger Chillingworth, qui était un puissant nécromancien, l'avait fait surgir au moyen de drogues maléfiques. D'autres enfin — et ceux-ci entre tous capables d'apprécier la sensibilité particulière du pasteur et l'influence miraculeuse d'un esprit comme le sien sur le corps — chuchotaient une troisième explication. Pour eux, l'horrible symbole était un effet de l'action incessante du remords qui, à force de ronger l'intérieur du cœur, avait fini par entraîner, sous la forme de cette lettre, une manifestation extérieure du jugement de Dieu. Le lecteur peut choisir parmi ces théories diverses. Nous avons projeté toute la lumière que

nos recherches nous ont permis de recueillir sur ce pro-
dige. Quant à nous, à présent que nous avons rempli notre
rôle d'historien, nous effacerions avec plaisir l'impression qu'il a creusé dans notre esprit où de longues méditations l'ont nanti d'un droit de cité tout à fait indésirable.

Il est cependant singulier que certaines personnes, qui
assistèrent à toute la scène et affirmèrent n'avoir pas un
instant quitté des yeux le Révérend Dimmesdale, aient
nié qu'il y ait eu la moindre marque sur la poitrine du
pasteur — pas plus que sur celle d'un nouveau-né. Ses
dernières paroles n'auraient pas signifié non plus qu'il eût
été le moins du monde complice de la faute pour laquelle
Hester avait été condamnée à porter la lettre écarlate.
Selon ces témoins hautement respectables, le Révérend
Dimmesdale se rendant compte qu'il allait mourir, se
rendant compte aussi que la foule le plaçait déjà au rang
des saints et des anges, avait voulu, en expirant entre les
bras d'une femme tombée, montrer que le mérite d'un
homme, pour indiscutable qu'il puisse paraître, se réduit
à néant. Après avoir épuisé sa vie en se prodiguant pour
le bien spirituel de la communauté, il avait voulu faire de
sa mort une parabole afin de bien enseigner à ses admirateurs une profonde et triste leçon, de les pénétrer de cette
vérité qui veut que, du point de vue de la pureté infinie,
nous soyons tous aussi pécheurs les uns que les autres. Il
voulait donner à entendre à ses ouailles que le plus saint
d'entre nous n'est au-dessus de ses compagnons que dans
la mesure où il se fait une idée plus claire de la clémence
qui nous regarde de si haut et qu'il dédaigne davantage
toute ombre de mérite humain.

Nous n'allons pas discuter une vérité d'aussi grand
poids, mais on voudra bien nous permettre de voir seulement, en cette version de l'histoire du Révérend Dimmesdale, un exemple de l'opiniâtreté que les amis fidèles
d'un homme — les amis surtout d'un clergyman —
peuvent mettre parfois à soutenir sa réputation. Et ceci
même si des preuves aussi claires que la lumière de midi
brillant sur la lettre écarlate font de cet homme un fils de
la poussière, entaché par le péché et coupable de mensonge.

L'autorité sur laquelle nous nous sommes le plus appuyé — un manuscrit de vieille date établi d'après le témoignage verbal de gens qui, ou avaient connu Hester Prynne, ou avaient entendu conter son histoire par des personnes de son temps — confirme entièrement le point de vue que nous avons exprimé plus haut. Entre autres nombreuses règles de morale que fait ressortir la misérable aventure du pasteur nous ne formulerons que celle-ci : « Soyez sincères ! Soyez sincères ! Soyez sincères ! Laissez voir au monde, sinon ce qu'il y a de pire en vous, tout au moins certains traits qui peuvent laisser supposer ce pire. »

Rien ne fut plus remarquable que le changement qui s'opéra, presque aussitôt après la mort du Révérend Dimmesdale, dans l'apparence et l'attitude du vieux Roger Chillingworth. Sa vigueur, son énergie, toutes ses forces vitales et intellectuelles semblèrent l'abandonner tout d'un coup. Si bien que, véritablement, il se dessécha, se ratatina, disparut presque à la vue des hommes — telle une herbe déracinée qui périt au soleil. Ce malheureux vieillard avait fait consister le principe même de sa vie en un systématique exercice de vengeance. Et, lorsqu'il se vit complètement vengé, il se sentit en même temps dépouillé de tout principe de vie. Autrement dit, quand le Diable n'eut plus de travail pour lui en ce monde, il ne resta à ce mortel « déshumanisé » qu'à se rendre là où son maître lui trouverait assez de besogne et lui paierait dûment ses gages. Mais envers toutes ces ombres, pendant si longtemps nos proches connaissances — envers celle de Roger Chillingworth comme envers les autres — nous voudrions bien être indulgents. C'est un curieux sujet d'observations et d'études que la question de savoir si la haine et l'amour ne seraient pas une seule et même chose au fond. Chacun des deux sentiments parvenu à son point extrême suppose un degré très élevé d'intimité entre deux êtres, la connaissance approfondie d'un autre cœur. Chacun fait dépendre d'une autre personne la nourriture affective et spirituelle d'un individu. Chacun laisse le sujet qui l'éprouve — celui qui aime passionnément ou celui qui déteste non moins passion-

nément — solitaire et désolé par la disparition de son
objet. C'est ainsi que, d'un point de vue philosophique,
les deux passions semblent essentiellement identiques à
ceci près que l'une se montre sous un jour céleste et
l'autre sous un jour ténébreux.

Dans le monde des esprits, le vieux médecin et le
pasteur — victimes l'un de l'autre comme ils l'avaient été
ici-bas — ont peut-être vu leur haine et leur antipathie se
muer en cet or qui est la monnaie de l'amour.

Mais, laissant ces grandes questions à part, nous avons
un détail d'ordre pratique à communiquer au lecteur. A la
mort du vieux Roger Chillingworth (qui eut lieu l'année
même) son testament, dont les exécuteurs étaient Messire Billingham, l'ex-Gouverneur et le Révérend Wilson,
se trouva léguer de très considérables propriétés, tant en
Vieille qu'en Nouvelle-Angleterre, à la fille d'Hester
Prynne. Ainsi Pearl, l'enfant-lutin, voire, aux yeux de
bien des gens encore, le rejeton du Démon, devint la plus
riche héritière du Nouveau-Monde. Il n'est point impro-
bable que cette circonstance eût opéré un changement très
matériel dans le point de vue du public. Et si la mère et
l'enfant étaient restées à Boston, la petite Pearl aurait pu
mêler son sang impétueux à celui d'une lignée de Puritains pieux entre tous. Mais, peu de temps après la mort
du médecin, la porteuse de la lettre écarlate disparut et la
petite Pearl avec elle. Et, bien qu'un vague bruit les
concernant trouvât de temps à autre moyen de traverser la
mer — telle une épave informe qui aborde au rivage avec
des initiales gravées sur son bois — on n'eut d'elles
aucune nouvelle authentique durant de longues années.
L'histoire de la lettre écarlate tourna à la légende. Le
charme qu'elle dégageait n'en était pas moins puissant et
faisait un endroit redoutable du pilori où le pauvre pasteur
était mort et aussi de la chaumière du bord de la mer où
avait habité Hester Prynne.

Près de celle-ci, des enfants étaient en train de jouer,
certain après-midi, quand ils virent approcher de la porte
une femme de haute taille, en robe grise. Cette porte,
durant toutes ces années, n'avait pas été ouverte une seule
fois. Mais la femme, ou en avait la clef, ou vit céder sous

sa main le bois et le fer délabrés, ou se glissa, telle une ombre à travers le battant — toujours est-il qu'elle entra.

Sur le seuil, elle fit une pause — se détourna à demi car l'idée de se trouver toute seule, et après tant de changements, dans la maison où s'était déroulée, autrefois, une vie si intense, était peut-être trop sinistre pour être supportable. Mais son hésitation ne dura qu'un instant — assez toutefois pour laisser voir sur sa poitrine une lettre écarlate.

Hester Prynne était revenue prendre le fardeau si longtemps délaissé de sa honte. Mais où était la petite Pearl? Elle devait, si elle vivait encore, se trouver dans l'éclat et l'épanouissement de sa jeunesse? Personne n'en sut rien. Personne n'apprit jamais avec certitude si l'enfant-lutin était descendue avant l'heure dans une tombe de jeune fille, ou si sa nature riche et sauvage s'était adoucie et l'avait rendue capable d'un doux bonheur de femme. Mais tout au long du reste de la vie d'Hester Prynne, des détails indiquèrent que la recluse à la lettre écarlate était un objet d'affection pour quelque habitant d'un autre pays. Des lettres lui arrivaient, scellées de cachets armoriés mais dont les armes étaient inconnues de la science héraldique anglaise. Dans la chaumière se trouvaient des objets de commodité et de luxe dont Hester ne se souciait jamais de faire usage, mais dont seule la richesse avait pu faire emplette, que seule l'affection avait pu songer à lui faire parvenir. Il y avait aussi des bagatelles, de menus ornements, de beaux travaux qui témoignaient de la constance d'un souvenir, et devaient être l'œuvre de doigts délicats poussés par les élans d'un cœur plein de tendresse. Et, une fois, on vit Hester broder un vêtement de nouveau-né avec un tel déploiement de fantaisie et de magnificence que, dans notre communauté vouée aux teintes sérieuses, un scandale public eût été soulevé par un petit enfant en semblable appareil.

Bref, les faiseurs de commérages du temps croyaient — et M. l'Inspecteur Pue, qui s'est livré un siècle plus tard à maintes investigations, croyait et un de ses tout derniers successeurs en son poste croit avec lui — que Pearl était non seulement en vie, mais mariée et heureuse; qu'elle n'oubliait pas sa mère et l'aurait bien joyeusement accueillie, cette mère solitaire et triste, à son foyer.

Mais il y avait, pour Hester Prynne, une vie plus réelle ici, en Nouvelle-Angleterre, qu'en ce pays inconnu où Pearl avait trouvé un foyer. C'était ici qu'elle avait péché, ici qu'elle avait souffert, ici qu'il lui restait encore à faire pénitence. Aussi était-elle revenue et avait-elle repris — de sa propre volonté car aucun des sévères magistrats de cette époque de fer ne l'y eût obligée — le symbole qui vient de faire le sujet de cette sombre histoire. Il ne devait plus jamais quitter sa poitrine. Mais au long des années pénibles et lourdes de pensées qui devaient composer la fin de la vie d'Hester, la lettre écarlate cessa d'être un stigmate attirant l'amer mépris du monde. Elle devint le type de quelque chose sur quoi s'affliger, un objet à la fois d'horreur sacrée et de révérence. Et, comme Hester n'avait aucune fin égoïste, ne vivait ni pour son intérêt ni pour son plaisir, les gens allaient à elle avec toutes leurs perplexités et tous leurs chagrins et lui demandaient conseil comme à quelqu'un qui avait passé par un très grand malheur. Les femmes pliant sous les épreuves sans cesse renouvelées de la passion blessée, gaspillée, mal placée ou coupable — ou sous le sinistre fardeau d'un cœur sans emploi parce qu'il n'était pas estimé à son prix et que nul n'en voulait — les femmes surtout se rendaient à la chaumière d'Hester. Elles venaient demander pourquoi elles étaient si malheureuses et s'il n'y avait pas de remède! Hester les consolait et les conseillait de son mieux. Elle leur disait aussi que des jours plus clairs viendraient, quand le monde serait mûr pour eux, à l'heure du Seigneur. Alors une vérité nouvelle serait révélée qui permettrait d'établir les rapports entre l'homme et la femme sur un terrain plus propice à leur bonheur mutuel.

Elle-même, Hester, s'était autrefois follement imaginée qu'elle était peut-être la prophétesse de cette ère future. Mais elle avait depuis longtemps reconnu que la mission de révéler une vérité divine et mystérieuse ne pouvait être confiée à une femme marquée par le péché, courbée sous la honte ou même seulement sous le poids d'une vie de chagrin. L'apôtre de la révélation à venir serait bien une femme, mais une femme irréprochable et belle et pure. La sagesse ne lui serait pas venue par suite de durs chagrins, mais par l'entremise de la joie. Et elle saurait montrer combien l'amour sacré peut rendre heureux en évoquant le sûr témoignage d'une vie vouée à pareille fin.

Ainsi parlait Hester Prynne en abaissant le regard de ses yeux tristes sur la lettre écarlate. Et, après bien des années, une fosse fraîche fut creusée à côté d'une autre, ancienne et toute défoncée, dans l'enclos funéraire auprès duquel a été, depuis lors, bâtie King's Chapel. Mais, si cette fosse fraîche fut creusée à côté de l'ancienne toute défoncée, elle en fut séparée par un espace, comme si les cendres des deux morts n'avaient pas eu le droit de se mêler. Cependant, une seule pierre tombale servit pour les deux. Les tombeaux tout autour étaient sculptés de devises armoriées. Sur cette simple dalle était gravé une manière d'écusson — qui se laisse encore distinguer par le curieux d'aujourd'hui et le trouve bien perplexe quant à son sens. Sa devise peut servir de résumé et d'emblème à notre légende à présent terminée tant elle est sombre, avec, pour la relever, un seul point brillant d'une lumière plus lugubre que l'ombre même, il porte :

« DE GUEULES, SUR LE CHAMP DE SABLE, LA LETTRE A. »

CHRONOLOGIE
DE NATHANIEL HAWTHORNE

1804 : Naissance à Salem, Massachusetts (le 4 juillet).

1808 : Mort du père de Hawthorne.

1813 : En jouant, Hawthorne se blesse assez sérieusement (novembre). Éprouvant des difficultés pour marcher, il ne retournera pas à l'école de façon régulière avant février 1816.

1816 : Début du séjour de Hawthorne à Raymond (Maine), dans la famille de sa mère. L'enfant part dans un pensionnat près de Portland (en décembre).

1820-1821 : Hawthorne édite une petite « revue » familiale, le *Spectator*.

1821 : Début du séjour à Bowdoin College (petite université fondée en 1802), à Brunswick, Maine. Études classiques, en compagnie du futur poète Henry Wadsworth Longfellow.

1825 : Fin des études de Hawthorne, qui retourne à Salem où il entend vivre de sa plume. Il écrira pendant des années des contes et des nouvelles d'inspiration gothique (publiés dans *The Token*, *The Salem Gazette*, etc.).

1828 : Publication du premier roman de Hawthorne, *Fanshawe*, inspiré par la vie à Bowdoin College.

1836 : Hawthorne est quelque temps rédacteur en chef de la revue *American Magazine of Useful and Entertaining Knowledge*. Séjour à Boston.

1837 : Publication de *Twice-Told Tales* (en mars).

1838 : Hawthorne s'éprend de Sophia Peabody.

1839 : Il devient inspecteur des douanes à Boston (le 16 janvier).

1841 : Hawthorne quitte son emploi (le 10 janvier). Il part pour Brook Farm, communauté transcendantaliste (le 12 avril), qui lui suggérera son roman *The Blithedale Romance* (1852).

1842 : Hawthorne épouse Sophia Peabody (le 9 juillet). Le couple s'installe dans la vieille maison d'Emerson, « The Old Manse », à Concord, et vit de façon retirée.

1844 : Naissance de Una (le 3 mars). Hawthorne continue d'écrire des nouvelles pour des revues.

1845 : Le couple quitte « The Old Manse » à l'automne.

1846 : Naissance de Julian (le 22 juin), et publication de *Mosses from an Old Manse,* recueil de nouvelles, le même jour.

1849 : On ôte à Hawthorne son poste aux douanes de Salem — qu'il occupait depuis plus de trois ans. Mort de la mère de l'auteur. Hawthorne rédige *The Scarlet Letter*.

1850 : Publication de *The Scarlet Letter* (le 16 mars). La famille Hawthorne va vivre à Lenox. Intimité avec Herman Melville.

1851 : Publication de *The House of the Seven Gables*. Naissance de Rose (le 20 mai).

1852 : Publication de *A Blithedale Romance*. Hawthorne soutient son ami, le démocrate Franklin Pierce, candidat à la présidence des États-Unis. Succès de Pierce. Hawthorne fréquente les politiciens.

1853 : Hawthorne sera consul des États-Unis à Liverpool, il arrive en Angleterre le 16 juillet.

1853-1857 : Travail diligent du consul. Voyages divers en Angleterre, Hawthorne s'intéresse aux vestiges du passé.

1858-1860 : Passage en France et séjour en Italie.

1860 : Publication de *The Marble Faun*, élaboré en Italie. Retour aux États-Unis.

1863 : Hawthorne publie *Our Old Home* où se décèle son manque d'amitié pour les Anglais.

1864 : Mort de Hawthorne (le 19 mai).

1872 : Publication posthume de *Septimius Felton*.

1876 : Publication posthume de *The Dolliver Romance*.

INDICATIONS BIBLIOGRAPHIQUES

Outre l'édition du centenaire (« Centenary Edition ») de *La Lettre écarlate*, publiée par Fredson Bowers en 1962 à Ohio State University Press, deux excellentes éditions annotées du roman existent en langue anglaise. On trouve d'abord *The Scarlet Letter and Selected Tales*, Thomas E. Connolly, éd. (Penguin, 1979), qui reprend le texte établi par Fredson Bowers. Il y a ensuite *The Scarlet Letter : An Authoritative Text, Backgrounds and Sources Criticism*, Sculley Bradley, Richmond Croom Beatty, E. Hudson Long, Seymour Gross, éds. (W. W. Norton, 1978). Ce livre contient une bibliographie sélective suivant un grand et bon choix d'articles sur Hawthorne et sur son ouvrage (pp. 249-435).

Le lecteur français pourra consulter L. Dhaleine, *Nathaniel Hawthorne : sa vie et son œuvre* (Paris, Hachette, 1905), et surtout le remarquable travail de Jean Normand, *Nathaniel Hawthorne : esquisse d'une analyse de la création artistique* (Paris, PUF, 1964). Deux préfaces écrites pour des traductions de *La Lettre écarlate* peuvent retenir l'attention : celle de Charles Cestre (Paris, « Les Belles Lettres », 1955) ; celle de Julien Green, qui précède la première édition du texte donné ici (Paris, Gallimard, 1954).

Un ouvrage de bibliographes peut se révéler utile : *Nathaniel Hawthorne : A Reference Bibliography 1900-1971, with Selected Nineteenth-Century Materials*, de B. Ricks, J. D. Adams, J. O. Hazlerig (Warrensburg, Central Missouri State University ; Boston, G. K. Hall, 1972). Les biographes quant à eux ont produit force études. Une des meilleures et des plus récentes est d'Arlin Turner, *Nathaniel Hawthorne : A Biography* (New York/Oxford, OUP, 1980). Elle surpasse par sa technique et sa richesse des livres plus anciens, comme ceux du fils de l'auteur, Julian Hawthorne, celui de Randall Stewart, *Nathaniel Hawthorne : A Biography* (New Haven, Yale University Press, 1948), celui d'Edward Wagenknecht, *Nathaniel Hawthorne : Man and Writer* (New York, OUP, 1961), etc.

Parmi une multitude de travaux critiques de portée générale, on peut retenir quelques titres : Lawrence Sargent Hall, *Hawthorne Critic of Society* (New Haven, Yale University Press, 1944); William Bysshe Stein, *Hawthorne's Faust : A Study of the Devil Archetype* (Gainesville, University of Florida Press, 1953); Hugo McPherson, *Hawthorne as Myth-Maker : A Study in Imagination* (Toronto, University of Toronto Press, 1969); Richard J. Jacobson, *Hawthorne's Conception of the Creative Process* (Cambridge, Harvard University Press, 1969); John Caldwell Stubbs, *The Pursuit of Form : A Study of Hawthorne and the Romance* (Urbana/Chicago/London, University of Illinois Press, 1970); Michael Davitt Bell, *Hawthorne and the Historical Romance of New England* (Princeton, Princeton University Press, 1971); John E. Becker, *Hawthorne's Historical Allegory : An Examination of the American Conscience* (Port Washington/London, Kennikat Press, 1971); Robert H. Fossum, *Hawthorne's Inviolable Circle : The Problem of Time* (Deland, Everett/Edwards, 1972); Edgar A. Dryden, *Nathaniel Hawthorne : The Poetics of Enchantment* (Ithaca/London, Cornell University Press, 1977); Patricia Ann Carlson, *Hawthorne's Functional Settings : A Study of Artistic Method* (Amsterdam, Rodopi, 1977).

Un assez grand nombre d'articles traitent directement de *La Lettre écarlate*. La dernière décennie a vu la publication, entre autres, de : W. Shear, « Characterization in *The Scarlet Letter* », *Midwest Quarterly*, 12 (1971); T. Martin, « Dimmesdale's Ultimate Sermon », *Arizona Quarterly*, 27 (1971); B. Kushen, « Love's Martyrs : The Scarlet Letter as Secular Cross », *Literature and Psycho-*

logy, 22 (1972); R. E. Todd, « The Magna Mater Archetype in The Scarlet Letter », *New England Quarterly*, 45 (1972); D. Greenwood, « The Heraldic Device in *The Scarlet Letter :* Hawthorne's Symbolical Use of the Past », *American Literature*, 46 (1974); E. T. Hansen, « Ambiguity and the Narrator in *The Scarlet Letter* », *Journal of Narrative Technique*, 5 (1975).

TABLE DES MATIÈRES

DERNIÈRES PARUTIONS

ARISTOTE
Petits Traités d'histoire naturelle (979)
Physique (887)

AVERROÈS
L'Intelligence et la pensée (974)
L'Islam et la raison (1132)

BERKELEY
Trois Dialogues entre Hylas et Philonous (990)

CHÉNIER (Marie-Joseph)
Théâtre (1128)

COMMYNES
Mémoires sur Charles VIII et l'Italie, livres VII et VIII (bilingue) (1093)

DÉMOSTHÈNE
Philippiques, suivi de **ESCHINE,** Contre Ctésiphon (1061)

DESCARTES
Discours de la méthode (1091)

DIDEROT
Le Rêve de d'Alembert (1134)

DUJARDIN
Les lauriers sont coupés (1092)

ESCHYLE
L'Orestie (1125)

GOLDONI
Le Café. Les Amoureux (bilingue) (1109)

HEGEL
Principes de la philosophie du droit (664)

HÉRACLITE
Fragments (1097)

HIPPOCRATE
L'Art de la médecine (838)

HOFMANNSTHAL
Électre. Le Chevalier à la rose. Ariane à Naxos (bilingue) (868)

HUME
Essais esthétiques (1096)

IDRÎSÎ
La Première Géographie de l'Occident (1069)

JAMES
Daisy Miller (bilingue) (1146)
Les Papiers d'Aspern (bilingue) (1159)

KANT
Critique de la faculté de juger (1088)
Critique de la raison pure (1142)

LEIBNIZ
Discours de métaphysique (1028)

LONG & SEDLEY
Les Philosophes hellénistiques (641 à 643), 3 vol. sous coffret (1147)

LORRIS
Le Roman de la Rose (bilingue) (1003)

MEYRINK
Le Golem (1098)

NIETZSCHE
Par-delà bien et mal (1057)

L'ORIENT AU TEMPS DES CROISADES (1121)

PLATON
Alcibiade (988)
Apologie de Socrate. Criton (848)
Le Banquet (987)
Philèbe (705)
Politique (1156)
La République (653)

PLINE LE JEUNE
Lettres, livres I à X (1129)

PLOTIN
Traités I à VI (1155)
Traités VII à XXI (1164)

POUCHKINE
Boris Godounov. Théâtre complet (1055)

RAZI
La Médecine spirituelle (1136)

RIVAS
Don Alvaro ou la Force du destin (bilingue) (1130)

RODENBACH
Bruges-la-Morte (1011)

ROUSSEAU
Les Confessions (1019 et 1020)
Dialogues. Le Lévite d'Éphraïm (1021)
Du contrat social (1058)

SAND
Histoire de ma vie (1139 et 1140)

SENANCOUR
Oberman (1137)

SÉNÈQUE
De la providence (1089)

MME DE STAËL
Delphine (1099 et 1100)

THOMAS D'AQUIN
Somme contre les Gentils (1045 à 1048), 4 vol. sous coffret (1049)

TRAKL
Poèmes I et II (bilingue) (1104 et 1105)

WILDE
Le Portrait de Mr. W.H. (1007)

GF Flammarion

08/03/135992-III-2008 – Impr. MAURY Imprimeur, 45330 Malesherbes.
N° d'édition LO1EHPNFG0382C011. – Novembre 1989. – Printed in France.